빅토리아 시대
출판문화와 여성작가

이 저서는 2007년 정부(교육과학기술부)의 재원으로
한국학술진흥재단의 지원을 받아 수행된 연구임 (KRF-2007-812-A00217).

빅토리아 시대
출판문화와 여성작가

| 장정희 지음 |

빅토리아 시대 출판문화에서 여성작가의 위상과 역할을 재조명하다

도서출판 | 동인

이 책에서 필자는 빅토리아 시대 출판문화와 여성작가의 관계를 페미니즘과 문화연구 방법론으로 접근해서 1830년 이후 출판문화 형성에 당시 출판방식이 어떻게 여성작가에게 문화·사회·정치 담론에 참가할 수 있는 기회를 제공했는지, 그리고 이 기회가 어떻게 자신의 작품에 투사되었는지를 살펴보았다. 여성작가들이 잡지의 편집이나 기고에 참여하면서 본격적인 창작활동과 어떻게 상호작용이 이루어졌는지를 분석하였고, 이러한 여성작가의 활동이 당시 여성담론 형성에 어떠한 영향을 주었는지 논하였다. 또한 여성작가의 정체성 형성을 중심으로 당시 출판문화의 변화과정을 살펴보았다. 변화하는 출판문화가 여성작가의 문학경력에 미친 영향, 빅토리아 시대 출판매체들, 특히 정기간행물의 복합적이고 다양한 서술적 관행들과 여성작가의 글쓰기의 관련성을 밝혀내었고 이들 정체성의 다중성을 논하였다.

I장 빅토리아 시대 출판시장과 젠더 문제와 II장 빅토리아 시대 정기간행물과 여성작가의 텍스트 장에서는 구체적인 개별 작가론에 들어가기 전 빅토리아

시대 전반적인 출판시장과 출판문화의 형성, 이에 따른 여성독자, 젠더 문제 등을 개괄적으로 다루었다. III장에서는 1830년대부터 저널리스트로 활동을 시작하며 자신의 경력을 쌓아갔던 여성작가들의 활동과 문학적 성과사이의 역학관계를 구체적인 작가들의 활동을 통해 검토하였다. 이 검토 작업에서는 당시 저널리스트 겸 소설가, 전기작가, 번역가 등의 다중적 역할을 살펴보았으며 출판문화와 관련해서 재조명이 필요하다고 생각되는 여성작가들을 선별하여 다루어 보았다.

III장의 해리엇 마티노에서는 1830년대 여성권리에 대한 논의들이 시작될 무렵 마티노가 『먼스리 리퍼지터리』나 『런던 앤 웨스트민스터 리뷰』지에 실은 글들과 여러 지침서 등을 통해 당시 여성문제에 대해 어떠한 논의를 촉발했는지, 이는 어떠한 의미를 지니는지 검토해 보았다. 이 글들과의 상호텍스트성을 주목해볼 수 있는 소설 『디어브룩』을 검토하였고 마티노의 저널리스트로서의 활동과 문학적 성과 사이의 역학관계를 밝혀 보았다.

마티노에 이어 빅토리아 시대 여성 저널리스트로서 가장 많은 글을 집필했던 마거릿 올리펀트를 다루었으며 올리펀트의 문학적 경력 구성 탐색을 통해 작가성, 젠더, 수사 등의 상관 관계를 밝혔다. 아울러 출판문화와 젠더의 본격적인 관계가 어떠한 것인지 올리펀트의 저널리스트로서의 활동을 중심으로 검토하였다. 특히 『블랙우즈 매거진』에 투고한 글들을 중심으로 분석하여 이러한 저널리스트로서의 활동이 자신의 문학적 성과와 어떠한 관련이 있는지 『머조리뱅크스양』의 텍스트를 중심으로 분석해보았다.

엘리자베스 개스켈을 통해서는 여성작가의 문학경력에 당시 잡지를 중심으로 한 여성작가의 익명적 글쓰기가 어떠한 역할을 하였는지, 그리고 여성작가의 익명적 기고 텍스트와 문학적 성과 사이에 어떠한 생산적 상호작용이 이루어졌는지를 검토하였다. 구체적으로 『호윗즈 저널』, 『프레이저즈 매거진』 등에 기고한 여러 글들과 개스켈의 『메리 바튼』의 상호텍스트성을 고찰하여 당시 영국 상황 문제에 대한 개스켈의 관점을 밝혔다. 이를 통해 출판시장에서 당시 영국사회 문제에 대해 여성작가들이 내리는 진단과 처방이 어떠한 의미와 영향력을 지닌 것인지 조명해 보았다.

이어서 엘런 우드와 메리 엘리자베스 브래던을 다룬 두 장을 통해서 당시 대중문화, 특히 선정소설과 저널리즘의 관계를 분석하였다. 엘런 우드의 저널리스트로서의 활동이 『이스트 린』과 같은 인기 선정소설과 어떠한 관련이 있는지 검토하였고, 메리 엘리자베스 브래던을 통해 비평 활동, 편집과 창작의 겸직이 당시 문화담론 형성에 어떻게 기여하였는지를 밝혀내었다. 특히 이들이 당시의 정전이 되는 비평을 대치할 만한 새로운 기준을 수립하고 독자층을 확대하고자 경주한 노력을 당시 여성작가 중심의 대중문학 출판문화와 관련해서 새롭게 평가해 보았다.

마지막 개별 작가로 다룬 조지 엘리어트의 경우에는 중산계급 문화 향상을 위한 저널리스트로서의 역할을 검토하였다. 특히 『웨스트민스터 리뷰』의 부편집장 역할이 여성의 작가적 경력 형성에 대한 논의에 어떠한 영향을 주었는지 1850년대의 기고 글들을 중심으로 검토하였고 마티노로부터 출발한 여성론의 문제는 어떻게 진전되었는지 분석하였다. 아울러 『블랙우즈 매거진』에 연재된 소설 『성직생활의 풍경』을 중심으로 저널리스로서의 활동이 어떠한 소설적 성과를 낳았는지 살펴보았다. 또한 『급진주의자 필릭스 홀트』를 통해서 1840년대 개스켈과 같은 여성작가의 산업소설이 어떻게 변형되고 여성과 정치와의 관계는 무엇인지 짚어보았다. 이러한 과정을 통하여 당시 문화비평의 형성에 궁극적으로 여성작가의 역할이 어떠한 가치를 지닌 것인지 규명하였다.

Ⅳ장 빅토리아 시대 여성작가의 형성과 출판문화는 앞선 장들을 통해 출판시장과 여성작가의 관계를 고찰해본 전반적 배경 연구와 개별 작가를 종합적으로 검토하였다. 궁극적으로 본격 저널리스트로서의 활동이 여성작가로서의 정체성 형성과 어떠한 역학관계에 있는지, 당시 여성작가의 이러한 다중적 활동

이 지닌 정치적 함의를 중심으로 살펴보았다.

이 책이 당시 출판문화에서 여성작가의 위상과 역할을 재조명하는 역할을 해 낼 수 있기를 기대해본다. 아울러 이 책을 통해 지금까지 제대로 연구되거나 평가되지 못했던 여성작가들의 다중적 활동, 특히 여성작가들의 작가성과 젠더, 문화의 관계를 더 심층적으로 이해하고 평가하는 발판이 마련되었으면 한다.

이 책이 나오기까지 2007년에서 2010년까지 연구비를 지원해준 한국연구재단(구 한국학술진흥재단)에 감사드리며 출판을 맡아준 도서출판 동인에 감사드린다. 아울러 집필에 필요한 자료 수집에 협조하고 격려해준 가족들께 감사의 마음을 전한다.

2011년 8월

장정희

차례

빅토리아 시대 출판시장과 젠더 문제

—
장
—

빅토리아 시대 출판시장의 융성과 정기간행물

빅토리아 시대 출판시장과 이를 중심으로 한 출판문화에 대한 연구는 문화연구의 도래와 학제 간 연구의 성행, 대중문화에 대한 새로운 관심과 재평가와 더불어 새로이 부상하고 있다. 로럴 브레이크(Laurel Brake)와 빌 벨(Bill Bell), 데이비드 핑켈스타인(David Finkelstein)의 편집으로 기획된 영국 19세기 미디어 연구서인 『19세기 미디어와 정체성의 구성』(Nineteenth-Century Media and Construction of Identities)에서는 특히 미하일 바흐친과 롤랑 바르트의 담론으로부터 생성된 상호텍스트성의 이론들, 발터 벤야민, 장 보들리아르, 피에르 부르디외와 위르겐 하버마스 등의 대량생산과 소비이론들이 이러한 연구의 형성에 일조하였다고 지적하고 있다(1). 이들 연구자들의 지적대로 출판문화에 대한 연구는 근자의 문화연구 방법론을 빌려와 당시 문화를 재조명하는 작업에 많은 기여를 하고 있다. 아울러 20세기 후반부에 데이터베이스 구축과 접근 기술이 놀랄 만큼 향상됨에 따라 정기간행물들의 보관이나 접근성이 용이해졌고 이는 빅토리아 시대의 출판문화에 대한 연구에 더욱 박차를 가하게 만들었다.

실제로 빅토리아 시대 출판시장은 지식과 정보뿐만 아니라 사회가치관들을 전파하는 중요한 매체들의 발전을 가져왔고 정치 · 문화의 중심이 되었다고 볼 수 있다. 인쇄기술이 발전하고 독서대중들의 읽기 능력이 증가함에 따라 여러 계층의 독자군이 형성되었고 출판시장은 독자들의 확보를 위해 여러 방안을 마련하였다. 당시의 출판시장은 중산계급 독자들을 주 대상으로 하였지만 중산계급 독자들의 관심사를 노동계급에까지 확대하는 데 주력하였다. 이 과정에서 빅토리아 시대 저널리스트들은 영국사회의 방향을 주도해나가는 데 선도적 역할을 하였다. 특히 정기간행물을 중심으로

한 각종 저널과 잡지들의 융성은 19세기 영국의 정치와 문화형성에 지대한 영향을 미쳤으며 이는 마치 오늘날 인터넷의 역할과도 통하는 면이 있다. 즉 여러 필자들의 관점들이 서로 상충하는 목소리를 내었고 독자들은 이러한 공간을 통해 여러 목소리들과 접할 수 있었다.

이를테면 자유주의적 성격의『에든버러 리뷰』(*Edinburgh Review*)나 보수적인 『토리 쿼터리』(*Tory Quarterly*), 급진적인 『웨스트민스터 리뷰』(*Westminster Review*), 여성지인『빅토리아 매거진』(*Victoria Magazine*) 등은 자신의 색채에 맞게 당시 사회와 문화의 축을 형성하는 담론들을 생성해내었다. 여러 종류의 정기간행물이 성시를 이루다가 사라지기도 하는 출판시장의 현상에 따라 당시 사회와 문화의 주요 담론들은 지속적으로 수정되고 재형성되는 과정을 겪었다. 힐러리 프레이저(Hillary Fraser)는 이러한 성향이 비교적 무게 있는 정기간행물에도 해당되었다고 본다(3).

이처럼 19세기 영국의 출판문화 발전 가운데 주목해볼 만한 현상은 정기간행물의 융성이라고 볼 수 있다. 출판시장의 융성으로 인해 당시의 정기간행물이나 이에 연재된 소설 등을 중심으로 한 문학시장은 영국과 당시 영국이 지배하던 여러 지역의 문화에 큰 영향을 미쳤다. 앞서 언급한 바처럼 오늘날의 인터넷 사이트처럼 빅토리아 시대 정기간행물들은 그 안에 담긴 다양한 목소리들이 서로 주목을 끌기 위해 경쟁하면서 성장을 거듭하던 매체였다. 드보라 윈(Deborah Wynne)의 지적대로 당시 정기간행물이라는 매체는 여러 분야의 담론들이 활성화되고 없어지기도 하는 유동적 성격을 보였다(167). 이처럼 다양한 목소리를 담고 있으며 유동적인 정기간행물들의 속성은 당시 문화의 성격을 가늠하는 데 주요한 지표를 제공해준다. 또한 당시 영국 사회의 주요 관심사가 어떻게 형성되고 있는지를 읽어낼 수 있는 장 역할을 하고 있다. 이를테면 정기간행물들은 독자들로 하여금 일차 선거법개정 등과 같은 정치문제나 신문세의 감소, 궁극적 폐지와 같은 경제적 개혁 등에 집중하게 했으므로 당시 관심사들의 방향을 조정하였다고 볼 수 있다.

이처럼 당시 출판문화의 중심에 자리하던 정기간행물은 당시 문화 형성의 핵심에 있었으며 정기간행물의 융성에 따라 이를 중심으로 비평가들이 하나의 포럼을 형성하게 되면서 여러 분야에 대해 다양한 담론 체계가 형성되었다. 정기간행물들은 자체적으로 내세우는 특성이 있었으며 편집장의 편집정책에 따라 방향이 정해졌지만, 독자들은 통합된 하나의 단위가 아니라 다양한 담론들 사이의 협상과 교환, 혹은 그들이 접촉하는 집단들 사이의 교류를 중심으로 한 복합적 형성 과정의 산물이라고 볼 수 있다.

이러한 관점에서 볼 때 주목할 만한 점은 최근의 연구에서 단성적 (monovocal) 정기간행물의 텍스트들이 점점 더 서로 상충하는 목소리들을 내는 터전으로 간주되고 있으며 어떤 경우는 그 목소리들이 차지하고 있는 텍스트 공간 자체를 새로운 방향으로 이끌어 감을 볼 수 있는 점이다 (Laurel Brake et al, 4-5). 당시의 정기간행물들은 편집자의 성향에 따라 자신의 색채가 비교적 뚜렷했지만 그 안에 담긴 여러 기사들이나 연재소설들은 독자들에게 새로운 읽기 관행을 불러일으키기도 하였다. 이러한 점에 주목하면서 루이스 제임스(Louis James)는 빅토리아 시대 노동계급 독자층의 발생과 정기간행물의 관계를 연구하면서 특히 정기간행물의 대화주의적 속성을 지적하고 있다. 루이스는 독자와 작가 사이의 대화를 강조하면서, 정기간행물 융성을 문화형성의 적극적인 힘으로 평가하였다(349-366). 정기간행물은 그 안에 여러 다른 목소리들을 담고 있어 빅토리아 시대 저술의 활기를 볼 수 있다는 것이다. 다시 말해 정기간행물은 특이한 양식으로 정보를 선택하고 질서화하기 때문에 다양한 문화적 관점을 담은 소우주라고 볼 수 있다.

정기간행물 형태 자체가 의사소통의 형식이 되며 여러 종류의 정기간행물은 빅토리아 사회가 대중 운동, 지역과 교구, 종교, 직업, 정치, 계급, 연령, 성 등에 따라 집단을 구성하고 목소리를 내던 시대임을 보여주는 것이다(James 352). 제임스는 정기간행물이 상충하는 빅토리아 시대 현실의 구조들을 구현할 수 있기 때문에 당시 독자들을 위해 하나의 문화적 모형을 제공할 수 있다고 주장한다(359-60). 정기간행물을 중심으로 했던 출판시장이 이러한 문화 모형을 제공하는 과정에 대해 전문적 연구가 진행됨에 따라 주요한 작가들뿐만 아니라 정전이 되지 못했던 작가들과 당시 출판문화의 관계에 대해 새로이 검토해볼 가치가 있다. 작가의 정체성의 문제는 출판시장의 구도를 고려해볼 때 복합적 성격을 지닐 수밖에 없으며 단순히 하나의 관점이나 방법론으로 재단할 수 없기 때문이다. 더구나 빅토리아 시대 출판매체가 당시 소비문화의 중심에 있었던 점, 특히 점진적으로 여성작가의 활동이 두드러지고 여성독자가 많았던 점 등을 고려해볼 때 여성작가의 정체성 및 작품세계를 제대로 이해하고 평가하는 데는 더 섬세한 검토와 재조명이 필요하다.

당시의 정기간행물들은 젠더와 성적 정체성을 재현하는 하나의 공간이 되어주었으며 여성작가의 저널리스트로의 활동에 대한 재평가는 빅토리아 시대 문화사 가운데 젠더와 저널리즘의 관계에 대해 새로이 규명할 수 있는 근거가 될 수 있다. 여성 저널리스트들은 경제적 필요에 의해 직업적 저널리스트가 되기도 했고 문화 영역에 연루되는 즐거움으로 저널리즘에 종사하기도 했다. 어떠한 근거에서 활동하였던 간에 이들의 저널리즘 활동, 다시 말해 19세기 여성작가의 저널리스트로서의 활동은 19세기 중반경이 되면 자신들을 위해 특별한 영역을 구축하는 방향으로 진전되었다. 이를테면 해리엇 마티노(Harriet Martineau)나 마거릿 올리펀트(Margaret Oliphant)와 같은 여성저널리스트이자 작가들이 남성중심의 공간에서 자신의 길을 협상하고 구축해가는 방식을 볼 수 있다. 이러한 작가들의 경력은 빅토리아 시대 출판문화에서 여성작가가 어떻게 작가성의 문제에 대응해갔는지를 보여준다.

출판시장과 젠더: 여성 저널리스트와 여성독자

1830년대부터 대중들을 위한 각종 간행물들이 더욱 확장되었고 중산계급 여성들은 정치경제나 사회문제들을 다룬 읽을거리에 더 쉽게 접근할 수 있었다. 인지세의 감소 이전에 여성들은 이러한 읽을 자료들을 이웃이나 독서그룹, 대출도서관으로부터 구할 수 있었다. 결과적으로 구독료를 낼만한 여유가 있었던 여성들은 당시의 이슈들에 쉽게 접할 수 있었다. 중산계급 가정에 저널리즘은 도처에서 접근 가능한 영역이 되었고 손에 정기간행물을 쥐고 잠자리에 들고, 베개 아래 두고 잠들기도 했다(Easley 26 참조). 이처럼 정기간행물들은 사적 공간에서 주로 소비되었기에 가정의 영역과 연관되었다. 특히 정기간행물에 연재되었던 소설이나 잡다한 성격의 기사들이 중산계급 여성의 삶에 중요한 비중으로 다가왔으며 이들이 개인 시간을 보내는 핵심 소일거리가 되기도 하였다. 그러나 이러한 시간들은 사회나 가정에 대한 책임감과 서로 맞물리거나 충돌을 일으키기도 하였다.

정기간행물이나 대중문학에 접합으로써 여성들은 자신의 교육을 확장시킬 수 있었으며 가정이라는 영역을 떠날 필요가 없이 공적인 일들에 대해 견해를 형성할 수 있었다. 마거릿 비텀(Margaret Beetham)이 지적하듯이 『크리스천 레이디즈 매거진』(*Christian Lady's Magazine*) 같은 여성잡지들조차도 독자들로 하여금 정치 문제에 대해 자기 교육을 유도하고 공공의 선을 위해 독자들이 영향력을 행사하도록 장려하였던 것이다(52).

여성들은 당시 출판시장에서 독자로서 뿐만 아니라 문학비평가로서의 경력을 추구할 기회가 점차 늘었다. 애너 제임슨(Anna Jameson) 같이 책길이의 비평을 저술한 경우 여성작가들을 위한 비평 방식의 모형을 보여주기도 하였다. 그러나 여전히 여성의 활동영역이 가정이라고 간주되던 시대에 이러한 고급 문학비평의 영역과 여성을 연루시키기 어려웠다. 이런 이유로 인해 저널리즘에서 익명적 글쓰기의 방법은 여성들로 하여금 가정의 관습과 사적 성격을 유지하면서도 공적 경력을 추구하는 방법이 되었다.[1] 1820년대와 30년대에 프리실라 벅스톤(Priscilla Buxton), 새러 오스틴(Sarah Austin), 루시 에이킨(Lucy Aiken) 등이 『더블린 리뷰』(*Dublin Review*), 『에든버러 리뷰』, 『웨스트민스터 리뷰』 등과 같은 간행물들에 익명적으로 글을 쓰기 시작했다. 여성기고가들은 주류에 속하지 못했지만 예외도 있었다. 메리 마거릿 버스크(Mary Margaret Busk)는 1830년대 『포린 쿼터리 리뷰』(*Foreign Quarterly Review*)의 주 기고가로서 유럽문학과 문화에 대해 50개가 넘는 논평을 기고하였다(Easley, *First Person Anonymous* 27).

1830년대에 여성들에게 가장 접근 가능성이 뛰어난 미디어는 잡지와 다양한 글들을 포함하는 문집으로서 특히 『먼스리 리퍼지터리』(*Monthly Repository*), 『블랙우즈 에든버러 매거진』(*Blackwood's Edinburgh Magazine*)[2], 『프레이저즈 매거진』(*Fraser's Magazine*)이었다. 『먼스리 리퍼지터리』는 8명의

---

1) 빅토리아 시대 저널리즘의 세계는 일반적으로 남성의 영역이었으며 저널리스트는 남성성의 기표로 작용했다. 빅토리아 시대 저널리스트들의 글쓰기 전략 가운데 필명을 사용하거나 익명으로 글을 쓰는 전략은 여러 논쟁적인 담론들을 생성해내었다. 여성작가들은 주로 익명적 글쓰기 전략을 채택하여 남성 위주의 저널리즘 세계에 진출하였다.

2) 이후부터 『블랙우즈 매거진』이라 칭한다.

여성작가들을 고용했으며 해리엇 마티노뿐만 아니라 매리 러먼 그림스톤(Mary Leman Grimstone)과 러티티어 카인더(Letitia Kinder) 등이 필자로 활약했다. 『블랙우즈 매거진』에는 마거릿 올리펀트를 포함한 6명의 여성 기고가가 활약했으며 『프레이저즈 매거진』의 경우 7명의 여성 기고가가 활동하였다. 이들 저널들은 이처럼 여성을 필진에 포함시키긴 했지만 남성집단이 주 필진이라는 점을 엄격하게 내세웠다.

이러한 정기간행물들은 남성 위주의 편집 정책을 채택하였으나 여성작가의 익명적 기고문들을 포함시키기도 했다. 예를 들면 『프레이저즈 매거진』에 게재된 해리엇 다우닝(Harriet Downing)의 『월정 산파의 기억들』("Remembrances of a Monthly Nurse")(1836)은 중산계급 산파의 모험에 대한 이야기들인데 남성적 성격의 저널에 게재됨으로써 독자들이 여성성의 개념에 대해 생각하도록 만들었다(Easley, *First Person Anonymous* 30). 가정적 영역이 지닌 사적 성격와 공적 담론의 혼용이 이루어지면서 정기간행물에서 젠더 문제는 불확정적인 것이 되어가고 있었다. 정기간행물들은 익명성으로 인해 필자가 구축하려고 시도하는 젠더 정의들을 혼란시키는 경향이 있었다. 아울러 여성들은 명성이나 저작권보호 등에서 다소 손해를 겪었다. 그러나 이들의 참여로 인해 대다수의 주류 정기간행물들이 중산계급 문화의 정체성을 재구축하는 데 일조하였다고 볼 수 있다. 또한 이러한 저널리즘 활동은 많은 여성작가들로 하여금 여성작가의 역할이나 책임감에 대해 고민하고 새로이 자신의 정체성을 구축해나가도록 유도하였다.

1850년에 이르러서는 출판시장에서 본격적으로 여성작가의 역할을 규정하고 한정지으려는 계획이 비평적 관심으로 대두되었다. 문학시장에서 여성작가의 역할, 아울러 여성의 역할이 무엇인가에 대한 여러 글들이 쏟아져 나왔다. 공적 영역에 여성이 참여하는 비중이 점점 더 늘어나는 것에 대한 우려가 많았다. 그러나 상업적 목적으로 출판업이나 출판문화는 여성 작가들의 이러한 참여를 권장하였고 당시 독자들도 출판문화와 여성작가의 관계에 대해 관심이 점점 커지게 되었다. 1850년대의 여성작가들이 쓴 글에 대해 여성작가들의 글쓰기와 문학전통을 이론화하려는 시도도 대두되었다. 그러나 이들의 글쓰기에 대해 단순한 이론화작업은 어려웠고, 1850년대와 60년대에 걸쳐 남성적 글쓰기와 여성적 글쓰기의 문체 등에 대한 비판적 논쟁이 지속되었으며 이러한 논쟁 속에서 여성들은 부정적인 비평의 대상으로만 머물지 않았다. 정기간행물의 필진으로 자신들 역시 비평작업에 참여함으로써 여성작가들의 텍스트가 읽히고 논의되는 관점이나 용어들을 결정짓는 데 핵심적 역할을 하였다.

1850년에서 1865년까지 여성들은 전례 없이 정기간행물에 많은 기고를 하였고 여성작가들은 가장 중요한 정치적·사회적·미학적 논의에 영향력을 미치게 되었다. 이 시기에 해리엇 마티노가 가장 중요한 글들을『웨스트민스터 리뷰』와『데일리 뉴스』에 기고하였고 조지 엘리어트가『웨스트민스터 리뷰』의 부편집장직을 수행하였다. 마거릿 올리펀트, 앤 모즐리(Anne Mosley), 베시 래이너 파크스(Bessie Rayner Parkes), 엘리자베스 릭비(Elizabeth Rigby), 다이너 멀록 크래이크(Dinah Mulock Craik) 등이 주요 정기간행물들에 기사와 리뷰 등을 기고하였다(Easley, *First Person Anonymous* 101). 이 작가들은 빅토리아 시대 여성의 작가적 사회적 역할을 재정의하고 재고하도록 도움을 주었다고 할 수 있다. 이들은 여성작가에 대한 편견을 수정하려고 노력하였고 당시 출판문화에서 여성작가의 권위를 제대로 수립하려고 노력하였다.

한편 여성독자들도 하나의 집단으로 당시 출판문화 형성에 주요 역할을 하였다. 빅토리아 시대의 문맹률 감소, 인쇄기술의 증진, 신문세의 폐지는 출판문화의 번성을 가져왔고 이에 따라 여성의 독서도 증가했다. 빅토리아 여왕 치세시 50,000개의 잡지가 발행되었으며 1800년대 중반경이 되면 문학과 관련된 주제에만 치중하는 저널들이 1,000개가 넘게 되었다(Phegley 2). 더구나 값싼 잡지들과 이 잡지들이 포함하고 있는 소설들이 막대하게 늘어남으로 인해 여성독자들은 주요한 집단으로 성장하였다. 여성의 독서는 독학의 수단이 되었는데 빅토리아 시대 대출도서관이나 대중 독서클럽의 성장으로 여성독자의 숫자가 대거 증대되었다. 캐서린 골든(Catherine Golden)의 말대로 여성의 자기발전에 대한 관심이나 공리주의의 발전 등과 연루되면서 여성독자는 수적인 증가로 주목받았을 뿐만 아니라 문화 형성과정에서 주요한 역할을 하는 집단으로 부상했다(18).

19세기 후반의 독서는 공적인 영역에서 개성과 개인의 고립을 증진시키는 사적 행위로 바뀌었으며 여성이 이러한 사적 행위의 중심을 차지하게 되었다. 또한 빅토리아 시대 책읽기는 소수의 책에 집중해서 읽기보다는 많은 양의 책들을 소비하는 형태로 이루어지게 되었는데 여성들은 이러한 형태의 독서에 탐닉하기 쉬웠다. 중산계급과 문화의 보존을 위해 제대로 여성이 읽을거리를 찾고 또 여성의 저널리즘의 활동이 이러한 국가의 건강성 보존에 기여해야한다는 생각이 당시의 지배적인 관점이었다. 따라서 정기간행물 독자층 가운데서 여성독자들의 위험에 대해 당시 여러 평자들의 지적이 있었다.3)

중산계급 남성독자들은 주로 전문적이고 비판적인 읽기의 중심 세력이고 여성독자들은 비전문가이며 부주의한 읽기를 즐겨하는 집단으로 간주

---

3) 이를테면 존 러스킨은 『참깨와 백합』(*Sesame and Lilies*)에서 잡지들과 소설들을 젊은 처녀들로부터 막아야 한다고 부모들에게 경고하고 있다(66). 이외에도 세인츠버리(Saintsbury), 해리슨(Harrison) 등도 여성독자들을 폄하하면서 자신들을 더 열등한 여성독자들에게 자비롭게 지혜를 나누어주는 존재로 생각하였다(Phegley 2 참조).

되었다. 더구나 잡지나 소설읽기는 별 비판력 없이 소비되는 것으로서 여성의 몫으로 간주되었다. 이러한 소비는 질병과 연관되기도 있고 이러한 질병은 가정과 국가의 건강을 해치는 것으로 간주되기도 했다. 국가의 힘을 기르기 위해서는 건전한 문화를 보전하고 문학비평을 전문화해야한다는 생각이 많았다. 이러한 생각의 근저에는 수전 번스타인(Susan Bernstein)이 주장하듯이 영국의 제국주의 유지와 관련된 이데올로기가 자리 잡고 있다. 즉 인류학적 관점에서 여성의 독서란 퇴화하는 문명의 위협이거나, 흥미라는 형태로 소위 '더 저급한' 질서들이 적법한 문화 영역으로 침범하는 징후라고 여겨졌다(215). 여성독서에 대한 이러한 관점은 결국 당시 여성의 잘못된 독서가 여성이 어머니나 아내로서의 역할을 벗어나게 만든다는 관점으로 이어졌다.

여성독자의 타락 가능성에 대한 담론들은 당시의 여성에 대한 생각, 도덕적 행위자로서의 여성에 대한 생각과 상반되는 것이었다. 여성의 교육에 독서가 어떠한 역할을 하는가에 대한 당시 견해들은 주로 중산계급 중심의 사회 유지를 위한 것이었다. 즉 여성의 바람직한 독서행위는 빅토리아 시대의 이상적 여성상과 관련된 것이었다. 독서는 문화·교양·우아함·세련됨과 연관되었고 건전한 책은 여성의 도덕과 순결함을 함양시킬 수 있다고 간주되었으며 여성이 가정에 만족하며 살아가게 하는 장치로 간주되었다. 중산계급 가정이데올로기, 국가의 건전함, 더 나아가 영국이 지배하는 국가의 안전한 통제를 위해 분별력 있는 읽기가 여성들에게 권장되었다.

이러한 이데올로기로 인해 여성독자에 대한 담론은 주로 통제의 관점에서 이루어졌다. 여성독자 집단에 대한 논의는 당시의 정기간행물과 소설, 시, 그림, 사진, 책의 삽화, 교육, 종교계 소책자 등을 중심으로 광범위하게 이루어졌다. 제니퍼 페글리의 지적처럼 당대 학자들은 여성독자를 당시 출판문화의 특징으로 볼 수 있는 대량생산과 마케팅의 결과 생성된 하나의 문화현상으로 간주하였다(1). 당시 교육자, 의사, 문학비평가들, 행동지침서 작가들은 여성들이 무엇을, 언제, 어디서 왜 읽어야 하는가에 대한 견해를 내놓았다. 그 가운데 지배적인 견해는 국가 전체의 문화, 특히 중산계급 문화의 도덕성을 보존하기 위해 여성독자의 읽기를 통제하고 조절할 필요가 있다는 것이었다.

특히 여성의 소설읽기에 대해 부정적인 견해들이 많았으며,4) 그 가운데 로맨스나 선정소설 읽기는 여성의 건강을 해치는 것으로 간주되었다. 당시 의학담론에서는 대중소설에 탐닉하는 행위를 빠른 초경, 월경통, 불임, 신경쇠약, 광기, 심지어는 여성의 조기 사망과 연관시키기도 하였다(Golden 31). 1855년 감리교 잡지인 『웨슬리 감리교 잡지』(*The Wesleyan Methodist Magazine*)에 실린 「소설읽기의 해악은 무엇인가」("What is the Harm of Novel-Reading?") 같은 기사도 로맨스와 선정소설에 대한 경고를 담고 있다. 『가정의 여성』(*The Woman at Home*)지에 실린 로라 리딩(Laura Ridding)의 글 「여성은 무엇을 읽어야하는가」("What Should Women Read?")에서도 선정소설과 로맨스는 여성의 교육에 바람직한 추천대상이 되지 못했다. (Golden 98 참조). 이러한 무비판적인 소비자로서의 여성독자에 대한 비판은 남성독자와 비교되어 이루어졌다. 남성독자의 읽기는 체계적이고 전문성을 지닌 것인 반면 여성독자의 읽기는 부주의하며 비전문가적인 것으로 간주되었다. 여성독자는 읽기 질병의 희생자, 가족과 사회질서의 건강성을

---

4) 주로 소비와 중독의 개념이 주를 이루었고 소설에 관련된 중독 개념은 영국인의 문화의식에 깊이 각인되어 있는 것이었다. 골든은 이러한 의식을 잘 보여주는 예로 1877년 윈슬로우 호머(Winslow Homer)의 그림, 「새소설」(*The New Novel*)을 들고 있다. 이 그림의 여성이 책에 빠져있는 모습은 독서행위란 낭만적 상상 속에 빠지는 행위임을 보여주며 소설의 해악을 주장하는 자들이 왜 중독을 두려워하는가를 시사해주고 있다(Golen 39 참조).

위협하는 자로 간주되었다.

당시 출판문화와 여성독자, 저널리즘과 여성의 교육에 대한 관련성에 초점을 둔 근자의 연구들은 여성독자 집단과 이들이 즐겼던 정기간행물들의 기사, 여기에 연재되었던 소설들의 관계에 대해 새로이 연구하고 평가할 필요성을 역설하고 있다.5) 진 피터슨(Jeanne M. Peterson)은 빅토리아 시대 여성이 가족, 가정교사, 혹은 독서를 통한 독학 등을 통해 습득한 짜집기식 교육이 무질서하거나 임의적인 것이 될 수 있다는 점을 인정하지만 이러한 교육은 여성에게 자유와 유연성, 적응력을 제공해줄 수 있음을 인정한다(41). 피터슨은 빅토리아 중산층 여성이 교육을 잘못 받았으며 산만한 교육내용으로 인해 쓸모없는 삶을 영위할 수 있다는 부정적 견해를 반박하였다(35). 빅토리아 중상층 계급 여성의 교육은 규칙적이고 진지하며 중요한 것이라고 볼 수 있다는 것이다. 따라서 피터슨은 평생 지속되는 여성의 독서 습관을 독립적이고 공식적으로 구조화되지 않은 교육의 긍정적인 부산물로 강조하고 있다.

샐리 미첼(Sally Mitchell)도 1860년대 여성의 독서에 대해 긍정적인 평가를 하고 있다. 여성들이 독서를 통해 꿈을 공유할 수 있으며, 대리 참여의식, 감정 표현, 공동체 감정 등을 공유할 수 있게 되었음을 지적한다(45). 특히 미첼은 정기간행물에 연재된 소설이나 선정소설의 대중적 인기의 긍정적 측면을 강조하고 있다. 여성독자에 대한 부정적 생각은 고급문화와 저급문화, 사실주의와 선정주의의 분리, 문학 정전의 변화 등의 문제와 연

---

5) 본인의 연구도 이러한 문제를 중심으로 접근하여 진행되고 있다. 주로 당시 정기간행물에 연재되던 대중소설과 여성독자의 관계와 가족잡지의 여러 논평들과 여성독자 집단의 관계를 다루어서 당시 출판문화 형성에서 여성작가나 독자의 역할을 새로이 평가한 연구 논문을 발간하였다. 장정희. 「선정소설과 빅토리아 시대 여성교육: 메리 엘리자베스 브래던의『의사의 아내』」.『근대영미소설』12권 2호. 2005. 251-275. 「빅토리아 시대 가족잡지와 여성독자:『벨그래비어: 런던지』를 중심으로」.『19세기영어권 문학』10권 1호. 2006. 117-136. 참조.

루되어 있는 것이다. 여성독자들은 문학시장에서 문화적 논쟁의 참여자로서 역할을 하였지 논의의 대상으로만 그치지 않았다(7). 특히 가족잡지들은 여성독자들을 상업적·문화적 목적으로 보호하였고 여성들에게 더 큰 개인적·직업적 기회들을 창출해내었던 것이다.

당시의 잡지들은 여성작가들에게도 더 많은 기회를 부여했는데 제니스 해리스(Janice Harris)는 『콘힐』을 예로 들어 여성작가들이 1860년과 1900년 사이에 잡지 내용의 20% 이상 기여했다고 지적하면서 1860년대와 1870년대의 어떤 주제들에 대해서는 여성작가들이 60%에서 70% 비율로 증가하였다고 주장한다(385). 이러한 여성작가들의 증가는 여성독자들의 증가와 연관되어 있으나 여성작가들은 여성들이 흥미를 가지는 주제뿐만 아니라 진지한 기사들도 쓰게 되었다.

『콘힐』, 『벨그래비어』, 『빅토리아』는 당시 여성독자들의 형성에 주요한 역할을 하였다. 이러한 잡지들은 여성으로 하여금 무엇을 읽을지 어떻게 읽을지에 대해 자신들이 결정할 권리를 지니도록 힘을 부여해주었다고 볼 수 있다. 여성들이 위험한 독자들이라는 당시 생각에도 불구하고 이러한 잡지들은 여성들로 하여금 출판문화의 형성에 주요한 역할을 하는 데 도움을 주었다. 여성독자들이 불건강하고 소비적이며 읽기 중독에 빠진 집단이 아니라 지력과 비판력이 있는 집단으로 성장하는 데 기여한 것이다.

실제 여성독자를 통제해야한다는 당시의 의학담론이나 종교담론의 주장과는 달리 당시의 정기간행물들은 문화적·상업적 목적으로 여성독자들을 옹호하였고 이는 여성들에게 자기개발 기회나 직업의 기회를 제공하는 긍정적 역할을 하였다. 이를테면 브래던은 『벨그래비어』의 편집장 역할을 하면서 선정소설 작가로 활약하였는데 브래던은 선정소설을 새로운 형태의 리얼리즘, 더 예술적이고 효율적인 새로운 형태의 사실주의라고 주장하였다. 브래던은 『벨그래비어』에서 여성독자가 바람직한 모양새로 독자적인 읽기를 즐길 수 있으며 중독에 빠지거나 해독을 입는다기보다 독자적인 읽기 기술을 개발시킬 수 있다는 입장을 견지하고 있다. 선정소설을 읽는 여성독자가 자아를 새로이 구축할 수 있다는 주장에는 여성이 자아를 제대로 정립하기 위해 독서가 필수적이라는 견해가 담겨있다. 이는 당시의 여성독자에 대한 통제 중심의 담론과는 대치되는 생각이며, 브래던은 이러한 생각에 입각하여 자신이 편집하던 잡지나 집필한 소설이 더 나은 독자들을 생성해낼 수 있다는 사실을 보여주는 데 주력하였다.

케이트 플린트(Kate Flint)같은 평자는 여성들이 무비판적으로 읽는다는 생각, 즉 여성독자들이 수동적인 소비자로서 자신이 읽는 것을 그대로 받아들인다는 당시의 일반적인 담론에 대해 재고할 필요성을 역설한다. 플린트는 대중소설 작가들이 여성독자들을 능동적으로 읽기에 참여시키고 오히려 건전한 독자들을 생산해낸다고 주장하고 있다(15). 플린트가 지적한 것처럼 당시 여성독자 집단에 대한 부정적인 이미지는 재고되어야 할 필요가 있다. 오히려 당시 출판시장이 성장할 수 있게 하고 하나의 방향을 잡는 데 이들이 기여한 바를 재평가해야 한다. 이들의 성장과 출판시장의 성장은 궤를 같이 하고 있다고 볼 수 있다. 아울러 정기간행물과 이에 연재된 소설은 여성들에게 다량의 궁극적으로 읽기 기술을 늘림으로써 다양한 영역의 독서에까지 연계될 수 있는 비판적 읽기 능력을 길러주었다고 볼 수 있다. 이러한 점에서 여성독자, 여성교육의 관계를 단순히 중독과 소비라는 당시의 수사에만 근거해서는 제대로 규명해낼 수 없다. 브래던같은 작가의 문학 경력이 말해주듯이 여성의 독서는 여성독자에게 여성의 다양한 역할모형을 제공하거나 당대 사회문제나 문화담론에 대한 복합적인 시각을 길러주는 작업과 관련되어 있다.

이처럼 여성저널리스트와 여성독자를 중심으로 당시 문학시장에서 이들이 어떠한 비중을 차지하고 어떠한 역할을 하였나를 살펴볼 때 당시 출판시장에서 젠더 문제는 점차 주요한 이슈로 대두되고 있었음을 보여준다. 남성의 영역으로 규정된 출판영역에 점차 여성필자들이 진출한 양상은 당시 문화형성과 젠더의 관계가 이제 본격적으로 논의될 근거를 마련해준 것이다.

저널리즘과 여성론

빅토리아 시대 출판문화 형성과정에서 남성중심의 저널리즘은 대체적으로 자기 고유의 정치적 색채가 있었고 가상의 독자들이긴 하지만 주류를 이루는 정당의 정신과 정책에 독자들이 함께 해주기를 원했다. 대부분의 필자들은 이러한 맥락에서 논평가, 에세이 작가, 역사가, 사회비평가, 문화비평가 등의 새로운 전문가 계급으로 구축되었다. 이와 같은 전문가 집단의 구축에 정기간행물이 핵심적인 역할을 했으며 이 집단은 실제 빅토리아 시대 영국에 사회적 · 정치적 영향력을 행사하였다. 이들의 세계에서 여성이 영향력 있는 글을 쓰기가 어려웠고 지면이 주어지는 것도 어려웠다. 캐럴 크라이스트(Carol T. Christ)는 『빅토리아 정기간행물에 대한 웰레슬리 인덱스』(*Wellesley Index to Victorian Periodicals*)에서 빅토리아 시대 정기간행물의 필자 중 13%만이 여성이라는 사실에 주목한다. 그것도 거의 천오백 명의 여성 필자 가운데 오로지 열한명의 여성 필자만이 자신의 이름으로 오십 개 혹은 그 이상의 글 기록이 있으며 이들만이 정기간행물에 주기적으로 글을 기고함으로써 생계를 꾸려갔던 것을 알 수 있다는 것이다(Christ 19-31 참조)[6]

1830년대 무렵부터 활동했던 마티노의 경우를 보면 공적 영역인 저널리즘을 통해 여성에 대한 자신의 견해를 진솔하게 밝히기 어려웠음을 알 수 있다. 당시 여성작가들은 여러 매체들을 통해 여성론을 대놓고 이야기하기 어려웠으며 여성에 관한 글은 비판과 공격을 받거나 이러한 글을 실을 지면도 최소한 허용이 되었다. 주류를 이루는 정기간행물들은 당시 문화형성에 매우 영향력 있는 매체였으며 여성에 관한 글 같은 부분에 대해 민감할 수밖에 없었다. 여성이 투표권도 없었고 결혼할 경우 재산권도 없었으며 남성이 받을 수 있는 교육이나 남성의 직업에 접근할 수 없었던 당시 여성의 상황을 고려해볼 때 여성 저널리스트들이 여성 문제에 대해 말하는 데는 어려움이 많을 수밖에 없었다고 볼 수 있다.

그러나 여성저널리스트들 겸 작가들은 자신들의 논평이나 저널, 정기간행물 등을 통해 이 문제에 나름대로 대응하였다. 주목해 볼만한 현상은 남성 위주 출판시장에서 정치적 힘이나 비판적 목소리를 내기에는 어려움이 있다고 보고 여성의 목소리를 담을 정기간행물들의 필요성을 절감하였다. 그래서 『영국여성 저널』(*English Woman's Journal*)(1858), 『영국여성 리뷰』(*English Woman's Review*)(1865), 『여성 가제트』(*Woman's Gazette*)(1875), 『여성과 일』(*Woman and Work*)(1874), 『실드』(*Shield*)(1870) 등의 저널과 잡지 등이 창간되었다(Hamilton 9). 자신들의 입장을 대변할 이러한 저널들의 창간은 영국의 여성론 형성에 의미 깊은 하나의 운동이라고 볼 수 있다. 본인이 페미니스트이건 아니건 간에 여성저널리스트이자 작가를 겸했던 여성문인

6) 이 열한 명의 여성은 아그네스 메리 클럭(Agnes Mary Clerke), 프란시스 파워 콥(Frances Power Cobbe), 마리 루이 드라 라메, 필명 오이다 (Marie Louise de la Ramee, Ouida), 엘리자베스 이스트레이크 부인(Lady Elizabeth Eastlake), 캐서린 고어(Catherine Gore), 엘리자 린 린튼(Eliza Lynn Linton), 한나 로런스(Hannah Lawrence), 마거릿 올리펀트(Margaret Oliphant), 바이올렛 페짓, 필명 버논 리(Violet Paget, Vernon Lee), 앤 이사벨라 릿치 부인(Lady Anne Isabella Ritchie), 엘런 우드(Ellen Wood)이다(Hamilton 11 참조).

들은 여성문제에 대해 당시의 정기간행물이나 저널들에 기고하였고 이는 당시 출판문화 구성에 하나의 방향을 제공하였다.

주류를 이루던 남성중심의 출판계는 여성들에게 쉽게 정치 문제나 사회 문제에 대해 의견을 내도록 칼럼을 허용하지 않았다. 그럼에도 불구하고 '여성'이라는 토픽, 노동자로서, 노처녀로서, 시민으로서, 도덕적 안내자로서, 창녀로서의 '여성'이라는 토픽은 특히 1860년대 중반 경 정기간행물들의 지면을 빈번하게 채웠다(Hamilton 10). 이러한 글들이 하나의 통일된 맥락으로 묶이는 데는 어려움이 있다고 볼 수 있으며 페미니즘과 반페미니즘의 이분법적 구도로 명확히 분류될 수 없는 점을 안고 있다. 그러므로 여성작가들의 여성에 대한 글들이 지닌 복합성에 주목해야 행간의 의미를 제대로 파악할 수 있다.

여성 저널리스트들이 여성에 대한 글을 기고하고 출판했던 양상은 빅토리아 시대 페미니즘의 진전 과정을 엿보는 주요한 창구라 볼 수 있다. 즉 여성저널리스트들이 스스로 적극적 논평자이건 자신들이 혹독한 논평의 대상이건 간에 이들이 점차 정치적 문화적 권위를 세워갔던 점을 높이 평가할 수 있다. 페미니스트이건 그 반대 입장이건 간에 여성에 대한 공적 논의를 불러일으킨 점은 당시 출판문화에서 여성작가의 입지를 구축해나가는 것과 연관이 있다. 사회에서 여성의 위치를 논하는 것은 정치적 논의로 이어질 수밖에 없었고 여성의 사회참여나 논의참여를 반대하는 글조차도 실제로는 자신의 글이 이러한 참여를 정당화하는 셈이 되었다. 마거릿 올리펀트의 경우도 지금까지 페미니즘 운동에 반대했던 보수적 성향의 필자로 평가되었지만 여성에 관한 글들을 상세히 분석해보면 복합적인 관점을 지니고 있음을 알 수 있다. 심지어 자신이 주장한 것과 반대의 의미를 하위텍스트에 포함하고 있는 경우도 발견된다. 최근의 연구들은 이러한 점

들을 활발히 밝혀내면서 당시 여성 저널리스트의 글들을 새로이 읽어내고 있다.[7]

당시의 점잖은 저널에 여성론적 입장을 제대로 밝힌 글을 실은 경우에는 이러한 남성위주 저널에서도 공적 이슈로 여성문제를 수용한 것으로 보인다. 이는 정기간행물이나 저널의 성격도 고정된 것이 아니라 각종 이질적 요소들이 뒤섞이는 장이 되어갔던 것을 보여준다. 아울러 저널리스트이자 비평가, 소설가, 시인 등으로 명성이 있던 여성작가들이 글쓰기를 통해서 공적인 활동에 정당성과 권위를 부여받았다고 볼 수 있다. 즉 주요한 저널에 여성들이 여성에 대한 글들을 게재함으로써 여성작가가 사회, 정치, 문화 영역의 담론 형성에도 참여하는 비평가의 역할도 아우를 수 있다는 인식을 생성해내었다.

이를테면 마티노의 진보적 저널리스트로서의 경력은 당시 사회 분석에 유감없이 발휘됨을 볼 수 있다. 이 가운데 여성에 대한 글들은 특히 마티노의 작가적 정체성 형성에 중요한 위치를 차지한다. 메리 울스톤크래프트(Mary Wollstonecraft)에 이어 당시 여성에 관련된 문제, 여성의 역할과 지위, 가정, 교육에 대한 마티노의 글들은 당시 변화하던 젠더와 사회계급 문제 등을 통합적으로 다루고 있다. 마티노는 19세기의 사회·경제적 변화들이 여성에 대한 전통적인 개념, 즉 남성에게 의존하는 여성의 개념을 흔들어놓고 있음을 자각했다. 마티노는 자신이 독신여성이었던 바, 여성의 위치나 여성이 종사할 수 있는 일에 관심이 많았다. 특히 재봉사나 가정교사

---

7) 이를테면 올리펀트의 「여성에 관한 법률」이 표면상의 주장과 다른 목소리를 담고 있음을 분석한 샌드 스펜서(Sand Spencer)의 경우가 그러하다. 스펜서는 남성목소리, 모호한 대명사들의 사용, 특이한 논쟁적 책략들은 올리펀트의 여성문제에 대한 입장이 명확하지 않다는 것을 시사해주며 미묘한 하위텍스트의 의미를 볼 수 있다고 주장한다. Sand Spencer. "Words, Terms, and Other "Unchancy" Things: Rhetorical Strategies and Self-definition in "The Laws Concerning Women"." *Women's Writing* 6.2 (1999): 251-259. 참조

가 될 수밖에 없는 중산계급 독신여성들의 문제를 당시 사회의 교육이나 결혼제도와 관련하여 언급하였다. 여성의 위치나 교육에 대한 관점은 마티노의 활동 초기 관심사로서 마티노는 당시 교육이 남녀 성에 관계없이 공평하게 진행되어야 한다는 입장을 견지하였다. 아울러 중산계급뿐만 아니라 노동계급 여성을 위한 교육에도 관심이 많아 노동계급 여성들의 정신을 고양시킬 대학이 창설되어야 한다고 주장했다.

이러한 계몽적 성격의 여성론이 점차 대두되었지만 당시 정기간행물에 실렸던 여성에 대한 논의는 페미니스트 여부를 떠나서 자주 성차(sexual difference)가 중심이 되었다고 볼 수 있다(Hamilton 15). 올리펀트같은 경우는 프란시스 파워 콥과 마찬가지로 본질적, 생물학적 여성성이 존재한다고 믿었으며 이러한 믿음 때문에 빅토리아 시대 여성운동에 찬동하지 않았다. 그러나 이러한 입장이 여성의 상황을 개선해야한다는 당시의 생각에 반대한 것으로 직결되지는 않는다. 여성성, 사회에서 여성의 위치를 논한 올리펀트의 글들은 보수적 입장이지만 빅토리아 사회에서 여성이 어떻게 적합한 활동영역을 구축하는가에 대한 관심을 보이고 있다. 올리펀트는 콥의 여성권리 확장에 대해 동조하지는 않았지만 여성을 가정영역 밖에서는 아무 것도 할 수 없는 존재로 보는 상투적 여성성에 대해서는 찬성하지 않았다. 자신의 생애를 통해 보여주었던 올리펀트의 저술활동, 저널리스트로서 소설가로서 사회비평가로서의 다중적 활동은 실용적 페미니즘(practical feminism)[8]의 예라고 볼 수 있다.

점잖은 남성중심 저널에서 여성문제에 대한 논의를 접하게 되는 것은 당시 독자들에게 새로운 방향의 생각을 하도록 유도했을 것이다. 독자들은

---

8) 엘리자베스 렁랜드(Elisabeth Langland)가 올리펀트가 보여준 여성론이 이론이나 운동보다 바로 자신의 삶을 통해 실천한 것이라는 점에서 올리펀트의 여성론을 이렇게 규정하였다(148).

당시 여성담론을 둘러싼 공방들, 특히 여성의 교육이나 결혼, 가정 이데올로기론에 구체적으로 접해볼 수 있었기 때문이다. 공적 영역에 중산계급 여성이 참여하게 되는 과정은 출판문화의 형성과정에서 서로 대립되는 영역들이 논쟁과 대화를 통해 조화를 향해 진전되는 과정과 궤를 같이 한다. 이러한 과정에서 여성 저널리스트이자 작가들은 객관적이면서도 다양한 서술책략을 통해 여성담론을 형성함으로써 문화비평 방법론의 구축에 일조했다고 볼 수 있다.

빅토리아 시대 정기간행물과 여성작가의 텍스트

II
장

빅토리아 시대 정기간행물과 여성작가의 활동

　1830년대 출판시장의 확장은 중산계급 여성들에게 여성권리에 대해 더 광범위하게 견해를 밝힐 수 있는 기회를 제공하였다. 이미 1830년대에 빅토리아 시대 여성의 역할에 대한 저서들을 볼 수 있는데 이 저서들은 여권 운동적 성격을 지닌 주장보다는 국가와 사회를 위한 여성의 도덕이나 사명을 역설한 경우가 많았다. 이즐리에 따르면 새러 루이스(Sarah Lewis)의 『여성의 사명』(*Woman's Mission*)이나 새러 스틱니 엘리스(Sarah Stickney Ellis)의 『영국여성』(*The Women of England*) 등이 그러한 경우에 해당된다는 것이다 (*First-Person Anonymous*, 35). 그런데 이 시대 여성작가들의 고민은 중산계급의 가치관을 유지하면서 여성문제에 대한 관심을 불러일으키고 해결책을 모색하는 것이었다. 이들은 자신이 여성권리 옹호자처럼 활동하는 것이 밝혀질 경우 자신의 글이 독자들의 편견을 불러일으킬 수 있다는 우려를 안고 있었다. 그럼에도 불구하고 당시 독자들이 즐겨보던 잡지 등의 정기간행물에서 젠더와 계급에 대한 문제들은 항상 대두되었다. 남녀가 옷 입는 방식 등의 사소한 문제와 연계되면서 한쪽으로 치우치기도 하였지만 궁극적으로 여성에 대한 여러 목소리들을 담게 되는 장이 되었다(Fraser, Green and Johnston 1).

　남성필진 위주로 진행되었던 저널리즘의 세계에 진출하기 위해 여성문인들은 자신의 영역을 개척하기 위한 책략을 사용하였다. 즉 남성의 필명을 사용하거나 자신의 젠더를 감추는 책략을 즐겨 사용하였다. 당시의 정기간행물들은 여성작가들이 이처럼 대중들에게 노출되지 않고 여성문제를 포함한 여러 사회문제들에 대해 견해를 밝힐 수 있는 유효한 매체구실을 하였다. 특히 저널리즘을 통해 거론되었던 여성론들은 다양한 유형의 여성들, 아내, 가정교사, 독신녀, 신여성 등 당시 여성에 대한 담론형성에 주요 역할을 했다고 볼 수 있다. 메리 푸비(Mary Poovey)같은 비평가는 여성에 대한 당시의 이러한 담론 형성과정이 복합적임을 지적하는데(3), 이러한 양상 이면에 당시 여성 문필가로서의 활동이 쉽지 않았음을 읽어낼 수 있다. 보통 여성작가들은 작가로서 신문이나 잡지 등을 대상으로 한 기고문, 자서전, 소설 등 다양한 장르에 걸쳐 글을 썼고 이러한 다중적 활동에서 보다시피 작가적 정체성도 다중적이다.

여성저널리스트 겸 작가의 텍스트들에 대한 평론가들의 태도는 여성의 변화하는 역할들을 반영해준다. 19세기 중반이 되면 제인 신넷(Jane Sinnet), 캐서린 고어(Catherine gore), 마거릿 올리펀트 등이 주요 정기간행물들의 익명적 기고가로 고용되었다. 엘리자 쿡(Eliza Cook)과 베시 레이너 팍스 (Bessie Rayner Parks) 등을 포함한 많은 수의 여성들이 저널의 편집장들이 되었다. 결과적으로 빅토리아 시대 여성들은 비평적 공격의 대상이 되기도 했지만 편집자로서 논평가로서 자신들의 비평을 구축하기도 하였다. 여성들의 문학에 대한 이론과 가치평가를 나름대로 구축하기도 하였다.

그러나 모든 정기간행물들이 여성들의 참여를 장려했던 것은 아니었다, 『토리 쿼터리 리뷰』(*Tory Quarterly Review*)는 여성들을 거의 참여시키지 않았고 여성들이 쓴 정치 텍스트들에 대해 가혹한 편이었다. 자유주의적인 『웨스트민스터 리뷰』 같은 정기간행물들은 여성들을 더 많이 고용하고 여성 필자들에게 호의적이었다. 『호윗즈 저널』 같은 자유주의적이고 급진적 정기간행물들이 여성작가들의 참여를 더 장려하였고 이러한 저널들은 여성 교육, 정치참여를 지지하는 운동과 연루되어 있고, 공리주의, 종교적 분파, 대중문학 캠페인 등과 연루되어 있었기 때문에 여성작가들을 수용하는 입장이었다. 많은 잡지들이 여성작가들에게 기회를 주었으나 『에든버러 리뷰』같은 고급 정기간행물들은 여성필진들을 포함시키는 데 그렇게 적극적이지 않았다.

　주로 1830년대에서 1870년대에 읽히던 중산계급의 정기간행물로『프레이저즈 매거진』,『블랙우즈 매거진』,『웨스트민스터 리뷰』,『에든버러 리뷰』,『쿼터리 리뷰』,『브리티시 쿼터리 리뷰』등을 들 수 있다(Easley, *First Person Anonymous* 4 참조). 이 정기간행물들은 주류의 저널리즘에서 여성들이 기고가로 혹은 비평의 대상으로 재현된 정도들을 보여주고 있다. 그 외에도 여성의 문학적 경력 형성에 도움을 준 저널로서는 1830년대와 40년대의 급진적 종교적 정기간행물로서『피플즈 저널』,『먼스리 리퍼지터리』,『호윗즈 저널』등을 들 수 있다.

　이들 정기간행물들은 당시 여성문인들이 경력을 쌓아가는 과정에 하나의 활동 공간을 제공하였다. 즉 빅토리아 시대 출판시장이 형성되는 과정에서 정기간행물을 중심으로 한 당시 대중출판 방식은 남성필자의 전유물이었던 문화 · 사회 · 정치 담론에 여성도 참가할 수 있는 기회를 제공하였던 것이다. 이러한 기회로 인해 여성작가들은 광범위한 독자들을 대상으로 다양한 주제들을 다룰 수 있게 되었다. 이들이 다룬 노예제, 여성해방, 국회개혁, 산업주의 등은 여성작가의 정체성 형성에 다양성을 부여했을 뿐만 아니라 이들이 정기간행물의 편집이나 기고에 참여함으로써 저널리스트로서의 활동과 본격적 창작활동이 서로 영향을 주게 되었다. 아울러 여성작가와 여성편집자, 여성기고가로서의 다중적 활동은 독자들이 여성성에 대해서도 새로운 관점을 지니도록 유도하였다.

　19세기의 영국 저널리즘은 이미 여성작가에 주요한 영역이었다. 1,500여명 이상의 여성들이 빅토리아 시대에 정기간행물에 투고했던 것으로 알려지고 있을 정도로 여성작가가 진출할 수 있었던 공적 영역이었다. 왜 여성작가들이 이러한 활동 영역을 택했는지 어떠한 환경에서 이들이 작업했는지에 대해 근자에 전문적인 연구가 활성화됨을 볼 수 있다. 바바라 온슬로우(Barbara Onslow), 마거릿 비덤과 같은 연구자나 빅토리아 정기간행물 연구회 등이 이러한 여성작가의 저널리즘 활동 역사에 대해 통찰력을 제공하고 있다. 이러한 연구에 덧붙여 1990년 중반부터 근자에 이르기까지 조안 새톡(Joan Shattock)과 마이클 울프(Michael Woolf)나 드보라 윈, 알렉시스 이즐리를 중심으로 빅토리아 시대 정기간행물, 가족잡지, 여성작가의 글쓰기 등이 심도 있게 검토되고 있다.

이중 주목할 만한 연구자인 알렉시스 이즐리는 익명적 글쓰기의 주요성에 천착하면서 해리엇 마티노와 크리스천 존스톤(Christian Johnstone), 엘리자베스 개스켈, 조지 엘리어트, 크리스티나 로젯티(Christina Rossetti) 등을 중심으로 이들의 저널리스트로서의 활동이 문학 경력 형성에 지대한 역할을 했음을 지적한다.[1] 시, 소설, 넌픽션 등에 걸친 문학성과에 이들의 저널리스트로서의 활동이 중요한 이유는 비평가로서 시인으로서 소설가로서 사회이론가들로서 광범위한 지적 관심사들을 섭렵할 수 있었기 때문이라는 것이다. 아울러 이들 작가에 공통적으로 익명적 글쓰기라는 당시의 관행이 이들 여성작가의 저널리즘 진출에 큰 역할을 하였음을 지적하고 있다.

잡지와 정기간행물 기사들의 대화성에 주목한 연구로는 드보라 윈의 『선정소설과 빅토리아 가족잡지』(The Sensation-Novel and the Victorian Family Magazine)를 들 수 있다. 윈은 빅토리아 시대 중반의 정기간행물에 선정소설이 연재되던 양상을 분석하면서 가족잡지 안에서 소설과 비소설이 어떠한 양상으로 상호영향을 주었는지 분석하고 있다. 잡지에 연재 양식으로 게재

---

1) 알렉시스 이즐리의 연구서 First-Person Anonymous: Women Writers and Victorian Print Media, 1830-1870. (2004)는 특히 여성작가의 익명적 글쓰기가 당시 출판매체에서 큰 역할을 했음을 중심으로 논하고 있다.

된 선정소설이 소위 중산계급의 점잖은 규범을 어떻게 전복시키는가를 통해 문화의 형성 과정을 추적하고 있다. 빅토리아 시대 저널리즘과 여성작가에 대한 대표적인 연구들로 볼 수 있는 이들의 논의는 대중매체와 문화 형성, 독자와의 관련성 등 다양한 접근방식을 통해 대중매체와 그 수용자들의 역학관계에 대한 고찰을 시도함으로써 현 시대의 대중매체 특성과 문화연구에도 연계되는 것이 특징이다. 이처럼 빅토리아 시대 문화연구에서 정기간행물과 여성작가의 텍스트에 대한 검토 작업은 단지 빅토리아 시대에 그치는 것이 아니라 현시대의 출판문화 형성과도 연계되는 현재성을 지닐 수 있다.

또 하나 주목할 점은 당시의 이러한 정기간행물이 여성작가들에게 페미니즘적 정치의식을 발전시키는 수단을 제공했다는 점이다. 여성작가들의 페미니즘적 인식은 급진적 성격의 정기간행물들과 1830년대와 40년대의 대중문학 운동들, 나중에 50년대와 60년대의 여성의 저널리즘으로 이어진다. 정기간행물들은 당시의 문화 상투형의 하나인 '여성작가'라는 새로운 유형을 형성하는 데 핵심적 역할을 하였던 것이다. '여성문제'는 19세기 영국 정기간행물에서 논란을 자아내지만 주된 관심사로 점차 자리 잡았고 1860년대 말경이 되면 페미니즘은 빅토리아 시대 문화에서 논쟁적이지만 주요한 담론이 되어 가고 있었던 것이다. 정기간행물의 다양한 지면은 여성작가들이 익명이건 이름을 밝히건 이러한 담론 형성에 다양한 목소리들을 내도록 허용하였다. 따라서 여성작가들의 활동은 더욱 다양한 영역에 걸쳐서 확대되어 갔음을 볼 수 있다.

정기간행물과 여성작가의 익명적 글쓰기

빅토리아 시대 문학작품들과 정기간행물들은 공유하는 부분들이 많았으므로 서로 영향을 주는 현상을 주목해볼 수 있다. 이러한 현상가운데서 여성작가의 저널리스트로의 활동은 보통 더 높은 단계의 문학적 성과를 위한 연결점으로 취급되기도 하고 의무적인 연마기간으로 취급되기도 했다. 그러나 이들의 저널리즘 종사경력은 이들이 지닌 철학적·사회적·도덕적 신념의 원천이라고 볼 수 있다. 이들의 작가성 수립에 이러한 저널리즘 활동은 보조적인 것에 그치지 않고 젠더, 정체성, 매체간의 상호텍스트성을 이루는 주요 단계이다. 따라서 1830년대와 40년대, 50년대, 60년대별로 출판문화의 관행 속에서 여성작가들의 텍스트, 정체성, 경력의 다중성을 추적해볼 수 있다. 여성작가로서 자신이 쓰는 글의 주제 선택, 개인적 삶, 출판 관행과의 협상 면에서 여성작가의 정체성 형성 과정은 단순한 과정이 아니었기 때문이다. 빅토리아 시대 여성작가의 정체성 구축 과정과 그들이 생산한 문학을 더 심층적으로 이해하기 위해서는 이들이 주제나 서술기법을 택하고 연마하는 과정과 당시 출판문화의 관계를 구체적으로 짚어볼 필요가 있다. 그 가운데 익명적 글쓰기(anonymous writing)의 책략은 여성작가에게 필수적인 것이었다.

특히 1840년대부터 60년경에 이르기까지 정기간행물이나 문학작품과 관련된 여성작가들의 익명성은 이들의 활동에서 주요한 문제이다. 왜냐하면 저널리즘에서 보장하는 익명성은 여성으로 하여금 광범위한 독자들을 상대로 다양한 주제들을 다루게 해주었기 때문이다. 이들이 다룬 노예제, 여성해방, 국회개혁, 산업주의 등의 사회개혁과 관련된 영역은 여성작가로 하여금 사회적 실천의 영역에도 관심을 지니도록 유도하여 이들의 정치의식을 고무시켰다. 1840년대만 해도 이러한 사회 상황에 관한 담론 영역이 여전히 남성 필진의 전유물로 생각되었고 여성이 본격적으로 이러한 논의에 참여하기는 어려운 상황이었다.

이러한 상황에서 당시의 여러 정기간행물들은 여성의 문학경력을 가능하게 해주었던 주요 매체였다. 즉 당시 잡지들은 영국의 상황 문제에도 여성필진을 포함시킴으로써 여성문인들이 당시 사회문제나 정치문제에 관여할 터전을 마련해주었던 것이다. 여성작가의 익명적 기고문들과 문학적 성과 사이에 생산적 상호작용은 당시 여성작가들의 정체성 형성에 주요한 과정으로 보인다. 이를테면 1823년 해리엇 마티노는 『먼스리 리퍼지토리』에 「실용적 신성을 다룬 여성작가」("Female Writers on Practical Divinity")란 글을 발표함으로써 저널리스트의 경력이 시작되었다고 볼 수 있다. 편지형태로 편집자에게 보내는 에세이였으며 V라고만 서명하여 보냈던 것이다. 이 에세이는 다음 호에 실렸고 마티노의 저널리스트의 활동은 익명적 글쓰기로부터 시작되었다고 볼 수 있다. 마티노는 이후 11년간 『먼스리 리퍼지토리』에 익명으로 노예제, 종교, 정치, 경제 같은 남성영역에 속하는 주제로 글을 썼다. 1830년대에 시작한 이러한 글쓰기는 이 잡지 외에도 『런던과 웨스트민스터 리뷰』, 『에든버러 매거진』, 『런던 데일리 뉴스』(*London Daily News*) 등의 잡지나 신문들을 통해 확장되면서 노예제 폐지, 신학, 정치경제, 문화, 철학, 교육, 노예제, 질병 등 남성적 영역으로 간주되던 영역까지 포괄하게 되었다. 이러한 과정에서 마티노는 자신이 유명한 여류문인으로 분류되는 것을 경계하면서 자신의 글에 객관성을 부여하고 더 설득력 있게 자신의 입장을 전달하는 데 중점을 두었다. 특히 여성작가로서 작가적 정체성이 형성되는 초기에 이러한 점에 많은 주의를 기울인 것으로 볼 수 있다. 마티노는 작가로서의 유연성을 기르기 위해 자신의 주제, 독자, 잡지의 편집방침에 따라 다양한 화자의 목소리를 구사하였다. 주로 『런던 데일리 뉴스』나 『런던과 웨스트민스터 리뷰』 등에서는 익명적 남성의 목소리를 구사하였으며 개혁적 성격을 지닌 『피플즈 저널』 같은 잡지에서는 남성 여성독자 양자에게 말을 거는 식의 책략을 썼다.

엘리자베스 개스켈 역시 잡지 기고가로서의 활동과 소설가로서의 활동의 상관관계를『호윗즈 저널』에 게재한 익명적 글과 문학경력의 출발점인『메리 바튼』(*Mary Barton*)(1848)을 연관시켜볼 때 생산적 상호작용을 밝혀볼 수 있다. 특히『호윗즈 저널』에 게재한 글 중『메리 바튼』과「리비 마시의 세 시대」("Libbie Marsh's Three Eras")의 연관성은 주목할 만하다 할 수 있다. 개스켈의 경우에서 보다시피 1840년대 경 여성작가의 익명적 글쓰기는 당시 영국사회 진단과 문화형성에 주요한 요소로 볼 수 있다. 이를 테면 개스켈이 활동을 시작하던 시기에 이미 여성작가들은 중산계급 대상의 잡지에 글을 싣기 시작하였다. 여성필자들은 빈곤층에 대한 객관적 기록자로서 이들 거주지의 상황을 묘사함으로써 독자들로 하여금 이를 개선해야한다는 인식을 불러일으켰다.

1840년대 후반경이면 여성 필자가 익명적 글쓰기를 통해 영국의 상황 문제, 도시의 빈곤, 고용, 위생, 가정생활 등의 문제에 대한 담론을 어떤 식으로 형성해갔는지 볼 수 있다. 이들은 중산계급 독자들에게 노동계급이 거주하는 공간에 대해 새로이 상상해보게 만들면서 중산계급 가정성에 대해서도 새로이 인식하도록 유도하였다. 이러한 과정에서 여성작가들은 성별에 대한 편견 없이 자신의 글이 수용되게끔 익명성의 장치를 이용했고 이러한 익명성의 장치는 여성작가의 작가적 권위 부여 과정에 하나의 몫을 담당하였다.

이처럼 빅토리아 시대 초기에 여성작가들이 공적 영역에 들어가기 위한 방법으로 사회 문제에 대한 글들을 익명으로 신문이나 잡지에 게재한 활동은 당시 이들의 문학시장 진출과 관련하여 많은 논의를 낳고 있다. 조셉 케스트너(Joseph Kestner)는 당시 사회 문제에 대한 여성들의 글을 총칭하여 사회에 관한 이야기(social narrative)라는 용어로 정의하면서 이 장르가 남성들의 전유물이 아니라 오히려 여성작가들에게 인기가 있었으며 여성작가들이 자신의 문학경력에서 남성작가들보다 훨씬 일찍 이 장르에 착수하였음을 지적한다(4). 케스트너는 여성작가가 쓴 사회에 관련된 일체의 글들이 공적 영역으로의 진입을 보여주는 점에 주목하면서 영국 사회 진단이나 해결책 제시 등 사회개혁과 연루된 영역에 여성작가들의 기여도를 제대로 평가해야 한다고 본다.

이러한 여성작가의 사회 문제 담론이 많은 논의의 여지를 낳고 있는 이유는 당시 문학시장에서 여성작가의 입지가 구성되어 가는 과정이 단순히 정리될 수 없는 성격을 띠고 있기 때문일 것이다. 여러 종류의 정기간행물에 익명으로 투고한 여성작가의 경력은 여성작가들이 독자층을 형성해가며 입지를 굳히는 과정이다. 빅토리아 시대의 정기간행물, 특히 잡지들을 중심으로 여성작가/ 독자, 편집자/기고자, 소설/ 비소설의 관계, 익명적 글쓰기와 실제 자신의 작품 사이의 다양한 대화 관계를 통해 당시 여성작가와 출판 매체의 복합적인 관계가 형성되었다. 여성작가가 당시 잡지에 익명으로 게재한 단편 소설, 시, 에세이 등의 기고문은 영국 상황에 대한 공적 고찰을 수행하였다. 특히 산업 도시의 삶이 어떠한 지를 다룬 여성작가의 기고문이나 문학작품은 영국의 상황 문제에 대한 정치적 논쟁에 하나의 장을 구성하게 된다.

1830년대와 40년대 동안 중산계급 여성작가는 계급에 따른 불평등, 삶의 조건 등에 관심을 가지고 사회문제에 대한 글들을 썼다. 19세기 중반 무렵 노동계급 거주 환경이나 삶의 조건이 점차 개선되자 젠더가 계급 문제를 대치하게 되었다. 정기간행물들은 정치적 논쟁을 위한 익명적 포럼을 통해 여성들에게 1850년대의 조직화된 여성운동의 발전으로 이어질만한 논의들을 마련해주었던 것이다. 또한 익명적 출판을 통한 개인적 정체성의 억압이 오히려 여성의 정치적 주체성과 자유주의적 개체성을 더 증진시키 도록 만들었던 경향이 있다. 여성작가들은 여성 문제에 대한 담론들을 통해 공적 영역에서 여성의 어떠한 역할이 가능한지에 대해 논하게 되었다.

이처럼 정기간행물들을 통해 여성 기고자들이 활동한 상황들을 볼 때 1850년대와 1870년대 사이를 가장 영향력 있는 여성 저널리스트들의 활동 기라고 볼 수 있다. 이 기간 동안 마거릿 올리펀트와 앤 모즐리(Anne Mozley) 같은 영향력 있는 저널리스트들의 활동을 볼 수 있다. 1860년대에는 익명의 출판이 공격을 받았고 세기말 경에는 많은 정기간행물들이 기고 가들의 이름을 밝히기 시작했다. 서명을 요구함으로써 여성작가들이 더 광범위한 주제와 독자들을 섭렵하기에 애로가 있었다. 이름을 밝히지 않은 것은 이름을 밝힌 것보다 더 저급의 것으로 여겨지기도 했다.

여성문인들의 익명적 글쓰기 장치는 작가성의 문제에 대해 새로운 정의를 생각해보게 한다. 아울러 공사영역 분리의 이데올로기나 문화적 권위의 개념에 의문을 던지게 만든다. 사회의 주요 문제에 대한 논의에 참여와 젠더 문제는 어떠한 것인가에 대해 새로이 생각하게 하는 것이다. 이러한 관점에서 이즐리는 작가란 무엇인가, 작가의 이데올로기적 역할에 주목하면서 빅토리아 시대 출판문화와 관련된 여성작가의 익명적 장치는 자신을 억압하는 부정적 장치가 아니라 대중적 작가성과 연관되는 정체성의 정치학에 대한 반응이라고 보고 있다(Easley 6). 이즐리의 지적대로 여성작가의 익명적 글쓰기는 작가성의 정치학과 연관되는 주요한 책략이라고 볼 수 있다.

빅토리아 문화에서 작가의 역할은 남성작가의 절대적 권위 개념에서 점차 복합적인 개념으로 변화하며 이 과정에서 여성들이 자신들의 글쓰기를 통해서 젠더 상투형에 저항하고 자신들의 정체성을 구축한 것이다. 이는 단일화된 과정이나 일관성 있는 과정이라고 가정하기 어렵다. 여성작가의 텍스트에서 볼 수 있는 불연속성은 당시 지배적인 남성적 영역에 진입하는 어려움과 갈등적 요소들을 반영하고 있다. 익명적 장치를 썼더라하더라도 자신의 정체성을 제대로 수립하려는 욕망과 당시 지배담론에 순응해야하는 현실의 갈등을 텍스트를 통해 읽어낼 수 있는 것이다. 익명적 장치나 가명을 사용하는 장치는 대중 출판문화에서 실상은 스스로에게 이름붙이고 싶은 욕망과 연관이 있다고 볼 수 있다. 이러한 점에서 익명적 글쓰기 장치는 당시 출판계와 관련하여 여성작가의 욕망과 억압 구도를 읽어낼 수 있는 주요 장치인 것이다.

잡지 문화와 젠더

빅토리아 시대의 여러 종류 정기간행물들 가운데 1860년대에 주목할 만한 현상은 새로운 가족잡지2)의 등장으로 이는 특히 중산계급 문화와 사회 유지에 주요한 장을 마련하였다. 빅토리아 중반기의 가족잡지의 편집이나 보급에는 중산계급 가치관이 하나의 지침 역할을 하였으며 이 잡지들은 노동계급 문화가 중산계급에 편입되는 데 중요한 역할을 하였던 것으로 볼 수 있다. 『일년 내내』(*All the year round*), 『일주 한번』(*Once a Week*), 『맥밀런』(*Macmillan's Magazine*), 『콘힐』, 『템플바』(*Temple Bar*), 『아고시』(*The Argosy*), 『벨그래비어』, 『틴즐리즈 매거진』(*Tinsley's magazine*) 등을 당시의 대

---

2) 빅토리아 시대 중산계급 중심의 가치관을 전파하는 데 주력한 가족 중심의 잡지에 드보라 원은 가족잡지(family magazine), 제니퍼 페글리는 가족 문학잡지(family literary magazine)라는 용어를 쓰고 있다. 잡지에 담긴 여러 영역의 글들을 감안할 때 가족잡지가 더 적절한 용어라고 볼 수 있다.

표적 가족잡지로 들 수 있다(Wynne 18). 빅토리아 시대 중반부의 이러한 가족잡지의 유행은 독자의 증가, 도시화, 정기간행물 가격의 인하, 당시 연재소설을 집필한 소설가들의 약진 등과 관련이 있었다. 이 잡지들은 가족을 염두에 두고 편집 방침이 정해졌다. 이러한 잡지들로부터 빅토리아인들은 종교와 마찬가지의 안정감과 정신적 양식의 역할을 기대하였다. 당시 사회나 문화의 변화 과정에서 그들은 자신들이 즐기고 통제할 수 있는 순간을 잡지에서 발견하고 싶어 하였다. 특히 연재라는 양식은 이러한 순간을 지속적으로 제공하였다고 볼 수 있다. 따라서 가족들이 함께 즐길 수 있도록 많은 소설들이 가족잡지에 연재되었다. 물론 가족 중 여성독자가 소설을 즐기는 경우가 대부분이었다. 주별, 월별로 수천의 독자들이 연재소설을 즐겼고, 연재소설과 병행된 기사, 시, 삽화, 광고들은 독자들에게 주요한 사회, 문화의 정보들을 제공하였다.

빅토리아 시대의 이상적인 가족 개념은 정기간행물의 발전에 결정적이었을 뿐만 아니라 빅토리아 소설의 형식과 보급에 중요한 역할을 하였다. 많은 소설들이 값이 저렴한 가족잡지에 연재되었으며, 특히 1860년대에 새 잡지들은 중산층 가족을 염두에 둔 소설 연재의 장으로 활성화되었다. 주별, 월별로 수천의 독자들이 연재소설을 즐겼고, 소설과 병행된 기사, 시, 단편, 삽화 장치들은 당시 문화 형성의 중요한 장이 되었다. 윈은 당시 가장 인기를 끌었던 대중소설 장르인 선정소설이 멜로드라마나 싸구려 소설에 기원을 두고 있으면서 중산층 독자에게 광범위하게 호소력이 있었던 점을 이러한 가족잡지의 성격과 연관시키고 있다. 즉 선정소설이 중산층의 적절한 읽기 거리가 된 까닭은 가족잡지에 연재됨으로써 가족의 구성원들이 모두 즐길 수 있었기 때문이다. 또한 이러한 잡지 문화의 활성화로 가족들이 즐길 수 있는 소설의 범주들이 확장되었다. 같은 문화적 공간을 공유하면서 선정소설 장르와 값이 싼 중산층 잡지가 함께 근대적 형태로 나타나게 되었던 것이다(Wynne 9). 이처럼 근대성은 당시 출판문화의 형성에서 주요한 의미를 지니는데 계급과 젠더가 제한된 범주를 벗어나 더 광범위하게 혼합되는 방향으로 진전되었기 때문이다.

같은 문화적 공간에서 실제 잡지의 연재 형식은 연재된 소설 장르의 충격 효과를 더 강하게 전파하는 식으로 구성되었다. 이를테면 연재소설과 더불어 유사한 선정적 성격을 지닌 실제 기사나 짧은 일화들, 시 등이 지면에 할애되었다. 범죄와 광기를 묘사한 연재 소설분과 범죄와 광기에 관한 단편이나 기사가 함께 실림으로써 일반 기사의 의미와 연재소설의 주제가 서로 연결되기도 하였다. 이러한 상호텍스트성이 당시 대중잡지의 특징들이었다.

이러한 가족잡지들에서 편집자, 기고자, 독자들의 관계는 외견상 무질서하고 열려 있는 형태를 구성하고 있는 것처럼 보이지만 궁극적으로 잡지의 편집방침에 따라 논리적 일관성을 유지하게 된다. 이러한 일관성이 잡지의 성격을 규정하게 되는데, 서로 이질적으로 보이는 것을 통합하는 것이 편집의 방향이었다. 루이스 제임즈(Louis James), 새톡(J. Shattock)과 울프(R. Wolff) 등도 빅토리아 문학, 문화와 간행물 사이의 관계를 논하면서 간행물 형태의 본질적인 대화성에 주목하고 있다. 정기간행물 가운데 잡지는 소설과 비소설 사이의 중재역할을 하였을 뿐만 아니라 작가와 독자의 대화를 강화시킨 점이 중요하다. 즉 소설이 연재된 잡지 담론의 상호텍스트성으로 인해 새로이 생긴 읽기 방법론이 독자들에게 새로운 즐거움을 주었으며 이러한 잡지의 역할로 인해 빅토리아 시대 중반에 최고의 인기장르였던 선정소설의 주제나 기법은 더욱 다양화되었다고 볼 수 있다.

대화 관계라는 맥락을 중심으로 보면 선정소설이 독자들에게 자아낸 감정적 반응은 의미가 없는 것이 아니라 당시의 주요 문제들을 포괄하게 한다. 특히 계급 유동성의 문제, 재정적 불안, 독신 여성의 취약한 사회 상황, 성, 실패한 결혼, 불법적 결혼, 광기, 정신 질병, 범죄에 대한 공포, 가정이라는 영역의 취약성 등을 볼 수 있다(Wynne 3). 이러한 주제들은 지속적으로 중산층 가족잡지들에서 반복되었는데 브래던, 콜린즈, 리드 등은 이러한 주제들을 다루면서도 중산층 가족의 존속에 중점을 두었다. 그러나 이들의 텍스트 이면에 당시 주요 담론에 대한 저항적이고 전복적인 요소들을 발견할 수 있다.[3]

이러한 요소들은 당시 중산계급 문화와 노동계급 문화가 뒤섞이는 과정의 이면에 당대 사회의 문제점들에 대한 여성작가들의 인식이 어떻게 작용하고 있는가를 보여준다. 아울러 잡지와 소설의 상호텍스트성은 당대 사회 문제들에 대한 여성작가들의 인식을 더욱 심화시켜 주는 역할을 하였다고 볼 수 있다. 가족잡지는 남성들의 전유물이자 더 고급 수준으로 지칭되던 잡지들보다 여성작가들에게 더 나은 글쓰기 환경을 제공하였는데 1860년대와 70년대에 여성작가들이 어느 때보다도 성공적이었다는 것은 이 시대 가족잡지 장르가 발전한 양상과 연관된 것으로 볼 수 있다. 즉 이 장르는 여성독자들, 작가들, 편집자들에게 환영받는 장르라고 할 수 있다 (Phegley 8).

가족잡지에서 여성독자의 이미지는 어떻게 구축되는가, 여성독자의 역할이 문학잡지의 비평적 기준의 발전에 어떠한 역할을 하였는가는 당시 문

---

3) 예를 들면 브래던의 『오들리 부인의 비밀』(*Lady Audley's Secret*)은 중산층 독자의 시선을 의식하여 오들리 부인을 죽게 만들고 중산계급 중심 가정과 사회 구축을 결말로 하고 있다. 그러나 텍스트에서 빅토리아 시대의 여성성 담론을 비판하는 작업을 볼 수 있다. 브래던의 텍스트는 당시 사회의 계급 경계선을 지키기 위해 당대 도덕과 광기 담론이 행한 일을 지적하고 있다. 즉 브래던은 건전한 중산계급 자아를 형성하기 위해 비정상적으로 여겨지던 타자를 제거하는 과정을 통해 당시 의학, 법 담론의 문제점을 밝혀낸다.

학정전의 문제, 중산계급 문화의 형성 과정 등과 연관되는 주요한 문제이다. 즉 당시 가족잡지의 역할이나 여성독자에 대한 고려 등은 여성독자가 19세기 문학시장에서 주요한 역할을 하도록 유도하였다. 가족잡지는 여성독자로 하여금 당시 문화적 논쟁에 참여자 역할을 하도록 장려하였다. 당시 가족잡지들은 상업 · 문화적 목적으로 여성독자들을 옹호하였고 이러한 현상은 개인적이건 공적 영역이건 간에 더 큰 기회를 여성에게 제공하게 되었던 것이다.

이처럼 여성독자의 역할이 변화해가는 과정에서 여성독자의 건강성에 대한 우려도 많았다. 여성이 가족의 교육에 중심적 역할을 하도록 기대되었기 때문이다. 따라서 마치 현재 청소년들이 게임과 인터넷에 중독되는 위험을 논하듯이 여성독자에 대한 경계의 목소리가 높았다.『템플 바』의 「읽기의 악」("Vice of Reading") 같은 기사는 읽기를 술, 차, 담배보다 더한 중독성을 지닌 것으로 묘사하고 있다(251). 이 글은 차라리 여성에게 야외운동을 권장하는 것이 낫다는 입장을 취하고 있으며, 이 시기의 미국잡지『푸트넘즈』(*Puttnam's*)도 여성의 독서가 아내, 딸로서의 역할에서 벗어나게 할 수 있다는 우려를 표명하고 있다. 즉 여성의 독서는 여성을 병적인 감정과 열망으로 이끌어 여성이 자신의 현실에 불만을 가질 수 있도록 유도한다고 지적한다(Phegley 4). 이처럼 당시의 여성독자 담론들은 고급문화와 저급문화의 분류에 따라 여성독자를 저급문화의 영역과 연관된 것으로 다루고 있다. 즉 저급문화에 의해 여성들이 타락할 수 있다는 생각을 읽어낼 수 있다. 여성이 도덕적 안내자라는 당시의 여성성 담론과 여성독자의 타락을 둘러싼 이러한 담론은 빅토리아인들의 모순된 생각을 보여주고 있다. 당시 영국 사회가 이러한 모순된 이데올로기를 담지하고 있었던 양상은 영국사회와 국가의 질서 유지와 여성의 관계를 엿보게 해준다.

이 과정에서 가족잡지와 여성독자의 관계에 대한 부정적 담론을 긍정적으로 바꾸는 데 여성 저널리스트의 역할이 컸다고 볼 수 있다. 즉 여성이 편집장 역할을 했던 가족잡지들은 다양한 층위의 문화를 어떻게 혼합하여 여성독자의 역할이나 위상을 확대하는가를 보여준다. 또한 여성 저널리스트들은 가족잡지를 통해 문학정전의 문제, 사실주의와 선정주의의 관계 등을 새로이 규명하여 문화의 층위를 다양화시켰다. 이를테면 선정소설가이자 잡지 편집자, 배우의 다양한 경력을 지녔던 메리 엘리자베스 브래던이 편집했던 『벨그래비어』의 경우, 여성독자의 부정적 이미지를 쇄신하며 자신이 주로 집필했던 선정소설이 여성독자에게 즐거움을 주면서 여성독자의 발전으로 유도할 수 있다는 주장을 전개하고 있다. 브래던은 『벨그래비어』를 통해 저급문화로 분류되던 선정소설을 중산계급 문화로 흡수시키는 전략을 구사하였다.

이러한 브래던의 예는 가족잡지 편집 활동이나 가족잡지에 글쓰기 활동을 통해 여성 저널리스트겸 작가들이 여성독자와 여성작가들에 대한 당시의 통제 담론을 넘어서서 이들을 문화의 전문적 영역으로 끌어내는 데 어떠한 역할을 했는지를 구체적으로 제시하고 있다. 당시의 여성 편집인겸 작가들은 가족잡지들을 통해 여성에게 자신이 무엇을 읽을 것인가, 어떻게 읽을 것인가에 대해 자기 자신이 결정할 수 있는 힘을 기르는 데 기여하였다. 가족잡지의 소비자나 생산자들이 여성과 관련되어 있음으로, 가족잡지는 여성으로 하여금 문화비평 담론에도 참여하고 소비자, 생산자로서도 참여할 수 있게 만들었다. 그러므로 가족잡지는 당시의 젠더문제에 대해 새로운 접근을 유도하였고 여성작가 및 독자의 위상을 바꾸어놓는 데 큰 역할을 하였다.

빅토리아 시대 신문과 출판문화

빅토리아 시대의 출판시장에서 신문 독자들의 수는 대량 인쇄 및 분배, 그리고 문맹률의 감소 등으로 인해 증가하였다. 영국의 신문 산업은 19세기를 거치면서 정치적 성격보다는 상업적 성격이 점차 강해졌고 많은 독자들을 확보하기에 이르렀던 것이다. 정기간행물 가운데 신문의 역할도 매우 중요한데 1830년대부터 영국에서 상업적 신문이 급속히 확장되어감으로 인해 출판물을 통해 독자들이 서로 접촉하게 되는 하나의 포럼을 제공해주었다고 볼 수 있다. 빅토리아 시대에 신문읽기는 일상적인 일과가 되었고 공동체적 행위로 되었다. 신문읽기는 인지세 폐지 이전에는 주로 부유층에 허용된 것이었으나 차츰 신문이 계급, 젠더, 지리적 위치와 상관없이 국가적으로 읽히게 된 것이다.[4] 신문은 독자들의 교류가 이루어지는 장 구실을 했으며 마리아 에지워스(Maria Edgeworth)의 표현대로 여러 지역 사람들에게 공통의 화제를 제공했다(41). 신문읽기는 대부분 남녀 독자들에게 이전보다 공적 영역에 더 가까이 다가갈 수 있는 기회를 제공하였다. 또한 빅토리아 시대 독자들의 성장과 더불어 이들이 소설이나 잡지, 신문 등을 읽는 습관은 공사영역의 관계에 새로운 구도를 가져왔다.

최근의 빅토리아 시대 신문과 빅토리아 시대 문학의 관련성에 대한 매슈 루버리의 연구는 주목할 만하다. 루버리의 논의는 이 영역의 가장 최근 논의로 볼 수 있는데, 빅토리아 시대 정기간행물과 소설의 상호텍스트성에 대한 다양한 연구 흐름에서 신문이 소설에 미친 영향을 검토하고 있다. 그는 『신문의 경이로움: 뉴스 발명 이후의 빅토리아 시대 소설』(*The Novelty of Newspapers: Victorian Fiction after the Invention of the News*)에서 빅토리아 시대

---

4) 빅토리아 시대 신문의 특성에 대한 논의는 매슈 루버리(Matthew Rubery)의 *The Novelty of Newspapers: Victorian Fiction After the Invention of the News*의 서문 3-19면을 주로 참조하였다.

소설의 전성기를 신문의 전성시대라고 생각했던 존 스튜어트 밀(John Stuart Mill)의 견해에 전폭 동의하면서 19세기 동안 신문이 소설에 미친 영향을 간과할 수 없다고 주장한다(4). 루버리는 신문이 빅토리아 시대 소설의 발전에 필수적이라고 보며 신문과 소설의 상호텍스트성을 통해 당시 문화와 독서 과정 생성의 역학을 검토하고 있다. 루버리는 신문의 다섯 범주가 소설에 미친 영향을 다루는데, 선박의 도착이나 조난소식, 개인 광고, 핵심기사, 개인 인터뷰, 외국과의 교신 소식 등의 다섯 란이 당시 소설 형성에 주요한 역할을 한 것으로 보고 있다(14-15). 이와 같은 루버리의 논의는 주로 당시 잡지과 소설의 상호텍스트성에 치중해온 빅토리아 시대 출판문화 연구에서 새로운 방법론을 보여주고 있다.

특히 당시의 대중소설인 선정소설과 신문 기사나 광고의 상호텍스트성은 매우 일상적으로 발견되는 것으로서 출판물 자체가 장르를 막론하고 대중독자들에게 더 쉽게 접근될 수 있는 것임을 보여준다. 상업적 신문의 경우 대규모의 독자를 겨냥해 내용과 형식의 변화를 도모했고 시장성을 고려하여 비정치적 형태의 뉴스에 더 가치를 두었다.[5] 상업적 신문은 독자들을 늘리기 위해서 광범위한 영역에 걸친 잡다한 아이템들을 다루었는데, 앞면과 뒷면은 광고로 구성되어있고 그 사이에 사설, 교신, 뉴스 기사 등의 양식으로 구성되는 형태를 취했다(Rubery 15). 또한 독자가 특별한 제목에 익숙해지도록 구성했고, 개인 인터뷰, 스케치들, 연재소설, 사진까지 소개하였다. 이 가운데 신문의 첫 면을 차지하고 있는 광고란은 당시 신문을 읽는

---

[5] 신문이 정치적 성격보다 상업적 성공에 초점을 둔 것에 비판적인 목소리들도 많았으며 이러한 비판적 입장에서는 신문이 빅토리아 시대 소설의 주제와 형식면의 혁신에 어떻게 주요 역할을 했는지 제대로 규명하기 어렵다고 볼 수 있다. 이러한 입장에서는 주로 단지 당시 소설들이 신문기사의 간음, 이혼, 스캔들 등을 어떻게 포장해서 다시 이야기로 꾸려왔는가, 어떻게 이런 기사들을 이용해 왔는가에만 치중하여 신문과 소설의 관계를 보는 경향이 있다.

독자들에게 상호교류의 성격이 지대한 부분으로서 장터와 마찬가지로 일종의 만남의 장소가 되었다. 즉 신문 초반부에서 광고들은 독자들의 의사소통 연결망으로 작용했다.

빅토리아 시대에 신문이나 잡지에 게재된 광고들은 엄청나게 증가했는데 특히 신문의 광고들은 1836년 신문 인지세가 줄어듦에 따라 더욱 늘어나게 되었다(Nevett 222). 이를테면 『타임즈』(*The Times*)의 광고는 19세기 초반에 하루 150개 광고에서 19세기 중반경이 되면 2,500개로 늘어날 정도였으며 광고의 시대로 불릴 만큼 신문은 개인의 다양한 취향에 응했다. 신문은 개인적 문제뿐만 아니라 상업거래를 위해 고안된 다양한 범주의 광고들을 통해 독자들을 출판 공동체와 접촉하게 만드는 효과가 있었다. 광고는 출생, 결혼, 부고 등의 개인에 관련된 첫 칼럼, 개인적인 고민에 관련된 두 번째 칼럼, 구인광고, 자선을 구하는 세 번째와 네 번째 칼럼, 대출 요청 등의 다섯 번째 칼럼, 운송, 교통에 관련된 여섯 번째 칼럼으로 구성되었고 경매, 판매, 새로운 회사들에 대한 다양한 광고들이 나머지를 차지했다(Rubery 50).

이 가운데 개인 광고는 주로 첫 칼럼과 두 번째 칼럼의 광고를 지칭한다. 출생, 결혼, 부고, 실종 신고 등은 『타임즈』의 경우 1966년 후반까지도 첫 칼럼들을 차지하였고 가장 많이 읽히는 부분이 되었다. 광고의 두 번째 칼럼은 '애고니 칼럼'(agony column)으로 불리기도 했는데, 출생, 결혼, 실종 신고, 부고 등에 이어 개인적인 문제나 고민에 관련된 부분으로서 『일주한번』(*Once a Week*) 같은 잡지에서는 독특한 19세기의 현상이라고 지적되고 있다. 이는 만들어진지 얼마 되지 않았던 칼럼으로서 1833년의 저널들에서는 경미한 비중이었으나 점차 그 비중이 늘어나면서 1873년경엔 『타임즈』나 다른 일간지에서도 매일 아침 볼 수 있는 칼럼이 되었다고 지적되고 있다(Rubery 47).

신문의 이름 없던 이 란은 점점 인기를 끌었으며 광범위한 목적으로 사용되었다. 연인들 사이의 은밀한 대화로부터 범죄자들 사이의 공모적 메시지에 이르기까지, 신문의 다른 란의 사실적 기사와 대조하여 압축된 개인의 서사를 담고 있다. 이 란을 읽는 것은 다른 사람들의 일기를 들여다보거나 낯선 사람들 사이의 대화를 엿듣는 것과 같았다. 개인적인 고민이나 도주한 남편에 대한 애처로운 이야기들로부터 주목을 끌기위한 외로운 이들의 절규에 이르기까지 개인적인 고통에 중점을 둔 것이 대부분이었기 때문이었다.

다른 사람들의 사적인 삶에 대한 호기심이 이 란을 인기 있게 만든 것으로 볼 수 있으며 이 란은 자신의 가정이나 클럽, 커피하우스에서 다른 사람들의 삶을 들여다보고 싶은 독자들에게 기회를 제공하였다. 많은 독자들은 이 란의 광고들이 한 개인에게 보내는 기호와 같아서 이 기호를 둘러싼 미스터리는 독자들을 끌어당기는 힘이 있었다. 이 란은 독자들이 거리를 두고 완전히 낯선 이들의 삶을 대리 체험한다는 느낌 때문에 독자들에게 더욱 인기가 있었던 것으로 보인다. 매슈 루버리는 이러한 현상이 레이먼드 윌리엄즈(Raymond Williams)의 '알 수 있는 공동체'(knowable community)에서 베네딕트 앤더슨(Benedict Anderson)의 '익명의 공동체'(community in anonymity)로 이동하는 과정을 보여준다고 한다(55). 루버리의 지적처럼 익명성은 당시 사회나 문화의 변화과정을 알려주는 하나의 주요한 특징이라고 볼 수 있다. 다시 말해 이 란에서 제시된 축약된 이야기들은 근대 삶의 유동적 성격과 고립적 현상을 동시에 보여준다고 할 수 있다.

이러한 개인 광고들은 범죄에 이용되기도 했는데 가짜 결혼 선고, 잘못된 부고, 실종된 사람들에 대한 그릇된 신고 등 위장의 도구로 작용하기도 했다. 독자들은 신문에서 다른 사람들의 삶에 대해 읽는 것뿐만 아니라 자신의 삶을 바꾸는 장치로 신문을 이용했던 것이다. 실상 이러한 장치들은 선정소설가들의 주목을 끌기에 충분했다. 작은 광고들도 숨은 의미를 숨기고 있는 듯 보여서 독자들은 가장 명백한 의미의 광고도 의심스럽게 받아들이는 경향이 있었다. 즉 광고 이면에는 압축된 의미가 들어있으며 잠재적인 음모가 있을 것이라는 생각을 불러일으켰다. 이러한 관점에서 하나의 작은 개인 광고도 소설 전체의 플롯을 제공하기에 충분하였던 것이다.

실제로 소설이 신문 기사를 이용하고 있는 만큼 신문은 소설과 매우 근접한 문학 관습들을 지니고 있다. 빅토리아 시대 저널리즘에서 전수된 서술관행들은 오늘날까지 사실주의의 한 특질이 되고 있으며 소설은 여러 다른 소재들을 하나의 서술로 통합해가는 신문 서술책략의 영향을 받지 않을 수 없었다. 특히 선정소설의 경우는 대중매체인 신문의 내용과 구도에 더욱 밀접한 것을 볼 수 있다. 토머스 보일(Thomas Boyle)은 1857년의 『타임즈』, 1856년의 『데일리 텔레그래프』(The Daily Telegraph)같은 신문 기사들에서 발견되는 범죄나 죽음과 연루된 제목들을 열거하면서 신문은 확실히 선정소설의 고통스럽고도 전복적인 톤을 축소해서 보여준다고 지적한다(3-4). 보일의 지적처럼 선정소설과 신문 기사들의 관련성은 매우 긴밀하다. 선정소설에서 실제로 뉴스 기사의 차용, 인물들의 기사 읽기, 주요 인물이 이 기사를 읽음으로써 연출되는 극적 장면 등을 발견할 수 있다. 이러한 장면에서는 신문 기사가 소설 인물들에게 의미 깊게 수용될 뿐만 아니라 독자들에게도 주요한 메시지를 던져주는 것을 발견할 수 있다.

리처드 앨틱(Richard Altick)의 지적대로 빅토리아 시대 작가들은 저널리즘에서 주로 거론되는 토픽들을 사용해서 소설독자들이 당대의 문제들을 함께 생각하고 대응하게 만드는 효과를 도모하려 했다(21). 신문 읽는 장면은 소설 인물들뿐만 아니라 독자들에게 공감을 불러일으키는 효과가 있었다고 볼 수 있다. 아울러 출생, 결혼의 예고, 부고로부터 보다 은밀한 슬픔을 담은 이야기들에 이르기까지 다양한 개인 광고들은 광범위하고도 상충되는 반응들을 불러일으키기에 충분하였다. 아울러 실종된 사람들을 찾으려는 광고들은 범죄에 오용되기도 한 만큼 신문의 다른 란들과 달리 개인 광고란은 독자들에게 다양한 범죄들과 잠재적으로 접촉할 가능성을 제시하기도 하였다.

실제로 당시 신문이나 잡지 같은 대중매체들은 전략적으로 범죄와 관련된 모티브를 다루었고 실제 사건뿐만 아니라 중산계급이 읽는 소설에도 이러한 범죄에 관련된 이야기들이 빈번히 등장하게 되었다. 그래서 선정소설이 전적으로 광기를 지닌 여성, 살인범 등에 대한 보고서로부터 빌려 온 것이라는 견해도 많았다. 범죄, 광기 등 일탈의 심리 상황에 대한 보고서와 소설의 경계가 점점 흐려지는 경향이 있었고 범죄 담론이 하나의 장르로 번성하게 되었다.[6]

이 과정에서 실제 일어났던 개인 사건들이 법정에서 대중들의 볼거리로 변했고 실제 사건들을 소재로 구성한 소설이 인기를 끌었다. 특히 대중들은 결혼의 속임수, 불화 등에 대한 상세한 이야기를 알고 싶어 했으며 당시 이혼법정에 대해 관심이 많았다. 1860년대 경에는 실제 이중혼과 이혼 사례가 큰 관심을 끌었으며 일반범을 다루는 법정에서도 성이나 가정폭력으로 인한 범죄가 세인의 관심을 끌었다. 이러한 맥락에서 범죄와 관련될 가능성이 있는 개인 광고들도 독자들에게 호기심과 관심을 불러일으켰다. 이러한 광고들은 불법적 인물들이 다시 사회에 편입하는 과정과 연

---

6) 빅토리아 시대 이러한 범죄 담론에 대한 논의는 빅토리아 시대 범죄와 광기, 선정성의 관계를 신문이나 보고서를 통한 실제 사례뿐만 아니라 전반적인 문학 장르에 걸쳐 논하고 있는 앤드루 몬더(Andrew Maunder)와 그레이스 무어(Grace Moore)의 논의가 주목할 만하다.

루되기도 하였다. 특별히 가정교사, 고아, 범죄자들, 연인들, 새 삶을 살려는 국외자들에 이러한 개인 광고는 호소력을 지닌 것이었다. 이를테면 실종자들이 다시 가명으로 사회에 재편입하기 위한 장치로 신문을 이용하기도 하였다.

개인 광고들의 압축된 서사모형에서 발견되는 멜로드라마적 성격이나 극적 장치는 선정소설에 영향을 주었음이 분명하다. 혹은 신문이 선정소설에서 이러한 멜로드라마적 성격이나 서술 장치를 차용한 경우도 있었다. 이러한 상호텍스트성은 자명하다고 보이는데, 특히 개인 광고에 숨은 익명적 이야기들은 선정소설의 중요한 모티브인 비밀스러운 삶의 과정과 연관되었다. 예를 들면 브래던, 콜린즈, 오이다(Ouida), 차알즈 리드(Charles Reade), 로다 브루턴(Rhoda Broughton), 애니 토머스(Annie Thomas), 엘런 우드(Ellen Wood)의 선정소설은 신문에서 타인들의 삶을 읽어내는 것뿐만 아니라 주인공들이 자신들의 삶을 바꾸기 위해 신문을 사용하고 있는 경우를 빈번하게 보여준다. 특히 콜린즈의 『흰옷을 입은 여인』(*The Women in White*), 엘런 우드의 『이스트 린』(*East Lynne*), 브래던의 『오들리 부인의 비밀』을 중심으로 여러 선정소설들에서 신문의 개인 광고란은 비밀과 위장의 서술책략과 연관됨을 보여준다. 이 가운데 어느 작가보다도 브래던의 텍스트에서는 주인공이 제 이의 삶을 시작하는 데 신문의 장치들을 이용하는 예를 자주 발견할 수 있다.

선정소설에서 개인 광고를 오용하는 사례들은 신문을 통해서 모든 사람이 접할 수 있는 근대 삶에서 익명성이 함축하는 바가 무엇인지 생각하도록 유도한다. 아울러 신문 개인 광고란 뒤의 숨은 이야기들은 신문이 약속하고 있는 객관적 사실성이나 의미의 완결을 해체하는 효과를 지닌다. 이러한 효과는 당시 신문이나 소설 독자들의 읽기 관습에 변화를 초래한 것으로 볼 수 있다. 다시 말해 독자들이 텍스트 이면에 숨은 잠재적 욕망이나 전복적 성격에 점차 주목하게 만들었던 것으로 볼 수 있다. 특히 당시 선정소설의 인기가 신문의 개인 광고란에 영향을 주고, 신문의 개인 광고란이 선정소설에 플롯을 제공해주었던 점을 고려해볼 때 이러한 영역의 재검토는 필요하다고 본다.

신문의 개인 광고란은 오늘날의 경우도 그러하지만 신문 독자들이 보이지 않는 구성원들로 이루어진 가상적 집단에 그치지 않고 다른 독자들과 직접 교신하거나 연속적 연결이 이루어지는 만남의 장을 제공하였다. 그러한 연유로 여성과 남성독자들 양자에게 모두 신문 앞면은 인기가 있었고 개인 광고를 읽는 긴장감은 소설을 읽는 과정의 축약과도 같았다고 볼 수 있다. 이러한 맥락에서 개인 광고란은 선정소설의 서술 장치들과 밀접한 관계를 가지고 있다. 개인 광고에서 볼 수 있는 익명의 메시지들은 독자들에게 탐색의 동기를 부여했을 뿐만 아니라, 이중적이며 믿을 수 없는 정보들을 매체에 유입한 셈이 되었다. 아울러 개인 광고들은 불법 행위를 범한 인물들이 정당한 사회 구성원들로 정체성을 재구축하는 데 사용되기도 하였다. 선정소설에서 발견되는 이중적 삶과 비밀은 개인 광고의 압축된 내용에 잠재된 이야기들을 확장한 것과 같은 구도를 지닌다. 또한 개인 광고란은 믿을 수 있는 정보 제공원으로서의 신문과 믿을 수 없는 화자가 잠재해있는 신문에 대해 독자들의 반응이 지속적으로 수정되어 가는 과정을 담고 있기도 하다.

빅토리아 시대 독자들이 신문의 개인 광고란을 읽는 것은 다른 사람들의 삶에 대해 읽는 것 이상의 의미를 지닌다. 개인 광고란은 독자들이 다른 독자들의 목소리를 듣고 실제로 직접 교신하거나 연속적 연결이 이루어지는 장이 되었다. 이러한 접촉은 남녀 독자들 모두에게 광고란에 흥미를 가지게 해주었고 개인 광고를 통해 개인의 욕망은 공적으로 표현되었다. 선정소설은 이러한 광고를 소설에 이용함으로써 신문을 통해 연인과 교신하며, 실종된 사람들을 찾고, 직업을 구하거나 가명이라는 익명적 장치로 사회에 재편입하는 방식을 보여주고 있다. 선정소설의 서술장치 가운데 개인 광고를 텍스트에 도입하는 방식은 소설의 미스터리 플롯을 전개하는 데 주요 역할을 한다.

선정소설의 내용과 개인 광고란에서 이야기되는 압축된 이야기들은 서로 유사함을 알 수 있다. 개인 광고에서 볼 수 있는 거짓 결혼 예고, 거짓 부고, 거짓 채용 광고 등은 선정소설에 자주 이용되었는데 콜린즈의 『흰옷을 입은 여인』의 결혼 예고, 앨런 우드의 『이스트 린』의 부고, 브래던의 『오로라 플로이드』의 부고, 『존 마치몬트의 유산』의 실종자 광고, 『오들리 부인의 비밀』의 부고, 가정교사 구직 광고들은 플롯에 주요 장치로 작동한다. 신문을 읽을 뿐만 아니라 자신의 삶을 새로이 구축하는 데 신문의 정보를 사용하는 주인공들은 이중적 삶을 영위한다. 『이스트 린』의 여주인공 이사벨 베인(Isabel Vane)으로부터 오들리 부인에 이르기까지 광고란은 여주인공들의 새로운 삶과 연관된다.

『오들리 부인의 비밀』의 오들리 부인의 경우처럼 개인 광고를 이용해서 자신의 정체성을 재수립하거나 로버트의 경우처럼 역으로 비밀을 밝혀내어 당시 도덕 기준을 어긴 위법행위를 처단하는 과정은 당시 대중매체인 신문이 실제 삶에 얼마나 깊이 관여하였나를 보여주는 예가 된다. 빅토리아 시대가 세기말로 진행됨에 따라 신문이나 선정소설 같은 대중 텍스트들은 당시 사회를 유지해주던 도덕률이나 이데올로기들의 이면에 상충된 여러 욕망 구도들을 담아내는 역할을 담당했다고 볼 수 있다. 신문의 경우는 객관적 사실 보도가 주된 특징이었지만 개인 광고의 잠재적 범죄를 부추기는 방식, 믿을 수 없는 화자의 존재는 신문의 서술적 권위에 대해 의문을 불러일으키고 광고 이면의 이야기에 대해 탐색의 동기를 부여하기도 하였다. 이러한 특징은 빅토리아 시대가 진전되면서 신문이라는 매체가 약속하는 객관성과 의미의 완결이 어떻게 변형될 수 있는지를 보여준다.

이 같은 특징을 지닌 신문의 개인 광고와 선정소설의 교류는 근대 삶에서 개인 광고와 같은 익명적 장치의 역할이 어떠한 의미를 지니는지 보여준다. 그것은 근대 삶의 특징인 고립과 유동성을 보여주며 표면적으로 안정적 사회 이면의 불안정성을 읽어내게 만든다. 또한 익명적 장치에서 발견되는 믿을 수 없는 화자의 속성은 선정소설에서도 발견되며 선정소설에 제시된 가정 영역의 불안정성이나 표면상의 결말 뒤에 숨은 전복성과도 연관된다. 이처럼 표면적인 서술 아래 잠재해 있는 의미를 읽어내도록 유도하는 선정소설의 속성이나 신문 정보에 대해 독자들의 관점이 변화되어 가는 과정은 당시 독자들에게 새로운 읽기 방식을 모색하도록 유도하였다. 이러한 관점에서 신문과 선정소설같은 대중문학의 상호텍스트성은 당시 출판문화의 형성 과정에 대중출판과 대중독자의 역할이 더 강화되도록 해준 것으로 평가될 수 있다.

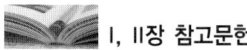 **I, II장 참고문헌**

장정희. 「선정소설과 빅토리아 시대 여성교육: 메리 엘리자베스 브래던의 『의사의 아내』」. 『근대영미소설』
　　　12권 2호. 2005. 251-275.
_____. 「빅토리아 시대 가족잡지와 여성독자: 『벨그래비어: 런던지』를 중심으로」. 『19세기영어권 문학』
　　　10권 1호. 2006. 117-136.
_____. 「빅토리아 시대 신문과 선정소설―개인광고와 『오들리부인의 비밀』」. 『19세기영어권문학』 14권
　　　1호. 2010. 101-126.

Altick, Richard. *The Presence of the Present*. Columbus: Ohio State UP, 1991.

Batchelor, Rhonda. "Margaret Oliphant." *Dictionary of Literary Biography: British Reform Writers, 1832-1914*. Vol.190. Ed. Gary Kelly and Edd Applegate. The Gale Group, 1998. Reproduced in Literature Resource Center. Peppedine Univ. Lib. 8 April 1999. http://80-wwww.galenet.com.lib.pepperdine.edu

Beetham, Margaret. *A Magazine of Her Own?: Domesticity and Desire in the Woman's Magazine 1800-1914*. New York: Routledge, 1996.

Benett, Tony, Colin Mercer and Janet Woollacott Milton. Eds. *Popular Culture and Social Relations*. Keynes and Philadelphia: Open UP, 1986.

Bernstein, Susan. "Dirty Reading: Sensation Fiction, Women, and Primitivism." *Criticism: A Quarterly for Literature and the Arts* 36(2)(Spring 1994): 213-41.

Blake, Andrew. *Reading Victorian Fiction: The Cultural Context and Ideological Content of the Nineteenth Century Novel*. London and Basingstoke: Macmillan, 1989.

Boyle, Thomas. *Black Swine in the Sewers of Hampstead: Beneath the Surface of Victorian Sensationalism*. New York: Viking, 1989.

Braddon, Mary Elizabeth. *Lady Audley's Secret*. Ed. David Skilton. New York: Oxford UP, 1987.
_____. *Aurora Floyd*. New York: Oxford UP, 1996.

Brake, Laurel. "Writing, Cultural Production, and the Periodical Press in the Nineteenth Century." *Writing and Victorianism*. Ed. J. B. Bullen. London and New York: Longman, 1997. 54-72.

Brake, Laurel, Bill Bell and David Finkelstein. Eds. *Nineteenth Century Media and the Construction of Identities*. New York: Palgrave, 2000.

Brantlinger, Patrick. *The Reading Lessons: The Threat of Mass Literacy in Nineteenth-Century British Fiction*. Bloomington, Indiana: Indiana UP, 1998.

Caine, Barbara. "Feminism, Journalism and Public Debate." *Women and Literature in Britain 1800-1900*. Ed. Joan Shattock. Cambridge: Cambridge UP, 2001. 99-118.

Christ, Carol T. "'The Hero as Man of Letters': Masculinity and Victorian Nonfiction Prose." Ed. Thais Morgan. *Victorian Sages and Cultural Discourses*. New Brunswick: Rutgers UP, 1990.19-31.

Cvetkovich, Ann. *Mixed Feelings: Feminism, Mass Culture and Victorian Sensationalism.* New Bruswick: Rutgers UP, 1992.

David, Deirdre. *Intellectual Women and Victorian Patriarchy.* Ithaca: Cornell UP, 1987.

Deborah, Epstein Nord. *Walking the Victorian Streets:Women, Representation, and the City.* Ithaca and London: Cornell UP, 1995.

Easley, Alexis. *First-Person Anonymous: Women Writers and Victorian Print Media, 1830-1870.* Burlington: Ashgate, 2004.

_____. "Authorship, Gender and Power in Victorian Culture: Harriet Martineau and the Periodical Press." *Nineteenth-Century Media and the Construction of Identities.* Eds. Laurel Brake, Bill Bell and David Finkelstein. New York: Palgrave, 2000. 154-164.

_____. "Gendered Observations: Harriet Martineau and the Woman Question." *Victorian Women Writers and the Woman Question.* Ed. Nicola Diane Thompson. Cambridge: Cambridge UP, 1999. 80-98.

Edgeworth, Maria. *Letters from England 1813-1844.* Oxford: Clarendon, 1971.

Eliot, Simon. "The Business of Victorian Publishing." *The Cambridge Companion to The Victorian Novel.* Ed. Deirdre David. Cambridge: Cambridge UP, 2001. 37-60.

Fiske, John. *Understanding Popular Culture.* London: Unwin Hyman, 1989.

Foster, Shirley. *Elizabeth Gaskell A Literary Life.* New York: Plagrave Macmillan, 2002.

Fraser, Hilary. Stephanie Green, and Judith Johnson. *Gender and the Victorian Periodical.* Cambridge: Cambridge UP, 2003.

Gaskell, Elizabeth, and William Gaskell. "Sketches Among the Poor." *Blackwood's Edinburgh Magazine* 41 (1837): 48-50.

Gilbert, Pamela. K. *Disease, Desire and the Body in Victorian Women's Popular Novels,* Cambridge: Cambridge UP, 1997.

Hamilton, Susan Ed. *Criminals, Idiots, Women and Minors: Victorian Writing by Women on Women.* Peterborough.: Broadview Press. 1995.

Harris Janice H. "Not Suffering and Not Still: Women Writers at the *Cornhill Magazine* 1860-1900." *Modern Language Quarterly* 47. 4 (1986): 382-92.

Harris, Ruth. *Murders and Madness: Medicine, Law and Society in the Fin de Siécle.* Oxford: Clarendon Press, 1989.

Hayward, Jennifer. *Consuming Pleasures: Active Audiences and Serial Fiction from Dickens to Soap Opera.* Lexington: UP of Kentucky, 1997.

Heller, Tamar. "'No longer Innocent': Sensationalism, Sexuality, and the Allegory of the Woman Writer in Margaret Oliphant's *Salem Chapel.*" *Nineteenth Century Studies* 11 (1997): 95-108.

Houghton, W.E. *The Wellesley Index to Victorian Periodicals, 1824-1900* Vol.1 London: Routledge and Kegan Paul, 1966.

Hughes, Winifred. "The Sensation Novel." *A Companion to the Victorian Novel.* Eds. Patrick

Brantlinger and William B. Thesing. Oxford: Blackwell, 2002. 260-278.

Jordan, J. O. and R.L. Pattern Eds. *Literature in the Marketplace: Nineteenth-Century British Publishing and Reading Practices.* Cambridge: Cambridge UP, 1995.

Joseph, Kestner. *Protest and Reform: The British Social Narrative by Women 1827-1867.* London: Methuen, 1985.

K. M. Hughes and M..Lund. *The Victorian Serial* . Charlottesville & London: U of Virginia P, 1991.

_____. *Victorian Publishing and Mrs. Gaskell's Work.* Charlottesville & London: U of Virginia P, 1999.

Langland, Elizabeth. *Nobody's Angels: Middle-Class Women and Domestic Ideology in Victorian Culture.* Ithaca: Cornell UP, 1995.

Liggins Emma, and Daniel Duffy. Eds. *Feminist Readings of Victorian Popular Texts.* Aldershot: Ashgate, 2001.

Matus, Jill. *Unstable Bodies: Victorian Representation of Sexuality and Maternity.* Manchester and New York: Manchester UP. 1995.

Maunder, Andrew and Grace Moore. *Victorian Crime, Madness, and Sensation.* Burlington: Ashgate, 2004.

Mitchell, Sally. "Sentiment and Suffering: Women's Recreational Reading in the 1860's." *Victorian Studies* 21(1977): 29-45.

Nevett, Terence. "Adevertising." *Victorian Periodicals and Victorian Society.* Eds. J. Don. Vann and Rosemary T. Van Arsdel. Toronto: U of Toronto P, 1994. 219-234.

Modelski, Tania. *Loving with a Vengeance: Mass-produced Fantasies for Women.* London: Routledge, 1984.

Onslow, Barbara. *Women of the Press in Nineteenth-Century Britain.* London: Macmillan 2000.

Palmegiano, E.M. *Crime in Victorian Britain: An Annotated Bibliography from Nineteenth-Century British Magazines.* Westport, Connecticut and London: Greenwood Press, 1993.

Peterson, M. Jeanne. *Family, Love, and Work in the Lives of Victorian Gentlewomen.* Bloomington: Indiana UP, 1989.

Phegley, Jennifer. *Educating The Proper Woman Reader: Victorian Family Literary Magazines and The Cultural Health of The Nation.* Ohio State UP, 2004.

Poovey, Mary. *Uneven Developments: The Ideological Work of Gender in Mid-Victorian England.* Chicago U of P, 1988.

Pykett, Lyn. *The "Improper" Feminine: The Women's Sensation Novel and the New Woman Writing.* London: Routledge, 1992.

_____. "Sensation and the Fantastic in the Victorian Novel." *The Cambridge Companion to The Victorian Novel.* Ed. Deirdre David. Cambridge: Cambridge UP, 2001. 192-211.

_____. *The Sensation Novel from The Woman in White* to *The Moonstone.* Exter: BPC Wheatons Ltd. 1994.

Rhode, John. *The Case of Constance Kent*. New York: Scribner, 1928.

Rubery. Matthew. *The Novelty of Newspapers: Victorian Fiction after the Invention of the News*. Oxford: Oxford UP, 2009.

Ruskin, John. *Sesame and Lilies*. New York: Everyman's Library, 1965.

Shattock, Joan. "Work for Women: Margaret Oliphant's Journalism." *Nineteenth-Century Media and the Construction of Identities*. Eds. Laurel Brake, Bill Bell and David Finkelstein. New York: Palgrave, 2000. 165-177.

Shattock J and Michael Wolff. Eds. *The Victorian Periodical Press; Samplings and Soundings*. Leicester: Leicester UP, 1982.

Sillars. S. *Visualization and Popular Fiction, 1860-1960: Graphic Narratives, Fictional Images*. London: and New York: Routledge, 1995.

Smith, Julianne. "Private Practice: Thomas De Quincey, Margaret Oliphant, and the Construction of Women's Rhetoric in the Victorian Periodical Press." *Rhetoric Review*. Vol. 23 No.1 (2004): 40-56.

Sullivan, A. Ed. *British Literary Magazines: The Victorian and Edwardian Age, 1837-1913*. Conneticutt and London: Greenwood Press, 1984.

Thompson, Nicola Diane. *Victorian Women Writers and the Woman Question*. Cambridge: Cambridge UP, 1999.

Trodd. Anthea. *Domestic Crime in the Victorian Novel*. London: Macmillan, 1989.

Tromp, Marlene. *The Private Rod: Marital Violence, Sensation, and the Law in Victorian Britain*. Virginia: The UP of Virginia, 2000.

Wynne, Deborah. *The Sensation Novel and the Victorian Family Magazine*. New York: Palgrave, 2001.

개별 작가론

III
장

1 해리엇 마티노:
출판시장과 여성론의 형성

마티노의 저널리즘 활동과 문화비평

산업과 기술, 문화 영역의 변화에 따라 출판시장과 출판문화의 성격도 새로이 형성되었고 독자 대중의 증가에 따라 고전적인 수사법이나 글쓰기 책략은 점점 변화를 겪게 되었다. 아울러 교육받은 남성 엘리트들 중심의 사고나 태도가 점점 더 파편화되고 분산화되는 과정이 진행되었다. 정기간행물에서도 작가성, 젠더, 문화의 용어들이 변화함에 따라 저널리즘의 글쓰기 수사법도 변화를 겪게 되었다. 특히 정기간행물의 독자들이 매우 빠른 속도로 증가하고 있었으며 편집자들은 주나 월별로 나오는 정기간행물들의 면수들을 채우기 위해 여성작가들에게 점차 의존하게 되었으며 이들은 소설뿐만 아니라 정치로부터 종교에 이르기까지 다양한 영역의 기고문들을 쓰게 되었다. 빅토리아 정기간행물들은 이처럼 점차 증가하는 독자들

에게 공적인 광장을 마련했다. 더구나 출판과 인쇄업의 확장은 여론 형성
을 용이하게 하였고 많은 여성작가들에게 저널리즘은 전문적 기회를 제공
하였다. 이들은 익명적 글쓰기를 통해 젠더로 인한 논란의 여지없이 글을
쓸 수 있었다.

　이러한 맥락에서 빅토리아 시대 연구에서 저널리스트로서 활발한 활동
을 벌이면서 동시에 문학작품을 집필했던 여성작가들의 성과는 재평가되
어야 할 필요가 있다. 빅토리아 여성작가들이 정기간행물을 중심으로 한
저널리즘에 어떻게 기여하였으며 당시 출판문화에서 여성작가의 역할이
어떠했는가를 보여주는 데 해리엇 마티노의 경력 형성은 중요한 하나의 예
를 제공한다. 1830년대에 활동을 시작한 해리엇 마티노는 소설 외에도 다
양한 주제로 잡지에 글을 기고하는 등 여러 장르의 글을 썼다. 마티노의
저널리스트로서의 활동은 여성작가들이 당시 출판시장에 뛰어들기 위한
수단으로 저널리즘을 이용했던 예들을 보여주며 연이은 여성작가들의 활
동에 초석을 마련했다고 볼 수 있다.

　알렉시스 이즐리의 지적대로 당시 대부분의 여성작가들은 정기간행물
에 기고가로서 경력을 시작하였고 정기간행물과 관련된 익명적 글쓰기의
관습으로 저널리즘은 여성작가에게 비교적 접근하기 쉬운 매체였다
("Authorship, Gender and Power" 154). 정기간행물들의 지면을 통해 여성
작가들은 소설과 시뿐만 아니라 정치 에세이, 여행기, 서평 등을 게재함으
로써 당시 사회 문제에 대해서도 공적으로 자신들의 견해를 개진할 수 있
었다. 그러나 대다수의 정기간행물들은 필진이 남성이라는 것, 독자가 남
성이라는 것을 가정하고 출판되는 것이었다. 여성작가들은 자신의 목소리
를 남성으로 위장할 경우가 많았으며 정기간행물 필자로서는 익명적 혹은
남성적 목소리를 주로 사용하고 자신의 이름으로 출판한 문학작품에서는

여성적 목소리를 내는 경우가 많았다. 당시 출판문화의 형성 과정에서 이러한 여성작가의 책략들은 중산계급 문화에서 젠더 문제가 어떻게 취급되었으며 어떠한 변화를 겪어나가는지 고찰해볼 수 있는 주요한 근거가 된다. 이러한 점에서 당시 사회와 문화, 철학의 영역에서 여러 문제들을 다룬 저널리스트이자 소설가로서의 마티노의 활동은 1830년대 여성작가와 출판문화의 관계가 단순히 정의될 수 있는 것이 아니었음을 보여준다.

마티노는 여러 장르에 걸친 문필활동을 하였는데 종교선전 책자, 에세이, 신문 논설, 여행기, 소설, 정치론, 동화, 번역 등에 이르기까지 다양한 글을 썼다. 마티노의 글들은 당시 여성의 영역으로 간주되던 곳에 머무르지 않고 정치, 경제, 철학 등의 영역까지 포괄하고 있다. 당시 정기간행물의 필진은 거의 남성의 영역에 속했기에 마티노는 여성의 글이라는 편견을 막기 위해 남성의 필명을 빌거나 익명으로 기고하는 경우가 많았다. 특히 마티노의 활동 초기에 이러한 글쓰기 방식을 통해 자신의 글에 객관성을 부여하고 거리를 두는 글쓰기 책략을 익힌 것으로 볼 수 있다.

마티노는 당시 문화계에서 힘을 얻기 위한 수단으로 적절히 자신의 젠더를 밝히기도 숨기기도 하는 방식을 구사했으며 여성 저널리스트의 올바른 논평방식을 구축하는 데 노력을 기울였다. 즉 여성저널리스트이자 소설가가 섭렵할 수 있는 가능한 모든 매체들과 주제, 서술 방식 등을 확장함으로써 상투적 여성작가의 모형을 극복할 수 있었다. 그녀는 자신의 목소리를 복합적으로 구사하였는데 남성적이면서 동시에 여성적이며, 공적인 동시에 사적이며, 신문 · 잡지의 목소리인 동시에 문학적인 목소리들을 사용함으로써 조지 엘리어트나 마거릿 올리펀트 같은 여성작가들에게 전범을 제공하였다고 볼 수 있다("Authorship, Gender and Power" 155).

이처럼 마티노는 빅토리아 시대 출판시장에서 자신의 영역을 구축하는 데 자신의 목소리를 숨기거나 다양한 목소리를 사용하였다. 아울러 저널리스트로서 작가로서 다양한 장르의 저술활동을 통해 당시 여성작가의 상황, 가부장제 이데올로기를 수용하면서도 여성론의 문제점들을 제기하는 복합적인 상황의 해결점을 모색하였다. 그리하여 여성들이 부딪치게 되는 장벽들에 대해 공감어린 이해를 유도할 수 있는 방식을 모색하였으며 사회진보를 여성의 직업적·교육적 상황의 개선과 연관시키는 데 중점을 두었다.

특히 1820년대에서 1830년대 사이 마티노는 빅토리아 시대 여성문인의 활동이 본격화되기 전 저널리스트로서 익명적 글쓰기의 책략을 통해 객관적이고 공평한 입장에서 여성문제에 접근할 수 있는 방법론을 제공하였다고 볼 수 있다. 아울러 마티노는 당시 가정 이데올로기를 수용하는 가정소설이라는 양식도 여성문제에 대한 인식을 유도하도록 재구성될 수 있는 방식을 보여주고 있다. 이러한 재구성에 마티노의 저널리스트로서의 활동이 중요한 기반이 되고 있다. 마티노는 기고문, 가정소설, 여행기 등의 양식에 여성의 사회적·정치적·경제적 역할에 대한 논의를 포함시킴으로써 여성의 글쓰기가 다양한 영역으로 확장될 수 있음을 보여주고 있다.

마티노의 진보적 저널리스트로서의 경력은 여성작가로서의 정체성 형성에 주요 근거를 제공한다. 이 가운데서 여성에 대한 글들은 마티노의 작가적 정체성 형성에 중요한 위치를 차지한다. 여성의 위치나 교육에 대한 관점은 마티노의 활동 초기 관심사로서 마티노는 당시 교육이 남녀 성에 관계없이 공평하게 진행되어야 한다는 입장을 견지하였다. 아울러 중산계급뿐만 아니라 노동계급 여성을 위한 교육에도 관심이 많아 노동계급 여성들의 정신을 고양시킬 대학이 창설되어야 한다고 주장했다. 즉 여성에게 높은 단계의 직업뿐만 아니라 지성과 성격도 높은 단계로 올려줄 수 있는 대학의 창설을 주장할 정도로 여성문제에 관심이 많았던 것이다.[1]

그러나 여성담론이 점차 변화를 겪고 있었음에도 불구하고 마티노의 활발한 활동 이면에는 당시 지적 여성들이 겪었던 두려움이 자리하고 있었다. 따라서 마티노는 활동 초기인 1820년대와 1830년대에 여성문제에 대해 더욱 신중하게 접근하는 태도를 견지하였다. 마티노는 자신이 모범으로 삼을 만한 여성문인이 거의 없다고 생각하여 토머스 카알라일(Thomas Carlyle), 윌리엄 코벳(William Cobett) 등의 남성 문필가들의 문체를 모범으로 삼았고 여성이 처한 문제에 대해 보다 객관적인 기록자로서의 역할에 중점을 두었다. 이러한 마티노의 성향은 자신의 작가적 정체성을 수립해가는 방향을 보여주는 것으로서 자신의 여성론도 사적인 이익이나 관심이 아닌 사회 전체의 진보와 관련된 논제로 다루기 원했음을 보여준다.

마티노는 1829년경부터 글을 쓰기 시작하였는데 랜트 카펜터(Lant Carpenter), 조셉 프리스틀리(Joseph Priestley)의 급진주의나 유니테리언들의 사상에 영향을 받아 당시의 불합리한 사회이념이나 제도의 개혁에 관심이 많았다. 마티노는 사회진보를 위해 글을 써야 한다는 입장에 따라 사회개혁가인 동시에 작가로서 자신의 정체성을 수립해가고자 하였다. 1823년 마티노는 『먼스리 리퍼지토리』에 「실질적 신성을 다룬 여성작가」("Female Writers on Practical Divinity")란 글을 발표함으로써 실질적으로 저널리스트의 경력이 시작되었다. 편지 형태로 편집자에게 보내는 에세이였으며 V라고만 서명하여 보냈던 것이다. 이 에세이는 다음 호에 실렸고 마티노의 저

---

1) 마티노는 『미국의 사회』(*Society in America*)에서도 이 문제를 다루었고 1850년과 1860년대의 『런던 데일리 뉴스』의 사설 주간으로 여성교육에 대한 의견을 밝히고 있다. 마티노는 여성 의대 설립을 주장하였고, 1870년대에는 여성도 의료계에 종사할 수 있도록 공평한 기회가 부여되기를 국회에 청원하였다. 결혼제도에서 여성이 겪는 부당함, 학대 등에 대해서도 『런던 데일리 뉴스』지에서 다루었다. 마티노는 빅토리아 시대 결혼이 경제적 계약과 유사하므로, 해체할 수 없는 성스러운 것이라는 관점을 부정하였다. 마티노는 이혼이나 복장과 같은 여성문제를 공론화시키는 데 기여하였다고 볼 수 있다(Pichanick, 13-32 참조).

널리스트의 활동은 익명적 글쓰기로부터 시작되었다고 볼 수 있다. 마티노는 여성작가의 재능이나 정체성에 관심이 많았으며 "종교적인 글을 다루는 데 남성작가보다는 여성작가가 더 적절한 재능을 지니고 있으며 재능 있는 여성이 종교와 덕성을 고양시키는 데 재능을 쓰는 걸 보는 건 큰 기쁨이라는 말"(593)에서 보다시피 마티노는 여성의 글쓰기에 남달리 가치를 두었다. 그런데 이글의 주제는 여성작가에 대한 것이지만 마티노는 자신의 이름을 직접 밝히지 않고 '디시플러스'(Discipulus)라는 남성작가의 필명을 사용하였다.

이처럼 여성작가에 대해 이야기하면서도 남성의 이름과 유사한 가명을 사용하거나 되도록 텍스트에서 여성의 목소리를 제거하는 방식을 구사한 것은 여성의 이기적인 견해 주장이라는 비판을 받지 않고 자신의 견해를 개진하려는 의지에서 나온 것이었다. 마티노는 이후 11년간 『민스리 리퍼지토리』에 익명으로 노예제, 종교, 정치, 경제 같은 남성영역에 속하는 주제로 글을 썼다. 1830년대에 시작한 이러한 글쓰기는 이 잡지 외에도 『런던과 웨스트민스터 리뷰』, 『에든버러 매거진』, 『런던 데일리 뉴스』 등의 잡지나 신문들을 통해 확장되면서 노예제 폐지, 신학, 정치경제, 문화, 철학, 교육, 노예제, 질병 등 남성적 영역으로 간주되던 영역까지 포괄하게 되었다. 이러한 과정에서 마티노는 자신이 유명한 여류문인으로 분류되는 것을 경계하면서 자신의 글에 객관성을 부여하고 더 설득력 있게 자신의 입장을 전달하는 데 중점을 두었다. 특히 여성작가로서 작가적 정체성이 형성되는 초기에 이러한 점에 많은 주의를 기울인 것으로 볼 수 있다. 작가로서의 유연성을 기르기 위해 자신의 주제, 독자, 잡지의 편집방침에 따라 다양한 화자의 목소리를 구사하였다. 주로 『런던 데일리 뉴스』나 『런던과 웨스트민스터 리뷰』 등에서는 익명적 남성의 목소리를 구사하였으며 개혁적 성격을 지닌 『피플즈 저널』 같은 잡지에서는 남성 및 여성독자 양자에게 말을 거는 식의 책략을 썼다.

마티노가 이름을 밝혀 처음 출판한 『정치경제의 삽화들』(*Illustrations of Political Economy*)[2])에 대해 당시 평론가들은 여성의 영역을 벗어난 글로 혹평하였는데 미혼의 젊은 여성이라는 마티노의 사회적 위치를 더욱 강하게 부각시킴으로써 젠더와 글쓰기의 관계에 대해 독자들이 생각해보도록 유도하였다. 책을 실명으로 낸 이후 출판시장에서 마티노의 이미지는 부정적으로 형성되었으며 여성작가라는 이유로 주목의 대상이 되고 공격을 받기도 했다. 마티노의 저서나 글은 다양한 사회 검열의 형태에 노출되었고, 부모가 마티노의 책을 자녀들이 읽을까 우려하여 책을 감추어놓는다는 이야기까지 들어야 했다(Easley "Authorship, Gender and Power" 157). 이러한 맥락에서 마티노는 자신의 작가적 정체성을 수립하는 방향에 대해 많은 고심을 하였다. 개인적인 문학적 명성이 주는 폐해에 대해서도 많은 생각을 하였고 이러한 입장을 「문학계의 인기주의」("Literary Lionism")를 통해 밝히고 있다. 마티노는 작품보다 작가 개인을 찬양하는 경향을 비판하였으며 이러한 경향을 특히 여성작가에게 해로운 것으로 규명하였다(267).

마티노는 작가가 활동하기에 중세 시대가 가장 이상적인 시대라고 생각하였으며 작가정신을 이기적 과정이 아니라 공감적 과정이라고 보았다. 이런 관점에 입각하여 지적 독립심과 겸손함의 중요성을 강조하였다. 즉 진정한 작가는 공적인 과시보다는 공감어린 시선으로 일상적 삶을 관측함으로써 보편적 진리를 표현할 수 있다고 주장하고 있다.

---

2) 마티노의 이 저서는 벤섬(Bentham)의 최대다수의 최대행복 원칙, 스미스(Smith)의 자유방임주의 경제원칙, 맬서스(Malthus)의 인구론, 리카르도(Ricardo)의 곡물법에 대한 공격 등을 혼합한 사회이론을 내세우고 있다. 즉 자본주의와 경쟁적 개인주의의 자비로운 작용에 대한 지속적인 믿음에 기반을 두고 있다(David 41 참조).

작가는 전 인류에게 보편적인 두 가지, 사는 것과 생각하는 것에 정확하게 관여해야 한다. . . . 작가라는 직업에 가장 첫 필수항목은 다른 사람들이 보고 느끼는 것처럼 보고 느끼기 위해, 즉 인간의 생각에 공감을 가지기 위해 다른 사람들처럼 사는 것이다. 이러한 공감이 줄어드는 비율에 따라 그의 관점은 편파적이 되며 인간과 책에 대한 이해도 불완전해질 것이며 그의 힘 역시 약해질 것이다.

The author has to do with those two things precisely which are common to the whole race—with living and thinking...The very first necessity of his vocation is to live as others live, in order to see and feel as others see and feel, and to sympathize in human thought. In proportion as this sympathy is impaired, will his views be partial, his understanding, both of men and books, be imperfect, and his power be weakened accordingly. (Martineau 1839, 272)

여기서 보다시피 작가적 정체성에 대한 마티노의 자세는 편협한 자신의 관점을 남에게 강요하는 것이 아니라 공감적인 자세로 객관적인 글쓰기에 주력하는 것이 바람직한 것이라는 입장을 취하고 있다. 마티노는 여성의 한정된 역할을 극복하게 해줄 생각과 실천적 활동 대신에 작가 개인의 명성에만 초점을 두는 경우를 경계하였으며 당시 문제들에 대한 객관적 목소리의 구축을 목표로 하였다. 이는 여성 저널리스트이자 작가로서 문화비평의 자세가 어떠해야하는 지를 제시한 것이다. 이러한 자세는 마티노가 저널리스트로서 활동 초기에 자신의 글의 내용 면이나 문체 면에서 지속적으로 추구했던 주요 자세이며 특히 여성문제를 다룰 때 더욱 세심하게 주의를 기울였던 부분으로 볼 수 있다.

마티노의 저널리스트로서의 활약, 특히 초기의 익명적 글쓰기를 통해 피력한 견해들은 근대 여성론의 출발점이 되고 있으며 마티노의 작가적 정체성 형성과정에 주요한 비중을 차지한다. 마티노의 여성에 대한 글들 가운데 특히 익명으로 발표한 활동 초기 글들, 즉 1830년대의 여성에 대한 글들은 자신의 첫 가정소설 『디어브룩』(*Deerbrook*)에 반영되고 있으며 이러한 상호텍스트성은 당시 여성담론의 실체를 독자들이 인식하도록 유도한다. 마티노의 저술활동을 통해 당시 여성론의 구체적인 논의가 어떻게 여성독자뿐만 아니라 남성독자에게도 수용되었는지를 관찰할 수 있다. 즉 출판시장에서 여성론이 어떻게 형성되고 수용되었는지를 마티노의 활동을 통해 읽어낼 수 있다.

저널리즘과 여성론

마티노는 저널리스트로서 여성문제를 자신의 거의 모든 글들에 꾸준하게 도입하였다. 그러나 데이드르 데이비드(Deirdre David)는 마티노가 끈질기게 자신의 모든 텍스트에서 이야기한 여성론적 정치학은 여성으로 하여금 사회적으로 규정된 운명에 분노하기보다는 여성자신이 교육을 받아 운명을 수용하는 것으로 유도하는 면이 있다고 지적한다(46). 따라서 마티노의 글에서 여성의 운명에 대해 감탄할 정도의 명확한 분노가 여성의 역할과 기능에 대한 남성들의 처방이라는 흔적으로 흐려지기도 한다는 것이다. 그러나 궁극적으로 마티노는 무엇보다도 여성이 합리적이고 확신감에 차 있으며 어떤 남성과도 지적으로 평등하기를 원했다.

자신의 자서전에서 어린 시절에 "여성이 손에 펜을 쥐고 두각을 드러내어 공부한다는 것은 적절하지 않다고 생각되었고 그래서 자신의 철학공부가 아주 세심한 주의를 기울여 은밀하게 진행되었다"고 고백하고 있다(Vol. 1, 77-78). 이러한 경험으로 마티노는 여성도 동등하게 교육을 받아야 한다는 생각을 했고 마티노의 여성교육에 대한 주장은 여러 글들을 통해 드러나게 된다. 마티노는 1823년『먼스리 리퍼지토리』에 기고한 글「여성 교육에 대해」("On Female Education")에서 남성에 비해 열등한 여성의 현 상황에 대해 언급한다.

우리나라에서 양성의 아이들이 동등하게 학습하는 한 동등하게 발전한다는 사실을 알 수 있다. 교화된 사회 등급 내에서 지식의 기초를 쌓고 나면 — 남자아이는 지속적으로 자신의 정보 양을 늘려간다. 미래에 대비하여 그의 지력을 축적하고 단련하는 것이 유일한 자신의 일이기 때문이다. 반면 여자아이들은 대체로 낮은 단계의 일만 추구하게 되며 여자아이의 지식에 대한 열망은 위축된다. 여자아이는 견고한 지식이란 자신의 성에 적합하지 않은 것으로 믿게끔 가르침을 받는다. 여자아이는 거의 모든 시간을 가벼운 교양을 쌓는 데 쓰며 자신의 힘을 자각하기 전에 이 힘의 성장은 저지된다. 이 힘들은 비천한 목표로 하강하고 더 이상 상승할 수 없다. 남녀를 다루는 이러한 방식의 자연스러운 결과가 나올 경우 모든 인류는 여성의 능력이 남성의 능력에 비해 훨씬 열등하다는 데 동의하게 되는 것이다.

In our own country, we find that as long as the studies of children of both sexes continue the same, the progress they make is equal. After the rudiments of knowledge have been obtained, in the cultivated ranks of society, — the boy goes on continually increasing his stock of information, it being his only employment to store and exercise his mind for future years; while the girl is probably confined to low pursuits, her aspirings after knowledge are subdued, she is taught to believe that solid information is unbecoming her sex, almost her whole time is expended on light accomplishments, and thus before she is sensible of her powers, they are checked in their growth; chained down to mean objects, to rise no more; and when the natural consequences of this mode of treatment arise, all mankind agree that the abilities of women are far inferior to those of men. (*Harriet Martineau on Women*, 89)

마티노는 여기서 양성에게 동등하게 기회가 주어진다면 충분히 여성도 남성과 동등하게 발전할 수 있다는 논지를 보인다. 이렇게 남녀 양성의 발전이 동시에 이루어져야 사회 진보가 가능하다고 본다. 마티노는 논리적으로 글을 전개함으로써 극단적 입장에 치우치지 않고 여성교육에 대한 진보적 관점을 표현하고 있다. 이러한 목소리가 여성의 관점으로 제공되었더라면 편견을 불러일으킬 수도 있었겠지만 마티노는 남성 필명을 사용하여 이러한 편견에 대비하는 책략을 사용하였다. 린다 피터슨(Linda Peterson)은 마티노의 이러한 글의 방식에 대해 감정의 폭발이나 과다함 없이 논리적으로 설파하는 방식이며 이를 남성적 글의 전개방식으로 볼 수 있다고 주장한다(173). 마티노의 목표는 자신의 글 내용이나 문체 면에서 남성의 영역을 정복할 수 있다는 것을 입증해 보이는 데 있었으므로 논리적 전개 방식에 주력했다고 볼 수 있다.

그러나 이러한 남성작가의 수사를 사용함에도 불구하고 마티노의 글은 당시의 여성작가로서 벗어날 수 없는 여성 이데올로기의 흔적을 담고 있다. 피터슨의 지적대로 마티노의 글은 당시 저널리스트이자 사회비평가로 활동했던 지적 여성이 겪어야했던 긴장과 갈등을 안을 수밖에 없었던 것이다(179). 즉 여성교육의 필요성을 주장하면서도 동일한 글에서 여성의 가정적 의무에 대해 언급하면서 당시의 지배적인 여성 이데올로기를 수긍하고 있다. 마티노는 여성이 동등하게 교육받을 것을 주장하면서도 보수적 중산층 독자를 의식하여 여성의 주된 역할이 남편의 가정적 동반자로 봉사하는 것이라고 말한다.

여성들의 우선 임무 중 하나는 자신을 남편, 혹은 함께 살 사람들에게 동반자가 될 자격을 갖추는 일임을 인정해야 한다. 여성은 가정의 동반자가 되도록 형성되었고 동반자의 자격으로 가정에 매력을 더해주며 남편이 재미거리를 찾아 바깥으로 나돌 필요가 없도록 즐거움을 제공해야한다. 이것이 여성에게 요구되는 우선적 의무들 중 하나이며 이러한 적절한 동반자가 되기 위해 시간을 잘 써야 한다. 그래서 교화되지 못한 여성들 사이에서는 이러한 동반자를 찾아볼 수 없다고 단언하는 바이다.

...

우리가 여성을 유아의 보호자이자 스승으로 생각한다면 여성의 지력을 계발해야 한다는 주장은 두 배로 시급한 것이다. 스승의 영혼이 협소하고 편협하다면 학생의 정신은 확장될 수 없음이 명백하기 때문이다...

It must be allowed by all, that one of woman's first duties is to qualify herself for being a companion to her husband, or to those with whom her lot in life is cast. She was formed to be a domestic companion, and such an one as shall give to home its charms, as shall furnish such entertainment that her husband need not be driven abroad for amusement, This is one of the first duties required from a woman, and no time can be misemployed which is applied to the purpose of making her such a companion, and I contend that a friend like this cannot be found among women of uncultivated minds.

....

If we consider woman as the guardian and instructress of infancy, her claims to cultivation of mind become doubly urgent. It is evident that if the soul of the teacher is narrow and contracted, that of the pupil cannot be enlarged.... (*Harriet Martineau on Woman*, 91-92)

마티노의 이러한 주장은 여성의 전통적 역할을 강조하는 보수적 이데올로기에 동조하는 듯 보이며 당시 여성작가가 진보적 성향을 지녔더라도 지배 이데올로기의 틀을 고려하지 않을 수 없었음을 볼 수 있다. 그러나 주요한 점은 마티노가 여성의 지적인 발전이나 교육과 가정 이데올로기가 서로 상반된 것으로 보지 않았다는 점이다. 이를테면 가정을 제대로 유지하는 데는 여성의 역할이 중요하며 이러한 관점에서 여성이 교육받고 교화될 필요가 있다고 본 것이다. 이는 중산계급의 가정 이데올로기에 충실한 주장이면서도 여성에 대한 이분법적 사고를 극복해야한다는 주장으로 볼 수 있다. 즉 여성이 교육을 통해 자신의 능력을 계발하는 것과 가정에서 전통적인 여성의 역할에 충실한 것을 대립항으로 설정하고 이 둘은 양립할 수 없다는 당시의 이분법적 사고에 의문을 던진다.

마티노는 이처럼 여성의 교육을 중심으로 여성이 깨어야 할 필요성에 대해 진보적 성격의 『피플즈 저널』(The People's Journal)에 연재되다가 출판된 『가정교육』(Household Education)에서 다시 언급하고 있다. 마티노는 이 글에서 남녀 성차를 강조하기보다는 양성에게 동일한 교육기회를 부여해야함을 강조한다. 특히 양성이 공평하게 지성과 도덕성의 계발에 힘써야 한다는 점을 역설하며 남성에게 일과 교육이 양립될 수 있듯이 여성에게도 일과 교육이 양립될 수 있다고 주장한다. 더 나아가 여성이 자신의 독립적인 삶을 유지하기 위해 능력을 키울 필요성을 역설한다.

> 여성들은 경박하고 피상적이어서 이에 대한 명백한 해답은 진지한 학습과 정확한 지식의 습득을 통해 이들의 정신을 더 진지하게 만들어야한다는 것이다. 그러한 학습이 여성 고유의 일에 맞지 않는다고들 말하지만 그것 역시 사실이 아니다. 남성들의 정신이 확장되고 풍요해진다고 해서, 다양한 지식으로 능력이 강화된다고 해서, 그들이 종사하는 전문적인 일이나 회계 사무소, 가게를 소홀히 하지 않는다. 여성들도 마찬가지 이유로 일감이나 시장, 낙농장, 부엌일을 등한시하지는 않는다.

> It is said that women are light-minded and superficial, the obvious answer is that their minds should be the more carefully sobered by grave studies, and the acquisition of exact knowledge.
>
> If it is said that such studies unfit women for their proper occupations, — that again is untrue. Men do not attend the less to their professional business, their counting house or their shop, for having their minds enlarged and enriched, and their faculties strengthened by sound and various knowledge; nor do women on

that account neglect the work-basket, the market, the dairy and the kitchen. (*Harriet Martineau on Women*, 94)

...   .

많은 여성들이 세상으로부터 더 이상 안전하게 (흔히 이야기되듯이) 피난처를 제공받아 보호받거나 부양받지 못하므로 여성들은 각자 자신을 돌보는 데 적합해져야한다. 모든 여성들은 자신의 능력에 대해 올바른 평가를 받아야한다. 그러면 단련된 지성의 힘과 명료함을 지닐 수 있으며, 교육을 통해 얻을 수 있는 다량의 지적 능력과 자원들을 자신의 생존을 위해 자유로이 쓸 수 있다. 여성이라는 이유 때문에 자신이 지속할 수 있는 학습에서 제외되고 있다는 어떤 이야기도 들리지 않게끔 하자.

While so many women are no longer sheltered, and protected, and supported, in safety from the world (as people used to say) every woman ought to be fitted to take care of herself. Every woman ought to have that justice done to her faculties that she may possess herself in all the strength and clearness of an exercised mind, and may have at command for her subsistence, as much intellectual power and as many resources as education can furnish her with. Let us hear nothing of her being shut out, because she is a woman, from any study that she is capable of pursuing. (*Harriet Martineau on Women*, 96)

이러한 주장에서 보다시피 마티노는 여성에게 결혼만이 삶의 유일한 목적이 되도록 교육해서는 안 된다고 보았고 교육 없이 지속적인 자기계발이 이루어질 수 없다는 관점을 표명한다. 결국 자기계발이 아니라 결혼만이 여성의 목표라면 적절한 남편의 동반자가 될 수 없고 자녀들을 가르치는 데 부적절하다는 입장을 보인다. 마티노는 결혼과 자기 계발이 동시에 이루어질 수 있음을 주장하며 결혼하지 않을 경우에도 자신의 계발에 힘쓰지 않는다면 독자적 삶을 이어나갈 수 없을 것으로 본다. 이러한 입장은 당시의 개혁적 성격을 지닌 저널에 알맞은 관점으로 볼 수 있으며 자신의 문학작품 가운데 가정소설의 틀을 빌었지만 『디어브룩』에서도 결혼플롯 아래 지속적으로 강조되는 관점이다.

마티노는 교육을 통해 모든 여성이 남성과 동일하게 힘을 얻어서 중산계급 가치관을 형성하고 더 정교하게 하는 데 하나의 역할을 해야 한다고 믿었다. 즉 여성이 빅토리아 시대의 주된 문화와 정치담론에 참여하기를 원했고 영국의 가장 중심 계급인 중산계급의 신념의 창조와 전파, 실행에 기여하기를 원했다. 이는 마티노의 여성론의 중심 생각이라 볼 수 있으며 이러한 관점에 입각하여 여성문제에 대해 객관적으로 말할 수 있는 목소리의 필요성을 늘 자각하고 있었던 것으로 보인다. 따라서 여성론에 대해 사심 없는 관점을 구축하기 위한 지속적인 노력을 기울였다. 여행기 양식을 빌어서도 여성문제에 접근하였는데, 이국의 문화권과 자신의 문화권에서 여성이 겪는 사회적 불평등의 원천을 밝혀보려고 노력하였다. 마티노는 자신의 글쓰기에서 객관적 관점 수립을 위한 방편으로 미국을 여행하고 『미국의 사회』(*Society in America*)를 집필하기도 하였다.[3]

이즐리는 이러한 1830년대 저널리스트로서의 활동 과정에서 마티노가 여성문제에 대해 이기적 성향에 빠지지 않고 여성의 제도적 억압에 대해 쓸 수 있는 책략의 일환으로 가정소설로 방향을 돌리게 되었다고 지적한다 (*First-Person Anonymous*, 86). 마티노는 자신의 관점을 더 자유롭게 표현할 수 있는 방식으로, 특히 여성문제에 대해 더 자유로이 접근하기 위해 소설을 쓰게 되었으며 이러한 작업을 통해 작가로서의 유연성을 기를 수 있었다.

---

3) 미국의 정치, 가정, 문화라는 맥락에서 여성문제에 접근함으로써 마티노는 개인이나 자기 국가보다 다른 국가의 시민을 위해 주장한다는 인상을 줄 수 있었다. 미국의 상황을 빌어 여성에 대한 법 개정의 필요성을 주장하였고 결혼제도에 대해 이국 문화의 관점에서 언급하였다. 젠더 문제에 대해서도 사회진보를 위해 극복되어야 할 문제로 언급하고 있다. 마티노는 이러한 미국문화 고찰 방식과 같은 거리두기를 통해 젠더 문제를 언급함으로써 객관성을 유지하려고 노력하였다(*Harriet Martineau on Women*, 125-63 참조).

저널리스트 활동과 가정소설: 『디어브룩』

　마티노의 활동 초기에 집필된 여성문제에 대한 글들은 앞서 언급한 대로 익명적 글쓰기나 미국여행기와 같은 다른 국가의 사회에 대한 분석을 빌어 쓰인 것이 다수였다. 마티노는 여성의 위치, 결혼제도와 관련된 문제, 지적 능력이 있는 여성에게 적합한 직업이 부족한 점 등과 같은 여성문제들을 항상 의식하고 있었으며 가정소설에서 이러한 문제들을 다룰 경우 중산계급의 취향에 어긋나지 않고 더 유연하게 접근할 수 있다고 생각하였다. 즉 당시 여성 이데올로기의 틀에 맞추면서도 그 안에서 여성문제를 논하는 작업을 통해 다양한 방식으로 당시 여성론을 모색했다고 볼 수 있다. 이러한 자세는 자신의 소설에서도 같은 맥락으로 이어진다. 즉 다루는 주제로부터 거리를 두는 인상을 주면서도 여성작가로서 결혼이나 가정, 여성의 자기계발에 대해 어떻게 이야기해야하는가의 문제를 읽어낼 수 있다.

　공평하고 객관적 입장의 글쓰기에 주력한 마티노의 초기 글쓰기와 자신의 첫 소설 『디어브룩』의 구성은 서로 영향을 준 관계에 있다. 특히 『디어브룩』에 등장하는 마리아 영(Maria Young)의 존재는 당대 사회의 여성의 위치나 교육, 결혼에 대한 마티노의 관점과 글쓰기 자세를 구체화시킨 인물이라고 볼 수 있다. 끝없이 독학에 관심을 보이고 실천하는 마리아의 성향은 마티노의 입장을 대변해주며 주변인으로서 사건을 관찰하고 평하는 마리아의 행위는 마티노의 저널리스트로서의 활동과 유사한 양상을 지니고 있다. 마티노의 초기 저널리스트로서의 활동, 특히 여성문제에 대해 거리를 둔 글쓰기는 마티노의 가정소설 집필에 영향을 주어 마티노의 소설에 당시 가정소설과는 다른 독특성을 부여하고 있다.

　『디어브룩』은 1839년 작으로서 제인 오스틴의 사후와 샬럿 브론테, 찰스 디킨즈, 조지 엘리어트 등이 활동하는 사이에 발표된 소설이며 본격적인 빅토리아 시대 소설의 발전에 주요한 근거를 제공하고 있다고 볼 수 있다. 외견상『디어브룩』은 결혼플롯을 중심에 둔 제인 오스틴 류의 연애와 결혼 이야기가 중심이다.[4] 당시의 평들은 인물 창조나 강렬한 감정 표현 등을 높이 평가하였으나 주제가 너무 단순하다고 지적하기도 했다(Sanders xv 참조). 텍스트에서 볼 수 있는 가정의 모습들이나 이와 연관된 도덕적 문제들은 중산계급 이데올로기에 충실한 듯 보이며 결말도 젠더와 계급 위계질서를 공고히 하고 있는 것처럼 보인다. 작품의 여성인물들인 마거릿과 헤스터가 열망하는 것은 자신에게 맞는 남편을 찾아서 충실히 섬기는 일이며, 마리아도 사랑의 적절한 대상을 찾지 못해 가정교사 일을 한다는 내용 때문에 이러한 해석을 불러일으키기도 한 것이다.

데이비드는 마티노의 활동 초기에 여러 글들을 통해 제시되었던 여성론, 특히『미국의 사회』에 강렬하게 제기되었던 여성론적 정치학이『디어브룩』텍스트에서 사라진 것으로 본다(88). 여성과 결혼을 다룬 이 소설에서 가정적 축복이 가장 중요한 모티브라는 것이다. 즉 빅토리아 시대의 감상적인 기준으로 볼 때도 텍스트에서 과도한 가정성의 축복을 볼 수 있다는 평가를 내린다(88-89). 이러한 주제와 더불어 서투른 문체와 강렬하게 보수적인 화자의 목소리를 읽어낼 수 있다고 지적한다(77). 데이비드는 무엇보다도 마티노가 개인의 곤경과 국가의 곤경을 연결시키지 못하고 있으며 1820년대에서 1830년대 사이 영국 지방의 실제 어려움을 멜로드라마로

---

4) 간략한『디어브룩』의 플롯은 결혼플롯으로 볼 수 있다. 두 자매 헤스터와 마거릿 이보스튼은 버밍햄 지역으로부터 사촌인 그레이 가문이 거주하는 한적한 시골 지방인 디어브룩으로 이주한다. 헤스터는 그 지역의 의사 에드워드 호프와 결혼하는데 실제로 호프는 헤스터의 동생 마거릿을 좋아하고 있다. 이 지역의 가정교사 마리아 영은 지역의 결혼 구도에서 소외되어 있으며 그녀가 짝사랑하는 필립 엔더비는 마거릿을 좋아해서 결국 필립과 마거릿이 결혼하게 된다. 마리아는 계속 가정교사의 삶을 걷게 될 것으로 암시된다.

처리하고 있다고 지적한다. 아울러 마티노가 시골 지역의 재정적 어려움을 구체적으로 분석하기보다는 인물들이 도덕성을 얻기 위해 견뎌야하는 현실로 정당화하고 있음을 지적한다. 즉 마티노는 경제적 불평등의 문제를 정당화하고 노동계급의 단합을 신화차원으로 처리하고 있으며 마리아도 자신의 삶이 부당하다고 인식하기보다는 외로운 가정교사 생활을 스스로 신비화하고 있다는 것이다(81).

　이러한 평가는 『디어브룩』의 결혼 플롯에 초점을 둔 읽기의 결과로 보이며 결혼플롯과 관습적 젠더 관계 아래 가정 이데올로기를 새로이 탐색하려는 마티노의 의도를 제대로 읽어내지 못한 결과로 볼 수 있다. 즉 데이비드는 텍스트에서 마리아의 비중을 제대로 읽어내지 못하여 여성의 사회적·경제적 역할을 협소하게 정의하는 사회 상황들과 이에 대한 비판을 유도하는 마티노의 의도를 짚어내지 못한 것으로 볼 수 있다. 이즐리의 지적대로 마리아의 이야기가 지속적으로 결혼플롯의 진행을 방해하면서 사랑과 결혼에 대한 관습적인 관점과 대조적인 관점을 제공하고 있다(*First-Person Anonymous*, 78). 마티노의 저널리스트로서의 활동이 어떻게 가정소설이라는 틀과 연계되는지 점검하는 데, 마티노의 초기 저널리즘에서 논의된 여성문제들이 어떻게 구체화되어 텍스트에 존재하는지 검토하는 데 마리아라는 인물의 비중은 매우 크다고 볼 수 있다. 즉 마리아는 그녀의 사회적 위치나 지속적인 학구열로 인해 주변 인물들과 거리가 있으며 마티노의 가치관과 작가정신을 대변하는 인물이라고 볼 수 있다.

　『디어브룩』에서 마티노는 디어브룩 공동체가 안고 있는 갈등들을 구체적으로 제시하는 데 주력한다. 먼저 독자들이 공동체의 목가적 외관과 실제 삶의 괴리에 대해 인식하도록 첫 장부터 이에 대해 언급한다. 즉 평화롭게 보이는 시골 삶 이면에 실제로는 여러 문제가 내재해있음을 제시하고 있다. 지나가면서 좋아 보이고 한가롭게 보이는 전원도 실제 거주하면 문제가 있다는 식의 관점을 제시한다. 아울러 이 지역의 정치적 문제, 대중의 폭력 등을 다룰 때도 지역의 정치에 대한 인식을 기반으로 하고 있다. 오스틴과 유사하게 영국 시골지역에 대한 고찰이 중심이 되어 있지만 좀 더 광범위한 정치적 맥락 속에서 이 지역의 선거에 관련된 사건이 조망되고 있다. 마티노는 마리아를 통해 정치에 대한 이 지역의 지나친 감정적 반응에 대해 부정적인 입장을 전달한다. 마거릿의 남편 에드워드 호프(Edward Hope)가 정치적 입장을 달리한다고 해서 군중들이 분노하고 그를 소외시킬 때 이러한 감정적 대응은 자제되어야 할 것으로 제시하고 있다. 즉 마티노는 정치 선동과 같은 감정적 대응을 인물들의 자기성취 및 공동체의 도덕을 위해서 극복되어야 할 문제라고 보고 있다. 이러한 점에서 공동체의 감정적 동요와 사사로운 간섭들, 자기이익의 추구 등에 대한 대응책으로 마리아의 역할은 크다고 볼 수 있다.

실제로 디어브룩 공동체에서 마리아의 계급적 위치가 주변 인물들이나 독자들에게 가장 흥미로운 분석 대상이 된다. 마리아의 특징적 위치는 초기 저널리스트로서의 마티노의 역할을 연상시킨다. 공동체의 다른 여성들의 삶과 비교하여 마리아의 삶의 경로는 차별성을 지니고 있다. 아버지를 마차사고로 잃고 자신도 다리를 절게 된 상황, 자신이 좋아하는 필립과의 관계도 이루어질 가능성이 없는 상황에서 그녀는 자신의 생계를 책임져야 한다. 그녀는 불구의 가정교사로서 가난한 삶을 꾸려갈 수밖에 없는 것이다. 마티노는 마리아를 통해 가정교사 역할, 직업상의 외로움, 좌절감, 여성이 추구할 수 있는 지식의 한계 등을 지속적으로 언급한다. 아울러 마티노는 마리아가 헤스터와 마거릿 자매와 나누는 대화를 통해 독자들이 당시 여성의 결혼관, 교육문제, 공동체에서 여성의 위치 등에 대해 주목하게 만든다. 즉 당시 여성문제들이나 디어브룩 공동체의 관습과 정치, 경제 등에 대한 관점들의 일부는 마리아를 통해 제공된다.

　마리아는 독신의 상태로 당시 가정의 영역에 속하지 않는 '잉여 여성'(redundant woman) 범주에 속하며 교사보다는 학자가 되고 싶어 할 정도로 지적 욕구가 강렬한 여성이다. 독학의 즐거움을 인정하면서도 외로워하며 사색적인 성향을 지닌 마리아의 긴 독백에 가까운 서술은 텍스트 중간 중간에 위치하면서 텍스트의 중심플롯인 결혼플롯을 분산시키는 역할을 하고 있다. 마리아는 자신의 주변적 위치를 확인하고 복종하면서도 자신에게 복종적 위치를 강요하는 사회제도에 대해 비판적 목소리를 지니고 있다. 마리아의 서술, 특히 자신에 대한 긴 독백은 자기연민의 표현이라기보다 텍스트에 또 다른 시각을 구축하려는 마티노의 시도로 볼 수 있다. 마티노는 마리아의 주변적 위치로 인해 그녀가 주변의 사건에 대해 좀 더 광범위한 관점을 지닐 수 있음을 강조한다. 마리아는 자신의 위치에서 보고 판단할 수 있는 세상사에 대해 자주 언급하는데 이러한 마리아에게서 마티노의 초기 글쓰기의 방법론, 즉 관찰자의 위치에서 일상적인 주변을 객관적으로 보고 기록해야한다는 관점을 읽어낼 수 있다.

　　나처럼 홀로 있다는 것, 그리고 홀로 있게 되는 건 무얼까?
　　그건 다른 사람들을 관찰하는 위치에 있게 되는 것이다. 그러나 그렇게 얻어진 지식이 단순한 지식에 그친다면, 즉 그 지식이 나를 느끼게 하고 행동하게 만들지 않는다면 그건 이로운 게 아니다. 내가 가질 수 없는 것, 즉 내심에서 나온 영원한 소명과도 같은 가정을 가진 여성들은 아마도 자신에게 최대의 고려를 하는 나보다는 그들 자신을 위한 어떤 생각 없이도 더 안전하게 지낼 수 있으리라. 그러나 엄정한 직업의 축복을 가진 나, 그 직업은 내가 공감과 유대를 지니거나 즉각적인 행동을 할 수 있는 자리에 있게 만들어준다. 그래서 난 다른 사람들의 삶에서 일어날 수 있는 일을 집중적으로 관찰하는 것이 나의 적절한 일임을 발견해낼 수 있다. 그래서 난 그렇지 않으면 지나쳐버릴 일도 미약하지만 행동의 기회로 이용할 수 있는 거다―주제넘게 간섭하는 일없이도 명확한 시각을 지닐 뿐만 아니라 기꺼이 도움을 줄 수 있는 것이다.

What is it to be alone, and to be let alone as I am? It is to be put into a post of observation on others: but the knowledge so gained is anything but a good if it stops at mere knowledge,―if it does not make me feel and act. Women who have what I am not to have,―a home, an intimate, a perpetual call out of themselves, may go on more safely, perhaps, without any thought for themselves than I with all my best consideration; but, I with the blessing of a peremptory vocation, which is to stand me in stead of sympathy, ties, and spontaneous action ―I may find out that it is my proper business to keep an intent eye upon the possible events of other people's lives, that I may use slight occasions of action which might otherwise pass me by.―Without daring to meddle, one may stand clear-sighted, ready to help. (47-48)

여기서 마리아는 자신이 주변적 위치에 있는 상황, 가정을 가진 여성과는 다른 상황을 강조하지만 이러한 상황은 소외의 원인인 동시에 그녀에게 힘을 부여하고 있음을 알 수 있다. 주변 인물들이나 상황을 중심이 아닌 가장자리에서 관찰하는 위치로 인해 그녀는 마치 저널리스트와 같이 객관적 현실을 분석하고 기록할 수 있는 특권을 부여받는다. 진정한 작가는 공적인 과시보다는 일상적 삶에 대해 공감어린 관찰을 함으로써 보편적 진리를 표현할 수 있다는 마티노의 「문학계의 인기주의」의 주장은 마리아의 위치나 언술을 통해 구체화되고 있음을 볼 수 있다. 즉 마티노는 마리아의 역할을 통해 여성작가의 위치나 자세가 어떠해야 하는가를 간접적으로 암시하고 있다.

마리아는 다른 사람들의 일에 대해 보다 객관적인 관점을 소유함으로써 자신의 개인적인 이익보다는 공동체의 이익을 고려하여 행동할 수 있다. 주변에 대한 마리아의 공감적 관찰은 소설 속의 다른 인물들의 위치나 태도와 대조를 이루게 된다. 이를테면 로울랜드(Rowland) 부인이나 그레이 (Grey) 부인의 경우는 사적 감정과 이기심 등이 작용하여 디어브룩 공동체에 끊임없는 소문과 그릇된 판단을 야기한 결과를 낳기도 한다. 로울랜드 부인이나 그레이 부인과 같은 인물들의 정서나 행위는 공동체의 도덕이나 가치관을 더욱 편협한 것으로 만들고 있는 것이다.

이들뿐만 아니라 헤스터와 마거릿 자매와 대조하여 마리아의 시각은 소설속의 감정적 문제나 도덕적 문제에 대해 공평한 기준을 제공한다. 즉 마리아는 공동체 여러 인물들의 행위를 가늠하는 잣대 역할을 하며 다른 사람들의 삶에 대해 공감어린 관여의 자세를 지니고 있다. 마리아는 자신이 지적으로 도덕적으로 우월하다는 것을 내보이지 않고도 공동체의 다른 사람들에게서는 볼 수 없는 관점을 제공하고 있다. 물론 마티노와 달리 마리아는 공동체의 정치나 사회 문제에 직접적 영향을 끼치지도 않고 남성담론으로 들어가려는 직접적인 시도도 하지 않는다. 그러나 마리아는 디어브룩 공동체 사람들의 삶에 대해 지속적인 관찰과 판단을 시도함으로써 실제로 마티노의 초기 익명적 글쓰기 방법론과 효과를 상기시키는 면이 있다.

초기 마티노의 글에서 볼 수 있는 여성문제는 마리아를 통해 지속적으로 관찰되고 언급된다. 마거릿, 헤스터, 마리아 세 여성은 공동체에서 서로 의지하는 상태로 지내는데 그들의 삶의 목적이 결혼이 될 수밖에 없는 현실을 자각하고 있다. 마거릿과 헤스터는 그들의 생계수단이 무엇이 될지 정해지기 전에는 정체성을 구체적으로 확립할 수 없다. 버밍햄에서 디어브룩으로 이주시 평화로운 전원 삶을 꿈꾸었으나 이 지역 삶이 더 답답하다는 것을 발견하게 되는 마거릿과 헤스터는 그레이 부인의 결혼에 대한 간섭으로 상징되는 제한된 환경에서 자신들의 삶의 방향에 대해 고민해야 한다.

마리아도 필립에게 연정을 품고 있으며 자신의 사랑의 성취에 대한 열망을 지니고 있지만 사랑과 결혼에 대해 초연한 태도를 견지하고 있다. 즉 마리아는 이 열망을 초월적인 비전으로 승화시키며 다른 사람들에게 오히려 유익함을 더하는 방식으로 일을 처리하여 내면의 고통을 극복한다. 이러한 초월적 비전을 현실도피적인 것이라고 생각하기 쉬우나 실제 텍스트에서 마리아는 가장 현실을 잘 관찰하고 대처하는 여성이라고 볼 수 있다.

마티노는 외견상 이들의 사랑의 추구, 결혼 등을 주요 모티브로 다루고 있으나 이들 여성들과 관련하여 당시 중산계급 여성의 결혼, 교육과 직업, 생계 등에 대해 지속적으로 언급한다. 마리아는 여성들의 유일한 목표가 결혼인 현실을 지적하면서 사랑과 아무런 관련이 없는 결혼에 대해 비판적 견해를 표명한다.

> '그렇지만 아직도 소녀들은 삶에서 결혼만이 유일한 사건이라고 생각하게끔 양육되고 있어. 이들이 다른 생각을 가질 시간도 갖기 전에 이들의 정신은 결혼에 대한 생각으로 채워지지.'
> '이들이 지닌 이해력에 비하면 아주 저급한 목표를 위한 수단으로 말이야─이들의 정신을 채우고 있는 건 멋지고 성스러우며 신비로운 결혼이 아니라, 돈, 안락함, 지위, 부모로부터의 독립을 가져다줄 어떤 사람이나 어떤 것과 연결되는 것이지. 그건 사랑과 아무 관계가 없어, 내가 말하는 사랑은 여성의 삶에 큰 영향을 끼치는 거지, 사랑의 이름은 갑자기, 은밀하게 존재의 핵심까지 뒤흔드는 목소리가 될 때까진 단순히 공허한 소리에 불과한 거야, 존재의 핵심을 뒤흔드는 건 운명에 금이 가는 것보다 더 무섭고 굉장한 일이지.'

> 'And yet all girls are brought up to think of marriage as almost the only event in life. Their mind are stuffed with thoughts of it almost before they have had time to gain any other ideas.'
> 'Merely as means to ends low enough for their comprehension. It is not marriage,─wonderful, holy, mysterious marriage,─that their minds are full of,

but connexion with somebody or something which will give them money, and ease, and station, and independence of their parents. This has nothing to do with love. I was speaking of love, — the grand influence of a woman's life, but whose name is a mere empty sound to her till it becomes, suddenly, secretly, a voice which shakes her being to the very centre, — more awful, more tremendous, than the crack of doom.' (187)

마리아는 마거릿과 걱정스럽게 헤스터의 상황에 대해 대화를 나누던 중 결혼만이 삶의 목표인 중산계급 여성의 현실에 대해 여성이 그런 생각을 갖도록 하는 당시 교육의 문제점을 지적한다. 마티노는 이처럼 마리아의 지적을 통해 당시 여성의 교육이나 결혼관에 대해 독자들이 다시 생각해보도록 유도하고 있다. 이러한 부분들은 마티노가 초기 익명적 글쓰기 장치를 통해 여성의 상황이나 교육에 대해 입장을 표명했던 부분들과 유사한 점들을 보여준다.

마거릿과 마리아가 중산계급 여성의 한정된 기회에 대해 대화를 나누는 장면 역시 마티노의 초기 저널리즘의 영향을 볼 수 있는 부분으로, 마리아의 대답은 여성에 대한 마티노의 초기 글들에서 발견되는 입장들이 소설 텍스트에서 구체화된 것으로 볼 수 있다.

'여자가 돈을 벌 수 있는 방법 좀 가르쳐줄 수 없겠니?'
'여자가? 어떤 등급의 여자? 너 자신? 그 대답은 쉽게 할 수 있어, 교육받지 못한 계급출신 여자는 세탁이나 요리, 혹은 소젖 짜기나 고용살이를 하는 거고, 너도 버밍햄에서 확실히 봤겠지만 이 나라 어떤 지역에서는 면 공장에서 일하거나 접시에 광내는 일을 해서 생계를 꾸릴 수 있단다. 그렇지만 교육받은 여성, 하나님께서 종교적으로 향상할 수 있도록 힘을 주신 여성, 자신의 앞길에 삶을 열어놓는 이성을 지닌 여성, 적절한 과제로 과학을 탐색하는 이성을 지닌 여성, 모든 종의 책임을 안전하게 해줄 양심이 있는 여성, 이런 여성에게는 영국 전역에서 가르치는 일 말고는 생계의 기회가 없단다. 거의 무익한 가르침이지. 상황 교육에 결코 필적할 수 없고 수천 중 한 사람도 거기에 맞지 않는 일이지, 아니면 우수한 내어스 양 – 즉 재봉사나 모자 만드는 일을 하는 여성이 되는 거지.'

'가정교사, 재봉사, 모자 만드는 일, 이게 전부야?'

'전부지, 여성을 제외시키는 일이 불가능한 예술이나 문학 부분들 빼고는. 그렇지만 이 영역들을 생계의 원천이 된다고 볼 순 없어...'

'Cannot you tell me of some way in which a woman may earn money?'

'A woman? What rate of woman? Do you mean yourself? That question is easily answered. A woman from the uneducated classes can get a subsistence by washing and cooking, by milking cows and going to service, and, in some parts of the kingdom, by working in a cotton mill, or burnishing plate, as you have no doubt seen for yourself at Birmingham. But, for an educated woman, a woman with the powers which God gave her religiously improved, with a reason which lays life open before her, an understanding which surveys science as its appropriate task, and a conscience which would make every species of responsibility safe, — for such a woman there is in all England no chance of subsistence but by teaching, — that almost ineffectual teaching, which can never countervail the education of circumstances, and for which not one in a thousand is fit, — or by being a superior Miss Nares, — the feminine gender of the tailor and the hatter.'

'The tutor, the tailor, and the hatter. Is this all?'

'All; except that there are departments of art and literature from which it is impossible to shut women out. These are not, however, to be regarded as resources for bread....' (515)

마리아는 중산계급 여성에게 옷이나 모자 만드는 것과 같은 일 외에는 가정교사 같은 가르치는 직업이 유일한 현실적 선택임을 역설하고 있다. 아울러 기계적인 가르침에만 국한된 이러한 직업은 여성의 지력을 확장하거나 삶의 가능성을 열어주는 데 부적절함을 지적하고 있다. 예술이나 문학의 영역도 여성이 독립적으로 생계를 유지하기에는 어렵고 현실적으로 여성이 이 영역의 일을 본격적인 직업으로 삼기 어렵다는 이야기를 하고 있다. 실제로 가정교사 직업을 가진 마리아와 비교하여 헤스터나 마거릿 같은 경우는 집안일을 도움으로써 돈을 절약하는 것 밖에 대안이 없음을 보여주고 있다. 호프가 지방선거에서 지주가 지지하는 유력자에 반대하는 투표를 함으로써 전 가족이 공동체에서 소외되었을 때 이들 여성의 활동은 한계가 있다. 호프가 시신을 훔쳤다는 혐의로 의료행위도 할 수 없게 되고 모두들 처음으로 생업을 위해 일해야 하는 처지가 되었을 때 공동체에서 이들이 생계를 위해 제대로 능력을 발휘할 적절한 영역이 없다.

공동체의 소요가 진정되며 마거릿도 필립과 결혼하는 행복한 결말로 인해 『디어브룩』은 표면적으로는 기존 가정소설의 틀을 유지하고 있다. 이는 당시 여성문인들이 여성문제에 대한 관심을 지속적으로 독자에게 불러일으키는 과정에서도 중산계급 가치관을 유지해야 했던 현실을 반영해주는 것이다. 그러나 마리아의 존재는 이러한 틀로 가두어지지 않으며 텍스트는 가정성이나 결혼에 대해 지속적인 의문을 내포하고 있다. 텍스트의 마지막에 필립과 마거릿이 황혼 경에 산책을 하며 마리아의 운명에 대해 이야기하고 있는데 마리아는 행복한 결혼이 결말인 가정소설에 결코 흡수되지 않는다. 마거릿은 마리아의 미래에 대해 걱정하면서 그녀가 가난하며 외롭고 힘들게 살아가야 할 것이고 사랑이나 미래에 대한 전망도 없다고 지적하지만 마리아는 다른 관점에서 마거릿에게 자신의 삶의 전망을 제시한다. 그녀는 자신의 고독이 참기 힘들 것이지만 그 고독이 천국을 볼 수 있게 해주고 변화에 대한 두려움 없이 장래를 생각하게 해줄 것이라고 역설한다.

'단순한 고통이라면 지나가게 내버려두고 내 운명의 다른 고통들에 대해서도 나쁘게 말하지 않도록 하자. 이들 내 최상의 친구들을 중상하지 않게끔 말이야. 우리 주변 사람들의 약함이나 힘든 생활, 가난, 약점들이 자족하는 가운데서 우릴 강하게 만들어준다면 그런 상황들과 싸울 필요가 없는 거야.'

...

'...넌 대체로 내가 곤혹스런 상황에 처한 걸 자주 보게 되겠지, 미래를 (아무도 그렇게 할 수 없기 때문에) 넌 내 마음의 눈으로 볼 수 없어. 어느 날 하루만이라도 네가 나처럼 느낄 수 있다면, 내 눈으로 보는 것처럼 볼 수만 있다면...'

'For the mere pain, let it pass; and for the other désagrémens of my lot, let us not dare to speak evil of them, lest we should be slandering my best friends. If infirmity, toil, poverty, and the foibles of people about us, all go to fortify us in self-reliance, god forbid that we should quarrel with them!' (598)

...

'...You see me often, generally, in the midst of annoyance, and you do not (because no one can) look with the eye of my mind upon the future. If you could, for one day and night, feel with my feelings, and see through my eyes...' (599)

마리아는 자신의 삶을 고독과 불운의 삶이라고 규정하는 마거릿의 관점을 거부하며 이러한 관점으로 재단되지 않는 초월적 비전으로 신의 섭리에 순응하겠다는 견해를 밝힌다. 이 부분에 대해 마티노가 지닌 여성문제에 대한 비판의식이 신비주의적인 관점으로 처리된 것으로 보기도 하지만 (David 81) 마리아의 삶이 당시 결혼이나 가정 이데올로기를 벗어나는 영역으로 진행될 것임을 암시하는 부분으로 볼 수 있다. 즉 마리아의 삶의 진로는 한정된 영역에 국한되지 않으며 텍스트의 잉여적 존재로서 필요한 관찰자이자 도덕적 논평자로서 남아 있다고 볼 수 있다.

마티노는 관습적·낭만적 남녀 관계를 설정하는 동시에 마리아를 통해 당시 가정이나 결혼, 여성의 위치에 대한 독자의 이해를 복합적으로 만들고 있다. 즉 마티노는 마리아를 통해 가정소설의 틀에서도 여성의 교육과 직업의 기회에 대한 필요성을 역설할 수 있었던 것이다. 이러한 마티노의 작업에서 가정소설에서도 중산계급 이데올로기에 순응하는 결말 이면에 당시 여성문제에 대한 비판적 목소리들을 담아낼 수 있음을 확인할 수 있다. 이처럼 초기 저널리스트로서의 활동과 『디어브룩』의 집필은 여성작가로서 마티노의 본격적인 정체성 형성에 주요한 단계로서 당시 저널리즘과 여성작가의 정체성 형성과정이 어떻게 연관되는가를 보여준다.

소설 속 마리아의 관점은 객관적 관찰자의 입장에서 결혼·교육·직업에 대한 논의를 보여줌으로써 마티노 활동 초기의 글쓰기 책략과 상호텍스트성을 지닌다. 마티노는 이러한 서술책략을 통해 결혼플롯에 저항하는 하나의 지속적인 관점을 수립하고 있다. 즉 개인적 관점보다는 거리를 둔 관점, 개인을 벗어난 관점이 필요하다는 마티노의 초기 글쓰기의 방법론과 여성문제에 대한 입장들이 소설을 통해 구체화되고 있다. 이러한 마티노의 책략은 자신의 작가적 정체성 형성에 기여했을 뿐만 아니라 당시 남성필자 위주의 저널리즘 영역에 여성작가들이 참여할 권리를 확보하는 데 기여한 것으로 볼 수 있다.

마티노가 저널리즘 영역에서 활동한 경력은 여성이 사회관찰 및 분석과 문화비평 영역에 전문성을 지니고 접근할 가능성을 열어줌으로써 중산계급 여성의 여성론적 인식을 새로이 일깨우는 데 공헌하였다. 마티노는 여성담론을 둘러싼 문화적 갈등의 실체, 특히 여성의 교육이나 결혼, 가정 이데올로기 등에 대한 당시의 문제의식을 구체화하여 보여주고 있는 것이다. 즉 마티노의 기고문들과 소설들은 당시 여성담론에 내재한 갈등적 요소들을 일깨우면서 남녀양성의 평등이 필요하다는 인식을 유도함으로써

1850년대와 1860년대의 여성문제 논의에 초석을 마련한 것으로 볼 수 있다. 마티노의 활동은 당시 출판시장에 중산계급 여성이 참여하도록 하는 계기가 됨으로써 여성작가들이 객관적이면서도 다양한 서술책략을 통해 어떻게 공적 영역에서 여성문제에 대해 목소리를 낼 수 있었는지를 보여준다. 비록 이런 활동들이 가부장적으로 규정된 제도와 남성중심의 저널리즘을 통해 이루어진 것이었음에도 불구하고 여성작가들이 올바른 문화비평의 방법론과 주제들을 어떻게 선택하는가의 실례를 제공해주었다고 볼 수 있다. 이러한 문화비평의 방법론과 주제들은 당시의 변화하는 출판시장에서 여성작가의 역할을 확장시키는 데 주요한 지침을 마련하였다고 평가될 수 있다.

 참고문헌

장정희. 「빅토리아 시대 저널리즘과 여성작가의 정체성: 해리엇 마티노의 『디어브룩』」. 『근대영미소설』 15
권 1호. 2008. 75-101.

Easley, Alexis. *First-Person Anonymous: Women Writers and Victorian Print Media, 1830-1870*.
Burlington: Ashgate, 2004.

_____. "Authorship, Gender and Power in Victorian Culture: Harriet Martineau and the Periodical
Press." *Nineteenth-Century Media and the Construction of Identities*. Eds. Laurel Brake, Bill
Bell and David Finkelstein. New York: Palgrave, 2000. 154-164.

_____. "Gendered Observations: Harriet Martineau and the Woman Question." *Victorian Women
Writers and the Woman Question*. Ed. Nicola Diane Thompson. Cambridge: Cambridge UP,
1999. 80-98.

Caine, Barbara. "Feminism, Journalism and Public Debate." *Women and Literature in Britain
1800-1900*. Ed. Joan Shattock. Cambridge: Cambridge UP, 2001. 99-118.

David, Deirdre. *Intellectual Women and Victorian Patriarchy*. Ithaca: Cornell UP, 1987.

Eliot, Simon. "The Business of Victorian Publishing." *The Cambridge Companion to The Victorian
Novel*. Ed. Deirdre David. Cambridge: Cambridge UP, 2001. 37-60.

Fraser, Hilary, Stephanie Green, Judith Johnson. *Gender and the Victorian Periodical*. Cambridge:
Cambridge UP, 2003.

Hill, Michael R. and Susan Hoecker-Drysdale. Eds. H*arriet Martineau: Theoretical and
Methodological Perspectives*. London: Routledge, 2003.

Jordan, J. O. and R.L. Pattern. Eds. *Literature in the Marketplace: Nineteenth-Century British
Publishing and Reading Practices*. Cambridge: Cambridge UP, 1995.

Logan, Deborah Anna. *The Hour and the Woman: Harriet Martineau's* "*Somewhat Remarkable'
Life*." Dekalb, Illinois: Northern Illinois UP, 2002.

Martineau, Harriet. *Deerbrook*. Ed. Valerie Sanders. Penguin Books, 2004.

_____. "Female Writers on Practical Divinity." *The Monthly Repository*. 17 Oct.(1823): 593-96.

_____. "Literary Lionism." *London and Westminster Review* 32(1839): 261-81.

_____. *Autobiography*. 2 Vols. London: Virago, 1983.

_____. "On Female Education." *Monthly Repository* 18(1823): 77-81. Rpt *Harriet Martineau on
Women*. Ed. Gayle Graham Yates. New Brunswick: Rutgers UP, 1985. 93-97.

_____. *Household Education*. London: Edward Moxon, 1849. Rpt. *Harriet Martineau on
Women*. Ed. Gayle Graham Yates. New Brunswick: Rutgers UP, 1985. 88-93.

Morgan Thaïs E. Ed. *Victorian Sages and Cultural Discourse: Renegotiating Gender and Power*.
New Brunswick: Rutgers UP, 1990.

Pichanick, Valerie Kossew. "An Abominable Sumbission: Harriet Martineau's Views on the Role and

Place of Woman." *Women's Studies* 5, No.1 (1977): 13-32.

Poovey, Mary. *Uneven Developments: The Ideological Work of Gender in Mid-Victorian England.* Chicago: Chicago U of P, 1988.

Yates, Gayle Graham. Ed. *Harriet Martineau on Women.* New Brunswick: Rutgers UP, 1985.

2 마거릿 올리펀트: 출판문화 구성과 젠더

출판시장과 올리펀트의 다작활동

사회의 다양한 토픽들과 언어를 실험하고 성장시키는 격전지로서 당시의 정기간행물이 어떻게 여성에게 실험 기회를 제공했는지 올리펀트의 활동을 통해 살펴볼 수 있다. 올리펀트 활동기의 정기간행물은 작가와 독자가 교류하는 광장과도 같았고 그 안에서 정조(ethos)나 정체성도 실험적이될 수 있었다. 리처드 앨틱(Richard D Altick)은 1800년에서 1900년 사이의책 생산이 대거 증가했으며 정기간행물 산업은 더욱 확장되었음을 지적하면서 당시 출판시장의 확장에 대해 언급한다. 이러한 확장으로 인해 독자수가 증가함으로써 정기간행물 출판업은 점차 매혹적인 상업적 투자가 되었고 대중의 소비를 위해 많은 정기간행물이 발행될수록 독서습관도 더 다양하게 형성되었음을 지적한다(318). 이러한 과정에서 올리펀트의 작가적 경력은 당시 출판문화 구성과 젠더의 관계를 검토해볼 수 있는 매우 주요한 실증자료가 된다.

빅토리아 시대 문인으로서 주목받지 못하고 평가받지 못했던 메리 엘리자베스 브래던, 로다 브루턴(Rhoda Broughton), 마거릿 올리펀트의 전기들이 선보이면서 린 피켓(Lynn Pykett), 케이트 플린트(Kate Flint), 샐리 레저(Sally Ledger), 앤 헤일먼(Ann Heilman) 등이 이들의 재평가에 관심을 보이고 있다. 이처럼 제외되었던 여성 저널리스트 겸 여성 소설가들을 다시 보려는 작업은 이들이 실상 빅토리아 시대 저널리즘이나 소설 발전에 실상 매우 주요한 역할과 영향력을 행사했기 때문이라고 볼 수 있다. 에머 리긴즈(Emma Liggins)와 앤드루 몬더(Andrew Maunder)의 지적대로 정전이 되는 작품들, 이를테면 조지 엘리어트의 작품이나 헨리 제임즈(Henry James)의 작품들이 천재성의 산물이 아니라 이러한 정전 외 작가들의 글쓰기에 빚지고 있다고 볼 수 있는 것이다(Liggins & Maunder 5 참조). 따라서 이들의 글쓰기를 지적 깊이가 결여되어 있고 보수성의 결정체이자 판에 박힌 잡동사니 글들에 불과하다고 단정 지을 수 없다.

당시 여성작가들의 글쓰기 활동이 지닌 의미를 다시 평가할 때 주목받지 못했던 여성작가들에 대해서도 새로이 접근하고 평가할 필요가 있다. 즉 이들이 쓴 글, 즉 이들이 대변하고 창조했던 문화에 대해서 단순한 이분법적 논리로 접근하기 보다는 그 복합적 성격에 주목해야 한다. 이러한 점에서 마거릿 올리펀트도 새로이 접근될 필요성이 있다. 올리펀트는 당시 출판시장에서 거의 불가사의한 존재라고 볼 수 있다. 100개가 넘는 소설과 400개 가량의 비평을 썼으며 전기작가, 편집자, 번역가, 소설가로서 다중적 정체성을 지닌 작가로 활동하였다. 그러나 올리펀트는 소위 정전에 속하는 작가계열에 속하지 못했고 주목받지 못했다. 동시대 작가들로부터 가장 부지런한 영국 여성문인으로 인정되었지만 빅토리아 문학시장과 페미니즘 역사가들에게 주요작가로 인식되지 못했고 단지 돈벌이를 위해 글을 양산했던 작가로 기억되었으며 보수적이고 여성참정권반대론자인 반페미니스트로 규정되어 왔다.

올리펀트 연구는 근자에 이르러 점진적으로 활기를 띠고 있으며 올리펀트 글 아래 숨겨진 서브텍스트를 읽어내야 제대로 올리펀트를 평가할 수 있다는 논의들이 나오고 있다.[1] 올리펀트의 다중적 활동을 통해 여성작가의 경제활동이 지니는 의미를 재검토해 볼 필요가 있는 것이다. 올리펀트의 경제적 성향이나 글쓰기를 노동으로 개념화하는 방식은 올리펀트의 독특한 관점이다. 그녀의 경력에서 주목해 볼만한 경제원칙은 일을 얻을 수 있고, 일의 대가를 지불받기만 한다면 자신이 하는 일이 여성적이건 아니건 고려하지 않는다는 것이다. 이러한 그녀의 경제원칙은 빅토리아 시대 페미니즘의 발전을 이론화할 때, 더 나아가 일반적으로 19세기 가정 이데올로기와 중산계급 여성의 위치에 대해 이론화할 때 다시 고려해 보아야할 사항이다.

올리펀트 활동 당시 여성작가의 글은 권위를 지닌 진술로 인정되기 어려운 것이 현실이었다. 아울러 당시 여성작가들은 남성작가의 권위에 대해 늘 인식해야했다.[2] 여성은 무엇인가, 문학적 권위란 무엇인가, 문학적 천재

---

1) 트렐라(D.J. Trela)의 『마거릿 올리펀트: 부드러운 전복에 대한 비판적 에세이들』(*Margaret Oliphant: Critical Essays on a Gentle Subversive*), 비네타와 로버트 콜비(Vineta and Robert A.Colby)의 『다의적 미덕: 올리펀트 부인과 빅토리아 문학시장』(*The Equivocal Virtue: Mrs. Oliphant and the Victorian Literary Marketplace*), 메린 윌리엄즈(Merryn Williams)의 『마거릿 올리펀트 비판적 전기』(*Margaret Oliphant: A critical biography*), 엘리자베스 제이(Elizabeth Jay)의 올리펀트 전기등이 나오면서 활성화되고 있다고 볼 수 있다.

2) 길버트와 구바(Gilbert & Gubar)는 올리펀트의 이야기 「도서관 창문」("The Library Window")에서 문학적 아버지 (literary father)의 주제를 탐색하고 있다. 1896년에 올리펀트는 반자서전적인 고딕 판타지 소설 「도서관 창문」을 썼는데 이 작품에서 문학적 아버지의 실체는 유령

란 무엇인가, 레토릭은 무엇인가 등의 문제에 대해 남성작가와는 다른 차원의 고민을 안고 있었던 것이다. 이러한 문제들에 주목한 줄리안 스미스(Julianne Smith)는 토머스 드퀸시(Thomas DeQuency)와 올리펀트의 유사점을 지적하면서 빅토리아 시대 정기간행물에서 여성 레토릭의 확립을 볼 수 있다고 주장한다. 드퀸시와 올리펀트는 젠더에 의해 자신에게 부여된 담론의 공간 한계를 부수었으며 이들의 파편화된 삶의 과정이 자신들만의 예술과 레토릭을 형성하도록 유도하였다고 지적한다(41). 특히 스미스는 올리펀트가 전통적인 남성적 레토릭의 개념을 무너뜨리기 시작했다고 평가하면서 작가성의 확립과 젠더, 레토릭의 관계를 올리펀트의 글들을 예로 들어 설명하고 있다.

올리펀트는 소설가나 단편소설가로서의 성공을 빌려 『블랙우즈』 기고가가 되었으며 이는 조지 엘리어트와는 반대의 경우이다. 올리펀트에게 『블랙우즈』를 중심으로 한 저널리스트로서의 역할은 자신의 창조성을 소진시키기보다는 더욱 강하게 만들었다. 즉 다른 작가의 작품들을 다양하게 읽고 평함으로써 자신의 글을 더 풍요하게 만들 수 있었다. 올리펀트의 비평 활동은 양이나 영향의 면에서 상당했으며 40여 년간의 집필 동안 수많은 작가들의 글을 검토하였다. 올리펀트는 생계유지를 위한 글쓰기를 위해서는 남성들의 영역에 뛰어들어야 함을 인식했고, 다른 여성지보다 『블랙우즈』를 위해 자신과 같은 여성 스토리텔러가 글을 써도 되는지 우려를 안

같은 선구자임을 암시하고 있다. 여주인공은 남성들의 대학 창문에서 흘깃 보게 된 남성의 형체에 강박적으로 시달리는데 그는 계속 글쓰기를 하고 있고 그녀는 하디의 열정적으로 상상력이 풍부한 여주인공처럼 유령 문인에게 완전히 홀리게 된다. 이는 실체가 없는 존재로서 19세기 여성소설 전통에서 여주인공들이 악마 같은 남성과 미스터리에 의해 홀리는 것을 암시한다는 것이다. 길버트와 구바는 올리펀트가 자신의 이류성 자체를 합리화하고 낭만시하기 위해 남성문인이라는 영웅주의 픽션을 구축해왔을 지도 모른다고 지적한다. 올리펀트의 남성작가는 여성의 상상의 산물이자 근심을 자아내는 존재로 제시되고 있다는 것이다 (Gilbert and Gubar 172-73).

고 있었다. 따라서 중립적인 목소리를 사용했으며 글을 시작할 때 자의식적으로 남성적이거나 확장된 선언과 같은 레토릭을 사용하기도 했다. 즉 의도적으로 낯선 모드로 글을 쓰는 것처럼 시작했고 그 이후 더 여유 있는 톤으로 접어드는 책략을 사용하였다. 예를 들면 해리엇 마티노의 『자서전』에 대한 평에서 이러한 수사적 책략의 예를 볼 수 있다.

> 당신이 죽었거나 무력한 상태에 있어서 당신에 대한 판단에 아무 저항을 할 수 없을 때 당신의 삶을 쓰게 하는 건 위험한 일이다...그러나 그런 이유로 전기가 위험하다면 더 치명적인 예술, 더 급진적으로 작용하고 무한하게 흉악한 예술이어서 거기 대항해 이미 예정된 희생자를 어떤 방식으로도 수호할 수 없는 예술이 있다. 이러한 자기살인의 끔찍한 도구는 자서전이라고 불린다.

> It is a dangerous thing to have your life written when you are dead and helpless, and can do nothing to protest against judgment....But if biography is thus dangerous, there is a still more fatal art, more radical in its operation, and infinitely more murderous, against which nothing can defend the predestined victim. This terrible instrument of self-murder is called autobiography. (Oliphant 1877, 472)

이처럼 글의 서두는 다소 거슬리는 듯하며 낯설게 보이는 느낌을 주며 남성적 성격, 확정적 선언 같은 속성을 보인다. "살인", "희생자" "치명적인" 등의 표현이 독자들에게 충격적인 느낌을 주고 있음을 알 수 있다. 그러나 이러한 확정적 선언의 서두는 중반부터는 평이한 톤으로 진행된다. 올리펀트는 마티노의 『자서전』에 대해서 공감적인 입장을 지니고 있었지만 마티노의 자신을 중시하는 태도, 스스로를 칭찬하는 태도에 반감을 표현한 것이다. 즉 마티노의 『자서전』을 남성적 성공의 이야기로 구성된 것으로 보고 올리펀트 자신의 관점으로 볼 때 결코 자신이 생각해보지 못했던 종류의 자서전으로 평하고 있다.

이러한 경우에서 보다시피 대부분의 논평에서 올리펀트의 책략은 마티노와 유사하게 중립적인 목소리를 사용하는 것이었다. 그러나 자신만의 레토릭을 수립해가는 데 중점을 두었으며 이는 당시『블랙우즈』같은 남성 중심 정기간행물에 종사하던 입장에서 다소 힘든 과정이었다고 볼 수 있다. 그러나 이러한 과정에서 고찰되는 올리펀트 저술활동의 특징들은 당시 출판시장 형성과정에서 활성화된 여성의 저널리즘 활동이나 문화생산물들에 대한 이해를 풍요하게 하는 데 유용한 지점을 제공한다. 특히 올리펀트가 남성의 잡지라고 볼 수 있는『블랙우즈』에 기고한 경력은 당시 여성작가의 문체와 경력 형성에 하나의 전례를 제공하고 있다.

올리펀트는『블랙우즈』에 주로 기고하였으며 트롤로프(Trollope), 고어(Gore), 밋포드(Mitford) 부인의 작품에 대한 평을 비롯한 여성소설가들에 대한 평, 선정소설에 대한 평들을 비롯하여 수많은 글들을 썼다.『블랙우즈』와『포트나이트리(Fortnightly),『콘템퍼러리 리뷰』(Contemporary Review)를 위해 집필하고 소설작품들을『롱맨즈 매거진』(Longman's Magazine),『맥밀란즈 매거진』(Macmillan's Magazine)과『콘힐』에 연재하였고 이 잡지들 모두에도 기고활동을 하였다. 여기에 덧붙여『스펙테이터』(Spectator)와『성 제임즈 가제트』(St. James's Gasette)를 위해 집필하였으나『블랙우즈』를 가장 중심 무대로 삼았다. 해리엇 마티노가『먼스리 리퍼지토리』에 기고할 시절 폭스(W.J. Fox)가 했던 정신적 지주 역할을 존 블랙우드(John Blackwood)가 올리펀트에게 제공했던 것이다(Shattock 171).

올리펀트에게는 조지 엘리어트와 달리 자신의 사업관계를 돌보아 줄 남성이 없었고 당시 출판시장에서 이루어지던 모든 협상들을 스스로 진행하였다. 아쉽게도 올리펀트는 이러한 독립심에도 불구하고 편집장의 위치에는 도달하지 못했다. 헨리 우드가 『아고시』의 편집장을 했고, 브래던이 『벨그래비어』, 개티(Gatty) 부인이 『앤트 주디즈 매거진』(*Aunt Judy's Magazine*)의 편집장을 한 것처럼 직위와 재정적 안정을 가져다줄 위치를 갈 망했으나 이러한 갈망은 충족되지 못했다. 올리펀트의 자서전을 편집한 엘 리자베스 제이(Elisabeth Jay)는 올리펀트가 자신의 삶을 저술의 성공과 실 패의 색인과도 같다고 본 점에 주목하면서 올리펀트 자서전이 파편적 속성 을 지니고 있으며 이는 당시 여성의 삶의 의미와 패턴을 보여준다고 한다 (xiii, xiv). 자서전에서 올리펀트는 자신의 글쓰기가 일상생활과도 같이 진 행되는 것으로 기술하고 있다.

> . . . 글쓰기는 모든 것을 가로지르는 것이었다. 그러나 그것은 역시 모든 것에
> 종속적이었으며 조그만 필요가 있더라도 제쳐두어야 하는 것이었다. 글을 쓸
> 방은커녕 나 자신만을 위한 탁자조차도 없었으며 쓸 책을 가지고서 마치 책을
> 쓰는 대신 셔츠를 만드는 것처럼 모든 일상이 진행되는 가운데 가족들이 쓰는
> 탁자 구석에 앉아있었다...내 전체 문학 인생 동안 두 시간이라도 방해받지 않
> 고 있었던 적이 없다고 생각된다(모두 잠자리에 든 밤을 제외하고는). . . 내
> 생각에 제인 오스틴도 나와 같은 방식으로, 나와 꼭 마찬가지 이유로 글을 썼
> 다고 믿는다.

> ...the writing ran through everything. But then it was also subordinate to
> everything, to be pushed aside for any little necessity. I had no table even to
> myself, much less a room to work in, but sat at the corner of family table with
> my writing-book, with everything going on as if I had been making a shirt instead
> of writing a book....I don't think I have ever had two hours undisturbed (except
> at night, when everybody is in bed)during my whole literary life....Jane Austen, I
> believe, wrote in the same way, and for very much the same reason. (1990, 30).

이처럼 올리펀트는 삶과 글쓰기가 일치될 수밖에 없었던 절박함을 지니고

있었으며 이러한 관점에 입각하여 그녀는 남녀를 불문하고 생계를 위해 일했던 작가들을 숭배했다. 그녀는 예술에 대한 이론화작업보다는 실용적인 명분에 충실했고 예술과 삶이 얽혀있는 상태의 작가들을 이상적으로 생각했다.

> 그 주제(글쓰기)에 대해서는 어떤 이론도 가져본 적이 없다. 난 글쓰기가 내 아이들을 위해 일할 필요가 있다는 큰 사실 외에도 내게 즐거움을 주기에, 마치 말하거나 숨 쉬는 것처럼 내게 자연스럽게 다가왔기에 글을 써왔다...글들은 나의 일이며 내가 좋아하고 나 자신을 몰두시키는 자연스런 방식이다. 비록 글들이 내가 의도한대로 썩 좋은 글이 되지 못하지만 말이다. 내가 말했을 때는 내 안에 있는 것을 다 말해왔다.

> I have never had any theory on the subject. I have written because it gave me pleasure, because it came natural to me, because it was like talking or breathing, besides the big fact that it was necessary for me to work for my children...They are my work, which I like in the doing, which is my natural way of occupying myself, though they are never so good as I meant them to be. And when I have said that, I have said all that is in me to say. (1974, 4-5)

이처럼 삶의 과정으로 글쓰기를 실행했던 올리펀트는 1855년 익명성과 필자서명 사이의 논쟁이 촉발될 무렵 저널리스트로서의 경력을 시작했으며 마티노와 유사하게 익명적 장치를 즐겨 썼다. 그녀는 익명적 장치를 위대한 도구라고 1870년 『블랙우즈』에서 밝혔으며 자신의 이러한 생각에 충실하였다(Jay 1995, 244). 올리펀트는 40여 년 간 자신의 이름을 밝히기도 했지만 익명으로 글쓰기를 실행했으며 이는 빅토리아 출판물들이 젠더를 위장할 기회를 제공했기 때문이다. 즉 빅토리아 여성작가들은 익명이나 남성의 필명을 빌어서 적절한 레토릭이나 에토스를 이용할 수 있었기 때문이다. 올리펀트의 다양한 성과들에 의해 이러한 장치의 성과는 입증된다고 볼 수 있다.

올리펀트는 45년간의 『블랙우즈』 집필을 통해 350개의 글을 작성하였고 익명이거나 이니셜을 쓴 방법을 즐겨 썼다. 익명의 이유는 여러 가지가 있으나 월터 후튼(Walter Houghton)은 『빅토리아 정기간행물에 대한 웰레슬리 인덱스』판 서문에서 익명성은 빅토리아인들에게 자연스러운 것이었다고 지적한다(vii). 이러한 관행은 젠더와 연관되어 있다. 즉 남성작가는 논쟁적 문제에 자신의 입장을 있는 그대로 밝히기 위해 익명적 장치를 사용하였지만 여성작가들은 이러한 익명적 글쓰기가 공적으로 말을 할 수 있게 해주는 장치이기 때문에 종종 이 장치를 사용하였던 것이다. 후튼은 여성작가와 관련하여 익명성에 대해 다음과 같이 언급한다.

> 우리는 육군과 해군, 외교정책, 런던 학교 위원회 등에 대해 속내로 쓰인 비판적 기사에 대해 감사할 익명성을 가지고 있다. 그러나 여성이 쓴 비논쟁적 기사들이나 많은 여성소설들조차도 필자서명을 요구했더라면 빅토리아 시대 도덕관 아래서는 결코 출판되지 못했을 것이다.

> We have anonymity to thank for many a critical article on the army and the navy, or on foreign policy, or the London school Board, written from the inside. But, even the non-controversial articles written by women and a good deal of feminine fiction would never have been published, under Victorian mores, had signatures been required. (xviii)

이처럼 완전한 서명이 없는 문화가운데서 과감히 자신을 여성작가로 선언하는 것은 여성작가의 딜레마였기에 올리펀트는 익명성이 자신에게 이중의 이득을 가져다준 것으로 인식하였다. 따라서 자신의 이름을 싸구려로 만들지 않고 잡지의 한 호에 몇 개의 글들을 쓸 수 있었다. 이러한 방식으로 가계의 책임자로서 경제적 이득도 취했다. 또한『블랙우즈』는 남성 잡지이므로 올리펀트 자신의 여성성을 조심스럽게 숨길 필요가 있었다. 새톡은 올리펀트의 책략을 "저널리즘의 세계에서 젠더장벽을 협상하는 가치 있는 열쇠"(a valuable key to negotiating the gender barrier in the world of journalism)라고 지적한다(169). 올리펀트는 자신의 의견이 성적인 편견 없이 받아들여지기를 원했으며 이러한 방식으로 자신의 독자와 주제들을 확장시켰다. 실제로 올리펀트가 다룬 주제의 범주는 다양하여 소설, 시, 종교, 예술, 여행, 역사와 전기에 걸쳐있으며 정치나 여성문제, 철학 등은 자주 다루지 않았다. 1850년도에서 1896년에 이르는 여성문제에 대한 기고문에서도 보수적 입장을 취하였고 개인적인 사항들을 거의 밝히지 않았다.

올리펀트의 글쓰기는 조지 엘리어트로부터 거리를 두었을 뿐만 아니라 샬럿 브론테의 열정적인 여성성의 재현으로부터도 거리를 두었다. 올리펀트는 자신의 글이 브론테에 비교하여 완전히 창백하고 빛깔이 없이 보인다고 주장했다(Coghill 67 참조). 그러나 그녀는 자신이 삶에 대해서는 경험이 더 많고 풍요한 감각을 가지고 있다고 주장한다. 따라서 남녀 간의 사랑이나 결혼이 실은 인간의 생존이나 사고에 조그만 부분을 차지한다고 생각하였다. 엘리자베스 제이는 올리펀트에게 더 적절한 당시의 모델은 페이 웰던(Fay Weldon), 애니타 브루크너(Anita Brookner), 페네로페 핏쩨랄드(Penelope Fitzgerald), 마틴 에이미스(Martin Amis) 같은 작가, 즉 창조적 저술과 논평을 성공적으로 결합시킨 작가들이었으며, 저널리즘에 종사하는 것을 당시의 정전이 되는 예술가 그룹에 끼지 못한 경제적인 벌이라고 여기지 않았던 작가들이었다(Jay 1995, 4), 따라서 조지 엘리어트보다 해리엇 마티노가 더 자신에게 적합한 모델이 되었으며 애너 제임슨(Anna Jameson), 제랄딘 쥬스베리(Geraldine Jewsbury), 메리 호윗(Mary Howitt), 엘리자 린 린튼(Eliza Lynn Linton) 등도 자신이 바람직하다고 생각되는 작가 계열에 포함된다(Shattock 166).

올리펀트가 이처럼 주변부에 위치한 작가들을 전범으로 삼았던 사실에서 알 수 있듯이 올리펀트는 정전이 되는 예술가가 되기보다 다양한 저널리즘 활동을 통해 저술과 논평을 함께 할 수 있는 것에 비중을 두었다. 올리펀트의 작가적 정체성 수립에서 특이한 점은 당시 출판시장에서 자신의 가정과 경력이라는 양자를 이룰 수 있다는 자신감을 보여주고 몸소 실천에 옮겼던 점이다. 출판문화의 형성 과정에서 올리펀트의 다작 활동은 여성작가의 경제활동과 다중적 정체성의 의미를 되짚어보게 한다.

비평 영역 확장과 『블랙우즈』

올리펀트의 비평이 제 목소리를 찾고 권위적인 비평으로 수립되는 데는 수십 년의 시간이 필요했다. 젠더 문제로 한정된 영역의 글을 쓰기를 피하려는 입장을 블랙우드에게 전달하기도 했다. 올리펀트가 자신의 여성적 글쓰기를 감추고 정체성을 숨기려던 의도는 얼마나 잘 달성되었는지 논의의 대상이 되고 있다(Robinson 199). 올리펀트가 익명적 글쓰기와 익명적 출판 관행을 지속적으로 지지한 점은 이러한 관행이 유용했다고 생각했기 때문이었다. 또한 자신이 여성임을 알아보는 편집자가 있었음에도 불구하고 남성으로 위장하여 비평활동을 한 점은 빅토리아 시대 비평적 권위와 젠더라는 매우 복합적인 문제를 생각하도록 유도한다.

올리펀트의 비평작업은 19세기 비평의 발전에 젠더 역할을 검토하는 귀중한 자료가 된다. 그녀의 비평 관점은 수십 년간 일관성 있게 유지되었지만 비평적 페르소나는 변화를 겪었으며 1850년대의 남성적 페르소나에서 여성적이며 여가장적인 페르소나, 거의 빅토리아 여왕 같은 페르소나로 변화해갔다. 이러한 페르소나는 다시 변화를 겪었으며 「올드 살룬」("The Old Saloon")에서 볼 수 있는 바처럼 남성적인 목소리로 되었다가, 「방관자」("The Looker-on")의 지치고 우울한 목소리로 바뀌었던 것이다. 이러한 변화는 자신에게 주어진 제한된 영역을 어떻게 확장해 갔는가를 보여주고 있다.

남성 필명을 지녔던 조지 엘리어트와는 대조적으로 올리펀트는 남성 필명은 사용하지 않았으며 익명적 장치를 이용하거나 자신의 소설들에는 젠더를 벗어난 서명인 "M.O.W.O."를 사용했다. 그러나 남성 저널리즘 세계에 투입되기 위한 올리펀트의 노력은 매우 힘든 과정이었음을 알 수 있다. 「방관자」와 「올드 살룬」은 블랙우드사의 남성적 문학전통을 반영하는 칼럼으로서 「올드 살룬」은 책, 연극, 예술계에 대해 논평을 하는 옴니버스식의 글들을 포함한다. 올리펀트는 남성 공간의 한 가운데서 『블랙우즈』의 톤을 결정지은 윌슨(Wilson), 록하트(Lockhart), 호그(Hog), 모아(Moir), 에이툰(Aytoun) 등 기고가들을 "사랑하는 형제들"(the beloved brethren)로 지칭하며 첫 글을 시작했다. 실제로 트레드리(Tredrey)의 『블랙우드 가』 (*The House of Blackwood*)(1954)에서 『블랙우즈』 사무실 중 내실의 사진이 나왔는데 벽에 록하트, 호그와 윌슨의 초상화만이 걸려 있어 올리펀트가 얼마나 남성 저널리즘의 세계에 침투하여 영향력 있는 작가가 되기 힘들었는가를 보여준다(Scriven 31 참조).

두 칼럼에 대한 아이디어 제공자이자 주 기고자임에도 불구하고 이 두 칼럼들은 내용과 톤에서 매우 달랐다(Robinson 200). 「올드 살룬」은 「우리 도서관의 탁자」("Our Library Table")와 유사하게 문학 리뷰의 성격을 지녔다. 이 공간은 결정적으로 남성적 공간이었으며 남성 비평가들을 주로 포함하고 있었다. 이러한 공간에서 자신의 젠더를 순간적으로 드러내면서 『블랙우즈 매거진』이 여성 독자들도 포함하고 있지만 남성독자에 비해 덜 우호적이라는 견해를 드러낸다.

「방관자」에서 올리펀트의 목소리는 매우 다른 특징을 지니고 있으며 근대 세계에 적대적인 구식의 생각을 지닌 것으로 나타난다. 연재가 2년간 진행될수록 점점 세파에 지친 페르소나로 되며, 단순히 거리감을 두는 태도에서 점점 우울과 절망에 이르는 태도로 변화해간다. 이는 19세기와 빅토리아 시대가 저물어가는 것과 올리펀트 자신의 쇠락이 함께 얽혀 있음을 보여주는 것이다. 1894년 아들 프란시스의 죽음 이후 올리펀트는 가볍고 밝은 어조를 유지할 수가 없었던 것이다.

올리펀트는 「올드 살룬」에서 남성적 페르소나를 채택한 것에 덧붙여 자신의 정체성을 감추려는 노력을 했다. 그러나 시간이 지날수록 「올드 살룬」은 올리펀트와 연관되는 코너가 되었으며 그녀가 기고한 글들이나 서평들은 일관성이 있었다. 예술, 여행, 에세이 모음집에 대한 리뷰도 종종 있었지만 전기와 소설에 대한 리뷰가 자주 다루어졌고 일관성 있게 활발하고 명랑하며 재미있는 분석이 이루어졌다(Robinson 205). 비평가나 독자 다 남성으로 가정된 페르소나를 유지했고 작품에 대한 지나친 여성적 관심에 대해서 비난의 자세를 취했다.

비네타 콜비(Vineta Colby)와 로버트 콜비(Rober Colby)의 지적대로 올리펀트의 비평은 예술적 모드보다는 심리적 모드쪽으로 기울었으며 작가의 예술성이나 문체보다는 작가의 성격이나 기질 쪽에 더 관심을 집중하였던 것으로 보인다(Colbys 188). 이러한 입장은 소설이나 비소설 모두에 해당되는 것이었다. 올리펀트의 소설에 대한 비평은 변화하는 취향의 기준에 초점을 두었고 가정적 사실주의의 쇠퇴와, 모험소설과 유미주의의 대두에 초점을 두기도 했다.

올리펀트의 「올드 살룬」 리뷰들은 전기작가들이 대상이 되는 인물의 위대성과 성취에 대해 통찰력이 있는지에 초점을 두면서 책임감 있게 이러한 작업을 수행했는지에 초점을 두고 있다. 올리펀트는 단순한 사실들의 기록은 의미가 없다고 보며 이처럼 사실들만 기록한 전기들은 실패작이라고 본다. 예를 들면 서덜랜드 오르(Mrs. Sutherland Orr) 부인의 로버트 브라우닝(Robert Browning) 전기를 예로 들면서 이러한 전기가 쓸모없다고 본다. 이러한 관점은 당대 여러 유명 인사들의 전기에도 해당되는 평가로 보인다.3)

독자들의 감정, 전기든 소설이든 작품 속 인물과 동일시하는 감정적 면을 중시하는 올리펀트의 관점은 소설과 비소설에 대한 비평을 관통하는 주요관심사이다. 로빈슨의 지적대로 「올드 살룬」 칼럼을 통해서 올리펀트는 소설이 독자들에게 유익한 효과를 줄 수 있다고 지속적으로 주장했는데, 소설이 자신들의 정신과 체험바깥 영역으로 나가게 해주어서 다른 사람들의 정신과 체험 속으로 공감을 이루며 들어갈 수 있기 때문이었다(208). 올리펀트는 소설가들이 전기작가들처럼 장르와 독자들에게 윤리적 의무를 지니고 있으나 소설가들이 물론 더 자유로운 범주를 가지고 있다고 보았다. 그러나 소설가는 독자에게 윤리적 의무를 지니고 있으며 올리펀트는 그 의무를 고양과 치유의 의무로 규정한다.

병실에 어쩔 수 없이 갇혀있게 되는 것, 모든 다른 즐거움들이 사라져버리는

---

3) 해리엇 비처 스토우(Harriet Beecher Stowe)의 전기나 프란시스 다윈(Francis Darwin)의 아버지에 대한 전기에 대해서도 부정적 평가를 내리고 있다. 특히 다윈의 전기에 대해 지나치게 과학적이고 합리주의적 접근방식 때문에 다윈의 인간적 면모를 독자들에게 부각시키지 못했다고 본다.

것, 질병이 정기적으로 우리 모두를 주기적으로 묶어두는 삶의 정지 기간을 보상하는 데 소설만큼 고상한 기능을 하는 건 없다. 지친 시간들을 잊게 하고 권태로운 시간을 이럭저럭 보내게 해주며 고통을 감추어 잊게 해주는 건 암만 좋은 친구라도 늘 제대로 해줄 수 없는 것이다...그러나 좋은 소설은 어떤 것도 이런 일을 해줄 수 없을 때에도 이런 일들을 해줄 수 있다. 우리가 늘 독서를 할 수 있다는 것, 특히 소설을 읽을 수 있다는 건 삶을 통해 유익한 에너지와 힘을 얻는 비밀들 중 하나라는 이론을 갖고 있다.

there is no more noble function of the novel than this of making up for the involuntary exile of a sick-room, the banishment of all other pleasures, the pause of living to which illness periodically subjects us all. To charm the weary hours away, to cheat the languor and beguile the suffering is what the best of friends cannot always succeed in doing...but a good novel will do it when everything else fails. We have a theory that it is one of the secrets of wholesome energy and power of work through life to be able to read at all times, and particularly to be able to read fiction. (*Blackwood's* 147, March 1890: 417)

이처럼 소설을 옹호한 것은 당시에 부상하던 유미주의에 대해 부정적인 입장을 지녔기 때문이었다. 올리펀트는 유미주의가 유용성 면에서 스스로만을 위한다고 보고 부정적 견해를 표명했다.[4] 올리펀트는 예술을 위한 예술에서 강조되는 예술적 정교함이나 기교에 대해 부정적이었고 자신의 「올드 살룬」의 문체도 소박함을 특징으로 내세웠다. 그래서 독자에게 쉽게 자신의 메시지를 전달하는 것을 목표로 했다.

유미주의에 대응하여 올리펀트는 사실주의를 비평적 기준으로 내세웠

---

4) 헨리 제임즈나 월터 페이터에 대해 올리펀트는 부정적 입장을 취했다. 제임즈는 예술을 위한 예술에 초점을 두었기에 인간성이나 체험에 대한 통찰이 부족하다고 생각했고 페이터의 경우에도 실제 삶이 아닌 이론만이 있으며 지적인 과다 생산만이 있을 따름이라고 평가했다. 콜비는 이러한 올리펀트에 대해 건전하고 유익한 것을 선호하고 조악함과 지나치게 정교함이라는 양 극단을 피하는 기질을 잘 보여주는 것이라고 지적한다(189).

으며 프랑스 소설의 자연주의와 같은 사실주의가 아니라 있는 그대로의 사람과 사건을 그리는 것, 그래서 선과 악을 있는 그대로 보여주는 사실주의를 이상적인 것으로 생각했다. 그래서 키플링의 초기 소설과 하디의 『테스』를 이러한 종류의 리얼리즘을 구현한 것으로 평가했다(Robinson 209 참조).

올리펀트는 「올드 살룬」을 통해 자신의 비평기준을 제시하였고 이 칼럼이 종료된 지 이년이 되기 전에 「방관자」 칼럼을 연재하기 시작했으며 이는 문학 리뷰라기보다는 예술과 사건들에 대한 요약과 같은 성격을 지니고 있었다. 올리펀트는 작품보다는 사건과 아이디어에 더 많은 주의를 기울였으며 초기 비평보다 더 주제별로 접근하는 방식을 취했다. 몇 가지 주된 주제로 돌아갔는데 특별히 저널리즘의 칼럼 등 문필 작업의 상황에 대한 것이었다(Robinson 213). 올리펀트는 정간물들이 너무 많은 칼럼들을 생산하는 기계가 되어가고 있다고 불평했다. 빅토리아 시대 후반부의 저널리즘과 시, 소설들이 과다하게 생산되고 있다고 보았기에 1895년 12월 「방관자」에서 올리펀트는 앨리스 메이넬(Alice Maynell)을 계관시인으로 추대하자는 코벤트리 팻모어(Coventry Patmore)의 제안을 거절하였다(*Blackwood's* 158 [Dec.1895]: 908참조). 그 이유는 메이넬의 시가 여왕을 칭송하는 데 너무 과다하게 장식적인 수사를 하고 있다고 여겼기 때문이었다. 크리스티나 로제티가 간결한 시어 구사를 하고 있어 계관시인으로 추대되기에 더 적절하다고 생각했던 것이다.

이러한 『블랙우즈』의 정기 필진 역할을 함으로써 올리펀트는 자신의 당대인들뿐만 아니라 현대 독자들에게도 개인과 사상들을 이해하기 쉽게 만드는 데 공헌했다고 볼 수 있다. 빅토리아 시대 여성 비평가에게 허용된 제한된 영역 안에서 올리펀트가 이루어놓은 작업은 예외적인 것이다.

저널리즘과 올리펀트의 여성론

여성성을 어떻게 텍스트에서 재현하는가는 빅토리아 여성작가의 저술에서 주요한 문제였는데 궁극적으로 여성론과 반여성론은 안정적 위치의 담론이 아니었다. 동일 작가가 상이한 텍스트들을 동시에 혹은 연속적으로 생산해낼 수 있었다는 점을 주목해볼 필요가 있다. 여성작가들의 이러한 모순점들은 작가들의 해결되지 않은 근심, 출판시장의 지배적인 흐름에 맞추어야하면서도 자신들의 목소리를 내고 싶었던 욕망을 대변해주는 것이다. 올리펀트의 여성론도 이러한 맥락에서 안정적 담론으로 규정지을 수 없으며 불연속적이며 상충된 목소리들을 내포하고 있다.

올리펀트를 주로 보수적이며 반여성론자로 보는 경우 떠올리게 되는 것은 토머스 하디(Thomas Hardy)의 후기 소설들의 도덕성에 대해『블랙우즈』에 쓴 글들이나 선정소설에 대한 평들과 올리펀트를 연관시켜 보기 때문이다. 그러나 대부분의 독자들은 올리펀트의 소설이나 자서전을 직접 접하지 못한 독자들이기 때문에 올리펀트에 대해 이런 식으로 형성된 생각들을 받아들인다. 올리펀트의 보수적 입장은 여성참정권, 투표권 문제에 대한 글을 통해 엿볼 수 있다. 대표적으로 「여성에 관한 법률」("The Laws Concerning Women")(1856), 「여성의 상황」("The Condition of Women")(1858)이『블랙우즈』에 게재되었고『프레이저즈 매거진』에 1880년 「여성의 불만」("the Grievances of Women")이 게재됨으로써 혼란스러운 입장을 보이던 앞글들에 비해 명백한 입장이 전개되고 있다.

전체적으로 올리펀트의 여성에 대한 글들을 하나의 입장을 대변하는 것으로 정리하기 어렵다고 볼 수 있다. 엘리자베스 렁랜드는 올리펀트의 자서전을 자세히 보면 페미니즘 운동에 대한 그녀의 반감보다는 오히려 자신의 남동생들과 가족을 부양하기 위한 실용적 페미니즘을 볼 수 있다고 주장한다(Langland 146). 렁랜드가 지칭하는 실용적 페미니즘은 올리펀트와 출판시장의 관계 검토에 매우 적합한 표현이라고 볼 수 있다. 왜냐하면 어떠한 페미니즘 이론들보다 실제 자신의 삶을 통해 출판시장에서 여성의 활동영역이 확장되는 것을 보여주었기 때문이다.

올리펀트의 여성론을 제대로 읽어내기 위해서는 그녀의 자서전을 검토해볼 필요가 있다. 올리펀트의 연구자로서 그녀를 지지하는 도로시 머민(Dorothy Mermin)은 올리펀트의 자서전을 모성의 산물이라기보다 구조의 유동성, 남성지배와 형식성이 배제된 문체를 중심으로 보아야하며 이를 여성적이라고 규정하였다(88). 머민에 따르면 트롤로프(Trollope)와 올리펀트는 정체성 면에서 다중적 면들을 볼 수 있지만 양자는 일하는 사람과 같은 이상(workmanlike ideal)이라는 가치와 자의식적으로 자신들의 문학적 업적을 폄하한 면이 있다고 본다. 머민은 트롤로프와 올리펀트 자서전이 유사성이 있지만 젠더에 연관된 부분들에서 이 유사성은 제거된다고 주장한다(90). 빅토리아인들의 레토릭을 재생산하여 머민은 1899년 『에든버러 리뷰』의 비평가들이 그러했듯이 올리펀트에게는 트롤로프에게는 없는 재능이 있다고 주장한다. 올리펀트는 웅변적인 면, 문체의 매력과 우아함과 용이함을 지니고 있다는 것이다. 당시 비평가인 스티븐 귄(Stephen Gynn)은 『에든버러 리뷰』에서 트롤로프가 무겁고 서툰 데 반해서 올리펀트의 문체는 우아하다고 주장한다(36).

달버티스(Deirdre D'Albertis)는 올리펀트의 자서전을 분석하면서 올리펀트의 자서전은 중산계급 힘을 구축하기 위해 계급과 젠더 가치관의 상호교류의 정석을 넘어서는 무엇이 있다고 본다. 자서전에 재현된 모성적 자기희생과 직업적 자신을 낮추는 복합적 제스처를 그대로 받아들일 수 없으며 올리펀트가 계속 저술 활동을 했던 이유는 표면적으로 그녀가 내세우는 이유보다 복합적이라고 지적한다(824). 브론테의 낭만적 주체성 모형이나 조지 엘리어트의 소설적 기교와 다른 세계, 가치 탐색, 자신의 작업들을 금전에 관련된 것으로 정의함으로써 가정성의 논리를 넘어선다는 것이다(825). 달버티스는 모성을 상업적 영감의 원천으로 만듦으로써 가정적인 것에 대해 다시 생각하게 만드는 점이 있다는 주장까지 편다. 이러한 맥락에서 올리펀트의 자서전을 표면 그대로 받아들여 그녀의 문학 경력이 단지 모성의 발현이라고 해석하는 것도 지나치게 단순한 읽기가 된다.

메린 윌리엄즈(Merryn Williams)는 문학시장에서 올리펀트의 활동과 경력은 여성의 실질적 능력과 연결되며 기혼여성 재산법을 지지하고 아이들을 돌볼 어머니의 권리, 여의사, 여성을 위한 대학교육 등을 지지하는 데서 절정을 이루는 실질적 감식력을 주었다고 본다(108). 윌리엄즈의 지적은 올리펀트의 평가에 렁랜드의 지적과 상통하는 맥락을 제공한다고 볼 수 있다. 즉 실질적 능력, 삶에서의 실제 활동을 중심으로 올리펀트를 평가할 때 반여성론자로 볼 수 없다는 것이다.

실상 올리펀트는 중산계급 규범, 가정성, 공적 사적 영역에서 여성의 가치에 대해 잘 알고 있었으며 이러한 지식을 바탕으로 빅토리아 사회의 여성의 위치에 대해 재고하였다. 올리펀트는 중산계급 여성의 규범을 잘 파악하였고 전체적으로 이를 지지하였지만 그 이면에 있는 오류를 보여주고 싶었던 것이다. 따라서 중산계급 가치관과 여성의 관계에 대해 의문을 던짐으로써 여성이 자신들과 타인들을 통제할 방식을 찾는 과정에 주력하였다. 이 과정에서 자신이 직접 일의 현장에 뛰어듦으로써 여성이 의미 있는 직업을 추구하고 가족의 중심 역할을 동시에 수행하는 과정은 당시 출판업계와 여성작가의 관계를 보여주는 하나의 틀이 된다.

올리펀트는 여성의 가정적 역할과 직업의 추구가 동시에 이루어지는 삶을 통해 여성들이 엄격하게 규정된 역할의 경계를 어떻게 넘나드는지 보여주었다. 여성들이 자신들의 삶을 통제하고 이끌어나갈 수 있는 힘을 지니고 있음을 당시 출판시장에서의 역할을 통해 보여주었다. 가정 안이나 밖에서 일하는 위치에서 올리펀트는 당시 가정과 사회를 지배하는 시스템과 힘들에 대해 통찰력을 지닐 수 있었던 것이다. 자신의 체험을 바탕으로 올리펀트는 여성들에게 자신의 문제들을 실질적이고 현실적인 방식으로 보도록 유도하였다. 즉 여성의 역할에 대한 자신의 체험적 지식을 이용하여 빅토리아 시대 중산계급 문화의 작용을 탐색하고 궁극적으로 자신의 작가적 권위를 수립하였다고 볼 수 있다.

주로 『블랙우즈』에 기고한 올리펀트가 여성에 대한 글을 어떻게 전개하였는지 검토해볼 때 앤 스크리븐(Anne M. Scriven)은 올리펀트와 『블랙우즈』의 관계를 억압받고 있는 아내의 이미지로서 설명할 수 있다고 말한다(27). 데이비드 핑클스타인(David Finkelstein)이 「길고 친밀한 관계들: 『블랙우즈』를 위한 스코틀랜드의 정체성 구축」("Long and Intimate Connections: Constructing a A Scottish Identity for *Blackwood's Magazine*")에서 이야기했듯이 올리펀트는 자신을 스코틀랜드의 지배자인 영국 남편과 결혼하여 억압받는 아내로 표현했다(Finkelstein 326-338참조). 핑클스타인의 논의를 확장시키면 이러한 억압받는 스코틀랜드의 위치는 여성작가로서 올리펀트 자신의 위치에 적용될 수 있다. 올리펀트는 정전에 속하는 강력한 남성 잡지와 밀접한 연관을 지닌 것에 긍지를 느끼고 있었지만 이로 인해 치러야하는 대가를 잘 알고 있었다. 즉 『블랙우즈』와의 45년간의 관계는 남성 중심 저널리즘의 세계에서 그녀를 지탱해주기도 했지만 그녀를 끝없이 시험하는 것이었다.[5]

올리펀트는『블랙우즈』의 기고가로서 남성 위주 정기간행물에 맞추어야했지만 반여성론자로 단정 지을 수 없는 면을 지니고 있다. 그녀는 자신의 목소리를 주로 남성으로 상정하였고 여성적인 목소리를 낼 때는 놀라운 의견을 지닌 것처럼 보이는 책략을 쓰고 있다. 1866년 참정권에 대한 글「대표 없는 큰 집단」('The Great Unrepresented')의 서두, "현 작가는 여성이라는 불이익을 안고 있다"('The present writer has the disadvantage of being a woman')(367)는 말은 올리펀트의 수사법에서 볼 수 있는 과감한 서두를 보이고 있다. 그러나 서두 부분에서 자신의 이러한 불이익의 운명에 슬퍼하는지 만족하는지 명확히 제시하지 않는다. 특히 참정권에 관심 있는 층을 미망인이나 노처녀들이라고 이야기한다(370). 자신의 목소리를 우월하고 아이러닉한 부인의 태도로 상정하여 남성독자들에 대해 충고하는 듯한 태도를 취하고 있다. 즉 여성성에 대해 이야기할 때 남성들이 젊은 여성에게 끌리는 것을 조롱하는 듯한 태도를 취한다. 자신의 확신, 의도가 좋으나 불필요하다고 간주하는 캠페인의 무시, 사소하고 중요치 않은 것에 대한 남성들의 관심에 거리 두기 등을 논한다. 이러한 특징으로 그녀는 여성을 정치적 특혜를 위해 남성에게 의존하는 존재로 제시하는 대신에 남성에게 알려지지 않은 여성의 자기 통제의 형태에 대해 암시하고 있다. 이런 위트 있는 방식으로 여성성은 신비롭고 불가해한 것으로 제시된다.

그러나 올리펀트의 여성 문제에 대한 글들은 여성권리 투쟁에 이정표

---

5) 올리펀트의 7번째 소설『케이티 스튜어트』(*Katie Stewart*)를 1852년에 출판하면서 올리펀트는 블랙우드 회사와 오랜 인연을 맺게 되었다. 이 소설에서 데이지(gowan)는 주요한 상징으로서 인내심의 상징으로 쓰이고 있는데 블랙우드 사와의 관계를 설명해주는 용어와도 같다고 볼 수 있다. 1851년 블랙우드 가문에 소개되어 필자로 활약하기 시작했으며 직접 접촉을 하지 않고 자신의 젠더를 숨겼던 조지 엘리어트와 달리 올리펀트는 메이저 윌리엄과 존 블랙우드를 직접 만났다. 이 만남에 대해 스크리븐은 마치 올리펀트가『블랙우즈』와 결혼한 신부와 같은 이미지라고 지적한다(Scriven 28).

가 될 만한 글들로 평가되고 있지는 않다. 울스톤크래프트, 보디천 (Bodicheon), 애너 휠러(Anna Wheeler), 존 스튜어트 밀의 글처럼 요지를 가지고 있지는 못하며 그녀의 생각과 저술은 이들이 지닌 통찰력이 결여되어 있는 것이 사실이다. 그러나 다른 의미에서 올리펀트는 여성운동 역사에서 주요한데 이는 그녀의 글들이 당시 사회에서 일어나고 있던 패러다임의 변화를 입증해주고 있기 때문이다. 올리펀트의 개인적 관점이 변화하는 과정은 빅토리아 대중의 변화하는 관점을 보여준다. 올리펀트의 여성에 대한 생각은 그리 단순하지 않으며 올리펀트는 여성의 권리라는 주제에 대해 잠정적이고 가설적인 목소리를 보이고 있다. 올리펀트가 불확실한 입장을 취한 듯 보이는 이유는 여성작가로서의 자신의 개인적 위치 때문이라고 볼 수 있다. 과감히 도전할 여유가 없었기 때문이며 자신의 입장을 자유로이 말할 수 있는 여유가 없는 복합적인 위치에 있었기 때문이다. 이러한 위치로 말미암아 올리펀트의 여성에 대한 글이나 소설 텍스트는 서브텍스트를 지니게 된다.

올리펀트의 여성에 대한 글들은 자신의 체험, 일터와 가정에서의 체험이 얽히면서 당시 중산계급 여성의 실질적인 문제들에 대해 자신의 견해를 밝힌 것으로서 엘리자베스 렁랜드가 지칭한 실용적 페미니즘은 애너 제임슨(Anna Jameson)과 패니 켐블(Fanny Kemble)의 회고록에 대한 비평에서 잘 드러난다. 올리펀트는 정치적 페미니즘을 회피하고 독립적 여성을 위한 선언문 같은 글을 썼다. 올리펀트는 여성들이 필요한 경우 지속적으로 돈을 벌어오고 일해 왔다는 것을 주장한다. 이를테면 부양할 가족을 지닌 미망인 유형의 여성이 주위에 두세 명 정도는 있다고 주장하면서 중산계급 여성은 페미니스트가 되거나 여성 고용의 이론에 주목할 필요가 없다고 말한다. 즉 아이들을 위해 생활비를 벌기 위한 경우 그것이 여성적이냐 아니냐는 중요치 않다는 것이다. 여성의 일이란 정치적 논쟁의 명분 같은 것이 아니고 해야만 할 일이라는 입장을 보이고 있다.[6]

이러한 관점을 보이는 주장, 즉 명분보다는 실리가 중요하다는 입장은 올리펀트의 여성의 상황이나 여성의 처한 문제에 대한 글에서 자주 발견된다. 올리펀트는 여성교육과 여성의 고용문제에 대해서 메리 러셀 밀포트 (Mary Russell Milford)와 제인 오스틴(Jane Austen)의 경우 여성이 어떻게 여성대학이 생각되기도 전에 스스로 잘 교육받았는가의 예로 주장했다.

> 그들은 자기 시대의 요구에 따라 둘 다 교육을 잘 받았다. 비록 둘 다 여성대학의 입학시험에 합격할 수도, 대학 감독관들과 접할 기회가 거의 없었음에도 불구하고 말이다. 여성대학이 생각되기 전에 교양과 품위를 갖춘 여성들이 수세대 간 존재해왔다는 사실을 여기 저기 흩어진 조그만 재능의 램프가 이 나라에 던져주는 불빛에 의해 발견하게 되는 건 위안을 준다. 우리의 여성교육이라는 구식 법전들 위에 던져지는 보편적인 비난에도 불구하고 말이다.

> They were both well educated, according to the requirements of their day, though the chances are that neither could have passed her examination for entrance into any lady's college, or had the remotest chance with the University Inspectors; and it is not unconsolatory to find, by the illumination which a little lamp of genius here and there thus throws upon the face of the country, that women full of cultivation and refinement have existed for generations before ladies' colleges were thought of, notwithstanding the universal condemnation bestowed upon our old-fashioned canons of feminie instruction. (1870, 290)

올리펀트는 이들이 속했던 시대와 이들의 계급을 부러워하면서 제도적 여성교육이 있기 전에도 여성이 지속적으로 일해 왔음을 강조한다. 올리펀트

---

6) 「두 숙녀들」에서 이러한 요지의 주장들을 하고 있다. "Two Ladies.", *Blackwood's Edinburgh Magazine* 125 (Feb 1879): 206-24 참조.

는 이들의 재능과 능력을 국가적인 차원에서 고무적인 일이라고 평가한다. 아울러 제도적 장치보다 스스로 일하고 자신을 개발시키는 것이 더 중요한 것이라고 보고 있다. 이들이 속했던 시대와 달리 여성의 상황은 더욱 복합적이 되었으며 출판시장 역시 확대되어 올리펀트는 다른 대응책이 필요했다.

올리펀트는 변화하는 시대에 따라 여성 고용의 중요성에 대해서도 인식했지만 이것이 새로운 개념이며 입법을 통해 유용한 변화를 초래할 수 있다는 생각에 대해서는 회의적이었다.

> 현세대는 스스로를 여성이 노동을 힘들게 하고 보상을 받을 권리가 있다는 생각을 발견해내었다고 생각한다. 역사의 시작부터 그들을 바라보고 있는 기나긴 일련의 사실들에도 불구하고 말이다. 이 사실들에 따르면 필요할 때 마다 여성들이 모든 이론과 전혀 무관한 채로 이미 힘들게 일해 왔고 돈을 벌어왔으며 그들 자신의 생계를 책임지고 그들에게 의존하고 있는 이들의 생계를 책임져 왔음은 명백한 사실인 것이다.

> The present generation considers itself to have invented the idea that women have a right to the toils and rewards of labour, not withstanding the long array of facts staring them in the face from the beginning of history, by which it is apparent that whenever it has been necessary, women have toiled, have earned money, have got their living and the living of those dependent upon them in total indifference to all theory. (1879, 206)

올리펀트는 역사를 통해 여성들은 필요에 의해 일해 왔으며 자신의 재능과 능력을 일련의 활동들을 통해 발휘해왔으며 지속적으로 그렇게 할 것이라고 주장하고 있다. 그래서 "여성을 위한 일을 목청 높여 주장하는 이들을 전적으로 존중함과 더불어 능력 있는 여성은 남성과 마찬가지로 자신이 원하면 스스로를 위해 생계를 꾸려가고 자신의 고통의 대가로 응분의 보상을 받고 있다"(With all respect for the eloquent advocates of work for women, a capable woman is just as likely to make a livelihood for herself if she wants it, and get a good return for her pains, as a man is. 1866, 367)라고 주장한다.

그러나 올리펀트의 여성에 대한 글들은 자신의 주장과 다른 의미를 숨기고 있는 경우도 많다. 이러한 불확실성은 여성과 관련된 법률에서 잘 드러나고 있다. 1856년 4월 『블랙우즈』에 실린 「여성에 관한 법률」(1854)이 그 예이다. 이 기사는 보디천의 팸플릿 「여성에 관련된 가장 중요한 법들을 쉬운 언어로 간략히 요약함」("A Brief Summary in Plain Language of the Most Important Laws Concerning Women" 1854)에 대한 대응으로 기고한 글이었는데 보디천을 반박하기 위한 것이었다. 보디천은 성인 영국여성의 법적 지위를 명확하고 직접적으로 언급하고 있다. 즉 기혼 여성에게 부여된 권리의 결핍에 대해 쓴 팸플릿이며 영국의 페미니즘 운동이 결정적으로 되는 주요한 요인 중 하나로 인정된다. 올리펀트는 보디천에 대한 대응에서 『블랙우즈』의 보수적이며 지배적인 남성독자들을 고려해야했다. 자신이 여성문제에 대해 어떻게 생각하고 있는가 입장을 정해야하는 것이 더 큰 문제였다. 이 글에서 올리펀트의 수사적 책략은 여러 가지로 실수와 오류들을 지니고 있으나 이러한 수사가 자신의 서브텍스트를 보여주는 데 일조한다. 남성의 목소리, 모호한 대명사들의 사용, 특이한 논쟁적 책략들은 올리펀트의 여성문제에 대한 입장이 명확하지 않다는 것을 시사해준다. 미묘한 서브 텍스트적 힌트들을 볼 수 있는 것이다. 더 나아가 올리펀트 자신이 여성권리에 대한 자신의 입장을 확신하지 못하고 있는 레토릭의 실수들을 포함하고 있다.

올리펀트는 「여성에 관한 법률」에서 보디천을 반박하려는 논지는 여성

문제에 대해 불확실한 서술로 되고 있다. 기혼 남성의 가부장적 목소리(『블랙우즈』의 보수적 남성독자를 반영하여)를 보이기도 하고 갑자기 여성으로서 불확실한 자신의 개인적 의견을 내기도 한다. 샌드러 스펜서(Sandra Spencer)가 주장하듯이 모호한 일인칭 대명사가 넘쳐나며 이 일인칭 대명사들은 수사적 혼란을 가중시키고 있다.

> 각 가능한 지시대상은 전체 문구를 위한 톤의 변화를 창조해낼 뿐만 아니라 문장을 다르게 이해하게 한다. 사용법이 젠더와 무관한 것이라면 올리펀트의 서술은 에세이의 나머지에서는 지탱할 수 없는 상황, 대량의 순교와 같은 상황을 함축한다. 사용법이 남성적인 것이라면 그녀의 서술은 다소 의심이 가는 것처럼 들린다. '우리'가 아내들을 지칭한다면 화자는 일부 여성들이 결혼에 의해 억압을 느낄 수도 있다는 것을 시사한다. 그러나 '우리'가 모든 여성을 의미한다면 올리펀트는 아마도 프로이트 전단계로 빠져드는 것이다. 그녀는 자신이 비난하는 바로 그 움직임과 자신을 동일시해오고 있는 셈이다.

> Each possible referent renders a different understanding of the sentence as well as creating a tonal shift for the entire passage. If the usage is gender-free, Oliphant's narration implies mass martyrdom, a condition untenable in the rest of the essay. If the usage is male, her narration sounds somewhat suspect. It 'we' refers to wives, the narrator intimates that some women may feel constrained by marriage. But if 'we' signifies all women, then Oliphant perhaps commits a pre-Freudian slip; she has identified with the very movement she condemns. (255)

이처럼 올리펀트는 자신이 비판하려고 했던 것을 오히려 두둔하는 오류에 빠지게 되며 당시 중산계급의 보수적 취향을 염두에 두었지만 스펜서의 지적처럼 자신의 표면적인 비판 아래 또 다른 의미를 감출 수밖에 없었던 것이다.

여성참정권에 대한 보수적인 글들, 「여성에 관한 법률」과 「여성의 상황」을 발표 후에 올리펀트는 『프레이저즈 매거진』의 더 자유로운 톤을 이용하여 이 글들의 모호한 성격에서 벗어나 확연하게 여성의 권리를 주장하기도 한다.

우리는 우리 어깨위에 시민들이 짊어질 모든 짐을 질 수밖에 없었다. 국가를 위해 자녀를 양육하고 결혼한 우리 이웃들이 공유하는 모든 의무들을 홀로 수행하기 위해 변해야했다. 이러한 특별한 고군분투의 노력에 대한 보상으로 보자면 우리들은 모든 계산에서 전체적으로 빠져있다. 이 나라에서 우리들은 전체적으로 재현되지 않는, 아마도 우리 자녀들의 운명을 형성하게 될 법령에 대해 우리들의 의견을 표현할 어떤 수단도 없이 남겨진 유일한 개인들이다(곧 그렇게 될 것이다). 이런 사실은 내개 우스꽝스럽게 보인다 ─ 잘못이라기보다는 어리석음처럼 보인다... 남성의 여성을 향한 감정은 처음부터 끝까지 가장 높은 층에서 낮은 층에 이르기까지 완벽하게 관대하지 못하다. 나는 내 시절에 이러한 생각이 더 오래전 사회상황에 속한 구식의 개념이며, 모든 여성에게 그러하듯 나에게로 대대로 전해 내려온 인식이며, 경험에 의해 이는 그릇된 것임이 밝혀지는 것이라고 생각해왔다. 그러나 경험은 이러한 인식이 그릇된 것이라는 것을 아직 밝혀내지 않고 있다.

We have been obliged to bear all the burdens of a citizen upon our shoulders, to bring up children for the State, and make shift to perform alone almost all the duties to which our married neighbours share between them. And to reward us for this unusual strain of exertion we are left out altogether in every calculation. We are the only individuals in the country(or soon will be) entirely unrepresented, left without any means of expressing our opinions on those measures which will shape, probably, the fate of our children. This seems to me ridiculous ─ not so much a wrong as an absurdity(...) For this sentiment of men towards women is thoroughly ungenerous from beginning to end, form the highest to the lowest. I have thought in my day that this was an old-fashioned notion belonging to a earlier condition of society, and that the hereditary consciousness of it which descended to me, as to all women, was to be disproved by experience. But experience does not disprove it. (243)

여성참정권에 대한 초기 글들에서 남성목소리의 사용과 모호한 대명사들의 사용이 자신의 위치가 불분명함을 보여준 데 반해 이처럼 올리펀트는 당시 여성의 짐에 대해 항변하는 입장을 명백히 천명하고 있다. 일인칭 대명사의 사용에서 자신의 삶 체험에서 나온 이야기임을 강조하고 있다.7)

일반적으로 빅토리아 시대 여성작가의 여성성에 대한 태도는 매우 복합적이며 모순된 양상을 포함하고 있다. 어떤 여성작가를 여성론자이거나 반여성론자의 대립적, 이분법 구도로 명확히 재단할 수 없는 면이 있으며 상반된 입장을 보이기도 하는 경우도 많다. 이러한 점에서 올리펀트는 일반적으로 보수적이며 반여성론자로 분류되었으나 불확실한 일면을 지니고 있으며 페미니즘의 정치적 요구에 거리를 두었으나 개인적 삶이나 공적 삶에서 여성의 독립을 증진시켰다고 볼 수 있다. 특히 당시의 출판시장에서 여성이 더욱 활발하게 참여하여 출판문화 형성에 역할을 할 수 있었는지를 자신의 실제 삶을 통해 보여주었다. 이러한 면은 어떠한 페미니즘 이론보다 더욱 실천성 있는 지표를 여성작가들에게 제시해준 것으로 볼 수 있다. 반면 당시 페미니스트로서 명백하게 정치적 행동주의자인 새러 그랜드(Sarah Grand)나 앨리자베스 로빈스(Elisabeth Robins)는 때때로 반여성론적 입장을 취하기도 하였으므로 당시 여성작가의 여성론적 입장은 이분법적으로 재단될 수 없는 면이 있다.

---

7) 『프레이저즈 매거진』을 선택한 이유는 『블랙우즈』가 이미 그녀가 여성이라는 이유로 제약을 가한 상황이기 때문이라 볼 수 있다. 올리펀트는 『블랙우즈』의 시리즈 「영국독자를 위한 외국 고전들」("Foreign Classics for English Reader")의 편집을 요청했으나 존 블랙우드는 이를 루카스 콜린즈(W. Lucas Collins)에게 넘겼다. 올리펀트는 저항했고 궁극적으로 편집권이 주어졌다. 그러나 주 역할은 주어지지 않았고 그녀는 자신의 문학적 삶이 헛된 것이었다고 이야기한다(Scriven 33참조).

저널리즘 활동과 가정소설: 『머조리뱅크스양』

올리펀트는 소설을 영국의 산업제도의 일부이며 예술 중 가장 필수적인 존재라고 불렀다("New Novels" 379). 백여 편의 소설을 집필할 정도로 올리펀트는 여성작가의 스토리텔러로서의 기능에 관심이 많았으며 소설 속 여주인공의 묘사에 관심이 많았다. 그러나 올리펀트는 문학사에서 정전의 위치를 차지하지 못했을 뿐더러 가정소설을 양산했으나 그다지 칭송을 받지 못했다. 올리펀트의 소설은 당시 여성작가의 정전이라고 볼 수 있는 샬롯 브론테나 조지 엘리어트의 소설과도 공통점이 없다고 볼 수 있다. 이들 두 여성작가와는 달리 올리펀트는 여주인공을 재현할 때 과다한 감정의 표출이나 지나친 묘사를 자제해야 한다는 입장을 유지한다. 예를 들면 육체적 열정을 묘사하는 언어는 소녀들에게는 이상한 언어라고 지적한다("New Novels" 267).

올리펀트의 가정소설들은 해리엇 마티노의 『디어브룩』에서 볼 수 있는 것처럼 당시 가정성 담론에 대해 복합적인 입장을 보이고 있다. 메리 푸비(Mary Poovey)에 따르면 빅토리아 시대 가정적 이상은 여성의 역할을 덕의 보호자로 보는 것이었다. 경제적으로 가족을 부양하는 남편의 전통적 역할이 여성으로 하여금 중산계급의 경제적 성공과 생산성을 훼손하지 않고 덕의 수호자 역할을 하도록 허용했다는 것이다(10). 낸시 암스트롱(Nancy Armstrong)의 『욕망과 가정소설』에서 볼 수 있는 가정성에 대한 생각 역시 중산계급 유지를 위한 가정성 이데올로기에 초점을 두고 있다. 즉 가정성을 다룬 작가들이 남성이건 여성이건 중산계급 문화를 위해 새로운 형태의 자아를 만들어내는 이데올로기적 직무를 수행했으며 텍스트를 소비하는 독자들도 주체성, 새롭고 깊이 있는 자아를 만들어냈다는 이론을 볼 수 있다.

그러나 당시 가정성에 대한 이데올로기를 잘 보여주는 가정소설들의 틀은 올리펀트의 저술에 적용되지 않는 면이 있다. 올리펀트가 생계유지를 위해 수행했던 글쓰기들은 당시 가정소설에서 파악되는 통일성을 재고하게 만들기 때문이다. 올리펀트는 젠더화된 가정성을 벗어나는 방향을 탐색했으며 자신을 브론테나 엘리어트보다 트롤로프나 월터 스콧 같은 남성작가들과 자신을 동일시했다. 올리펀트는 브론테와 엘리어트 같은 작가들에서 볼 수 있는 주체의 모형이나 자아의 깊이를 중시하지 않았으며 개인주의적이고 깊이 있는 자아의 모형을 구성하는 데 헌신하지 않았다. 올리펀트는 가정성을 재현하는 단계에서 가정적 여성을 결코 하나의 목소리를 대변하는 존재로 보지 않았다.

올리펀트의 출판계에서의 역할이나 활동을 고려해볼 때 당연히 올리펀트의 가정소설 역시 이러한 활동의 영향을 받아 구성되었음을 알 수 있다. 즉 자신이 직접 몸으로 실천한 여성론이 가정소설 텍스트의 여주인공을 통해 투영되고 있다. 이는 해리엇 마티노의 저널리즘 활동이 자신의 소설적 성과와 연결되는 것과 유사한 양상을 보인다. 결국 올리펀트는 자신의 삶의 체험에서 우러난 생각들을 가정소설에서 표현하고 있다. 저널리스트로서 활동하며 자신의 가정을 꾸려갔던 체험은 중산계급 여성의 가정 경영자로서의 기능에 초점을 두는 것과 연결된다. 올리펀트는 이러한 점에서 가정에서 힘의 역학관계가 어떠한지 다시 생각하게 만들어준다. 렁랜드는 올리펀트의 실용적 여성론에 주목하면서 올리펀트가 남성지배적인 빅토리아 시대 문학시장에서 경쟁하기 위해 투쟁하는 곤궁한 작가로 인식되지만 올리펀트의 두 소설 『머조리뱅크스 양』(*Miss Marjoribanks*), 『푀베 2세』(*Phoebe Junior*) 읽기를 통해 빅토리아 공적 담론의 한가운데서 올리펀트가 수립하려했던 가정 경영자(domestic manager)의 모습에 주목한다. 렁랜드는 올리펀트 자신의 노동을 바로 올리펀트의 통찰력의 근원으로 인식하고 생계유지자로서 중산계급 위치를 유지하기 위해 살았던 실용적 삶에 대해 언급한다(148-154). 그런 점에서 올리펀트의 두 소설들은 빅토리아 중반 여성들이 자신의 경력에 대해 경영적 주체(managerial subjectivity)가 되는 중요하고도 새로운 기록들이라고 볼 수 있다는 것이다.

올리펀트의 가정소설들에서는 여성이 가정의 영역에 남는가, 직업을 선택하는가 사이의 갈등과 더불어 여성의 경제적 삶에 대해 새로운 관점을 볼 수 있다. 여성이 자신의 경제적 위치와 직면했을 때 여성들의 상황, 의미 있는 직업에의 열망, 가족에의 의무, 결혼하거나 독신으로 남으려는 결심 등은 여성의 가정적 위치와 무관하게 볼 수 없는 문제이다. 올리펀트는 여주인공들에게 결정적인 역할을 부여하지 않고 여성의 역할에 대해 상충된 관점을 구사하고 있는데 이는 당시 사회의 요구와 여성이 지닌 열망 사이의 갈등을 보여주는 것이다. 표면적으로는 가정 밖의 영역에서 일하는 여성이 문화 기준을 어긴 것으로 재현되고 있으나 문화 기준의 구성자로서 여성의 역할은 가정적 역할과 대치되지 않는 것임을 역설하고 있다. 즉 당시 문화 형성에 여성이 참여할 수 있으며 이는 가정에 대한 의무와 상치되는 것이 아니라 올리펀트 자신처럼 두 가지 영역의 활동이 가능하다고 보는 것이다. 이러한 입장은 마티노의 여성론에서 볼 수 있는 주장과도 상통한다.

특히 올리펀트의 가정소설 『머조리뱅크스 양』은 자신의 경력을 위해 재능을 사용하는 데 몰두하는 젊은 여성의 경력을 그리고 있다. 패트리시어 스텁스(Patrcia Stubbs) 같은 비평가는 올리펀트가 이 작품을 통해 전통적인 여성역할을 옹호한다고 보았지만(41), 렁랜드는 전통적 여성의 역할이 아이러닉한 재현으로 인해 탈신비화되는 것을 스텁스가 읽어내지 못한 것으로 보고 있다(151). Q. D. 리비스는 루실라가 오스틴의 에머(Emma)와 엘리어트의 도로시아(Dorothea) 사이에 존재하는 성공적 중간영역이며 양자보다 더 흥미롭고 인상적이며 더 있을법한 인물이라고 평가하였다(135). 루실라를 통해 올리펀트의 관점, 문화 구성자로서 여성의 능력이나 역할에 대한 관점을 볼 수 있다. 렁랜드도 루실라가 다른 사람들의 삶에 연루되기 좋아하지만 결과적으로 더 생산적이고 적극적이라고 볼 수 있다고 주장한다(151). 루실라의 직업에 대한 욕망과 칼링포드 사회를 개혁하려는 욕망은 가정의 주도권을 자신이 장악하려는 욕망과 연결되며 공동체를 위한 여러 기획들이 이를 구체적으로 입증해주고 있다.

　　텍스트는 루실라 어머니의 죽음으로 시작하지만 어머니의 죽음은 가족들에게 큰 비중으로 받아들여지지 않으며 "어머니 자신의 유용하지 못한 삶으로부터 사라진 것"으로 묘사되고 있다(3). 오히려 어머니의 죽음 이후 가정의 권력구도가 어떻게 재편성되는가에 더 큰 관심이 모아지고 있다. 루실라는 3년간 학교를 더 다니게 되는데 정치경제 강의를 듣게 되며 "이러한 강의가 모든 것을 잘 경영하는 것을 도와줄 것"(33)이라고 생각한다. 화자는 "정치경제를 읽기 시작한 이후부터 루실라가 학교에 어떤 영향력을 행사해왔다"(36)고 지적하고 있다.[8] 루실라는 이러한 경영의 능력을 가정에서 발휘해보려고 한다. 루실라는 자신의 유일한 야심이자 목표를 아버

---

8) 정치경제(Political economy)는 빅토리아 시대 중반의 영국에서 아주 광범위하고도 종종 상충되는 해석에 민감한 경우였다. 정치경제의 원칙이 긴 기간의 이득을 위해 짧은 쾌락을 희생하는 것인 한, 그 원칙들은 빅토리아 신교 자본주의 사회 정신의 옹호를 받았다. 그러나 이러한 미덕들이 이기적인 중산계급 윤리의 자족에 찬 영속을 시사하는 것으로 재해석될 수도 있었다. .. 경제적 힘이 사회정책을 형성한다는 물질론적 관점에 입각해있기 때문에 이는 결국 공적 의무와 개인의 사적 이익 사이의 구분이 점진적으로 해체됨을 의미했다. 이러한 공적 영역과 사적 영역이 흐려지는 것은 루실라를 통해 잘 관찰될 수 있다. 루실라의 아버지에게 안락함을 제공하겠다는 공식적 선언은 사적으로 결정된 의제들과 일치하고 있음을 볼 수 있다(Jay, introduction xxiii).

지에게 위안을 주는 것이라고 설정하는데 가정의 의무라는 위장하에 자신의 목표를 위장하고 있음을 알 수 있다.

이러한 가정의 권력을 장악하려는 목표는 지역사회에까지 확대되는데 루실라는 '의무'라는 레토릭으로 위장하여 자신의 길을 추구하는 것이다. 렁랜드의 지적대로 『머조리뱅크스양』은 곧 이어 나온 『피베 주니어』처럼 젊은 여성이 가정적 담론을 교묘히 실행하고 계급과 여성성을 현명하게 연출하여 지역사회를 통제하게 되는 과정을 극화하고 있다(156). 루실라의 경영 능력은 매우 뛰어난 것으로 제시되며 가정에서 출발하여 자신이 속한 공동체에까지 파급된다.

루실라가 통제하고 조정하려는 지역사회 칼링포드(Carlingford)의 실정에 대해 화자는 누군가가 이를 조정하고 제대로 개선할 손이 필요하다고 역설한다. 루실라가 공동체에 돌아올 무렵 이 지역에 대한 묘사는 이를 잘 설명해주고 있다.

> 그레인지 레인을 집집마다 돌아보면 많은 양의 주재료들을 발견할 수 있을 것이다. 그런데 그 재료로부터 무언가를 만들어낼 수 있는 단 한 사람도 만나지 못할 것이다. 지금 역사가 시작되는 순간 칼링스포드 사회는 이처럼 통탄할 만한 상황이었다.

> You might have gone over Grange Lane, house by house, finding a great deal of capital material, but without encountering a single individual capable of making anything out of it. Such was the lamentable condition, at the moment this history commences, of society in Carlingford. (43)

화자는 이처럼 공동체를 통탄할만한 상황이라고 이름붙이고 칼링포드에 필요한 것은 "이러한 다른 요소들을 혼합시킬 거장의 손"(43)이라고 덧붙인다. 루실라는 목요일저녁마다 지역의 이익을 위해 저녁 정찬 행사를 기획한다. 루실라는 여러 영역에 걸쳐 조정 작업을 하는데 건축 디자인, 저녁 식사 의식, 옷, 에티켓 등에 이르기까지 세심한 기획을 한다. 이를테면 목요일의 정찬의식 및 여기서 입을 의상을 새로이 규정함으로써 루실라는 성공적으로 칼링포드의 주도적인 역할을 하게 된다. 이러한 역할로 공동체에서 인정받는 루실라는 가정에 연루된 여러 가지를 고안함으로써 이러한 가정의 세부사항들에 관련된 일이 사회적 정치적 의미를 지니도록 만들고 있다 (159). 이를테면 루실라는 거실의 디자인까지 개혁하는데 "크고 둔하고 퇴색된 상태의 점잖은 거실이 낭비이며 황량한 황야"(48)처럼 보인다고 지적한다. 올리펀트는 루실라를 통해 사회질서를 유지하고 구축하는 데 여성의 거실이 주요함을 강조하며 루실라가 거실을 새로이 설비하는 일의 감독에 열중하는 모습을 제시한다. 루실라가 조정과정을 통해 손님들을 통제해가는 모습에서 가정, 공동체, 국가 경영이 서로 엮인 의제들로 재현되고 있다고 렁랜드는 지적한다(158).

루실라는 공동체를 조정하는 데 자신의 힘을 발휘하며 유용성을 주요한 개념으로 삼고 있다. 차를 마시려 레이크(Lake)가에 합류했을 때 그녀는 바바라 레이크가 아버지의 차도 제대로 대접 못하는 것을 보고 그녀의 무용성에 대해 개탄하게 된다. 루실라는 유용성을 존중하며 "이 지상의 유익을 갖추지 못한 사람은 잘 통제된 그녀의 정신을 짜증나게 만들었다. 왜냐하면 확신컨대 훌륭한 콘트랄토의 목소리를 갖추었다는 사실만으로는 이 세상에서 자신의 아버지에게 편안하게 마실 수 있는 차 한 잔을 대접할 줄 모르는 것을 봐줄만한 충분한 명분이 되지 못하기 때문이다("a creature who was of no earthly good irritated her well-regulated spirit; for, to be sure, the possession of a fine contralto...is not a matter of sufficient moment in this world to excuse a young woman for not knowing how to give her father a comfortable cup of tea")(269)라는 말에서 보다시피 루실라는 실용성의 관점에서 바바라의 무용성을 개탄한다. 이러한 루실라의 관점은 올리펀트의 실용적 여성론을 반영한 것으로 볼 수 있다.

　루실라와 바바라, 바바라의 여동생 로즈를 중심으로 유용성에 대한 논의를 볼 수 있는데, 로즈는 바바라의 상태를 개탄하면서 "바바라가 아무런 할 일이 없는 부유한 사람의 딸이 되었어야 한다. 바바라는 세상에서 아무런 쓸모가 없는 것에 대해 개의치 않을 것이라고"(165)고 지적한다. 로즈 자신은 바바라와 같은 상태가 되지 않겠다는 의지를 보인다. 로즈는 바바라가 가정교사가 되려고 광고를 냈다는 것을 듣고는 실망하며 바바라를 위해서는 어떠한 일도 하겠지만 자신의 경력은 끝이 아닌가 슬퍼하게 된다. 루실라는 로즈에게 바바라를 말려야 한다고 말하는데 바바라가 가정교사가 되는 것은 중산계급 지향의 바바라 자신의 가정과 다른 계급으로 진입하는 것이기 때문이다. 렁랜드는 루실라의 일이 자신의 특권과 자신과 같은 다른 사람들의 특권, 즉 젠트리화된 중산계급의 특권을 영속시키는 것이라고 지적한다(162). 레이크가에 대한 그녀의 관심도 자신의 계급이 아닌 사람들에게까지 자신의 가치관들을 확장시키기를 바라는 것임을 보여준다.

　올리펀트는 이들의 대화를 통해 가족과 경력추구 양자 사이의 균형을 추구하려는 여성들이 겪는 갈등을 엿보게 해준다. 가정소설의 패턴에서 빼놓을 수 없는 결혼의 문제는 루실라에게도 해당되지만 다른 가정소설과는 다른 면을 볼 수 있다. 루실라는 텍스트 초기에 결혼을 피하는 존재로 재현되었지만 결말에 루실라는 누구와 결혼해야하는가 결정해야 한다. 애쉬버튼인가 자신의 사촌인 탐인가 결혼상대를 선택해야 하지만 올리펀트는 루실라의 미래를 결정짓는 요소로 루실라의 선택이 주요한 것이라는 입장을 보이고 있다. 그러나 궁극적으로 올리펀트의 초점은 루실라가 직업에 대한 욕구를 지닌 점에 있다. 루실라는 이러한 직업에의 욕망을 다른 사람들에게도 확장하고 싶어 한다는 것을 보여주고 있다. 루실라는 결혼보다는 자신의 경력을 쌓는 데 재능을 쓰기로 하는 것이다.

지역을 경영하는 루실라의 재능과 능력에 대해 "사회변혁을 지도하고 도모하는 사람이 남성이 아니라 여성이라는 화자의 지적"(44)은 꼭 남성이 주도적 역할을 해야 한다는 생각에서 벗어나게 만든다. 루실라는 가정의 모든 면을 돌보고 주도권을 거머쥐게 된다. 심지어 요리사이자 가정을 돌보는 낸시에게도 회유의 정책을 써서 자신의 편으로 만들어 함께 가정을 경영하는 방향으로 유도해간다. 이러한 루실라의 능력은 지역의 정치와 국가의 정치 영역과도 연관된다. 렁랜드는 이러한 능력을 빅토리아 여왕을 환기시키는 면이라고 지적하는데 칼링포드의 여왕으로서 칼링포드 영토를 다스리는 여왕과도 같이 되는 것이다. 루실라의 아버지가 죽었을 때도 루실라의 애도는 빅토리아 여왕의 애도와 병행을 이루는 것이라고 볼 수 있다는 것이다(158). 이러한 루실라에 대해 화자는 찬탄과 아이러니의 이중적 태도를 종종 취하고 있으나 중요한 점은 공동체의 경영에 여성이 지배권을 진다는 점이다.

올리펀트는 경영, 투자의 개념을 소설 속에 지배적으로 활용한다. 이를테면 케이븐디시(Cavendish)는 루실라를 수상에 적합한 사람이라고 생각하고 루실라는 케이븐디시를 투자대상으로 생각한다. 즉 케이븐디시에 대해 자신이 투자하면 그만큼 돌아오리라 생각한다. 그래서 루실라는 그의 과거 범죄가 폭로되려는 때 그를 구해주고 그의 운명과 연루된 주변 사람들의 행복까지 보장해주게 된다. 이는 칼링포드의 전체 유익이나 단합에 저해되는 요소들을 루실라가 제거한 것으로 볼 수도 있다.

루실라의 목표가 공동체의 선과 연관되어 있다는 것은 가정의 영역을 관리하는 것이 지역의 정치적 삶에도 연관됨을 보여주는 것이다. 계급과 젠더가 각자의 삶에 밀접하게 서로 얽혀있으며 특히 중산계급의 특권을 영구화하하는 것과 케이븐디시를 구하는 것은 연관되어 있다. 그는 중산계급 권력의 기초를 자신의 지역에서 공고히 할 수 있는 사람이기 때문이다. 사회여론은 이미 국회의 계승자로 그를 생각하고 있는 분위기이므로 이러한 구도를 중심으로 하여 공동체 사람들의 관계가 구축된다. 이러한 구도는 궁극적으로 칼링포드에 중산계급의 이익을 공고히 하려는 것과 연관된다. 루실라의 책략은 담론을 교묘히 조정하여 이러한 담론의 복합성을 포착하지 못하는 남성들을 장악하는 것이다(Langland 164). 저녁모임에서 교묘하게 비벌리(Beverley) 부주교를 조정하여 그를 모티머 부인과 결혼하게 만드는데 공동체는 루실라의 덕택에 미망인인 모티머 부인이 제대로 삶을 찾은 것으로 믿게 된다. 루실라는 원래는 자신의 공동체에 대한 계획 때문에 비벌리 부주교를 이용할 생각으로 그와의 결혼도 생각했으나 비벌리가 칼링포드의 주교가 되지 못할 것을 본능적으로 느끼고서 이러한 결혼을 주선한 것이다.

화자는 이러한 루실라의 면과 루실라의 지배를 받는 주민들의 관계에 대해 마치 국가를 통치하는 여왕과 같은 느낌을 받는다고 이야기한다.

> 그녀가 비록 물러나고 상을 당한 상태임에도 불구하고 그레인지 레인에 남아 있는 한, 통치 군주는 여전히 자신의 신하들 사이에 존재했다. 아무도 그녀의 자리를 강탈하거나 일군의 혁명가들이 꿈꾸어왔던, 그녀가 제정한 규정들에 대해 완전한 무관심을 보일 수 없었다. 그러한 생각은 영국 헌법의 면전에서 직행으로 통할 것이었다.
>
> As long as she remained in Grange Lane, even though retired and in crape, the

constitutional monarch was still present among her subjects; and nobody could usurp her place or show that utter indifference to her regulations which some revolutionaries had dreamed of. Such an idea would have gone direct in the face of the British Constitution. (421)

올리펀트는 여기서 비유적인 표현으로 사회규제의 정치학을 지적하고 있다. 가족, 지역공동체, 국가의 경영이 서로 연루되어 있으며 루실라는 결국 가정을 지배함으로써 지역도 자신의 규율로 지배하는 모습을 볼 수 있다.

텍스트는 머조리뱅크의 삶을 두 단계로 보여주는데 첫 단계는 사회를 조직화하는 과정을 극화하고 있으며 두 번째는 10년 후 그녀에게 의존하는 칼링포드의 모든 사회조직체와 투쟁하는 것을 보여준다. 두 단계 다 루실라가 사회기호학을 조절하고 공동체의 유대를 현명하게 조작함으로써 권력을 구축하는 것이 특징이다(Langland 166). 루실라는 현존하는 사회질서에 저항하기 시작하는데 정치영역에까지 자신의 통제를 확대해 나가며 애쉬버튼(Ashburton)을 국회의원을 만들기로 결심한다. 처음에 애쉬버튼은 이를 하찮게 여기지만 나중에 루실라의 의도를 알게 되며 루실라가 실제 자신을 칼링포드 사회에 적임자로 판단하여 추천하려고 했다는 것을 알게 된다. 애쉬버튼은 루실라가 지역사회에 대해 판단하고 조정하는 힘에 대해 놀라게 된다. 루실라는 이미지에 의존하는 선거 전략을 내세워 애쉬버튼을 설득시키며 애쉬버튼은 루실라를 무시하다가 그녀의 전략에 의존하는 단계로 접어들게 된다.9) 루실라는 그의 정치적 정체성을 "최상의 남자"(346)로 설정하고 이에 따라 선거 전략을 펼친다. 애쉬버튼은 루실라가 영리하다는 것을 인정하며 루실라의 아버지도 루실라가 아들이 아닌 것이 공동체

---

9) 루실라처럼 『푀베 주니어』의 푀베 비첨(Phoebe Beecham)도 역시 문화 기호화과정과 사회 구도의 역학관계에 대해 잘 알고 있으며 이를 통제, 조정할 수 있는 것을 볼 수 있다. 이를 랭랜드는 이미지 경영(image management)이라고 부르고 있다(174).

나 그녀 자신에게 얼마나 큰 손실인가 느낀다.

이처럼 루실라를 중심으로 사회 경영이 전체 텍스트의 핵심을 이루고 있다. 루실라는 이러한 경영 능력으로 공동체에 유익한 존재가 되며 여러 다른 계급의 요소들을 통합적으로 조정해간다. 이러한 조정과 경영의 기반에는 유용성의 개념이 자리하고 있음을 볼 수 있다.

> 도울 사람이 아무도 없다면 한없는 활동과 자비로운 충동으로 가득한 정신이 무슨 이로움이 있을까?...일반적으로 인류가 자비로운 봉사가 필요 없는 상황에 있다면 자기헌신이 무슨 소용이 있단 말인가? 루실라는 그녀의 삶 내내 그녀의 동료들에게 유용한 존재였다. 유용성의 한 지류를 포기함에도 불구하고 그건 다른 지류로 들어가는 걸 방해받는다는 의미는 아니었다.

> What would be the good of a spirit full of boundless activity and benevolent impulses if there was nobody to help? — What would be the use of self-devotion if the race in general stood in no need of charitable ministrations? Lucilla had been of use to her fellow-creatures all her life; and though she was about to relinquish one branch of usefulness, that was not to say that she should be prevented from entering into another. (488)

이처럼 유용성이 그녀 삶의 지표로서 루실라는 다른 사람들의 삶에 관여하여 자신의 영역을 구축하는 것이 그녀의 삶의 핵심이 된다. 렁랜드는 이러한 루실라의 행위는 중산계급 자본의 비감상적인 거래를 허용하는 경제 안에서 유용할 수 있을 것이라고 지적한다(170). 그런 의미에서 사촌 탐과의 결혼은 그녀의 힘이 줄어든 것이라기보다 더 늘어난 것, 또 새로운 방향으로 진행될 것임을 암시한다. 그녀는 탐에게 마치뱅크(Marchbank)를 사라고 설득하며 이 지역은 그녀의 아버지가 탐내던 지역이었기 때문이다. 자신의 이름을 정확히 발음한 지명이라는 설명(486)에 탐은 매혹된다. 그는 "마치뱅크의 머조리뱅크"가 될 것이며 루실라에게도 이러한 조처는 만족스러운 것이다. 마치뱅크에 소속된 공동체를 재조직함으로써 새로운 경력을 쌓을 것이라고 생각하는 것이다. 칼링포드 사회가 그녀에게 그다지 고마워하지 않은 것에 실망해왔기 때문에 이러한 결의와 조처는 더욱 그녀에게 희망을 가져다주는 것이다.

머조리뱅크스 양에 관해 말하자면, 그녀는 결심을 하고 자신의 확신한 바를 진술한 이후 그에 대해 더 이상 자신을 괴롭히지 않았으며 진정한 지혜를 가지고 당연하게 받아들였다. 그러한 지혜는 불행하게도 여자들 사이에는 아주 드문 것이었다...동시에 어떤 범위까지 자신의 앞에 무엇이 놓여 있는지 알고 있다는 조용한 감각이 루실라의 마음에 떠올랐다. 그것은 새로운 영역이 될 것이며 그 영역 안에서 그녀는 안락함을 느낄 것이었다. 여전히 칼링포드만으로도 그녀가 공동체를 지켜보고 자신의 체험에서 줄 수 있는 이로움을 주는 것으로 충분했다. 그러나 그와 동시에 새로운 세계로 들어가면 루실라가 겸손하게 자신의 동료들에게 말했듯이, 거기서 그녀의 영향력은 말할 수 없는 이득이 될 수 있었다. 마치뱅크의 입구들로부터 멀지 않은 곳에 마을이 있었고 그 마을에는 모든 종류의 마을의 골칫거리를 찾아낼 수 있었다. 마을의 성가신 골칫거리에 대해 매우 비극적으로 여기는 사람들이 있지만 마치 자신들의 양심에 강요된 의무처럼 혐오감을 가지고 이를 공격하는 사람들도 있다. 그러나 루실라는 이런 두 가지 방식 중 어느 한쪽으로도 생각하지 않았다. 그녀는 마치뱅크 마을의 무질서와 혼란스런 상황을 생각했을 때 가장 활기에 찬 만족을 느꼈다. 그녀의 손가락들은 그곳에 가닿으려고 좀이 쑤셨다─모든 비뚤어진 것들을 바로 잡고, 쓰레기를 깨끗이 치우고 그녀가 말한 대로 모든 것을 건전한 기반 위에 바로잡기 위해서 말이다.

As for Miss Majoribanks, after she had made up her mind and stated her conviction, she gave herself no further trouble on the subject, but took it for granted, with that true wisdom which is unfortunately so rare among women. ...At the same time, the tranquillising sense of now knowing, to a certain extent, what lay before her came into Lucilla's mind. It would be a new sphere, but a sphere in which she would find herself at home. Still near enough to Carlingford to keep a watchful eye upon society and give it the benefit of her experience, and yet at the same time translated into a new world, where her influence might be of untold advantage, as Lucilla modestly said, to her fellow creatures. There was a village not far from the gates at Marchbank, where every kind of village nuisance was to be found. There are people who are very tragical about village nuisances, and there are other people who assail them with loathing, as a duty forced upon their consciences; but Lucilla was neither of the one way of thinking nor of the other. It gave her the liveliest satisfaction to think of all the disorder and disarray of the Marchbank village. Her fingers itched to be at it — to set all the crooked things straight, and clean away the rubbish, and set everything, as she said, on a sound foundation. (488)

이처럼 루실라는 새로운 공동체의 개혁을 시도하려하고 있으며 자신의 역량을 발휘할 또 다른 영역을 희구하고 있는 것이다. 칼링포드에서 자신의 경영 능력을 발휘하고 난 후 마치뱅크에서도 개혁을 할 결의를 다지고 있는 것이다. 텍스트의 흐름으로 볼 때 마치뱅크에서 10년의 개혁 이후 그녀는 국가로 자신의 능력을 확장할 수도 있다는 점을 읽어낼 수 있다.

올리펀트는 사회가 여성에게 부여한 역할, 여성의 직업 추구, 여성이 자율적으로 결혼하거나 독신이 되려는 결심 등에 대해 제시하면서 확연히 정해진 여성의 길이 있을 수 없다는 입장을 보인다. 즉 올리펀트는 여성이 일이나 결혼, 가족 부양 등에 대해 자신이 결정하지만 여성에게 한 가지만의 경로가 있는 것이 아니라는 입장을 보인다. 이는 마티노처럼 당시 가정소설의 틀을 사용하면서도 젠더 역할에 대한 보다 폭넓은 관점을 개진한 것으로 볼 수 있다.

올리펀트는 텍스트를 통해 경력과 가족이라는 공적 영역과 사적 영역 양자를 추구하는 여성이 겪는 갈등을 그림으로써 당시 사회에서 여성의 경력추구 기회가 주어질 필요성을 역설할 수 있었다. 특히 루실라를 통해 경영의 개념을 도입함으로써 당시 가정이나 결혼, 공동체에서 여성의 위치에 대한 독자의 이해를 복합적으로 만들고 있는 것이다. 즉 루실라의 결혼은 가정소설의 결말에 순응하는 결말이지만 다시 공동체에서 루실라가 해낼 역할을 강조함으로써 젠더 역할이 보다 다양할 수 있음에 초점을 두고 있다. 이러한 루실라의 모습은 올리펀트의 관점, 혁명적이진 않으나 젠더 역할의 문제점을 인식했고 여성이 자신에게 주어진 한정된 역할에 머무를 필요가 없다는 관점을 반영한 것으로 볼 수 있다. 아울러 자신이 저널리즘 활동을 통해 여성에 대해 발표했던 글들의 의미들을 구체적으로 루실라를 통해 형상화하고 있다고 볼 수 있다.

당시 출판시장에서 올리펀트의 활동은 비록 생계를 위해서 다작을 했던 문인으로 평가되었고 정전에 속하지 못했지만 변화하는 출판문화의 구성에서 자신의 젠더 역할을 넘어섰던 작가로 볼 수 있다. 올리펀트의 다작 경력 자체는 여성작가가 출판문화 구성에 점차 진입할 수 있는가를 보여주는 중요한 가치를 지닌다. 아울러 올리펀트는 출판시장에서 작가성과 젠더, 레토릭의 관계를 보여주면서 저널리즘 활동과 문학적 성과의 상호관계를 구체적 삶을 통해 보여주고 있다. 이처럼 출판문화 구성과 젠더의 상관관계를 자신의 실용주의에 입각한 여성론에 근거하여 실천적으로 보여준 점에서 올리펀트의 작가적 정체성 수립과정은 당대 및 후대의 여성작가들에게 글쓰기 영역 확장의 교두보 역할을 하였다고 볼 수 있다.

 참고문헌

Altick, Richard D. *The English Common Reader: A Social History of the Mass Reading Public, 1800-1900*. 2nd Ed. Columbus: Ohio State UP, 1998.

Armstrong, Nancy. *Desire and Domestic Fiction: A Political History of the Novel*. Oxford: Oxford UP, 1987.

Bellamy, Joan. "A Lifetime of Reviewing: Margaret Oliphant on Charlotte Brontë." *Brontë Studies*. Vol 29. March (2004): 37-41.

Colby, Vineta and Robert A. Colby *The Equivocal Virture: Mrs. Oliphant and the Victorian Literary Marketplace*. Hamden,CN: Archon, 1966.

D'Albertis, Deirdre. "The Domestic Drone: Margaret Oliphant and a Political History of the Novel." *SEL* 37 (1997): 805-829.

Finkelstein, David. "Long and Intimate Connections: Constructing a Scottish Identity for *Blackwood's Magazine*." *Nineteenth-Century Media and the Construction of Identities*. Eds. Laurel Brake, Bill Bell and David Finkelstein. New York: Palgrave, 2000. 326-338.

Gilbert, Sandra M. Susan Gubar. "Forward Into the Past." *No Man's Land: The Place of the Woman Writer in the Twentieth Century*. New Haven: Yale UP, 1988. 172-73.

Gynn, Stephen. "The Life and Writings of Mrs. Oliphant." *Edinburgh Review* 190 July (1899): 26-47.

Heilmann, Ann and Valerie Sanders. "The Rebel, the Lady and the 'Anti': Femininity, Anti-feminism, and the Victorian Woman Writer." *Women's studies International Forum* 29 (2006): 289-300.

Houghton, W. E. *The Wellesley Index to Victorian Periodicals, 1824-1900* Vol.1 London: Routledge and Kegan Paul, 1966.

Jay. Elizabeth. Ed. *The Autobiography of Margaret Oliphant: The Complete Text* .Oxford: Oxford UP, 1990.

_____. *Mrs. Oliphant: "'A Fiction to Herself,'" A Literary Life*. Oxford: Clarendon Press, 1995.

Langland, Elizabeth. *Nobody's Angels: Middle-Class Women and Domestic Ideology in Victorian Culture*. Ithaca: Cornell UP, 1995.

Leavis, Q.D. *Collected Essays: The Novel of Religious Controversy*. Vol.3 Cambridge: Cambridge UP, 1989.

Liggins, Emma and Andrew Maunder. "Reassessing Nineteenth-Century Popular Fiction by Women, 1825-1880." *Women's Writing* Vol 11. No 1 (2004): 3-9.

Mermin, Dorothty, *Godiva's Ride: Women of Letters in England, 1830-1880*. Bloomington: Indiana UP, 1993.

Oliphant, Margaret. *Autobiography and Letters of Mrs. Oliphant*. Ed. Mrs. Harry Coghill, introd. by Q.D.Leavis. Leicester: Leicester UP, 1974.

_____.*The Autobiography of Mrs. Oliphant*. Ed. Mrs. Harry Coghill. Chicago: U of Chicago P,

1988.

_____. "The Great Uprepresented." *Blackwood's Magazine* 100 Sep.(1866): 367-79.

_____. "Miss Austen and Miss Milford." *Blackwood's Magazine* 107. March (1870): 290-313.

_____. "Harriet Martineau." *Blackwood's Magazine* 121. April(1877): 472-96.

_____. "Two Ladies." *Blackwood's Magazine* 125. Feb.(1879): 206-24.

_____. "The Old Saloon." *Blackwood's Magazine* 141. Jan.(1887): 126-53.

_____. "The Old Saloon." *Blackwood's Magazine* 147. Mar.(1887). 416-45.

_____. "The Looker-on." *Blackwood's* Magazine 158. Dec.(1895): 901-26.

_____. "The Grievances of Women." (May 1880) rpt. *Criminals, Idiots, Women and Minors: Victorian Writing by Women on Women.* Ed. S. Hamilton. Hadleigh: Broeadview. 1995. 231-244.

_____. *Miss Marjoribanks.* Harmonsworth: Penguin, 1989.

Robinson C. Solveig. "Expanding a "Limited Orbit": Margaret Oliphant, *Blackwood's Edinburgh Magazine,* and the Development of a Critical Voice." *Victorian Periodicals Review,* Vol 38.2 (2005): 199-220.

Scriven, Anne M. "Margret Oliphant's 'Marriage' to MAGA." *Scottish Studies Review.* Vol. 8.1. Spring (2007): 27-36.

Shattock, Joan. "Work for Women: Margaret Oliphant's Journalism." *Nineteenth-Century Media and the Construction of Identities.* Eds. Laurel Brake, Bill Bell and David finkelstein. New York: Palgrave, 2000. 165-177.

Smith, Julianne. "Private Practice: Thomas De Quincey, Margaret Oliphant, and the Construction of Women's Rhetoric in the Victorian Periodical Press." *Rhetoric Review,* Vol 23, No 1 (2004): 40-56.

Spencer, Sand. "Words, Terms, and Other "unchancy" things; Rhetorical Strategies and Self-definition in "The Laws Concerning Women"." *Women's Writing* Vol 6, No, 2, (1999): 251-259.

Stubbs, Patricia. *Women and Fiction: Feminism and the Novel, 1880-1920.* Sussex: Harvester Press, 1979.

Thompson, Nicola Diane. *Victorian Women Writers and the Woman Question.* Cambridge: Cambridge UP, 1999.

Trela, Dale John. *Margaret Oliphant: Critical Essays on a Gentle Subversive.* Selingsgrove: Susquehanna UP, 1995.

3 엘리자베스 개스켈: 익명적 글쓰기와 산업소설

엘리자베스 개스켈(Elizabeth Gaskell)의 삶과 글쓰기는 빅토리아 시대의 모범적인 여성작가의 경력 형성 과정을 잘 보여준다. 개스켈은 목사의 아내이자 네 자녀의 어머니 역할에 충실했을 뿐만 아니라 자신이 속한 공동체의 모범적 구성원으로서 당시 산업주의의 문제점들을 꼼꼼히 짚어내었다. 다양한 영역에 걸친 재능을 지닌 소설가이자 저널리스트였던 개스켈은 19세기 중반 영국의 산업상황과 계급문제뿐만 아니라 섬세하고 복합적인 인간관계에 대해 통찰력을 보여준 작가였다. 제인 스펜서(Jane Spencer)가 지적했듯이 개스켈은 단일한 정체성을 지닌 작가라기보다 자신의 다양하고 분열된 정체성들을 어떻게 조화시킬 것인가에 대해 늘 고민한 작가였다 (1). 물론 다양한 정체성들 사이의 긴장과 분열을 느꼈던 개스켈의 고민은 19세기 여성작가의 공통적인 것이었으며 개스켈에게는 당시 남성작가들과 비교해서 느끼던 중압감이 늘 자리하고 있었음을 알 수 있다. 『샬롯 브론테의 전기』(*The Life of Charlotte Brontë*)에서 개스켈은 남성의 자유로운 글쓰기 선택과 대조되는 여성의 중압감과 책임감에 대해 명백히 언급하고 있다.

남성이 작가가 되면 그건 아마도 자기 직업이 바뀌는 것일 뿐이다. 지금까지의 연구나 추구하던 일에 바쳐지던 시간을 떼어내서 그의 비어있는 자리로 발을 들여놓기만 하면 되는 것이다. 아마도 그가 해오던 만큼 잘 해낼 것이다. 그러나 하느님이 그 특별한 위치를 채우도록 지정해놓은 만큼, 그 어느 누구도 딸, 아내, 어머니로서의 고요하고도 일상적인 의무들을 해줄 수 없다. 삶에서 여성의 주된 일은 자신의 선택에 맡겨지는 경우가 거의 없다. 또한 자신에게 부여된 가장 뛰어난 재능을 발휘하게 위해 개인으로서 여성에게 맡겨지는 가정의 의무들을 떨쳐버릴 수 없다. 그렇지만 그녀는 자신의 재능을 쓰지 않고 썩혀선 안 된다. 재능은 다른 사람들을 위해 쓰고 봉사하도록 되어 있는 것이다.

When a man becomes an author, it is probably merely a change of employment to him. He takes a portion of that time which has hitherto been devoted to some other study or pursuit...and another...steps into his vacant place, and probably does as well as he. But no other can take up the quiet, regular duties of the daughter, the wife, or the mother, as well as she whom God has appointed to fill that particular place: a woman's principal work in life is hardly left to her own choice; nor can she drop the domestic charges devolving on her as an individual, for the exercise of the most splendid talents that were ever bestowed. And yet she ... must not hide her gift in a napkin; it was meant for the use and service of others. (259)

개스켈은 남성과 여성의 차이에 대해 언급하면서 가족에 대한 여성의 책임이나 의무를 떨쳐버릴 수 없는 것으로 지적한다. 개스켈에게는 이처럼 가정에 대한 의무와 글쓰기라는 사회적 의무를 어떻게 조화시킬 것인가의 문제가 항상 존재했다.

개혁적 저널과 영국산업 문제

해리엇 마티노나 마거릿 올리펀트 장에서 논했듯이 1840년대부터 60년 경에 이르기까지 정기간행물이나 문학작품과 관련된 여성작가들의 익명성은 이들의 활동에서 주요한 문제이다. 당시 출판문화에서 저널리즘에서 보장하는 익명성은 여성으로 하여금 광범위한 독자들을 상대로 다양한 주제들을 다루게 해주었기 때문이다. 여성작가들은 노예제, 여성해방, 국회개혁, 산업 문제 등의 사회개혁과 관련된 영역을 다룸으로써 당시 사회의 주요 담론들에 관심을 지니게 되었으며 이는 당시 출판문화에서 점차 여성의 영역이 늘어가고 있음을 보여주는 것이다.

즉 중산계급 여성이 정치나 사회 문제에 대한 논쟁에 참여하는 것에 대한 우려와 비판적 반응에도 불구하고 빅토리아 시대 중반으로 가면서 이러한 활동은 점차 증대되었고 특히 여성작가는 중산계급 가치관의 형성과 관련되면서 영국 상황에 대한 담론 형성이나 문화 형성에 기여하였다. 빅토리아 시대 정기간행물 가운데 개혁적 성격을 지녔던 잡지는 여성에게도 지면을 할애함으로써 여성작가가 독자적 공간을 구축하여 영국의 상황에 대한 담론에 참여하도록 하였다. 이러한 과정에서 빅토리아 시대 출판매체들의 복합적이고 다양한 서술적 관행들과 여성작가의 글쓰기 관계는 여성작가의 텍스트, 문학경력, 정체성의 다중성을 보여준다.

사회 문제를 다룬 소설과 개혁적 성격을 지닌 잡지는 주제와 독자들을 공유하였으므로 개스켈의 경우처럼 빅토리아 잡지에 기고한 여성작가들의 기고문은 그대로 자신의 작품에 반영되었음을 알 수 있다. 특히 1840년대 영국의 문제는 중산계급 여성작가들에게 일종의 문학적 행동주의를 요구했으며 개스켈도 이러한 맥락에서 익명성 아래서 기고문과 산업소설을 썼다고 볼 수 있다. 익명적 저널리즘의 맥락에서 볼 때 개스켈의 기고 활동은 사회 문제에 대한 견해 형성에 주요한 역할을 했을 뿐만 아니라 자신의 작가적 정체성 형성 과정에도 주요한 역할을 했다.

개스켈은 빅토리아 시대의 관습을 대변하는 목소리, 목사의 충실한 아내이자 좋은 어머니, 존경받는 작가로 인식되어 왔으나 근자에 이르러 빅토리아 시대 출판시장과 관련하여 개스켈을 재평가해야 한다는 주장이 나오고 있다. 이를테면 린다 휴즈(Linda K Hughes)나 마이클 런드(Michael Lund)는 개스켈이 관습적 이데올로기의 지지자가 아니라 다양한 관점을 구사함으로서 자신의 시대의 기본적인 가설들과 논의들을 다시 짚어보도록 만드는 점에 주목한다(Hughes & Lund 2). 특히 이러한 개스켈의 능력은 동시에 당시 문학시장의 기대를 성취해주기도 하고 빗나가게도 하는 효과가 있다는 것이다. 올리펀트와 마찬가지로 개스켈도 돈을 벌기 위해 정기간행물에 소설을 연재하고 기고문들을 썼지만 단순한 관습적 이데올로기의 재생산이 아니라 독자들에게 당시 문제들에 대해 여러 대안들을 상상하도록 만드는 따뜻함과 공감의 톤을 유지할 수 있었다. 개스켈은 젠더와 서술, 출판 포맷의 규정된 틀 안에서 글쓰기를 하였지만 영국사회가 안고 있는 문제에 대해 진단하고 그 문제를 해결할 수 있는 방안에 대해 고심하였다. 그러나 1840년대만 해도 이러한 사회 상황에 관한 담론 영역이 여전히 남성 필진의 전유물로 생각되었고 여성이 본격적으로 이러한 논의에 참여하기는 어려운 상황이었다. 개스켈은 편집자, 출판업자, 독자들에 의해 고정된 방식으로 수용되는 틀을 넘어서기 위해 새로운 형태를 고안하는 것뿐만 아니라 현존하는 구조 내의 '빈 공간'을 발견하고 이용해야 했다.

개스켈이 활동을 시작할 무렵 정기간행물들은 영국의 상황 문제에도 여성필진을 포함시킴으로써 여성문인들이 당시 노동계급 문제와 산업문제에도 관여할 수 있는 공간을 마련해주었다. 즉 당시의 여러 잡지들은 여성의 문학 경력을 가능하게 해주었던 주요 매체였고, 여성작가의 익명적 기고가로서의 경력과 실제 문학작품을 생산한 경력이 상호작용한 양상은 엘리자베스 개스켈에 와서 더욱 복합적이고 다양화되고 있다. 여성작가의 문학 경력에 당시 잡지를 중심으로 한 여성작가의 익명적 글쓰기가 어떠한 역할을 하였는지, 그리고 여성작가의 익명적 기고 텍스트와 문학적 성과 사이에 어떠한 생산적 상호작용이 이루어졌는지 개스켈의 글쓰기 경력에서 잡지 기고가로서의 활동과 소설가로서의 활동의 상관관계를 통해 살펴볼 수 있다. 이를테면 『호윗즈 저널』(*Howitt's Journal*)을 중심으로 한 익명적 글들과 본격적 문학 경력의 출발점인 『메리 바튼』(*Mary Barton*)(1848)은 뚜렷한 상호텍스트성을 보여주고 있다. 특히 『호윗즈 저널』에 게재한 글 중 「리비 마시의 세 시대」("Libbie Marsh's Three Eras")와 『메리 바튼』은 당시 영국 산업 사회의 문제점들과 해결책의 방향을 매우 유사하게 제시해주고 있다.

특히 개스켈이 익명으로 투고한 단편들은 결국 하층계급의 가정 도덕이 어떻게 사회를 개선시킬 수 있는가의 문제를 보여준다. 『리비』같은 작품은 산업 도시의 환경을 보여주는 데 주력하면서 노동계급 가정성의 설립에 초점을 두고 있다. 개스켈은 이러한 과정을 통해 중산계급 독자와 그들의 자비와 지도의 대상이 되는 노동계급 독자들 사이의 공동의 터전을 세우도록 유도한다. 특히 중산계급 여성독자들에게도 노동계급 삶의 공간에 대해 생각하도록 유도함으로써 계급 갈등을 최소화하는 데 주력하고 중산계급에게 개혁의 노력을 촉진하고 있다.

그러므로 『호윗즈 저널』의 익명적 투고활동에서 특징적으로 탐지되는 노동계급 가정성, 박애주의적 요소를 개스켈의 관점의 협소함이나 실제 문제를 다루지 못하는 당시 여성작가의 한계로 볼 수 없다. 이는 오히려 개스켈이 당시 중산계급 여성작가의 박애주의적 실천 활동의 한 영역으로서 여성작가의 영역을 확장하는 데 기여한 것으로 보아야할 것이다. 또한 이러한 익명적 투고는 개스켈의 본격적인 산업소설 집필에 주요한 기반이 되고 있는 것이다. 개스켈이 『호윗즈 저널』의 개혁정신에 부합하도록 익명적 글쓰기를 통해 노동계급의 이미지를 구축하는 데 성공한 점은 개스켈의 연이은 문학경력에 매우 주요한 이정표라 할 수 있다.

개스켈의 익명적 글쓰기와 개혁적 저널

개스켈의 작품 활동 초기인 1840년대 경 여성작가의 익명적 글쓰기는 당시 영국 사회 진단과 문화 형성에 주요한 요소로 볼 수 있다. 개스켈이 활동을 시작하던 시기에 이미 여성작가들은 중산계급을 대상으로 한 잡지에 글을 싣기 시작하였다. 여성필자들은 빈곤층에 대한 객관적 기록자로서 이들 거주지의 상황을 묘사하면서 이러한 상황의 부정적 효과에 대해 언급하였다. 1840년대 후반경이면 여성 필자가 익명적 글쓰기를 통해 영국의 상황 문제, 도시의 빈곤, 고용, 위생, 가정생활 등의 문제에 대한 담론을 어떤 식으로 형성해갔는지 볼 수 있다. 이들은 중산계급 독자들에게 노동계급이 거주하는 공간에 대해 새로이 상상해보게 만들면서 중산계급 가정성에 대해서도 새로이 인식하도록 유도하였다. 이러한 과정에서 여성작가들은 성별에 대한 편견 없이 자신의 글이 수용되게끔 익명성의 장치를 이용했고 이러한 익명성의 장치는 여성작가의 작가적 권위 부여 과정에 하나의 몫을 담당하였다.

이처럼 빅토리아 시대 초기에 여성작가들이 공적 영역에 들어가기 위한 방법으로 사회 문제에 대한 글들을 익명으로 신문이나 잡지에 게재한 활동은 당시 이들의 문학시장 진출과 관련하여 많은 논의를 낳고 있다. 조셉 케스트너(Joseph Kestner)는 당시 사회 문제에 대한 여성들의 글을 총칭하여 사회에 관한 이야기(social narrative)라는 용어로 정의하면서 이 장르가 남성들의 전유물이 아니라 오히려 여성작가들에게 인기가 있었으며 여성작가들이 자신의 문학경력에서 남성작가들보다 훨씬 일찍 이 장르에 착수하였음을 지적한다(4). 케스트너는 여성작가가 쓴 사회에 관련된 일체의 글들이 공적 영역으로의 진입을 보여주는 점에 주목하면서 영국 사회 진단이나 해결책 제시 등 사회개혁과 연루된 영역에 여성작가들의 기여도를 제대로 평가해야한다고 본다. 그러므로 그는 사회 문제를 다룬 여성작가들의 소설이나 글들에 새로이 주목할 필요성이 있다고 보는데 특히 여성작가에게 소설쓰기는 확고하게 남성적 영역인 정치영역과의 중재형태를 가능하게 해주는 책략이며 여성의 목소리가 들리도록 해준 영역이라고 본다 (Kestner 4-21).

드보라 엡스타인 노드(Deborah Epstein Nord)는 케스트너와 다른 관점에서 이 시기 여성작가의 산업 문제에 대한 입장을 정리하고 있다. 노드는 여성의 공적 영역 확장에 초점을 두기보다는 공적 영역에 들어가려는 여성작가들이 부딪치게 되는 사회적 장벽이나 제재에 더욱 관심을 보인다. 공적인 주제들을 다루는 여성작가들은 마치 밤거리 여자(streetwalker)에 비유될 수 있으며 분열된 자아의 부담을 안게 된다는 것이다. 따라서 개스켈의 산업 문제에 대한 고찰도 마치 밤거리 여자처럼 여성작가가 문학시장에 어떻게 노출되는가의 문제와 연관된다. 노드는 여성작가의 작가적 권위에 대해 언급하면서 여성작가 집단의 문학시장 진출이 그렇게 용이한 일이 아님에 초점을 두고 있는 것이다(137).

여성작가의 사회 문제 담론에 대한 참여 과정이 이처럼 많은 논의의 여지를 낳고 있는 이유는 당시 문학시장에서 여성작가의 입지가 구성되어 가는 과정이 그리 단순한 과정이 아니기 때문일 것이다. 이 가운데 정기간행물, 특히 여러 종류의 잡지에 투고한 여성작가의 경력은 이들의 입지 구성에 매우 주요한 하나의 과정이 될 수 있다. 여성작가들이 독자층을 형성해가는 매체로서 당시 잡지들은 매우 주요한 역할을 담당하고 있기 때문이다. 따라서 빅토리아 시대의 잡지를 중심으로 여성작가/ 독자, 편집자/기고자, 소설/ 비소설의 관계, 익명적 글쓰기와 실제 자신의 작품 사이의 다양한 대화 관계를 통해 당시 여성작가와 출판 매체의 복합적인 관계를 읽어낼 수 있다. 여성작가가 당시 잡지에 익명으로 게재한 단편 소설, 시, 에세이 등의 기고문이 당시의 영국 상황에 대한 공적 고찰을 어떻게 수행했는지, 이러한 글쓰기 전략이 자신의 구체적 문학적 성과에 어떻게 반영되는지는 당시 영국 상황 문제 진단과 해결에 여성작가의 역할이 어떠한지를 볼 수 있는 주요한 창구이다. 특히 산업 도시의 삶이 어떠한 지를 다룬 여성작가의 기고문이나 문학작품은 영국의 상황 문제에 대한 정치적 논쟁에 하나의 장을 구성하게 된다.

올리펀트 장에서도 언급했지만 당시 잡지 가운데 『블랙우즈』나 『프레이저즈 매거진』은 남성 중심 잡지라는 것이 일반적 견해였다. 이에 비해 『호윗즈 저널』이나 『피플즈 저널』(*People's Journal*)같은 개혁적 성격을 지닌 잡지는 젠더의 균형을 나름대로 추구했던 점이 특징이었다.[1] 이처럼 여성

---

1) 『호윗즈 저널』 2호에서는 프레드리카 브리머(Fredrika Bremer)나 메리 러셀 밀포드(Mary Russell Milford) 등을 포함한 유명한 여섯 명의 여성저술가들이 자신의 이름을 밝힌 채 글을 발표하였다. 그리고 매호마다 윌리엄과 메리의 이름이 공동으로 잡지의 서두에 들어가서 양성이 함께 강조되는 형태를 취했다. 이러한 과정에서 당시 사회에 대한 탐색가로서 여성의 역할이 강조되었다(Easley 87 참조).

들의 글을 수용했던『호윗즈 저널』이나『피플즈 저널』은 노동계급의 상황에 대해 중산계급의 박애주의적 노력이나 개혁가로서의 의지를 보인 여성 작가의 글들을 많이 실었다. 물론 자신의 이름을 밝힌 경우도 있지만 익명적 장치가 이들의 입장을 전달하는 데 더 효율적인 장치가 되었다. 개스켈의 문학 경력 초기에 볼 수 있는 익명적 글쓰기도『호윗즈 저널』같은 개혁적 성격의 잡지를 중심으로 전개되었다.

1840년대에 개스켈은 이미 익명이긴 하지만 작가로 활동하고 있었으며 그 해 메리 호윗과 윌리엄 호윗 부부와의 친분을 통해『호윗즈 저널』에 기고가로 활동하게 되었던 것이다.『호윗즈 저널』첫 호의 독자에게 주는 글에서 메리와 윌리엄 호윗 부부는 어떤 계급에도 한정되지 않는다는 입장을 선언하고 모든 영역에서 급진주의를 표방하였다(Howitt 1). 이런 입장에 근거하여 이 잡지는 평화, 절제, 위생 개혁, 대중교육, 자유무역, 자유로운 견해, 여성의 권리를 포함한 시민의 자유 등을 주제로 다룬 글들을 다루었다. 그러나 이 잡지가 지닌 급진주의적 성격은 다소 낭만적 · 이상적인 성향을 띠었으며 교훈주의적 성격을 띠었다. 메리와 윌리엄 호윗의 의도는 재능 있고 인기 있는 작가의 글을 통해 절제와 독학, 도덕적 행동이라는 수단으로 노동계급 독자들 스스로 이러한 글들에서 얻는 것이 있도록 유도하는 데 있었던 것이다(Uglow 172). 이러한 편집 방침을 고려해볼 때 개스켈의 익명적 투고는 교화의 목적을 담고 있음을 볼 수 있으며 이는 당시 산업 문제에 대한 여성작가들의 교훈적 성향을 반영해주는 것이다.

특히 개스켈의 단편 투고는 이 잡지에서 비중 있는 장을 형성하였는데 개스켈은 코튼 매더 밀즈(Cotton Mather Mills)라는 가명을 사용하였다. 개스켈이『호윗즈 저널』에 기고가로서 이처럼 남성의 필명을 사용한 것은 여성으로 분류되는 필자에 대한 거부감 때문이었으며 여성개혁가로 알려지는 것을 피하고 싶어서였다. 미국의 저명한 청교도 목사의 이름을 빌려온 이러한 필명은 상징적 의미를 지니고 있다. 다시 말해 이 이름은 필자의 남성적 권위를 상징하면서도 이름 가운데 매더라는 부분은 어머니(mother)의 의미를 함축하고 있다. 이는 개스켈이 자신의 작가적 권위 수립을 위해 남성의 필명을 이용하면서도 여성으로서의 정체성을 잃고 싶지 않았으며 특히 모성의 중요성을 인식하고 있었음을 보여준다.

개스켈이 『호윗즈 저널』에 투고한 대표적 글들은 「리비 마시의 세 시대」, 「섹스턴의 영웅」("The Sexton's Hero"), 「크리스마스의 폭풍과 햇살」("Christmas Storms and Sunshine") 등 세 편의 단편들과 당시 영국에 순회 강연을 왔던 미국의 사상가 에머슨(Ralph Waldo Emerson)의 맨체스터 강연에 대해 자신의 입장을 정리한 기고문 등이다. 이러한 글들을 통해 개스켈은 당시 영국의 산업 도시에 대한 기록자 역할을 하였고 개스켈의 대표적 산업소설 『메리 바튼』은 『호윗즈 저널』에 실린 글들, 특히 「리비 마시의 세 시대」 같은 단편과 거의 동시에 집필되었다. 잡지에 기고한 단편들과 『메리 바튼』은 상호텍스트성을 지니고 있으며 여성작가의 익명적 글쓰기가 당시 사회의 계급 갈등에 어떠한 진단과 해결책을 제시하고 있는지 보여주고 있다.

단편들에 공통된 요소는 이웃에 대한 연민과 사랑, 자식의 생명을 중심으로 한 화해 모티브, 가정성의 모티브를 들 수 있다. 「리비 마시의 세 시대」[2]는 제호 「맨체스터의 삶」("Life in Manchester")이 보여주듯이 이 지역 노동계급의 삶에 대한 탐색 문학의 특질을 지니고 있다. 즉 노동계급의 거주 환경이나 이들이 공유하고 있는 정서, 또 이들이 봉착하는 문제들을 객관적 기록자로서 독자에게 전달하고 있는 것이다. 이야기의 구조는 세 기

---

2) 이후부터 「리비」로 칭하기로 한다.

넘일, 성 밸런타인의 날, 성령강림절, 성미가엘 축제가 중심이 된 1년이다. 성 밸런타인의 날에는 외로운 리비가 밸런타인 선물로 건너편에 사는 장애인 소년에게 카나리아를 선물하며 이웃과 잘 지내지 못하는 그 아이 어머니의 환심을 얻게 된다. 성령강림절에는 이웃 사람들 및 소년과 함께 던햄 공원(Dunham Park)으로 놀러가서 즐거운 시간을 보낸다. 성 미가엘 축제 때는 장애소년이 죽고 장례를 치른 후 소년의 어머니와 리비가 함께 새 가정을 이루는 구도를 취하고 있다. 개스켈은 리비의 노동에 초점을 두기보다 장애인 소년 프랭키 홀(Franky Hall), 홀의 어머니와의 관계에 초점을 두고 있다. 프랭크의 죽음 이후 두 여성이 서로 이해하게 되었다는 점에서 두 여성의 관계가 중요하며 화자는 개스켈과 구분되는 "우리의 이웃"으로 설정되어 있다. 이러한 화자를 설정함으로써 화자의 권위를 세우고 사건에 대한 공감어린 이해의 목소리를 구축하고 있는 것이다.

「섹스턴의 영웅」은 『호윗즈 저널』에 기고한 세 단편 가운데 별도의 성격을 지닌 것으로 간주되기도 한다. 맨체스터가 배경이 아니라 실버데일(Silverdale)의 체험이 기반이 된 이야기로서, 개스켈이 실버데일에서 들은 익사 사건이 이야기 틀을 이루고 있다. 이 단편은 한 남성이 자신이 사랑하는 여성과 그녀의 남편, 아이를 구하기 위해 자신의 목숨을 버리는 플롯을 취하고 있다. 자신이 사랑하는 여성과 그 남편이 물이 불어난 모어켐비 만(Morecambe Bay)을 건널 수 있도록 해주고 자신은 만조에 휩쓸려 죽게 되는 이야기로서 사랑과 희생의 모티브를 담고 있다. 특히 실버데일의 지역 상황에 대한 상세한 지식이 다른 사람을 구하는 데 사용되고 있는 점은 이타심이 더욱 강조된 것으로 보인다. 이야기의 배경은 산업 도시가 아니지만 역시 박애주의적 요소가 핵심을 이루고 있는 이야기로 볼 수 있다.

「크리스마스의 폭풍과 햇살」은 가정성에 초점을 둔 이야기로서 1830년대를 배경으로 하고 있으며 맨체스터라고 구체적으로 지시된 바는 없지만 개스켈의 도시 삶에 대한 지식을 바탕으로 하고 있다. 신문사의 작가로 활동하는 두 집안의 대결과 갈등을 보여주는 구도는 사회 풍자적 의미를 강하게 풍기고 있어『메리 바튼』보다는『크랜포드』(*Cranford*)와 연결되는 면이 많음을 볼 수 있다. 이 이야기는「리비」보다 더 자의식적인 감상적 도덕을 포함하고 있으며 융화라는 여성적 자질을 강조한다. 정치적 입장이 다른 남편들의 갈등에 부인들이 해결의 실마리를 제공하며 이 해결의 실마리는 자식의 생명을 구하려는 어머니의 노력에서 나오고 있다.

이러한 세편의 익명 기고 단편들에서는 가정성과 박애주의적 요소가 당시 영국 사회의 문제를 해결하는 하나의 해결책으로 제시되고 있다. 특히 노동계급의 작업장이 아니라 그들이 살고 있는 가정 공간에 대한 상세한 묘사와 이상적 가정의 수립에 초점을 두고 있는 점 역시 주요한 특징으로 짚어볼 수 있다. 당시 여성작가가 이처럼 노동계급 삶에 대한 기록을 시도할 때 익명적 장치는 더 효율적인 기능을 하게 된다. 그 이유는 여성작가라는 편견 없이 제시된 기록들이 더 설득력을 지닐 수 있기 때문이다. 셜리 포스터(Shirley Foster)는「리비」와「크리스마스의 폭풍과 햇살」두 편이 실제 맨체스터의 삶을 다룬 장편소설들의 기초가 되었다고 지적한다 (30). 그 가운데 개스켈의 본격적 문학 경력의 출발점으로 볼 수 있는 산업소설『메리 바튼』과「리비」의 관계는 여성작가의 익명적 글쓰기가 본격적인 문학 활동과 연관되는 양상을 전형적으로 보여주고 있다. 특히「리비」의 이야기 구도나 기법, 주제는『메리 바튼』에 그대로 연결되고 있어 이러한『호윗즈 저널』의 익명적 투고활동이 본격적 산업소설가로서의 경력 구성에 핵심적 역할을 해주었다고 볼 수 있다.

케스트너는 사회소설 역사에서 1847년, 즉 10시간 노동법 통과와 직물

업에서 비고용 문제, 콜레라 등을 포함하는 1847년이 『호윗즈 저널』에 「리비」가 게재된 데에 주요한 영향이 있다고 주장한다(116). 케스트너는 개스켈의 산업소설은 이전의 남성이나 여성작가들과 차이성이 있다고 보는데 샬럿 엘리자베스 토나(Charlotte Elizabeth Tonna)와 달리 분파적이거나 신학적 독단주의에 빠지지 않고 자신의 입장을 밝힐 수 있었으며 벤자민 디즈레일리(Benjamin Disraeli)와 달리 자신이 체험했던 부분들이 많아 당시 산업상황들에 대해 개인적인 지식을 가지고 있었기 때문이라고 본다(116). 개스켈은 디킨즈나 토나와는 달리 죽음을 거리감을 두고 볼 수 있었으며 프란시스 트롤로프(Frances Trollope)나 디즈레일리처럼 신학적 경향을 보이지 않고 개인적 노력과 정부의 프로그램을 포괄하는 박애주의적 중재주의를 주장할 수 있었다. 그 이유는 자신이 공장과 감옥, 다 헐어빠진 학교 등에 대한 체험이 있었기 때문이었다(Kestner 117 참조).

트롤로프와 달리 개스켈이 다룬 이슈들은 더욱 광범위했으며 어떤 직업의 상황에 관심이 있었을 뿐만 아니라 마음의 상태를 바꾸는 데 관심이 있었다. 케스트너는 그녀의 업적이 두 가지 힘에 의존하고 있다고 보는데 작가와 직접적으로 동일시되지 않는 화자의 목소리를 창조해내는 능력(토나와 트롤로프의 경우는 작가의 목소리와 일치됨을 볼 수 있다)과 자신의 서술에 에피소드적 리듬보다 점진적인 리듬을 부여하는 능력이라고 본다(Kestner 117). 그녀의 소설에서 클라이맥스는 갑자기 온다기보다 점진적으로 누적되는 양식으로 전개되며 이는 1847년 익명으로 발표된 두 단편소설 「리비」와 「색스턴의 영웅」에서 잘 고찰될 수 있다.

개스켈이 이상적으로 생각한 작가의 모형은 객관적 기록자로서의 작가이다. 개스켈이 모범으로 삼은 예는 존 러스킨(John Ruskin)이 『근대의 화가들』(*Modern Painters*) 일 권에서 제시한 방식이다. 개스켈은 더 오랜 미학의 형태, 다시 말해 문자 그대로 자연에 충실한 태도, 사실과 사건의 정확한 재현이라는 18세기의 미학과 표현주의를 혼합시킨 형태를 이상으로 삼았다(Uglow 211). 개스켈이 메리 호윗의 딸이 쓴 글을 칭찬했을 때도 장면 자체를 독자에게 제시하는 힘을 높이 평가하고 있다. 개스켈의 이러한 미학은 익명성을 이용한 초기 글쓰기 과정에서 충분한 실전 과정을 거쳐 더 다양하고 성숙한 사실주의 단계로 발전했다고 볼 수 있다.

익명적 글쓰기: 「리비 마시의 세 시대」

개스켈이 익명으로 투고한 단편들은 결국 하층계급의 가정 도덕이 어떻게 사회를 개선시킬 수 있는가의 문제를 보여준다. 『리비』 같은 작품은 산업 도시의 환경을 보여주는 데 주력하면서 노동계급 가정성의 설립에 초점을 두고 있다. 개스켈은 이러한 과정을 통해 중산계급 독자와 그들의 자비와 지도의 대상이 되는 노동계급 독자들 사이의 공동의 터전을 세우도록 유도한다. 특히 중산계급 여성독자들에게도 노동계급 삶의 공간에 대해 생각하도록 유도함으로써 계급 갈등을 최소화하는 데 주력하고 중산계급에게 개혁의 노력을 촉진하고 있다.

「리비」에서 발견되는 세 가지 모티브는 『메리 바튼』에 확대·재생산 되는데 이는 개스켈의 당대 사회 문제 진단과 해결책의 핵심을 구성하고 있다. 첫째, 노동계급 가정성의 강조를 볼 수 있다. 즉 노동계급 가정의 주거환경을 상세히 제시하면서 이들의 환경이 열악하지만 이상적인 가정성을 수립해야함을 강조하고 있다. 둘째, 산업 도시와 노동계급의 열악한 환경에서 목가적 전원의 역할에 대한 강조를 볼 수 있다. 산업 도시의 환경과 이상적 전원 이미지의 대조는 『메리 바튼』에서 지속적으로 전개되면서 이상적 가정의 수립과도 연관된다. 셋째, 노동자의 삶을 개선하는 데 사회 구조나 환경의 개선보다 개인의 도덕성이 더 주요하다는 점이 강조된다. 이 과정에서 특히 중산계급 및 노동계급 여성의 도덕적 실천이 더 중요하다는 메시지를 읽을 수 있다. 즉 개스켈은 하층계급의 삶과 가정 도덕, 사회 문제를 다루면서 이런 문제에 대해 중산계급 여성의 역할이 무엇인지를 생각하도록 유도한다.

개스켈은 『호윗즈 저널』의 개혁정신에 충실한 명분을 제공할 수 있도록 하층계급의 이미지를 구축하는 데 주력하였다. 「리비」에서 노동계급 여성의 삶에 대한 기록은 객관적 기록자로서 개스켈의 기술을 볼 수 있는 부분이다. 이야기 초반에서 힘없이 거리를 걷고 있는 리비의 모습은 맨체스터 노동계급 여성의 외로움과 뿌리 없는 삶을 보여준다. 세상에 아무런 주요한 의미도 주지 못하는 익명적 존재로서 친구도 가족도 없는 그녀의 주변 환경은 그녀의 외로움을 가중시킨다. 건물의 단조로움, 노동자들의 무질서한 삶의 양식에서 풍기는 황량함은 리비의 삶이 힘든 것임을 독자에게 각인시킨다. 특히 외모를 중시하는 공장노동자들의 기준에 따라 거친 농담이 리비 자신에게 향한 것일지라도 웃을 수밖에 없다는 화자의 말에서 당시 노동계급의 가치기준을 엿볼 수 있다. 길거리에서 이동하고 있는 노동계급 여성 리비의 모습에서 여성의 길거리 노출의 모티브를 읽어낸 노드는 이 부분이 소설가, 공적 여성, 사회비평가로서의 개스켈의 모습과 연관되는 부분이라고 지적하기도 한다(144). 즉 그만큼 이 당시 여성작가의 글쓰기는 여러 제약과 편견에 부딪치기 쉬웠고 이러한 이유로 익명적 글쓰기가 하나의 대안으로 사용되었던 것이다.

개스켈은 리비의 눈을 통해 거리와 건축물들에 대한 지형적 세부사항들, 공장 노동자들의 삶의 방식, 사투리와 투박한 말투, 일터의 상황, 여가 활동 등을 생생하게 보여준다. 화자는 리비가 처한 환경을 사회정의라는 관점보다는 가정이라는 관점에서 제시하고 있다. 리비의 거주환경과 외롭고 소외된 삶은 노동계급 가정에 대한 묘사를 중심으로 전개된다. 특히 리비는 건너편 가정에서 고통 받고 있는 노동계급 가정의 실상을 보게 되며 그녀는 이 가정의 장애소년 프랭키 홀과의 우정을 통해 고단함과 외로움을 덜게 된다. 개스켈은 하층계급의 삶을 구체적으로 보여주는 과정에서 노동자들의 삶의 실상, 그들의 힘과 친근함 등을 강조하고 비유적 언어보다는 직접적인 묘사를 구사한다(Uglow 174). 이러한 개스켈의 방식은 리비 이웃 가정들의 삶을 재현하는 과정에서 잘 드러나며 특히 성령강림절에 유원지로 놀러가기 전 아침 노동들의 대화를 대표적 예로 들 수 있다. 이러한 대화들에서는 이들의 어려운 경제적 현실이 암시되는 한편 열악한 작업환경과 주거환경 가운데서도 나올 수 있는 노동계급의 에너지와 친근함이 강조되고 있다.

> 안마당은 살아있는 것처럼 보였고 목소리와 웃음으로 즐거웠다. 침실창문들은 활짝 열려있었는데 더위 때문에 밤새도록 열려있었던 것이다. 종종 머리나 셔츠 바람의 어깨 한 쌍이 튀어나오는 걸 볼 수 있고 여기서 저기로 건네지는 질문을 들을 수 있었다—
> '그런데 잭, 어디 갈 거지?'
> '던햄!'
> '에이 당신 촌스러운 사람이야, 당신 이전에 할아버지가 거길 가셨던 거 아냐. 당신은 언제나 느렸어. 난 앨더리에 갈 거야—나랑 마누라랑.'
> '그건 마누라 밖에 없으니 그렇지, 나처럼 자식 넷이 되어봐, 구식으로 일인당 4펜스씩 주고 던햄에 데려가는 것만 해도 즐거워 할 거야.'
> 보이지 않는 한 쌍의 손이 이 마지막 말에 장난기가 서렸지만 아주 활기차게 귀싸대기를 쥐어박았고 이웃들은 이말 하던 사람이 보이지 않는 적한테 공격 당해 놀란 표정을 짓는 걸 보고 모두 웃었다. 대화를 주도하던 사람이 이렇게

소릴 질렀다.

'슬레이터 부인, 그인 그런 대우 받아 마땅해요. 그인 아직 거기 대해 아무것도
몰라요. 아이들이 생기면 우리처럼 아이들을 성령강림절날 집에 내버려두고
가기 싫어할 걸요. 우리 앞으로 더 살면 던햄 공원에서 그이가 좀 큰 어린애들
과 마누라뿐만 아니라 쌍둥이를 팔에 안고 또 다른 한 쌍의 자식들이 아빠 외
투자락에 매달려 있는 꼴을 보게 될걸요.'

The court seemed alive, and merry with voices and laughter. The bedroom
windows were open wide, and had been so all night, on account of the heat; and
every now and then you might see a head and a pair of shoulders, simply encased
in shirt sleeves, popped out, and you might hear the inquiry passed from one to
the other, — 'Well, jack, and where art thee bound for?'
'Dunham!'
'Why, what an old-fashioned chap thou be'st. Thy grandad afore thee went to
Dunham: but thou wert always a slow coach. I'm off to Alderley,' — me and my
missis.'
'Ay, that's because there's only thee and thy missis. Wait till thou hast gotten four
childer, like me, and thou'lt be glad enough to take'em to Dunham,
oud-fashioned way, for fourpence apiece.
I'd still go to Alderley; I'd not be bothered with my childeren; they should keep
house at home.'
A pair of hands, the person to whom they belonged invisible, boxed his ears on
this last speech, in a very spirited, though playful manner, and the neighbours all
laughed at the surprised look of the speaker, at this assault from an unseen foe.
The man who had been holding conversation with him cried out,
'Sarved him right, Mrs. Slater; he knows nought about it yet, but when he gets them,
he'll be as loth to leave the babies a home on a Whitsuntide, as any on us. We shall
live to see him in Dunham Park yet, wi'twins in his arms, and anther pair on'em
clutching at daddy's coat tails, let alone your share of youngsters, missus.' (334)

개스켈은 이들의 언어를 친근하게 제시하면서 이들 가정의 정서를 전달하

는 데 주력하고 있다. 이러한 묘사는 노동계급 가정의 자연스러운 모습을 있는 그대로 생생하게 보여주고 있다. 또한 노동계급 거주 환경과 상황들이 리비의 자기희생과 이웃과의 융화라는 이야기에 섬세하게 통합되어 있음을 볼 수 있다. 이처럼 자연스럽고 생생한 기록 연습은 익명성을 통해 더 효율적으로 실행이 되었다고 볼 수 있는데 여성작가의 이름으로 노동계급의 모습을 제시하는 경우보다 더 설득력이 있었기 때문이다.

노동계급 가정에 대한 생생한 묘사와 더불어 산업공간과 대조되는 목가적 자연은 노동계급 가정성과 연결되는 주요한 모티브이자 『메리 바튼』에서 더 비중 있게 반복되는 모티브이다. 즉 목가적 공간은 현재의 산업공간과 산업주의의 폐해를 치유할 수 있는 것으로 강조되며 이러한 생각은 『메리 바튼』에서 더욱 확대되고 정교화되어 재생산되는 것이다. 리비가 맞은편 집 가족과 함께 던햄 공원으로 놀러갔을 때 이 장소가 노동자들에게 주는 생명력은 매우 중요한 것으로 제시된다. 던햄은 목가적 공간으로서 노동자들에게 휴식과 여흥의 공간으로 작용하고 있다.

> 던햄 공원은 수년간 맨체스터 노동자들이 좋아하는 휴양지였다. 알려진 것보다 더 오랜 세월동안 그래왔을 것이고 아마도 '공작'이 그의 운하 곁에서 싸구려 여행 제도를 열어놓은 이래로부터 그래 왔을 것이다. 그곳은 또한 맨체스터의 소용돌이와 소란과 완벽한 대조를 이루는 풍경을 보이고 있다. 완전한 숲터로서 오래된 나무들(이리 저리 번개를 맞아 허옇게 바랜 상태가 되었다)과 초록빛 담장, 풀들로 뒤덮인 보도가 있었고 보도는 아주 멀리 숲 속 공터까지 이르고 있었다. 숲 속 공터에선 지난해의 양치 숲 사이를 살랑거리고 다니는 토끼를 놀래게 만들 수 있었고 들비둘기 소리가 유일하게 거기 맞는 소리였다. 무엇보다도 이 완벽하게 목가적인 휴식처, 가까이 갈 수 있는 이 깊은 고요함, 이 지역의 초록빛 이미지들 속에 영혼을 감싸는 것은 도시 사람들과 가장 완전한 대조를 이루었고 결과적으로 가장 강력한 마력 이상을 갖게 되었다.

For years has Dunham park been the favorite resort of the Manchester work-people: for more years that I can tell; probably ever since 'The Duke', by his canals, opened out the system of cheap travelling. It is scenery, too, which presents such a complete contrast to the whirl and turmoil of Manchester; so thoroughly woodland, with its ancestral trees(here and there lightning-blanched,) its "verdurous walls", its grassy walks leading far away into some glade where you start at the rabbit, rustling among the last year's fern and where the wood-pigeon's call seems the only fitting and accordant sound. Depend upon it, this complete sylvan repose, this accessible depth of quiet, this lapping the soul in green images of the country, forms the most complete contrast to a townsperson, and consequently has over such the greatest power to charm. (335)

이처럼 맨체스터 노동자들의 휴식 공간인 던햄공원은 전원의 이미지로서 자연의 힘을 제시하고 있다. 던햄공원과 같은 목가적 자연은 마치 윌리엄 워즈워스(William Wordsworth)의 자연을 연상시키면서 사이가 좋지 않은 이웃 사이의 조화를 창조해내고 죽어가는 아이에게 천국을 미리 맛보게 해 주는 것으로 제시된다. 어글로우는 던햄 에피소드가 두 종류의 선을 극화하고 있다고 하면서 이러한 자연의 힘과 아이에 대한 모성적 정서를 두 종류의 선으로 지적한다(175). 특히 남자들이 몸을 움직일 수 없는 프랭키에게 경치를 구경시키기 위해 교대로 쇼올로 운반하여 언덕 꼭대기까지 데려가주는 것에서 이를 엿볼 수 있다. 이러한 남성들의 모성적 역할은 『메리 바튼』의 좁 레그(Job Legh)같은 인물을 통해 재생산되고 있으며 모성적 정서는 개스켈의 작품세계에서 핵심적인 모티브가 된다.3)

---

3) 국내 연구 가운데 이러한 문제를 상세히 다룬 연구로는 김경식 교수의 「『메리 바튼』에서 성역할의 전도와 복귀」가 있다. 김경식 교수는 개스켈 자신도 그렇고 여성 주인공 메리, 남성 등장인물들에게서 성 역할 전도와 복귀의 패턴이 발견됨을 논증하고 있다. 궁극적으로 김 교수는 "이 소설은 남성적 성역할을 충실히 따라야만 하는 "공적 영역"의 윤리와 이념을 비판하고 모성 본능과 생명을 아끼는 정신이 성역할을 넘어서서 여성뿐만 아니라 남

던햄의 치유력과 함께 대조적 공간인 맨체스터도 이 순간 이들에게는 자신의 삶의 터전으로 부드럽고 모호한 양태로 제시된다. 맨체스터의 모습은 자신의 생계 터전으로서 자식을 낳고 자신이 묻히며 가정을 이루는 삶의 공간으로 제시되면서 이들에게 감상적으로 만세를 외치게 만든다. 그러나 이들의 기억 속에는 목가의 이미지가 늘 이상으로 자리하고 있어 노동계급은 급진적 사회 변화보다는 목가의 이미지가 중심이 된 가정성을 갈망하는 것으로 묘사된다.

궁극적으로 이 이야기의 패턴에서 맨체스터의 노동 상황이나 주거환경을 개선하려는 노동계급의 욕망보다 리비의 도덕성이 더 우위의 것임을 볼 수 있다. 새로운 가정을 이루려는 리비의 욕망은 『메리 바튼』에서 메리의 갈등과 성숙 과정의 모티브로 연결되어 더 복합적인 구도로 됨을 볼 수 있다(Easley 89). 리비의 선택은 외적 환경보다는 내면의 삶의 질을 바꾸어놓는 것이 더욱 중요하다는 점을 보여준다. 리비가 거주하는 집 주인의 딸 앤 딕슨(Anne Dixon)이 술주정뱅이가 될지도 모르는 남자라도 결혼할 거라는 이야기를 듣고서 리비는 그런 결혼이 자신에게는 의미 없다고 선언하면서 결혼을 택하지 않고 자신의 일을 찾겠다고 이야기한다.

'네가 말해줄 수 있는 것만큼 나도 알아. 그리고 더한 이유가 있어. 왜냐하면 하나님은 내가 여자들의 천성적인 일에 맞지 않는 걸 보아오셨으므로 나 자신에 맞는 일을 시도하고 찾아야해. 그 말인즉슨… 내 자신의 가정, 혹은 내게 모든 걸 제대로 해줄 남편이나 내가 지켜보고 돌보아야할 어린애들을 갖지 못할 것 같다는 말이야. 그건 모두 여자들의 천성적인 일이지. 난 결혼에 초조해하고 안달하는 일에 시간을 낭비하지 말아야 해. 뭔가 내 주변에 할일을 찾아

성에게도 확산되어야 한다는 개스켈의 주장을 담고 있다(24)"고 보고 있다. 이러한 성역할의 전도가 계급 갈등뿐만 아니라 다른 많은 사회 문제의 해결을 위한 근간이 된다는 분석은 한계로 지적되던 개스켈의 사회 문제 진단과 해결방식에 대한 새로운 평가를 제공하고 있다.

야해. 많은 여자들이 이런 일을 놓치고 있는 걸 봐. 용감하게 밀고나가 노처녀로 자리 잡는 대신 결코 자신의 것이 되지 못할 것에 연연해하지. 노처녀 자격으로 하나님이 세상에 노처녀로서 해야 될 많은 잡동사니 일로 남겨둔 일들을 찾는 거야, 그런 일은 참 많아. 또 그런 일을 하는 이들에게 하나님의 축복이 있지.'

'I know that as well as you can tell me. And more reason, therefore, that as God has seen fit to keep me out o' woman's natural work, I should try and find work for myself. I mean… that as I know I'm never like for to have a home of my own, or a husband, who would look to me to make all straight, or children to watch over and care for, all which I take to be woman's natural work, I must not lose time in fretting and fidgeting after marriage, but just look about me for somewhat else to do, I can see many a one misses it in this. They will hanker after what is ne'er likely to be theirs, instead of facing it out, and settling down to be old maids; and as old maids, just looking round for the odd jobs God leaves in the world for such as old maids to do, — there's plenty of such work, — and there's the blessing of God on them as does it.' (346)

리비의 말은 자신의 선택을 정당화하는 항변이며 리비는 조롱이나 비웃음의 대상이 되는 노처녀가 아니라 단순히 미혼의 여성임이 강조된다. 또한 그녀가 자신의 환경을 개선하는 일보다 새로운 가정 구성에 중점을 두게 되는 쪽으로 가게 됨을 미리 보여주는 것이다. 그녀는 자신의 이러한 철학에 입각하여 죽은 프랭키의 어머니 마거릿(Margaret)의 딸 노릇을 하기로 결정하는 것이다. 마거릿도 리비에게 어머니처럼 부드러운 존재가 되어 리비는 외롭고 황량한 상황에서 벗어나며 고아의 상태를 면하게 된다. 프랭키에게 희망과 즐거움을 가져다줌으로써 개인적으로 성취되지 않은 삶에 대한 보상을 받은 리비는 마거릿과의 새 가정으로 다시 보상을 받게 되는 것이다. 특히 리비와 마거릿 사이, 마거릿과 이웃 사이의 조화를 창조하는 데 있어 리비의 이타심이 큰 힘을 발휘하도록 한 것은 개스켈의 연이은 소설에서 반복되는 서술 전략의 범례로 볼 수 있다(Foster 31). 즉 노동계급의 모성적 정서, 여성간의 우정 등은 개스켈의 본격적인 문학 활동에서 더 확장되어 전개되므로 리비의 이타심이 노동계급 가정의 융화, 가정성의 수립으로 연결되는 패턴은 개스켈의 주요한 서술 전략이 되고 있다.

저널리즘의 글쓰기와 산업소설: 『메리 바튼』

개스켈의 경력 초기에 익명적 투고 활동은 영국의 사회 문제에 대한 고찰과 해결 방안의 방향을 설정하는 데 주요한 지침이 되었다. 당시 영국의 사회 문제를 다루는 것은 여성의 영역이 아닌 것으로 생각되었다. 여성작가들은 정치나 사회 문제를 제대로 보지 못하거나 해결책을 제대로 제시하지 못한다고 여겨졌던 것이다(Easley 90).

개혁적 성향의 잡지에 투고한 익명의 기고문이 아니라 본격적으로 사회 문제를 다룬 산업소설은 당시의 더욱 논쟁적 매체로 볼 수 있다. 개스켈 이전의 산업소설들로는 해리엇 마티노의 「맨체스터의 파업」("A Manchester Strike"), 『정치 경제의 삽화들』(*Illustrations of Political Economy*) (1832), 프란스 트롤로프(Fances Trollope)의 『마이클 암스트롱, 공장소년』(*Michael Armstrong, the Factory Boy*)(1839-40), 『제시 필립스』(*Jessie Philips*)(1843), 샬럿 엘리자베스 토나의 『헬런 플릿우드』(*Helen Fleetwood*), 『여자의 잘못』(*The Wrongs of Women*)(1843-4), 엘리자베스 스톤(Elizabeth Stone)의 『윌리엄 랭쇼, 목화의 제왕』(*William Langshawe, the Cotton Lord*)(1842), 『젊은 방적공』(*The Young Milliner*)(1843), 벤자민 디즈레일리의 『코닝즈비』(*Conningby*)(1844), 『사이빌』(*Sybil*)(1845) 등이 있다(Foster 38참조). 특이한 점은 산업소설 영역에 여성

작가가 많다는 점이며 여성작가들이 이 영역에 손댄 이유는 정치적으로 힘이 없었기 때문에 자신들의 창조력을 저항의 공간으로 이용하기 위해서라고 볼 수 있다. 개스켈의 작품도 이러한 여성작가들의 활동이라는 맥락에서 볼 때 개인적 활동이라기보다 더 광범위한 당시 여성작가들의 실천적 문학 활동의 부분으로 볼 수 있다.

당시 평론가들에게 사회 문제를 다룬 여성작가의 소설은 위험한 것으로 간주되었는데 여성작가의 이러한 시도는 남성적 영역과 여성적 영역의 경계를 불분명하게 만드는 활동으로 생각되었기 때문이다. 이러한 여성작가의 권위 문제에 대해 언급하면서 제인 스펜서(Jane Spencer)는 여성작가들의 역량이 인정을 받기 시작했지만 개스켈의 『루스』(*Ruth*)에 대한 한 평론에서 보다시피 당시 이들에 대한 편견이 많았음을 지적한다(21).

이러한 여론에 맞선 개스켈의 전략은 『호윗즈 저널』 투고처럼 산업 문제를 다룬 자신의 첫 소설 『메리 바튼』을 익명으로 출판하는 것이었다. 개스켈이라는 본명 대신 『호윗즈 저널』 투고시 사용했던 코튼 매더 밀즈나 스티븐 버윅(Stephen Berwick)이라는 필명으로 출판하려 했는데 그 이유는 남성의 이름으로 출판할 시 영국 상황에 대한 논의에 더 권위가 부여될 수 있다고 생각했던 것이다. 『호윗즈 저널』 투고 활동과 『메리 바튼』의 익명적 출판은 개스켈이 여성작가로서의 정체성이나 경력이 확정될 때까지의 주요한 중간 단계라고 볼 수 있다.4) 개스켈은 익명성의 전략에 따라 소설 화자의 목소리나 독자들이 전통적인 남녀 영역으로 구분되지 않는다는 점에 세심하게 주의를 기울였다. 또한 영국 상황 진단 및 논평자로서의 자신

---

4) 『메리 바튼』은 익명으로 출판되었으나 출판 이후 주목의 대상이 됨으로써 작가를 궁금히 여긴 독자들이나 비평가들에 의해 결국 작가의 이름이 밝혀지게 되었다. 주요한 점은 개스켈 자신이 당시 문학시장 등 여러 가지를 감안하여 익명적 출판을 하나의 전략으로 삼았다는 점이다.

의 위치를 확립하기 위해 소설 전개를 지나친 급진주의로부터도 거리를 두고 여성작가의 관습적 글쓰기 패턴으로부터도 거리를 두었다.『호윗즈 저널』기고자로서의 체험이 이러한 책략을 익히는 데 주요한 역할을 하였으며 기고 단편들의 기법이나 주제들이 본격적으로 생산된 문학작품에서 정교화되거나 확장됨을 볼 수 있다.

개스켈은 소설의 화자를 맨체스터의 거리라는 남성적 환경에 설정하고 있다. 또한 소설 서문에서 개스켈은 자신이 정치경제학, 무역이론 등에 대해 아무것도 모르며 단지 진실하게 쓰기 위해 노력했기에 자신의 기록이 어떤 체제와 맞는가의 여부 문제는 자신이 의도한 바가 아니라고(38) 강조한다. 이러한 입장은 마티노와 거리를 둔 듯이 보이나 그녀도 아담 스미스(Adam Smith)를 읽었으며『웨스트민스터 리뷰』의 한 평자는 특별히『메리 바튼』을 정치 경제의 이론이라는 관점에서 해석하면서 마티노의 연속 선상에서 파악하였다(Kestner 120). 화자의 목소리는 실상 서문의 톤을 이어받아 개인에게로 돌아가는 것을 권장하고 있다. 이는 앞선 산업소설가들이 개인보다는 이데올로기에 집중했던 것과 차이성을 보이는 점이다. 개스켈은 자신이 어떠한 편향된 정치적 입장을 취하지 않고 노동자와 자본주 사이에서 이야기를 전개하는 중재자의 역할을 강조한다. 이러한 입장을 유지하는 개스켈의 서술전략은 사회개혁가와 도덕의 수호자라는 특성을 동시에 제시한다.

개스켈은 도시 삶을 다룬 문학의 특질을 구사하며 산업 도시의 환경을 상세히 기록하는 데 주력한다. 소설의 여러 장들을 통해 각 가정의 환경들을 비교 검토하는 과정을 통해 개스켈은 노동계급의 삶과 가정 도덕, 사회 문제에 대해 자신도 그렇지만 독자들에게 중재적 역할을 요구하고 있다. 특히 이런 문제에 대해 중산계급 여성의 역할이 무엇인지를 생각하도록 유도한다. 노동계급 가정의 문제, 가정성의 가치는 「리비」의 경우보다 더욱 구체적으로 확대됨을 볼 수 있으며 중산계급 독자에게 노동계급이 공장에서뿐만 아니라 가정에서도 고통을 겪고 있다는 것을 보여준다.

초반부의 장들은 각 인물들이 속한 가정환경을 구체적으로 제시하고 있다. 과거와 현재, 부와 가난, 전원과 도시의 대조 패턴이 지속적으로 되풀이되는 과정은 「리비」에서 강조된 던햄 공간의 의미를 더욱 확대한 것이다. 화자는 그린 헤이즈 필즈(Green Hays Fields)의 열린 공간에서부터 바튼과 윌슨의 집으로 이동하여 집안의 광경을 상세히 묘사한다. 바튼 부인의 눈을 통해 관찰된 방은 가구로 가득 차 있고 탁자 위에는 차 세트가 놓여 있는 등 좋은 시절을 말해주는 소도구들을 볼 수 있다. 그러나 이러한 주거환경에 대한 상세한 묘사 이후 바로 그날 밤 바튼 부인이 갑자기 죽게 됨으로써 바튼 가정의 조화는 점차 깨어지게 된다. 개스켈은 가구, 식기, 이웃끼리의 사소한 논쟁, 긍지, 손상된 감정들을 노동계급의 언어로 구체적으로 제시하며 이러한 가정 묘사를 통해 독자들에게 건전한 노동계급 가정성의 가치가 무엇인지, 이들이 모방하는 중산계급 가정성은 어떠한 것인지 생각하도록 유도한다. 개스켈의 업적은 사회 상황들의 표현을 인물들의 의식 속에 위치시킨 점이며 이는 존 바튼과 딸 메리의 점진적 발전에 구체화된다.

특히 6장은 자본가와 노동자 계급 가정의 비교를 통해 가정성의 정치적 의미가 확대되도록 구성되어 있다. 개스켈은 자본주 카슨(Carson)과 노동자 대븐포트(Davenport) 가정의 대조적인 묘사를 통해 노동계급의 열악한 환경을 사실적으로 제시한다. 화자는 바튼의 눈을 통해 카슨의 가정을 묘사함으로써 노동계급 가정과의 대조 효과를 극대화시킨다. 카슨은 공장 화재이후 더욱 가정의 안락함에 집착하는 것으로 보인다. 이들 집안은 하인들도 배고픈 상태가 어떤 것인지 몰라 바튼이 배고플 수도 있다는 사실을 전혀 인식하지 못할 정도로 노동계급의 삶에 대해 무지한 것으로 제시된다. 노동자들에 대한 무관심을 반영하는 카슨의 말투는 바튼에게 정치적 각성보다는 범죄에 대한 의식으로 이어져 결국 바튼으로 하여금 살인을 저지르도록 하는 것이다. 이러한 살인은 카슨의 복수를 불러일으키고 공적 영역과 사적 영역이 뒤섞이는 결과를 초래한다. 개스켈은 자본주의 안락한 가정 뒤에 노동계급 가정의 비참한 실상이 자리하고 있음을 통렬하게 제시한다.

사업주들은 가정의 즐거움을 누릴 시간이 있었으므로 지금 가족이 행복하게 저녁을 보내고 있었다. 이 그림에는 이면이 존재하고 있다. 즉 카슨 공장의 화재가 깊고도 끔찍한 우울을 드리우는 집들이 있었다. 기꺼이 일하려는 사람들의 집이다. 그런데 아무도 그들에게 일을 주지 않았으며 이들의 집엔 여가가 저주였다. 그런 집에는 가족의 음악이란 배고픈 울부짖음이었다. 한 주 한 주 이어질 때마다 일자리는 없었고 결과적으로 어린 애들이 배고픈 고통을 참지 못해 달라고 외치는 빵 값을 치를 임금도 없었다. 한가히 먹을 아침식사는 없었고 그들의 한가한 시간은 침대에서 이루어졌는데 매서운 3월 날씨에서 온기를 유지하기 위해 가만히 있음으로써 뱃속을 갉아먹는 심한 배고픔을 없애기 위해서였다.

There were happy family evening now that the men of business had time for domestic enjoyments. There is another side to the picture. There were homes over which the Carsons' fire threw a deep, terrible gloom; the homes of those who would fain work, and no man gave unto them — the home of those to whom leisure was a curse. There, the family music was hungry wails, when week after week passed by, and there was no work to be had, and consequently no wages to pay for the bread the children cried aloud for in their young impatience of suffering. There were no breakfast to lounge over their lounge was taken in bed, to try and keep warmth in them that bitter March weather, and by being quiet, to deaden the gnawing wolf within.(96)

….   ….

더러운 지역에서 한 걸음 더 내려가면 인간 가족이 살고 있는 지하실이었다. 내부는 아주 어두웠다. 유리창은 대다수 깨어져서 누더기로 막아두었으며 이러한 상태로 말미암아 한낮인데도 이곳은 어둑함이 가득했다. 거리의 상태에 대해 설명한 이후이므로 대븐포트가 살고 있는 지하실로 내려가면 두 사람을 거의 쓰러뜨릴 만큼 악취가 풍긴다는 건 놀라운 사실이 될 수 없다. 이들은 이런 일에 익숙한 만큼 재빨리 정신을 차려서 이곳의 짙은 어둠 속을 꿰뚫어보기 시작했다. 네 명의 아이들이 습기 차고 정말 축축한 상태의 벽돌마루 위에서 굴러다니며 놀고 있었다. 벽돌마루를 통해 괴어서 썩은 더러운 거리의 습기가 스며 올라오고 있었다. 벽난로는 텅 비고 불이 꺼진 상태였고 부인은 남편의 의자에 앉아서 어둔 방 외로움 속에서 울고 있었다.

You went down one step even from the foul area into the cellar in which a family of human beings lived. It was very dark inside. The window panes were many of them broken and stuffed with rags, which was reason enough for the dusky light that pervaded the place even at mid-day. After the account I have given of the state of the street, no one can be surprised that on going into the cellar inhabited by Davenport, the smell was so fetid as almost to knock the two men down. Quickly recovering themselves, as those inured to such things, do they began to penetrate the thick darkness of the place, and to see three or four children rolling on the damp, nay wet, brick floor, through which the stagnant, filthy moisture of the street oozed up; the fire-place was empty and black the wife sat on her husband's chair, and cried in the dark loneliness. (98)

이처럼 대븐포트의 지하실 집은 길거리의 더러운 습기로 가득 차 있는 최악의 거주환경으로 제시된다. 좋지 않은 위생 환경에서 거주하는 아이들의 모습, 절망에 빠진 어머니의 모습이 강조된 비참한 가정의 모습은 바튼의 급진적 의식으로 연결된다. 바튼은 이 집의 현실과 화려한 상가를 바라보면서 너무나 대조적인 두 세계의 존재에 대해 강렬한 분노를 느낀다.

불 켜진 상점들이 자리한 거리를 걷는 것은 아름다운 광경이었다, 가스불빛은 너무 화려했고 진열된 물건은 낮보다 더 생생하게 보였으며 모든 상점 가운데 약제상은 마술에 걸린 과일들로 가득한 알라딘의 정원에서부터 자주색 항아리를 든 멋진 로자몬드에 이르기까지 어린 시절 이야기에 가장 가까운 것 같이 보였다. 바튼이 그런 연상을 했던 건 아니었다. 그러나 그는 가득 채워지고 잘 밝혀진 상점과 어둡고 음울한 지하실의 대조를 느꼈고 그런 대조들이 존재한다는 사실이 그를 우울하게 만들었다.

It is a pretty sight to walk through a street with lighted shops; the gas is so brilliant, the display of goods so much more vividly shown than by day, and of all shops a druggist's looks the most like the tales of our childhood, from Aladdin's garden of enchanted fruits to the charming Rosamond with her purple jar. No such associations had Barton; yet he felt the contrast between the well-filled, well-lighted shops and the dim gloomy cellar, and it made him moody that such contrasts should exist. They are the mysterious problem of life to more than him. (101)

개스켈은 이러한 두 세계의 대조적 제시를 통해 독자들에게 강렬하게 계급차에 대해 인식하도록 유도한다. 또한 이러한 분노는 여성작가로 이름을 밝히면서 제시할 경우보다 익명의 출판을 통해 더 설득력을 지닐 수 있다고 생각하였던 것이다. 즉 개스켈은 여성작가가 이러한 주제를 제대로 다룰 수 없다는 편견을 불식하고 자신의 노동계급 재현이 독자들에게 더 호소력을 지닐 수 있도록 유도했던 것이다.

그러나 개스켈은 노동계급과 중산계급 자본가 집단이 완전히 분리되어 있거나 혹은 같은 터전에서 완전히 화합할 수 있는 것으로 제시하지 않는다. 개스켈은 계급갈등을 최소화하기 위한 중산계급의 개혁을 중시하고 있다. 즉 중산계급의 박애주의적 노력에 의해 갈등의 소지는 개선될 수 있다는 점을 보여주고 있다. 개스켈의 이러한 관점을 잘 보여주는 예로 가정성의 확립을 들 수 있다. 이러한 가정성의 확립에 주요한 요소 혹은 노동자의 삶을 개선하는 데 주요한 요소는 사회구조나 환경의 개선보다 개인의 도덕성이 더 주요한 모티브라는 사실이 강조된다. 개스켈은 「리비」의 도덕성 모티브와 동일하게 메리의 변화와 발전 과정을 보여줌으로써 새로운 가정의 수립에 중점을 둔다. 개스켈은 어머니가 부재한 가정이 얼마나 황폐화될 수 있는가를 보여주고 가정 공간이 정치에 의해 해악을 입을 수 있다는 사실을 강조한다. 메리는 밤마다 아버지를 불러내는 얼굴들을 보게 되고 그들의 가정적 공간이 이들에 의해 얼마나 오염되는 지를 실감하게 된다. 이러한 가정 공간의 오염과 치유는 부모의 자식 간의 사랑, 모성의 확립에 의해 이루어짐을 읽어낼 수 있다.

제인 스펜서도 『메리 바튼』에서 모든 계급을 이어주는 요소로 부모의 사랑과 슬픔을 들고 있다(33). 「리비」에서 프랭키의 상실과 새 가정의 모티브는 『메리 바튼』에서 그대로 반복된다. 부모의 사랑과 슬픔이 지속적으로 강조되고 있는데 존 바튼은 아들을 잃었고 윌슨은 작품 초반부에 자랑스러워했던 쌍둥이 아들들을 장티푸스로 잃게 된다. 에스터도 어린 딸의 생명을 구하기 위해 매춘까지 하게 되고 좁 레그도 딸이 죽어 손녀를 런던에서 데려와 키운다. 바튼도 고용주에 대한 복수로 고용주의 자식을 죽이는데 고용주 카슨은 바튼을 자식처럼 용서하고 노동자에게 더 나은 환경을 제공키 위해 노력하는 것으로 귀결되고 있다. 이 과정은 개스켈 자신이 여성작가라는 사실을 드러내는 것보다 익명적 글쓰기를 통해 더 설득력 있게 독자에게 전달될 수 있었다. 즉 여성작가로서 모성이나 여성성이 사회 문제 해결에 하나의 방안이 될 수 있다고 주장할 경우 이는 독자들에게 여성작가의 한계점으로 인지될 가능성이 많았다. 개스켈은 작가의 성별에 대한 편견 없이 자신이 제시한 당시 계급 문제나 산업 문제의 해결책에 대해 독자들이 숙고해보도록 유도하였던 것이다.

『리비』에서 산업 도시에서 이루어지는 노동계급의 열악한 삶의 환경에서 전원의 역할이 강조되었듯이 『메리 바튼』에서도 초반과 결말에서 목가적 공간의 중요성이 강조되고 있다. 목가적 공간과 연관된 가정성의 가치는 소설 서두부터 제시되고 있다. 1830년대 중반, 비교적 노동자들의 상황이 좋았던 시절 그린 헤이즈 필즈로 놀러나간 노동계급 가족들을 제시함으로써 목가적 공간과 노동계급 가정의 이상을 연결시키고 있다. 그린 헤이즈 필즈는 농가들의 모습과 주변이 매우 사실적으로 묘사되면서도 지나간 목가의 세계를 환기시킨다.

> 맨체스터 근방에 주민들에게 '그린 헤이즈 필즈'로 잘 알려진 들판이 있다, 그 들판사이로 2마일 거리의 작은 마을로 가는 좁은 공용로가 뻗어있다. 이 들판이 평평하고 저지대이며 숲이 부족함에도 불구하고 (일반적으로 평평한 땅을 크게 추천하므로) 산이 있는 지역 거주자에게도 강렬히 와 닿는 매력이 있었다. 이 평이하지만 완전히 전원인 들판에서 반시간 전에 떠난 법석대는 산업 도시와 대조의 효과를 보고 느낀다. 여기 저기 두서없이 별채가 붙어있는 오래된 흑백의 농가들은 지금의 이웃 거주민들을 포괄하고 있는 것과는 다른 시절과 직업들을 말해주고 있다.

> There are some fields near Manchester, well known to the inhabitants as 'Green Heys Fields' through which runs a public footpath to a little village about two miles distant. In spite of these fields being flat and low, and, in spite of the want of wood(the great and usual recommendation of level tracts of land), there is a charm about them which strikes even the inhabitant of a mountainous district, who sees and feels the effect of contrast in these common-place but thoroughly rural fields, with the busty, bustling manufacturing town, he left but half an hour ago. Here and there an old black and white farmhouse, with its rambling outbuildings, speaks of other times and other occupations than those which now absorb the population of the neighbourhood. (39)

그린 헤이즈 필즈는 산업 도시와 대조되는 공간으로 제시된다. 즉 산업의 공간 바깥에 위치해 있는 목가적 공간으로서 그림 같은 농가는 개울둑에 위치하고 있으며 현관은 장미로 뒤덮여 있고 일련의 옛날식 풀들로 가득한 작은 정원이 붙어있다. 이러한 공간은 소설의 대부분을 통해 달성될 수 없는 꿈으로 제시된다. 이즐리는 개스켈이 노동계급의 가정성을 목가적 과거와 연관시킨다고 보고 있으며 소설 전반을 통하여 목가적 가정은 맨체스터의 실제 노동계급 가정과 대조를 이루고 있는 것으로 본다(92). 즉 열악한 환경 가운데 그린 헤이즈 필즈는 노동계급의 여가를 제공하는 터로 역사적 의미가 있으면서도 목가적 배경으로 이상화되고 있으며 여기서 『호윗즈 저널』에 투고했던 「리비」의 던햄 공원과 유사한 역할을 읽어낼 수 있다. 이러한 공간은 산업주의와 조화를 이룰 수 없는 이상적인 물리적·도덕적 공간으로 제시되고 있다.

노동계급의 이상적인 가정은 영국이 아니라 캐나다에서 달성되는데, 다이애너 아키발드(Diana C. Archibald)는 가정성과 제국주의, 해외 이주의 관계를 다루면서 개스켈이 영원히 이상화된 가정을 구축하기란 국내에서는 불가능하다는 사실을 보여준다고 지적한다(26). 아키발드는 노동계급 여성이 가정화되는 것이 영국 제국주의의 이데올로기와 상통한다고 보고 개스켈도 가정적 이상을 선호했지만 이러한 이상을 산업 도시 공간에서 달성하기란 어렵다는 점을 보여줌으로써 영국 사회 진보의 결과를 비판하고 있음에 주목한다(27). 즉 개스켈이 영국의 경제 제도만큼 가정적 이상에 대해서도 궁극적으로 의문을 표하고 있는 것으로 볼 수 있다는 것이다(Archibald 27). 아키발드가 지적한 개스켈의 이러한 비판력은 여성작가의 상투적 영역을 넘어선 것으로 볼 수 있고 이는 작가 경력 초기의 익명적 글쓰기를 통해 발전된 것으로 볼 수 있다.

스펜서도 결말과 가정성의 문제를 논하면서 『메리 바튼』에 제시된 노사관계에서 경제적 개선보다 인간관계의 변형이 중요하다는 의견을 보인다(37). 해결책은 가정 바깥의 물적 환경 개선보다는 가정 안의 메리의 여성성의 개선이 출발점이 되고 있는 것이다. 즉 가정 영역 안에서 문제 해결이 시작되며 메리의 가정적 역할 복원은 노동계급 가정 영역을 비정치화하는 작업이다. 존 바튼의 죽음을 통해 메리는 자신의 집안에서 급진주의를 축출하게 된다. 메리의 사랑에 대한 자각이나 카슨의 자각, 즉 자신이 더 광범위한 고통의 세계의 일원이라는 생각은 개스켈의 확신이라 볼 수 있다. 즉 남녀, 노사가 서로 공감하고 이해하기까지는 결코 해결책이 없을 것이라는 확신을 읽어낼 수 있다. 메리의 변화와 도덕성이 중심이 되어 구축된 가정이라는 소설의 해결책, 즉 카슨이 존 바튼을 용서하고, 메리와 젬 윌슨이 캐나다에서 목가적 가정을 건설하는 해결책은 당시 영국의 산업 문제에 대한 근본적인 해결책이 될 수 있을까? 포스터는 그녀의 해결책이 감상적이고 타협적 자유주의로 평가되기도 하지만 남성적 합리성과 이론의 세계의 권위에 도전한다는 점에서 전복적인 성격이 있다고 평가한다(Foster 38).

결말에 대한 이즐리의 논의도 개스켈의 성과를 다시 조명해주는 점에서 주목할 만하다. 이즐리는 텍스트의 초반과 중반의 산업 플롯과 후반부의 결혼 플롯이 서로 융화되지 않고 배척적인 성격을 지닌 것인가에 대해 논하면서 이 두 플롯이 융화되지 않는 것으로 읽히기 쉽다고 지적한다(96). 그러나 개혁적 잡지에 즐겨 게재되었던 도시 탐색의 기록들의 특성을 고려한다면 이 두 플롯은 서로 배타적이지 않다는 것이다. 즉 이즐리는 중산계급 가정을 정치화하고 하층계급 가정성을 비정치화하는 도시 탐색 문학의 패턴을 고려할 경우 이 두 플롯은 조화를 이루는 것이라고 지적하고 있다

(96). 다시 말해 중산계급 가정성을 노동계급 가정의 이상이자 모범으로 제시함으로써 노동계급의 문제를 해결하는 방식은 산업 플롯과 결혼 플롯의 융합을 보여주는 것이다. 이러한 중산계급 가정성의 정치적 의미 확대나 개인의 도덕성의 강조는 개스켈 개인의 입장이라기보다 당시 여성작가들의 저술 활동에서 볼 수 있는 특징적 양상이다.

개스켈 활동 초기에 여성문인의 저술 활동은 당시 사회 문제에 대해 박애주의적 중재로 작용할 수 있다는 시각이 지배적이었다. 그러나 이러한 시각에 입각하여 여성작가의 글쓰기가 긍정적 기능이 있다는 언급에도 불구하고 여성작가의 입지는 확고하지 못하였다. 자신의 글을 남성작가의 필명을 차용한 익명적 장치, 혹은 아예 저자의 이름을 밝히지 않은 익명적 글쓰기 장치를 통해 자신의 관점을 전달하고 있었던 것이다. 특히 1830년대나 40년대 여성작가의 사회 문제나 정치논의에의 참여는 이러한 장치가 즐겨 사용되었고 이들의 글은 주로 계급 갈등을 안정화하는 데 사용되었다. 50년대와 60년대로 가면서 점차 공적 영역에서 여성이 제 목소리를 찾는 방향으로 진전되었지만 익명성의 장치는 여전히 여성작가들이 작가적 권위를 모색하는 과정에서 하나의 방안으로 사용되었다.

『메리 바튼』도 노동계급에 대한 입장, 계급과 젠더의 정치학을 조화시키려는 노력, 박애주의적 중재주의라는 관점에서 볼 때 개혁적 저널에 익명으로 투고한 글의 확장으로 간주될 수 있다. 개스켈은 자신의 소설 독자와 주제 확장을 위해서 저널리즘의 서술 책략과 주제를 채택하였음을 볼 수 있다. 개스켈의 경우에서 보다시피 여성작가의 익명적 투고문에서 발견되는 정치적 관심과 서술 책략들은 그들의 실제 문학적 성과와 상호작용하고 있다. 또한 익명적 글쓰기 과정은 여성작가 자신의 문학 경력에서 개인적·직업적 딜레마를 어떻게 해결하려고 했는지를 보여주는 사례로 주요성을 지닌다. 빅토리아 시대 정기간행물들은 여성작가를 공적·전문적 영역으로 진입시킴으로써 영국문학과 저널리즘의 진보에 여성이 점차 주요한 위치를 차지하도록 유도하는 데 기여하고 있다. 궁극적으로 익명적 글쓰기와 문학적 생산물 사이의 상호텍스트성이나 픽션과 논픽션, 남성작가의 글쓰기와 여성작가의 글쓰기 사이의 경계선 흐리기를 통해 여성작가들은 자신의 글의 주제와 대상이 되는 독자층을 확장시키는 효과를 낳았다고 볼 수 있다.

 참고문헌

김경식. 「성역할의 전도와 복귀의 패턴: 엘리자베쓰 개스켈의 『메리 바튼』과 젠더 비평」. 『근대영미소설』 12권 가을호. 2005. 5-24.

장정희. 「빅토리아 시대 잡지와 여성작가의 익명적 글쓰기: 『호윗즈 저널』과 엘리자베스 개스켈의 『메리 바튼』」. 『근대영미소설』 13권 2호. 2006. 127-155.

Archibald, Diana C. *Domesticity, Imperialism and Emigration in the Victorian Novel*. Columbia: U of Missouri P, 2002.

Basham, Diana. *The Trial of Woman: Feminism and the Occult Sciences in Victorian Literature and Society*. London: Macmillan, 1992.

Blake, Andrew. *Reading Victorian Fiction: The Cultural Context and Ideological Content of the Nineteenth Century Novel*. London and Basingstoke: Macmillan, 1989.

Bottig, Fred. *Gothic*. London: Routledge, 1996.

Brake, Laurel. "Writing, Cultural Production, and the Periodical Press in the Nineteenth Century." *Writing and Victorianism*. Ed. J. B. Bullen. London and New York: Longman, 1997. 54-72.

Brantlinger, Patrick. *The Reading Lessons: The Threat of Mass Literacy in Nineteenth-Century British Fiction*. Bloomington, Indiana: Indiana UP, 1998.

Camus, Marianne. *Women's Voices in the Fiction of Elizabeth Gaskell*. New York: Edwin Mellen Press, 2002.

Cvetkovich, Ann. *Mixed Feelings: Feminism, Mass Culture and Victorian Sensationalism*. New Bruswick: Rutgers UP, 1992.

Deborah, Epstein Nord. *Walking the Victorian Streets: Women, Representation, and the City*. Ithaca and London: Cornell UP, 1995.

Easley, Alex is. *First-Person Anonymous: Women Writers and Victorian Print Media, 1830-1870*. Burlington: Ashgate, 2004.

Eliot, Simon. "The Business of Victorian Publishing." *The Cambridge Companion to The Victorian Novel*. Ed. Deirdre David. Cambridge: Cambridge UP, 2001. 37-60.

Foster, Shirley. *Elizabeth Gaskell: A Literary Life*. New York: Palgrave Macmillan, 2002.

Gaskell, Elizabeth. "A Fear for the Future." *Fraser's Magazine* 59 (1859): 243-48.

_____. "Life in Manchester: Libbie Marsh's Three Eras." *Howitt's Journal* 1 June (1847): 310-13, 334-36, 345-47.

_____. "The Sexton's Hero." *Howitt's Journal* 2 Sep.(1847): 149-152.

_____. "Christmas Storms and Sunshine." *Howitt's Journal* 3 (New year's day Number, 1848) Rpt. *The Works of Mrs. Gaskell*. II. Ed. A.W. Ward. London: Knutsford, 1906. 196-205.

_____. "Emerson's Lecutures." *Howitt's Journal* 2.11 Dec.(1847): 370-71.

_____. *Mary Barton*. London: Penguin,1985.

_____. "Shams." *Fraser's Magazine 55* (1857): 84-94.

_____. *Gothic Tales.* Ed. Laura Kranzler. London: Penguin Books. 2004.

_____. *The Life of Charlotte Brontë.* Ed. Elizabeth Jay. Harmondsworth: Penguin Classics, 1997.

Gaskell, Elizabeth, and William Gaskell. "Sketches Among the Poor." *Blackwood's Edinburgh Magazine* 41 (1837): 48-50.

Hayward, Jennifer. *Consuming Pleasures: Active Audiences and Serial Fiction from Dickens to Soap Opera.* Lexington: UP of Kentucky, 1997.

Higgins, Emma and Andrew Maunder. "Reassessing Nineteenth-Century Popular Fiction by Women, 1825-1880." *Women's Writing* Vol 11. No 1(2004): 3-9.

Howitt, William, and Mary Howitt. "William and Mary Howitt's Address to Their Friends and Readers." *Howitt's Journal* Vol 1 Jan.(1847): 1-2.

Hughes, K. M. and M. Lund. *The Victorian Serial.* Charlottesville & London: U of Virginia P, 1991.

_____. *Victorian Publishing and Mrs, Gaskell's Work.* Charlottesville: UP of Virginia, 1999.

Jordan, J. O. and R.L. Pattern. Eds. *Literature in the Marketplace: Nineteenth-Century British Publishing and Reading Practices.* Cambridge: Cambridge UP, 1995.

Joseph, Kestner. *Protest and Reform: The British Social Narrative by Women 1827-1867.* London: Methuen, 1985.

Matus, Jill L. Ed. *The Cambridge Companion to Elizabeth Gaskell.* Cambridge: Cambridge UP, 2009.

Phegley, Jennifer. *Educating The Proper Woman Reader: Victorian Family Literary Magazines and The Cultural Health of The Nation.* Columbus: Ohio State UP, 2004.

Shattock J and Michael Wolff. Eds. *The Victorian Periodical Press: Samplings and Soundings.* Leicester: Leicester UP, 1982.

Spencer, Jane. *Women Writers: Elizabeth Gaskell.* London: Macmillan, 1993.

Stewart, Clare. " 'Weird Fascination': The Response to Victorian Women's Ghost Stories." *Feminist Readings of Victorian Popular Texts: Divergent Femininities.* Eds. Emma Liggins and Daniel Duffy. Aldershot: Ashgate, 2001. 108-25.

Sullivan, A. Ed. *British Literary Magazines: The Victorian and Edwardian Age, 1837-1913.* Connecticut and London: Greenwood Press, 1984.

Uglow, Jenny. *Elizabeth Gaskell, A Habit of Stories.* New York: Farrar Straus Giroux, 1993.

Wynne, Deborah. *The Sensation Novel and the Victorian Family Magazine.* New York: Palgrave, 2001.

4 엘런 우드:
여성편집장 활동과 선정소설

대중출판시장과 엘런 우드의 이중적 정체성

엘런 우드는 출판시장에서 익명적 장치나 남성의 필명을 빌어 문필 활동을 했던 다른 여성작가들과는 달리 헨리 우드 부인(Mrs. Henry Wood)이라는 필명을 사용하여 자신의 이미지를 당시 여성성에 맞추는 책략을 썼다. 우드는 자신의 이미지를 아내와 어머니로서의 역할에 강조를 둠으로써 남편의 사망 이후에도 헨리 우드 부인이라는 필명을 사용하여 자신의 작품을 출판하기 원했다. 엘런 우드가 필명으로 헨리 우드 부인을 사용한 점은 매우 시의성이 있었다. 이는 다른 여성작가의 필명들과 마찬가지로 일종의 가명으로 읽힐 수 있다. 이렇게 우드 부인으로 자신을 선언함으로써 자신이 제시한 세계는 안전하고 해악이 없으며 존중할만하며 하나임을 두려워하는 중산계급 여성임을 독서대중에게 제시하는 것이었다. 그것은 자신의 소설을 가족의 안전한 도덕적 읽기거리이자 대출도서관에서 건전한 책들로 광고하는 것과 같았다. 또한 그러한 필명은 작가의 보수적 성향과 가부장적 힘을 인정함을 보여주는 것과도 같았다. 이러한 필명 뒤에 안전한 글쓰기를 하려는 것과도 같았다.

케이 보드먼(Kay Boardman)과 셜리 존스(Shirley Jones)는 빅토리아 시대 대중 여성작가들의 평판과 호소력의 복합성에 주목하면서, 여성작가가 자신의 작품을 시장화 할 때 자신도 시장화한다고 주장한다(13). 이런 관점에서 시장성을 겨냥한 우드의 책략은 자신을 가정적 여성의 이미지로 위장하는 것이었다. 우드는 경력 초기에는 당시 이데올로기에 걸맞은 여성성과 아머추어적인 입장을 가장했지만 궁극적으로 전문적 작가로서의 정체성을 구축해나갔다. 제니퍼 페글리(Jennifer Phegley)는 우드가 자신의 경력을 구축하고 존경받는 전문 여성작가로서의 새로운 공적 이미지를 구축하기 위해 잡지 편집자로서의 지위를 얻기 원했으며 이를 위해 숙녀다운 품행을 기술적으로 사용했다고 주장한다(181).

자신의 책략으로 내세운 이러한 이미지 때문에 우드는 지나치게 보수적이고 관습적으로 간주되었을 뿐만 아니라 비평적 주목을 받지 못하고 무시되어온 경향이 있다(Phegley 182). 1970년대의 여성론 비평가들은 우드의 관습적 여성 묘사나 여성혐오에 가까운 묘사 아래서 발견되는 비일관성에 초점을 두었다. 최근에 이르러 샐리 셔틀워스(Sally Shuttleworth), 린 피켓(Lyn Pykett), 드보라 윈(Deborah Wynne), 제니퍼 페글리 등이 근자의 19세기 정기간행물 연구에 힘입어 대중작가로 폄하되던 우드가 실상 당시 출판문화에 주요한 저널리스트이자 소설가임을 주장하고 있다.

당시 여성 소설가들 가운데 메리 엘리자베스 브래던처럼 우드는 자신의 저술 경력 초기에 평판을 군건히 하기 위해서 잡지 편집자로서의 역할을 이용했다. 우드는 브래던이나 윌키 콜린즈와 달리 아주 다른 작가적 페르소나를 수행했는데 소설이 선정적 효과를 냄에도 불구하고 선정주의와 대치되는 보수적 기독교적 평판을 수립하려고 노력했다. 우드는 복음주의의 효과를 노렸으며 복음주의가 선정주의의 대척지점에 있는 것이 아니라는 것을 강조했다. 이는 당시 중산계급의 가치관에 맞추기 위한 것으로 종교적 수사는 자신이 편집한 잡지에서 적극적인 역할을 수행하였다.[1] 자신이 편집하던 잡지에 복음주의적 경건함의 색채를 부여하는 것이 자신의 존경받을만한 이미지를 만드는 데 필수적이었다고 볼 수 있다.

선정주의와 복음주의는 융화될 수 없는 담론처럼 보일 수도 있다. 복음주의적 성격을 띤 잡지는 선정소설에 대해 비판적인 관점을 보였으나 양자 담론은 그렇게 대척적으로 반대되는 것이 아니라 상호 영향을 주었던 것으로 보인다(Palmer 188). 에머 메이슨(Emma Mason)과 마크 나이트(Mark Knight)는 최근에 두 장르가 공유점이 많다는 것을 복음주의자들이 인식했다고 주장하며(139), 우드도 이 두 담론의 공통점을 인식했던 것으로 보인다. 이러한 점에서 보수성/선정성의 이분법적 구도로 우드를 재단할 수 없다.

최근에 이르기까지 비평가들은 우드의 관습적이며 보수적인 면에만 치중한 경향이 있음이 사실이다. 그러나 드보라 윈, 앤드류 몬더, 엠마 리긴즈는 우드의 관습적 면이 실제 세심하게 구축된 것이며 이러한 면모는 복합

---

[1] 베스 팔머(Beth Palmer)는 어떻게 우드가 선정적 감정과 감성의 개념에 도덕적 목적을 부여했는지, 자신의 잡지 안에 복음주의적 담론의 기독교적 틀을 이용함으로써 도덕적 목적을 부여했는지 보여주고 있다. 종교적 수사가 여성작가들에게 힘을 부여할 가능성을 부정하는 쪽으로 연구가 진행되어왔고 종교적 색체는 반 페미니즘적인 요소로 간주되어온 경향이 있었다. 우드는 복음주의적 담론을 의식적 책략으로 이를 채택, 긍정적 역할을 한 것으로 볼 수 있다는 것이 팔머의 주장이다(Palmer "Dangerous and Foolish Work: Evangelicalism and Sensationalism in Ellen Wood's *Argosy* Magazine." *Women's Writing* 15:2 (2008): 187-198. 참조)

적으로 변화해갔던 것으로 새로이 평가하고 있다(89-107, 17-31, 53-68). 제니퍼 페글리는 우드의 『아고시』 편집장의 역할을 상세히 검토하면서 우드가 존경할만한 전문적 여성작가로서의 자신의 새로운 공적 이미지를 만들어내기 위해 편집장으로서의 위치를 사용했다고 주장한다(181).

우드는 공적인 얼굴과 사적인 얼굴 사이의 간극이 컸고 이러한 두 얼굴의 대조가 너무 극적이어서 당시 출판시장으로의 진입과정에 대한 또 하나의 검토방식을 유도하고 있다. 앤드류 몬더(Andrew Maunder)는 우드가 전형적인 빅토리아 시대 여성으로서의 위치에도 불구하고 자신의 이미지를 선별하여 명성을 구축하고 자신만의 전설을 만들어내는 방식에 대단히 근대적 면이 있다고 지적한다("Ellen Wood" 20). 즉 자신이 표면적으로 내세운 빅토리아 시대 이상적 여성의 이미지 아래 문학시장에서 저널리스트이자 인기소설가로서 성공 책략을 감추고 있었다고 볼 수 있다.

우드는 1867년부터 20년간 『아고시』 편집장역할을 하였고 40개 가까운 소설과 300개가 넘는 단편들을 썼으며[2] 이는 일이라기보다 취미로 제시되었고 중산계급 여성으로서의 역할이 더 큰 비중을 차지하는 것처럼 차알즈 우드(Charles Wood)[3]의 『헨리 우드 부인 연대기』(*Memorials of Mrs. Henry Wood*)(1894)에서 제시되었다. 차알즈는 어머니를 집안의 천사로 신비화하고 있다. 그는 어머니의 이미지를 보수적이고 수동적이고 신경증적이며 가정적인 것으로 제시하고 있다. 차알즈는 우드의 이미지를 부드러운 숙녀의 이미지, 생계를 꾸려가는 데 전념하는 것보다 좋은 아내와 어머니가 되는

---

[2] 30여 년 간의 경력 기간 동안 우드는 경제적 필요성 등으로 여러 다른 장르들을 섭렵하며 글을 썼지만 소설 쓰기에 가장 전념했다(Liggins 150). 남편의 사업이 쇠퇴하였으므로 우드는 남성 필명을 거부하면서 역설적으로 가계부양자로서의 남성 역할을 취했다. 너무도 부지런히 글쓰기에 전념해서 7년만에 15편의 소설을 집필할 정도였다. 자신의 소설쓰기는 "휴식과 휴양으로 충만한 것"(Charles Wood 299)으로 묘사되었다.

[3] 이후부터 차알즈 우드는 차알즈로 표기하고, 엘런 우드는 우드로 표기한다.

것에 더 관심이 있었다고 주장함으로써 출판의 사업적 측면과는 거리가 먼 부드러운 여성으로서의 이미지를 영속화시켰다. 즉 그녀의 중산계급 여성으로서의 역할이 다른 역할을 능가하는 것으로 제시되었다.

> 많은 문인들에 대해 그들이 가정적이 아니라고들 일컬어져왔다. 헨리 우드 부인의 경우는 그렇지 않았다. 어느 누구도 '자신의 가정을 돌보는 방식들'에 이보다 진지하게 신경 쓴 이는 없었다. 그녀주변 사람들의 행복이 늘 자신의 가장 주요한 생각이자 고려 대상이었다. 그녀는 가정을 세심하게 다스렸고 질서와 체계가 잡혀있었다. 어떤 것도 거슬리는 것이 없었다. 가정의 분위기는 결코 혼란스럽게 되지 않았다....글을 쓰는 일 때문에 어떤 가정의 의무도 등한시하거나 제쳐두는 일이 없었다.

> It has been said of many literary people that they are not domesticated. It was not so with Mrs. Henry Wood. No one ever looked more earnestly to 'the ways of her household.' The happiness of those about her was ever her first thought and consideration. Her house was carefully ruled, and order and system reigned. Nothing ever jarred; the domestic atmosphere was never disturbed...No home duty was ever neglected or put aside for literary labours. (227-8)

전기의 이러한 부분에서 짐작할 수 있듯이 우드는 표면적으로 대중 출판시장을 위해 생각 없는 쓰레기 같은 소설을 양산해낸다는 악평을 받았던 메리 엘리자베스 브래던 같은 작가들과 차별성을 지닌 작가로 정체성을 수립하려했던 것이다. 즉 자신의 문학적 야심과 사업 수완을 위장하기 위한 수단으로 연약한 숙녀 같은 페르소나가 필요한 것이던 것이다. 아들 차알즈가 구축한 이러한 이미지는 우드의 사후에 구축한 이미지가 아니라 그녀가 당시 출판계로 뚫고 들어가기 위해 세심하게 구축했던 것이라고 볼 수 있다. 자신의 일을 세심하게 계획하고 기술적으로 수행하는 근면한 작가로서 자신의 에너지와 공격적 성향을 위장하려고 했던 점에서 이중적 정체성의 책략을 짐작해볼 수 있다.

차알즈의 전기에서 구축된 '집안의 천사' 이미지에도 불구하고 우드의 다른 이미지를 1867년에서 1887년까지 우드 경력의 절정인『아고시』편집장 역할에서 발견할 수 있으며 이는 당시 출판시장에서 대중문화가 중산계급 문화에 혼합되는 과정의 시작을 보여주는 의미도 있다. 초기에 차알즈가 강조한 이미지는 아마추어 작가로서 우드는 1851년에서 60년까지 해리슨 에인즈워스(Harrison Ainsworth)의『뉴 먼스리 매거진』과『벤틀리즈 미셀러니』(Bentley's Miscellany)에 대부분 고료를 받지 않고 기고가 역할을 했다. 1856년 남편의 사업실패 이후 우드는 점차 저작권, 계약, 인세 등의 돈과 관련되는 협상에 관심을 가지게 되었으며 가계 책임자가 되어갔다. 그러나 아마추어에서 전문작가 및 편집자, 비평가로서의 전이 과정은 그렇게 쉽지 않았다.

에인즈워스와의 친근한 관계에도 불구하고 에인즈워스의 잡지에 소설 연재를 할 수 없었는데 에인즈워스는 우드가 전문작가가 되는 걸 꺼려했던 것이 분명하다(Phegley 184). 우드는 자신의 힘으로 문학시장에 진입하는데 1860년 스코티시 템퍼런스 리그(Scottish Temperance League)주최의 소설쓰기 경연대회에서『데인즈버리 하우스』(Danesbury House)라는 소설로 입상하여 100 파운드의 상금을 받았으며 에인즈워스와의 협상에서 이 사실은 유리하게 작용했다. 결국 에인즈워스는 그녀의 두 번째 소설『이스트 린』을 1860년 1월에서 1861년 9월까지『뉴 먼스리 매거진』에 연재하는 데 동의했다.

드보라 윈은 이 점에 대해 에인즈워스가 우드 소설의 연재에 동의는 했지만 주요 정치 문화에 대한 기사 뒤 가장자리에 이를 배치했고 잡지를 남성적인 사실적 영역과 여성적인 허구의 영역으로 엄격하게 분리함으로써 다른 여성 기고가들의 소설도 낮게 평가했다고 주장한다(Wynne 64). 『콘힐』 같은 잡지가 연재소설을 강조하고 젠더 분리를 중시하지 않았던 반면 에인즈워스의 『뉴 먼스리 매거진』은 다소 구식이었고 우드의 글쓰기를 장려하지 못했다(Wynne 64). 그럼에도 불구하고 『타임즈』의 리뷰와 더불어 소설은 강력한 베스트셀러가 되었다. 이처럼 소설의 성공으로 우드는 전문 작가로서의 신용장 같은 것을 얻게 되었다. 우드가 자신의 연재소설에 대한 출판업자를 찾기 시작했을 때 출판시장에서 우드는 전문가적 기질을 발휘했다. 그녀는 자신의 작품이 이익을 남길 것이라고 출판업자에게 확신을 시켰고 결국 리처드 밴틀리 앤 선(Richard Bentley & Son)과 거래를 하게 되었다.

벤틀리 앤 선과의 거래를 보면 자신이 원하는 방향으로 거래를 성사시켰는데 자신의 작품을 삭제한 부분이나 변형시킨 부분 없이 그대로 출판하기로 했고 수익의 절반을 자신이 가지기로 협상했다. 이는 문학시장에서 여성사업가로서의 기질을 보여주는 것이다. 우드는 이제 에인즈워스와의 아마추어적 사업관계에서 벗어나 작가성이나 출판이라는 사업의 문제에서 동일한 관계를 주장한 것으로 보인다.

『이스트 린』 이후 출판시장에서 지속적으로 성공을 거둔 우드는 남편 사망 이후 1867년 『아고시』를 매입함으로써 여성 저널리스트로서의 전문성을 전적으로 확보하게 되었다. 우드는 편집장으로서의 활동을 통해서 선정소설가로서 자신에게 가해졌던 부정적 비평에 대응할 기회가 생겼으며 좀 더 존중받을 만한 계열의 작가로 자신의 정체성을 수립하는 계기가 생기게 되었다. 소설가로뿐만 아니라 비평가로써 자신의 작품이 조지 엘리어트나 윌키 콜린즈와 같은 작가들의 최상의 요소들을 결합했다고 주장하여 자신의 보다 더 전문적인 이미지를 형성하는 데 주력했다. 이러한 전문 작가나 비평가로서 자신의 정체성을 구축하기 위해 『아고시』 편집장 역할을 이용했다고 볼 수 있다.

『아고시』 편집장 활동과 우드의 문학경력

우드의 문학경력에서 『아고시』 편집장 및 기고가 역할이 당시 출판문화 형성 과정에 어떠한 의미를 지닌 것인지 새로운 평가가 이루어지고 있다. 제니퍼 페글리는 우드의 이러한 편집 활동의 의미가 비평가들에 의해 경시된 경향이 있었고 『아고시』가 문학 평가 담론에 어떻게 연루되어 있으며 그런 담론이 우드 자신의 문학적 야심에 어떻게 연관되는지 검토함으로써 우드의 편집목적을 이해하는 출발점을 제공한다.4) 즉 우드는 자신을 일군의 싸구려 선정소설가들과 자신을 구분하기 위해 자신의 편집력을 사용했으며 이러한 방식으로 자신을 교화된 선정주의(domesticated senstationalism)라는 더 존중받을만한 장르의 집필자로 자신의 정체성을 형성해갔다는 것이다(Phegley 184). 페글리의 주장대로 우드의 편집활동은 자신의 작가성을 다시 수립하려는 과정과 가장 긴밀한 관계를 지니고 있다. 우드는 당시 여성저널리스트의 최고 위치인 편집장 역할을 통해 당시 가장 인기 있었던 선정소설이나 멜로드라마와 같은 대중적 장르의 가치도 일반 대중들에게 전파하였다. 이러한 작업은 독자층의 계급 폭이 광범위해지는 효과를 낳았고 당시의 출판문화가 더 다양한 양상을 지니게 되는 데 일조했다고 볼 수 있다.

『아고시』에 차알즈 리드(Charles Reade)의 선정소설 『그리피스 곤트』

---

4) 이후 『아고시』 편집장 활동의 의미 분석은 "Domesticating the Sensation Novelist: Ellen Price Wood as Author and Editor of the Argosy Magazine." *Victorian Periodicals Review* 38.2(2005): 181-98.를 주요 이론 틀로 참조하였다.

(*Griffith Gaunt*)가 1866년부터 연재된 후라 우드는 편집장으로서 잡지에 다시 중산계급의 적절한 가치를 가져다줄 적격자로 인정받았다. 여성작가로서 여성적인 통제를 잡지에 가져다줄 뿐만 아니라 우드가 선정소설가로 알려져 있어 재미와 통제의 적절한 균형을 가져다줄 것으로 고려된 듯하다. 그녀의 업적은 자신이 편집장을 한 후 월 이만 부가 팔렸다는 데서 입증된다. 이는 당시 가장 인기가 있었던 선정소설가이자 저널리스트인 메리 엘리자베스 브래던이 편집을 맡았던 『벨그래비어』의 평균 판매부수 만 육천 부를 웃도는 것이었으며 만 부 정도 팔리고 있었던 전통적 표준 잡지인 『블랙우즈』나 당대 리뷰에 속하는 『새터디 리뷰』의 두 배에 해당되는 숫자였다(Phelgley 186 참조). 이처럼 우드의 잡지가 더 독자가 많았음에도 불구하고 『블랙우즈』나 『새터디 리뷰』, 『콘힐』 같은 잡지의 특권을 지니지 못했다. 우드는 대부분의 당시 가족 문학잡지의 목표에 일치하게[5] 『아고시』를 당시 비평 논쟁을 재정의하는 데 이용하여 자신을 존중받는 전문작가로서 확립하려는 욕망을 충족했다.

우드는 「우리의 항해 일지」("Our Log-Book")라는 월간 리뷰난을 통해 자신의 소설에 가해졌던 비평들을 재정의 하고 있다. 우드는 감정의 문화를 창조했고 특히 여성의 자기표현과 재현의 수단으로 감정의 영역을 더

---

[5] 당시의 가족 문학잡지는 『맥밀란즈 매거진』(1859), 『콘힐』(1860), 『템플 바』(1860), 『세인트 제임즈』(1861), 『아고시』(1865), 『틴슬리즈 매거진』(1867), 『세인트 파울즈』(1867) 등을 포함하여 실링 먼스리로 불리는 잡지를 의미한다(Phelgley 180). 이 잡지들은 여성을 포함하여 문화적으로 중산계급 독자를 교육시키는 것을 목표로 했다. 이 잡지들은 국가 문화 형성의 참여자이자 전파자들로 여성을 중요시했고, 여성작가, 편집자, 독자들을 쾌히 받아들였다. 이러한 정기간행물 장르는 빅토리아 시대 전문작가로서 여성의 성공에 크게 기여했다. 메리 엘리자베스 브래던이 『벨그래비어』 잡지를 편집했고 에밀리 데이비스(Emily Davies)와 에밀리 페이스풀(Emily Faithfull)이 『빅토리아 매거진』을 편집했으며 애너 마리아 홀(Anna Maria Hall)이 『세인트 제임즈』를 편집했으며 엘런 우드가 『아고시』의 편집장 역할을 했다. 정기간행물의 편집에 관여함으로써 여성작가들이 성공할 수 있고 국가의 문화적 가치에 영향을 미친다는 분위기의 형성에 기여하였다(Phelgley 187 참조).

중시하였다. 우드 자신이 여성의 이중적 정체성을 구현하고 있는데 그녀는 가정적 · 기독교적 순수한 여성으로 자신을 개발했고 『아고시』를 통해 이러한 메시지를 전달하고자 했다. 즉, 그녀의 독자들에게 마음의 상태가 모든 것이라고 말하고 있다(Palmer 196). 이 난을 통해 자신의 선정적 · 감상적 산물들에 맞는 비평적 기준을 마련하였으며, 문학적 판단과 도덕적 판단의 경계를 모호하게 만들었다(Palmer 191-92). 다시 말해 빅토리아 시대 비평 흐름은 고급문화와 저급문화사이의 뚜렷한 경계를 만들어내는 것이었는데 이에 반대하여 『아고시』는 반복하여 이 경계를 흐리게 만들었고 이러한 과정에서 우드는 좋은 문학을 엘리트적이거나 대중적인 것으로 보지 않고 중산계급적인 것으로 재정의하고자 하였다.

우드는 당시의 고급 문화비평에서 논의되던 여러 비평적 관점에 자신도 하나의 논점을 가지고 참여하기 원하였다. 그녀는 출판산업계라는 비가정적 세계에서 성공을 거두었고 편집자로서 문화적 가치들을 형성할 기회를 충분히 활용했다. 사실주의에 대한 정의는 당시 비평적 논의의 핵심 요소였으며 비평적 논의보다 연재소설이 더 우세하던 가족 문학잡지를 위해 중요한 고려사항이었다. 이러한 잡지들은 연재소설들을 정당화하려 했으며 사실주의 소설을 구성하는 것이 무엇인가에 관한 논의에 참여함으로써 그들의 연재소설들을 정당화하려고 하였다.

사실주의 소설이란 당시 고급문화의 가치가 있다고 생각되던 소설이었다. 일반적으로 말해 '사실적'이라는 용어는 도덕적 메시지가 있다고 생각되는 중산계급 가정에 대한 가정소설들에 적용되었으며 적절한 수위의 개연성을 가지고 있으며 플롯보다는 인물 발전에 초점을 둔 가정소설에 적용되었다(Phelgley 187). 사실주의 작품들은 세부사항들까지 진실해 보이는 삶의 그림을 그리도록 기대되었으며 주인공들에게는 중산계급 독자들을 위해 도덕적 역할 모델을 제공하도록 요구되었다. 그런데 이러한 사실주의의 정의는 사실의 반영이라기보다는 이룰 수 없는 이상적 사회 상태를 주창하는 것에 가까웠다.[6]

이러한 사실주의 기준은 젠더와 관련이 있었는데 남성작가들이 지배적으로 사실주의 작가로 지목되는 경향이 있었고 여성들은 더 낮은 문화형태와 관련되었다. 가정 삶을 상세하게 그리는 여성작가들은 디테일리즘 (detailism)의 작가로 취급되었다. 많은 비평가들에 의해 과다한 디테일의 사용은 여성이 주변의 일상에 사소한 디테일을 베끼는 것 이상은 할 수 없다는 징후로 지적되었다. 린 피켓이 『부적절한 여성성』(The Improper Feminine)에서 지적하듯이 당시 젠더화된 비평적 담론이 우세함으로써 여성작가들은 주로 두 가지 방식으로 간주되었는데 외양과 연민의 세계(a world of surfaces and sympathy)이거나 디테일과 난잡한 감정의 분출(a riot of detail and promiscuous emotion)로 여성작가들을 보는 방식이었다(27). 사실주의 기준에 맞추려고 노력하는 여성들은 피상적이라고 무시되거나 선정적이거나 감상적 소설을 쓰는 여성들은 육체에 치중하고 파멸적인 디테일에 빠진 것으로 간주되었다.

그러나 당시 사실주의에 대한 기준은 남성작가 위주의 편협한 점이 있었다. 실상 당시의 소설에서 사실주의, 선정주의, 감상주의 등으로 장르를 확연히 구분할 수 없으며 사실주의도 감상적 선정적 요소를 포함하고 있음을 알 수 있다. 그러나 선정주의나 감상주의자로 분류된 소설가들은 장르적 구분에 갇혀서 사실주의 작가로 분류되기 어려웠다. 우드는 『아고시』를 고급문화 형식과 저급문화 형식으로 나누는 당시의 사실주의론을 보다

---

6) 사실주의의 기준 및 이에 대한 우드의 입장이 『아고시』를 통해 어떻게 정립되었는가는 페글리의 "Domesticating the Sensation Novelist: Ellen Price Wood as Author and Editor of the Argosy Magazine." *Victorian Periodicals Review* 38.2(2005): 187-190 부분을 논의의 틀로 참조함.

유연성 있는 논의로 유도하는 데 사용하였으며 자신만의 독서 지침을 제공하였다. 다시 말해 우드는 사실주의, 선정주의, 감상주의의 요소를 결합한 형태를 상상함으로써 좋은 문학에 대해 보다 폭넓은 이해를 독자에게 제공하였다. 이러한 과정에서 그녀는 자신의 소설형태를 정당화시킬 수 있었으며 자신의 소설이 대중들과 비평가들을 다 즐겁게 할 수 있다고 주장하였다.

우드는 익명적 장치로 위장하여 가장 주요한 서평난을 자신이 주로 집필하였으며 자신의 소설이 수용되는 데 영향을 미치는 용어들을 재정의하는 데 편집장의 위치를 사용했던 것으로 보인다. 『아고시』는 인물의 발전에 관심을 둔 관습적인 사실주의적 관심을 강조함과 아울러 실제 삶의 기이한 현상들(oddities)과 자극들(excitements)의 중요성을 인정하였다. 『아고시』의 「우리의 항해 일지」에 따르면 이러한 기이한 현상들은 복합적 인물들이 흥미롭고 결실 있는 종말을 향해 나가도록 하는 데 필요한 일군의 플롯이었다. 우드는 강력한 인물들과 자극적인 플롯을 요했으나 공감을 자아내는 일에 관심이 많았고 공감을 통해 문학작품은 독자들을 움직이고 사회에 영향을 미칠 수 있다고 믿었다. 그러므로 『아고시』는 소설의 주된 세 장르들로부터 각기 사실적 인물들, 선정적 플롯, 공감을 불러일으키는 연민 등과 같은 주된 특징들을 선택하였다. 우드는 이러한 특징들이 진정으로 좋은 소설 창조에 각기 필요한 것이라는 관점을 유지함으로써 사실주의론의 폭을 확대시켰다고 볼 수 있다.

『아고시』는 다른 가족 문학잡지처럼 여성독자들뿐만 아니라 여성작가들에게 우호적이었다. 당시 여성작가들을 문학적 사실주의와 연관시키려는 노력의 일환으로 우드는 『아고시』를 통해 여성작가들이 피상적인 디테일 묘사에만 능하다는 개념을 타파하려했다. 1868년의 「우리의 항해 일지」

는 여성소설가들이 남성작가들이 묘사한 인물들보다 더 명확하고 강력한 인물들을 묘사할 수 있는 특별한 능력이 있다고 주장한다. 즉 남성작가들은 사실주의적 비전을 표현하기보다는 교훈을 가르치는 사람들의 상징적 재현에 더 능하다고 주장하며(398) 여성작가들이 남성작가들보다 인물묘사에 종종 더 사실주의적이라고 주장함으로써『아고시』는 여성이 단순히 세부사항 묘사에만 능숙하다는 전형적인 개념을 넘어서는 방향으로 비평을 설정했다. 우드는 오히려 남성작가들을 단순한 상징주의자들이라고 비난했다(Phegley 189 참조).

홍미롭게도 우드는 상징주의와 문학적 자의식을 싫어했으며 당시의 존경받는 여성 사실주의자들 중 하나인 조지 엘리어트를 높이 평가하지 않았다. 우드는 소설쓰기에 대한 엘리어트의 학구적이고도 남성적인 접근방식에 대해 비판적이었는데 엘리어트가 비평계에서 높이 평가되었던 사실 때문에 엘리어트를 비판했던 것으로 보인다.『아고시』가 대안적 비평 기준을 제시한 이래 엘리어트는 우드의 비판 대상이 되었다. 엘리어트의 소설들은 너무 많은 "의식적 노력"(conscious effort)을 보이고 "예술적 고립감과 고통스러운 삶의 피곤함"(a sense fo artistic isolation and painful life-weariness)(「우리의 항해 일지」June 1868, 76)을 초래한 이유로 우드에게 비판받고 있다. 엘리어트의 고귀하면서도 지루한 문체와 사실을 왜곡하는 면 때문에 엘리어트의『로몰라』는 특히 이탈리아 르네상스 기간동안 삶이 어떠했을까 하는 부분을 진정으로 반영하는 데 실패한 것으로 비판받고 있다.『로몰라』는 근대정신으로 소모되고 있으며, 다이어먼드처럼 과거를 비추기 위해 엘리어트가 든 거울을 망가뜨리고 홈집을 내고 있어서 그 거울에서 어떠한 얼굴도 명확하게 볼 수 없다고 비판한다(August 1868, 236). 우드는 인물들을 사실적으로 그리는 엘리어트의 능력과 독자와 연결되는 능력에 의문을 던진다. 그러므로 『아고시』는 엘리어트를 문학의 모형으로 설정한 비평가들에게 도전장을 던지고 있으며 우드 자신과 같은 더 대중적 작가, 대중의 인기를 끌었던 자신과 같은 대중작가들을 위한 공간을 마련하고 있다.

『아고시』는 이처럼 당시의 비평기준으로 높이 평가되었던 사실주의자들을 재평가하는 동시에 동료 선정주의자들에 대해서도 비판적이었다. 우드는 대표적 남성 선정소설가인 월키 콜린즈의 인물들을 밀랍 형체(wax figures)라고 비판하면서 "이 인물들이 매혹적이긴 하지만 단 하나의 진실의 기미도 가지고 있지 않으며 단 하나의 사실적 노선도 가지고 있지 않다"(239)고 주장했다. 우드의 「우리의 항해 일지」는 고급문화에 속한 소설가들과 저급문화에 속해 있다고 여겨지는 소설가들을 동시에 비판하려는 노력을 보이고 있다. 「우리의 항해 일지」가 대안으로 제시한 좋은 문학이란 이 양극단의 중간 지점에 위치한 것이라고 시사하고 있다. 우드는 편집장 역할을 통해 궁극적으로 사실주의와 선정주의의 대표소설가들을 동시에 비판하면서 자신이 고귀해지려고 하기보다 평범한 사람들의 삶을 잘 인식할 수 있고 감동적인 방식으로 묘사하고 있는 새로운 유형의 문학을 창조하려고 시도하였다. 1868년 6월 「우리의 항해 일지」에 따르면 진정으로 훌륭한 소설가는 가식 없는 작가, "예술가의 고귀한 자리를 포기하고 위를 열망하기보다 겸손하게 아래를 내려다보는 자"(who has abnegated the high seat of the artist, and looked humbly down instead of aspiring upwards)(75)라고 주장하고 있다.

『아고시』의 콜린즈 플롯에 대한 비판은 강력하다. 우드는 콜린즈에 대해 자연을 단순한 중국식 퍼즐로 축소시키는 플롯과 자기 함몰적 흥분, 지각 있는 어른들이라면 빠지지 않으려하는 열병 같은 자기 함몰적 흥분을 불러일으키는 것으로 비판했다(June 1868, 76). 그러나 이런 비판에도 불구하고 『아고시』는 흥미롭고 일상을 벗어난 이야기들을 가치 있게 여겼다. 우드는 1868년 3월의 「우리의 항해 일지」에서 작가의 가장 고귀한 목표는 작가가 실제 삶에서 만났던 대조적인 인물들의 충실한 반영을 제시하는 것이라고 주장하고 있다. 플롯은 적절한 기준을 유지하면서도 삶 자체가 놀라움과 폭로와 설명할 수 없는 우연의 일치로 풍부한 사실을 반영해야한다는 것이다(317). 놀라움과 폭로들, 우연의 일치들이 「과거의 선정주의자들」("Past Sensationalists")(Dec 1867)로 불리는 글에 가장 지배적인 요소들이 되고 있다. 이 글은 비평가들에게 무시되어온 고딕 작가들에 초점을 두어 영국소설의 잊힌 역사부분을 추적하는 것을 목표로 하고 있으며 폄하되어 왔던 고딕 작가들에 대한 재평가를 볼 수 있다.

우드는 사실주의와 선정주의요소들을 혼합하는 것이 공감을 키우는 가장 효율적인 수단이라고 주장한다. 『아고시』를 통해 우드는 좋은 소설이란 어떠한 판단 없이 옳아야 하고, 사회의 관습 바깥에 있어야 하며 그래서 우리의 공감을 모으고 교육시켜서 서리처럼 무겁게 내려앉아있는 관습의 사슬들로부터 공감을 끌어올려내야 한다고 주장한다(「우리의 항해 일지」 June 1868, 80). 한마디로 요약하자면 좋은 문학은 의식의 변화를 가져옴으로써 더 고귀한 사회적 목적에 봉사해야한다는 것이다. 공감을 불러일으키고 정신을 변화시킨다는 생각은 전형적인 빅토리아 시대의 요구, 즉 소설이 도덕적 교훈을 제공해야 한다는 요구를 넘어서는 것이다.

우드는 빅토리아 시대 사람들이 거부했을 인물들에 대한 공감을 유도해냄으로써 독자가 당대 사회 이슈들에 대해 생각하는 방식에 대해 도전을 던진다. 우드에게 공감을 창조해내는 것은 감상화하는 건 아니며 감상화는 진실을 전적으로 없애려하는 것이라고 보았다(「우리의 항해 일지」 July

1868, 160). 우드는 진정한 예술작품이란 공감의 지평을 넓히고 밝게 하며 독자들로 하여금 세계에 대한 이해를 확장하도록 해준다고 주장한다(「우리의 항해 일지」 Sep 1868, 316). 궁극적으로 소설은 사회적인 목적에 봉사하는 것으로, 개인의 정신을 바꿈으로써 변화를 시작하게 만드는 것으로 제시하고 있다.

이러한 비평 기준은 우드 자신의 소설을 정당화하는 데 기여하고 있다. 주변화된 소설 형태에 대한 예술적 규준을 제공하고 독자의 공감을 얻는 중요성에 주목하게 함으로써 지나치게 선정적이고 멜로드라마적이며 감상적인 것으로 비판받고 있던 자신의 소설들을 정당화하고 있다. 이 잡지에 자신이 처음으로 연재한 『앤 히어포드』(Anne Hereford)는 선정소설의 전형적인 요소들을 포함하고 있는데 탐색, 엿보기, 속임수, 살인, 비밀스런 정체성, 위장, 사기, 절도, 선정적 임종장면, 경고, 유령의 등장을 포함한 초자연적 현상 등을 포함하고 있다.

『앤 히어포드』의 플롯과 자신이 중국식 퍼즐이라고 묘사했던 윌키 콜린즈 소설의 선정적 사건들과 공통된 점이 많지만 우드는 자신의 소설과 자신의 시대에 유행한 과거 로맨스나 스캔들로 가득 찬 소설들과의 차별성을 주장한다. "로맨스의 여주인공들은 밤에 갑자기 자기 거주지에서 도주하지만 … 난 그런 종류가 절대 아니다. 경건하고 일상적 삶을 사는 이성적인 소녀일 따름이다."(Nov 1868, 401)이라고 함으로써 자신의 소설이 사실주의에 기반을 둔 것임을 밝힌다. 선정적인 것과 감상적인 것을 실제적인 것과 혼합하려는 노력으로 우드는 소설의 주된 부분을 고아로 보낸 앤의 학창시절과 가정교사로 보낸 삶에 대한 세부사항들을 일인칭 기술로 채우고 있다. 어떤 부분에서는 직접 독자에게 의견을 말하기도 한다. 어떤 한 지점에서 앤은 자신의 삶의 어려움들을 대중들에게 알게 하기 위해 다른 가정교사 이야기들에 빚을 지고 있다는 걸 인정하기도 하며 독자에게 이런 어려움에 공감하기를 요구한다. 그러나 그녀는 독자의 인식에 사실적 균형을 덧붙이려 한다.

> 최근에 가정교사들이 겪는 슬픔과 학대를 묘사하는 것이 큰 유행이 되었다. 강박관념이라 말할 수 있겠다. 이 문제의 다른 측면을 보게 되면 귀부인들도 가정교사들 때문에 참아야할 부분이 많은 걸로 볼 수 있다. 좋은 곳도 있고 나쁜 곳도 있는 법이다. 바람직하지 못하고 무능한 가정교사가 있는 반면 훌륭한 가정교사들도 있기 마련이다. 양측에 좋은 부분과 나쁜 부분이 다 있는 건 균형이 잡힌 것이다...그럼에도 난 너무 일이 많았다.

> It has become much the fashion of late years—I say mania—to set forth the sorrows and ill-treatment that governesses have to endure; were the other side of the question to be taken up, it might be seen that ladies have as much to bear from governesses. There are good places and there are bad ones; and there are admirable governesses, as well as undesirable and most incapable ones: perhaps the good and the bad, on both sides, are about balanced...But I was overworked. (March 1868, 254)

우드는 앤의 이야기에서 사실적이고 평범한 속성에 주목을 하도록 한다. 다양한 장르적 속성을 지닌 자신의 소설을 존중받는 중산계급 문화의 부분으로 만들려는 노력의 일환으로 우드는 환상으로 도피하는 앤의 자질보다는 앤이 지각 있고 침착하다는 사실을 더 강조한다. 앤의 독서습관이 말미에 변화하는 것을 통해 가장 잘 입증된다. 앤은 변덕스런 어린 소녀에서 품위 있는 여성으로 변형되는 것을 볼 수 있다. 낭만적이거나 모험에 가득찬 소설을 읽거나 자신을 둘러싼 비밀에 단서를 제공하는 비밀스런 편지를 읽는 대신에 남편의 제안, 즉 성경을 그녀에게 크게 읽어주는 걸 듣는 걸 유쾌하게 받아들인다.[7] 독자도 마찬가지로 모험이나 환상대신 종교, 도덕,

의무감으로 대치된다. 마지막에 가정적으로 길들여진 앤은 선정적 여주인 공, 선정소설, 선정소설가 역시 가정적으로 길들여지는 것임을 보여준다.

이런 관점에서 우드의 소설은 어떻게 선정소설이 관습적이고 보수적이 될 수 있는가의 패턴을 보여준다. 우드의 이러한 레토릭은 자신의 재정적 성공에 기여했을 뿐만 아니라 선정소설이 어떻게 일탈의 모습을 보여주면 서도 관습적이며 보수적일 수 있는지를 설명해줄 수 있는 길이 된다. 이는 중산계급 빅토리아 시대 독자를 만족시키면서도 비평가들에게 갈등의 요 소가 되었다고도 볼 수 있다. 선정적인 요소들을 도덕적 목적을 위해 성공 적으로 이용하는 과정으로 인해 우드 자신이 편집한 『아고시』에서 강조한 소설론과 거기에 입각해 쓴 소설들은 평자들의 다양한 논의를 유도하였 다.8)

우드는 자신의 경력, 이미지, 잡지 편집자, 작가적 정체성 등을 적극적 으로 형성해갔다. 자신의 편집장 역할을 통해 선정주의와 관련된 작가로서 의 이미지를 순화시켜서 자신의 시대에 가장 성공적인 작가 중 한 사람으 로 되었다. 불행하게도 다음 두 세기 동안은 등한시된 면이 있지만 다시 대중문학과 저널리즘, 여성작가의 관계 연구에서 다시 주요한 작가로 연구

---

7) 당시 선정소설가인 메리 엘리자베스 브래던의 『의사의 아내』에서도 이러한 여성독자 길들 이기 패턴을 발견할 수 있다(필자의 글 「선정소설과 빅토리아 시대 여성교육: 메리 엘리자베 스 브래던의 『의사의 아내』」(『근대영미소설』 12집 2호 251-275 참조). 브래던 연구에서 빅 토리아 시대 대중문학의 융성과 여성의 교육 문제를 검토해보기 위해 1860년대에 가장 성행 했던 선정소설의 부정적 효과를 강조했던 당시 중론과 달리 선정소설 읽기가 어떻게 여성의 교육이나 자기개발과 연관되는지 당시 여성독자에 대한 담론을 중심으로 살펴보았다.

8) 예를 들면 아들 차알즈의 전기에 따르면 가족 친구인 알렉산더 잽(Dr. Alexander Japp)같은 평자는 간명하게 우드의 작품철학을 요약한 평자들 중 한 사람으로 볼 수 있다. 잽은 우드가 놀랄만한 정도로 두 힘 혹은 특질들, 즉 남녀에 대한 사실적 그림들과 허구, 구성, 놀라운 일들을 결합시킨 점을 지적한다. 또한 우드가 선정적 요소들을 도덕적 목적을 위해 사용했으 며 가장 적절한 순간에 아주 필요한 욕구를 만족시키고 사악한 성향을 교정한다고 지적하였 다(Charles Wood, 283-284 참조).

대상이 되고 있음을 볼 수 있다. 『아고시』의 편집장을 역임하면서 당대 도덕 및 과학, 사회에 관련된 담론을 중점적으로 부각시키고 자신의 비평기준을 수립하여 대중문화와 고급문화 사이의 경계를 흐리게 하였다. 아울러 선정주의나 멜로드라마, 감상주의 같은 대중문화의 요소를 당시 출판문화 형성 과정에 흡수시킨 점은 당시 여성작가의 정체성이 변화해가는 과정에 주요한 이정표가 되고 있다.

여성작가의 선정소설과 출판시장

엘런 우드가 주로 활동했던 1860년대는 선정의 시대로서 선정적 사건과 선정적 저술의 시대이다. 이 시대는 선정적 선전, 상품, 저널, 범죄, 스캔들의 시대로 불릴 수 있다. 우드는 자신이 비판한 윌키 콜린즈나 메리 엘리자베스 브래던, 로다 브루턴 등과 더불어 선정소설 작가를 대표하며 당시 출판계에서 성공을 거두었다. 당시 출판문화 형성과정에 이러한 작가들의 활약이 매우 두드러졌으며 선정소설의 배경과 여성작가의 관계를 검토해 볼 필요가 있다.

1860년대는 선정적인 극의 시대로서 마이클 부스(Michael Booth)가 『빅토리아 시대 장관의 극장』(*Victorian Spectacular Theatre 1850-1910*)에서 지적했듯이 점점 더 화려한 볼거리의 효과가 늘어나던 시대로서 조명이나 기계장치 등의 효과가 더 증대하던 때였다. 빅토리아 시대 기술 문화와 극장에 대한 관심이 결합하여 새로운 재현 기술이 탄생하였다. 린 피켓(Lynn Pykett)이 지적한 바처럼 이 시대는 그야말로 증폭과 과다의 방식(the mode of amplification and excess)이 물적 세계를 생산해내는 양식이 되던 시대로 볼 수 있다(2). 이러한 시대에 맞추어 발생한 선정소설은 1860년대 경 영국에 유행했던 대중소설로서 뚜렷이 구분된 장르라기보다 대중성과 대량생산이 특성인 서브장르이다. 선정소설이라는 용어는 특이한 서술문체나 내용보다는 대중문화로서의 장르의 위치를 지칭하는 용어로 볼 수 있다. 이와 유사 장르들로 고딕소설, 감상소설, 감성소설, 가정소설, 탐정소설 등이 있으며 이러한 대중문학의 출현은 18세기 독서대중의 증가와 인쇄술의 발전과 맞물려 있다고 볼 수 있다. 다시 말해 선정소설의 인기는 출판업계의 변화와 연관되어 있다. 이미 1820년대와 1860년대 사이에 소설을 연재하는 정기간행물의 수가 엄청나게 증가하고 가격도 많이 떨어져서 대중들이 소설을 쉽게 접하게 되었다.

빅토리아 시대 소비문화의 발생에서도 이 장르의 성공 원인을 찾아볼 수 있다. 선정소설은 쉽게 구매될 수 있는 여러 장치들로 인해 일반 상품과 마찬가지로 읽히고 없어지고 다음 시즌의 유행에 의해 대치되는 소비 형태를 취했으며, 이는 전통적 예술 작품의 수용과는 다른 소비 형태로 볼 수 있다. 일용품의 소비 패턴과 유사하게 선정소설이 구매되고 읽혔으며 주로 여성작가와 독자들이 이 장르와 연관된 집단이 되었다. 선정소설을 집필했던 필진은 주로 여성작가들로서 중산층을 대상으로 엄청난 성공을 거두었다. 19세기에 가장 많이 팔린 대표적 선정소설 작품들은 콜린즈의 『흰옷을 입은 여인』, 브래던의 『오들리 부인의 비밀』, 우드의 『이스트 린』 등을 예로 들 수 있다. 세리단 러 파뉴(Sheridan Le Fanu)와 오이다(Ouida, Marie Lousie de la Ramée)도 종종 선정작가로 분류되던 작가들이었다. 선정적 기교를 차용했던 작가들로는 찰즈 리드(Charles Reade), 찰즈 디킨즈(Charles Dickens)를 들 수 있으며 디킨즈의 소설에서 콜린즈의 『흰옷을 입은 여인』과 공통되는 요소를 발견해낼 수 있다. 이외에 앤소니 트롤로프나 조지 엘리어트, 토머스 하디도 역시 자신의 소설에 선정적 요소들을 내포하고 있다 볼 수 있다.

선정소설은 당대에 정전소설 대열에 끼지 못하고 온당한 평가를 받지 못했다. 특히 선정소설이 공격의 대상이 된 것은 앞선 세기의 노동계급문화가 중산계급으로 들어왔기 때문이라 볼 수 있다 선정소설은 독자에게 충격과 흥분을 안겨다주어 독자의 마음을 움직이는 데 초점을 두었고 범죄와 성에 대한 멜로드라마적 구성이 특징이다. 앤 츠베코비치의 지적처럼 선정소설의 정서인 선정주의(sensationalism)는 멜로드라마의 장치들을 차용해 효과를 낸다(23). 선정적 사건들은 숨어있거나 알 수 없던 것을 보이게 만듦으로써 보는 만족과 스릴을 느끼게 한다. 선정주의는 시각적인 요소를 사용함으로써 문자적 · 비유적 의미에서 사회 구조를 구체화시키는 힘이 있다. 선정주의 장치들은 강렬한 재현을 통해 사회구조들을 구체적으로 만들뿐만 아니라, 자아내는 반응도 즉각적인 육체적 반응이다. 이처럼 독자들의 육체적 반응을 유도하는 점, 범죄와 성의 멜로드라마적 구성, 비밀과 서스펜스에 과중하게 의존하는 장치 등으로 인해 예술성이 부족한 듯 보이기도 하였다. 이러한 점들에도 불구하고 선정소설이 왜 그토록 성공했는가 하는 문제는 당시 평론가들이 설명할 과제였고, 이들은 예술적 가치문제만 언급할 수 없어 대중의 취향에 대해 문제점을 지적하기도 했던 것이다.

선정소설은 1860년대에 성행하여 이러한 인기가 10년에서 20년 정도 지속되다가 사멸했던 장르인가, 이 장르가 20세기 독자에게 21세기 독자에게 시사하는 바가 무엇인가? 선정소설의 가치는 무엇인가? 이러한 질문들이 지속적으로 선정소설 연구에서 언급되면서 선정소설이 지닌 현재성이 주목 대상이 되고 있다. 다시 말해 20세기와 21세기의 독자에게 선정소설과 유사한 특성을 지닌 대중문학이 여전히 인기가 있는 현상에 대해 연계적 연구가 이루어지고 있다. 선정소설의 인기와 이 소설과 유사한 대중문학이 지속적으로 대중에게 호소력을 지니게 된 현상은 이 장르의 특성에서 유래한 것으로 볼 수 있다. 선정소설은 장르라기보다 장르의 혼성(hybrid)으로 볼 수 있다. 사실주의와 멜로드라마의 합성, 저널리즘적인 것과 환상적인 것의 결합, 가정적인 것과 낭만적 혹은 이국적인 것의 결합으로 볼 수 있다. 위니프레드 휴즈(Winifred Hughes)는 선정소설의 이러한 장르적 특질이 사실주의 소설과 사실주의 소설이 대변하는 문화를 낯설게 하는 효과가 있다고 본다(263). 서술방식은 찰즈 리드가 사용한 용어처럼 실제적인 로맨스(matter-of-fact romance)의 방식이다. "실제적인"이란 가정적 사실주의의 관습과 대중 저널리즘의 기준으로부터 나온 용어라 볼 수 있다. "로맨스"란 고딕과 뉴게이트의 잔재들, 무대 멜로드라마가 혼합된 형태로부터 온 용어라고 볼 수 있다. 결과는 여러 개가 짜깁기된 장르로 서술적 일관성이나 사회적 응집력도 떨어지게 된다. 결국 경계선상에 위치하고 있으면서 경계선을 흐리게 하거나 없애는 성격이 특징이 된다. 이러한 장르적 불안정성은 주제의 불안정성, 비관습적인 소재들에 대한 양면적 가치관 등과 연관된다고 볼 수 있다(Hughes 263).

선정소설의 플롯은 주로 비밀을 포함하고 있으며 이 비밀은 도덕적 문제를 내포하고 있다. 주로 비밀을 캐어가는 과정이 플롯을 이루므로 이러한 플롯의 특성상 지연, 숨기기 등의 서술기법이 동원된다. 화자는 믿을 수 없는 화자의 성격을 띠게 되고 전지적 성격도 흐려진다, 독자처럼 범죄에 연루되기도 하며 도덕적으로 모호한 입장을 취한다. 작가의 판단이나 분석이 없는 상태로 행위나 대화를 통해 플롯이 진전되는 형태를 취하기도 한다. 결정적인 정보를 열어 보이지 않거나 핵심사건을 무대 바깥에서 처리함으로써 독자를 끌고 가는 기법이 사용된다. 화자가 확실히 독자의 인도자 역할을 하지 않으므로 독자는 이야기를 읽어가면서 스스로 판단하도록 남겨지며 결과적으로 도덕적 모호성이 존재하게 된다.

모든 선정소설에 공통적으로 적용되는 특징은 1790년대의 고딕 로맨스나 1830년대의 뉴게이트 소설과 달리 범죄와 같은 쇼킹한 사건이나 인물들을 먼 중세의 성이나 이국적 배경에 두지 않고 중산계급 가정과 가족 안에 위치시킨 점이라 볼 수 있다. 전형적인 선정소설에서 빅토리아 문화의 핵 역할을 하고 있는 중산계급 가정은 도시 산업사회의 잔학함이나 공포로부터의 피난처로 의지가 되는 영역이 아니었다(Hughes 261). 실상 가정이 더 범죄의 현장이 되어 가는 경향이 있었다. 가정은 미스터리와 폭력에 의해 침범당하는 영역이었을 뿐만 아니라 그 기반조차도 비밀과 범죄에 뿌리박고 있다. 선정소설에서 근대 영국 가정을 배경으로 고딕소설의 내용과 방식, 범죄소설과 가정소설의 방식이 함께 모이고 뒤섞이게 된 것이다. 선정소설의 플롯이 전개됨에 따라 빅토리아조의 중산계급 존재는 그 자체로서 끔찍한 존재가 되었다. 범죄가 사건이 아니라 인생의 일거리로 지칭될 정도였다.

또 하나의 특징은 여성을 재현하는 방식이라고 볼 수 있다. 유독 여성 작가와 독자가 많았던 장르이자 이 장르의 가장 뚜렷한 특질들 중의 하나는 여성의 일탈, 여성이 위험한 존재로 재현되는 것이다. 가정에서는 아내와 어머니로서 집안의 천사가 있기 마련이다. 선정소설의 중심에는 가정을 꾸려가면서도 이중혼, 간음, 살인에 연루된 여주인공이 있다. 이전 소설의 형태에 비해 이러한 모험가의 모습은 훨씬 더 여주인공의 특성에 많이 녹아들어가 있다. 독자들이나 소설속의 다른 인물들은 이들의 정체를 밝혀내려는 탐색가의 정보 없이는 이상적인 여성성과 이중혼 상태에 있는 여주인공이 이상적 여성성을 거짓으로 모방하는 것을 구분해낼 수 없다. 과거 멜로드라마나 고딕소설 등에서는 여성주인공이 악한 남성의 공격 대상이 되고 선과 악의 도덕적 잣대는 이들의 대조가 기반이 되었다. 이러한 악한의 공격과 유혹에 자신을 지키는 것이 여성인물의 의무였다. 그러나 선정소설의 여주인공들은 도덕적 모호성을 지닌 인물들로 재현되었다. 브래던의 여주인공중 하나인 오로라 플로이드(Aurora Floyd)는 이중혼을 한 상태임에도 불구하고 마지막에 너무도 아름답고 부드러운 여성으로 묘사되고 있다.

여성인물들은 베키 샤프(Becky Sharp)와 유사한 점이 많다고 볼 수 있다. 이들은 적극적이고 남성들의 허가나 도움을 바라지 않고 자신을 위해 행동한다. 이들의 행위는 사악함이나 광기와 연루된 경우가 많으며 이들의 열정을 재현하는 방식에 대해 많은 평자들이 거부감을 지녔다. 이러한 여성들의 비밀스러운 행위나 열정들은 중산계급 혹은 상류계급 가정을 황폐화시키는 위협으로 생각되었다. 예를 들면 『오들리 부인의 비밀』에서 로버트 오들리는 오들리 부인의 정체를 드러낼 경우 귀족 가문인 오들리 집안의 기반이 무너질 것이라고 생각한다. 실제로 집이 무너지는 꿈을 꾸기도 한다. 그러므로 오들리 집안을 구하기 위해 그녀의 비밀을 파헤쳐가는 탐정의 역할을 하는 것이다. 이러한 경우 외에도 『오로라 플로이드』나 윌키 콜린즈의 『새 막달렌』(New Magdalen)에서는 예전 같으면 도덕적으로 용서받지 못할 여성들을 다시 집안의 천사로 세우는 것이다. 마거릿 올리펀트 같은 평론가들은 이러한 타락한 여성이나 도덕적으로 문제가 있는 여성을 다시 집안의 천사로 만드는 결말이 당시 사회에 더욱 파괴적 영향을 끼친다고 보았다.

선정소설과 비평적 반응

당시 비평가들은 대중문화의 정치적 영향보다는 예술적 결함에 치중하여 선정소설을 비판하였고 그 가치를 인정하려들지 않았다. 선정소설은 문화적 질병의 증거로 생각되었고 근대의 도시·산업문화의 정신적 타락의 증거로 생각되었다. 범죄나 일탈이 가정, 중산층, 귀족 가정에서 발생하는 것에 모두 충격을 받았다. 비평가들은 인기와 문학적 가치 사이를 구분하는 잣대를 지녔고 선정소설은 예술적으로 열등한 문학, 도덕적으로 문제가 있는 문학으로 인식되었다. 이러한 선정소설에 대한 빅토리아조의 비평적 반응은 고급문화와 대중문화 사이의 구분을 보여주는 유용한 지표이며 예술적 가치평가 기준이 도덕적 정치적 기준들과 연관됨을 보여주고 있다. 츠베코비치의 말대로 선정소설이 위대한 예술적 가치를 지닌 소설시장을 잠식하고 있다는 공포가 당시의 서평들에 퍼져 있었다(19-20).

당대 비평가들은 선정소설을 빅토리아 시대의 대중문화의 소산으로 보고 하나의 상품으로 간주하여 판매 이상의 더 고귀한 목표는 없는 장르로 규정하였다. 비평가들은 선정소설이 잘 팔리는 이유를 독자의 흥분 상태(excitement)만 목표로 하기 때문이라고 본다. 소설 내용보다는 선정소설이 생성하는 감정적 상태, 즉 흥분과 이상심리 때문에 그토록 인기를 끌었다고 보는 것이다. 당시의 비평가들은 이러한 선정적 감정에 이끌리는 것을 약물중독, 식욕, 등과 연루시켜 보고 이러한 감정이 성적 흥분, 범죄에 대한 욕망, 더 나아가서는 이른 죽음까지 자아낸다고 보았던 것이다. 이러한 현상을 근거로 하여 비평가들은 빅토리아인들의 문화적 체험이 저급한 수준으로 하락한 것으로 판단하였다.

츠베코비치에 따르면 독자의 몸체는 생산과 소비라는 회로 속에 얽힌 하나의 기계와 마찬가지이고 또한 소설의 생산과정은 지속적으로 이루어지는 자본주의 생산체제와 같다. 선정소설의 플롯은 지속적인 소비를 위한 독자의 관심을 계속 유지하는 도구로 여겨졌다. 당시 비평가들은 선정소설이 성과 범죄에 대한 관심을 끌도록 한 것에 대해 도덕적 반대를 보이고 있다. 그러나 이보다 더 비판의 대상이 된 것은 선정소설이 인위적 감정들을 일으키기 위해 격렬하거나 불법적인 수단을 사용하는 것이었다.

선정소설에 대한 당시의 비평적 반응 가운데 주목할 만한 점은 여성에 관한 부분이다. 주로 여성작가들이 활동하였기 때문에 선정소설에는 여성의 상황에 대한 묘사를 자주 찾아볼 수 있다. 이 가운데 가장 비평가들을 거슬리게 한 것은 성에 대한 묘사였다. 또 사회 관습을 넘어서는 여성들에 대한 묘사였다. 이들은 여성을 성적 존재로 재현한데 대해 통탄하였고 범죄나 광기에 연루된 여성이 집안의 천사로 위장한 플롯에 대해 거부감을 드러냈다. 비평가들의 담론아래 놓여 있는 가설은 육체와 감정의 영역이 정신이나 이성의 영역과 구분되며 육체는 정신보다 열등한 것이라는 점이다. 이성보다 감정에 주로 호소하는 대중문화의 속성상 선정소설은 예술적으로 열등한 것으로 자리매김 되었던 것이다. 또한 비평가들은 선정주의의 비사실주의적인 면에 대해서도 예술성이 떨어지는 것으로 평가하였다. 이러한 평가는 정치성을 지닌 것이다. 즉 노동계급 여성과 같은 소외된 집단에 호소력을 지닌 문화양식들에 저급한 가치를 부여하는 비평가들은 이러한 문화양식이 기존질서를 깨뜨릴 수 있다는 두려움을 보인다. 즉 비평가들은 선정소설과 같은 대중소설이 이를 읽는 독자들로 하여금 그들에게 가해진 사회적 제약에 반항하도록 유도할 수 있다고 보는 것이다.

빅토리아조 비평가들의 반응, 즉 감정이나 선정이라는 사회적 의미를 어떻게 해석하고 있는가는 현대의 경우에도 적용할 수 있다. 여전히 육체적 감각의 언어는 현대 대중문화에서 도덕적·사회적 부패를 나타내는 육체적 욕망과 연관되는 것으로 간주되는 경향이 있다. 물론 이러한 영역에 대한 재인식과 재평가가 활발히 이루어져 감정의 힘에서 발생하는 잠재적 전복력, 저항, 일탈의 징표로서 육체나 감정의 가치가 인정받는 시대가 되고 있다. 따라서 선정소설이 자아내는 선정주의의 본질, 감정영역과 대중문학, 대중문화가 어떠한 정치적 의미를 창출해내는가를 다시 점검할 필요가 있다. 당시의 부정적 평가만으로는 이러한 영역의 가치나 의미를 제대로 짚어낼 수 없는 것이다.

여성작가의 선정소설과 독자

선정소설의 특징 중 하나는 여성작가가 유독 많다는 점이다. 당시의 중론은 사악한 여성들이 주로 선정소설을 집필했고 읽는 독자들도 소일거리 없는 여성들로서 사악함에 감염되기 쉽다고 생각되었다. 여성작가, 여성독자, 선정소설의 주제들이 서로 얽히고 불건전한 관계를 형성했다고 생각되었고 마거릿 올리펀트는 이 장르에 대한 반대 캠페인을 벌이기도 했다. 이처럼 여성작가가 많은 이유뿐만 아니라 내용상 여성에 관련된 부분이 많았으므로 작가의 성별에 상관없이 선정소설은 여성적 현상으로 간주되었다. 피켓의 말대로 새무얼 리차드슨(Samuel Richardson)으로부터 시작되어 18세기의 감상소설로 이어지는 문학과 문화의 여성화가 19세기가 되어 더욱 두드러지게 되었다(*Sensantion Novel* 40-41).

선정소설 여주인공을 중심으로 여성성에 대한 논의가 새로이 이루어졌고 여성의 법적 정치적 권리, 교육, 재산 문제 등에 대한 관심이 증대되었다. 특히 빅토리아 시대의 가족, 결혼, 가정과 여성의 문제가 선정소설에서 조명됨으로써 당시 영국사회 질서의 중심이었던 이 영역의 성격에 대해 새로운 논의가 대두되었다. 이러한 점들로 인해 선정소설을 페미니즘의 관점에서 재조명하는 작업들이 페미니즘 진영이나 문화사가들에 의해 활발히 진행되고 있다. 이들의 작품 활동이 왜 저급한 예술로 분류되는가의 가치 평가 기준에 대한 재검토가 필요하다는 논의들이 대두되고 있는 것이다. 이러한 논의들은 여성 선정소설가들의 활동, 특히 이들의 작가로서 편집자 로서 독자로서의 활동이 당시 문화 형성에 어떠한 기여를 했는지 밝혀내고 있다.

여성작가가 쓴 선정소설의 멜로드라마적 플롯을 여성독자들이 수동적 으로 소비하는 것은 그토록 부정적인 일일까? 즉 이들의 선정소설 읽기가 대중문화의 수동적 소비에 그치고 마는 것인지에 대해 린 피켓은 타니아 모들레스키(Tania Modleski)의 『격렬하게 사랑하기: 여성을 위한 대량생산 된 환상』(*Loving With a Vengeance: Mass produced Fantasies for Women*)의 논의 틀 을 빌려와 재평가를 시도한다. 모들레스키는 대중 로맨스 텍스트의 문화적 기호학에 입각하여 대중 로맨스의 주요성을 주장한다. 즉 이 텍스트의 고 도로 "정통적"인 플롯 아래 저항과 반항의 요소들을 발견할 수 있다는 것 이다(Modleski 20-25). 모들레스키는 대중 로맨스에는 여성에게 강요된 감 금과 이러한 감금이 자아내는 편집증에 대처해나가는 것의 중요성을 여성 에게 일깨워주는 기능이 있다고 본다. 또한 수동성, 식욕과 소비라는 메타 포에 대해 논하면서 여성들이 지금가지 대중문화 텍스트를 수용하는 방식 이 이처럼 생각되어온 점은 현재의 대중문화 양식에까지 연계됨에 주목한 다. 그러나 피켓이나 모들레스키 양자 다 이러한 여성의 소비 패턴은 복합 적인 여성의 쓰기와 읽기 구도를 단순화시킨 것으로서 대중문화의 재평가 와 아울러 재검토되어야하는 부분으로 보는 데 동의하고 있다.

선정소설에서 재현되거나 생성된 과다한 감정의 효과도 다시 연구대상 이 되고 있다. 이는 현재 관심을 끌고 있는 여성적 글쓰기와 연루되면서 재조명되고 있다. 즉 선정소설은 과다한 언어로 집필되어 있으며 여성의 육체나 육체적 감각에 대해 과도한 표현을 시도하고 있음으로 해서 현재 엘렌 씨수(Hélène Cixous)나 루스 이리과리(Luce Irigaray)가 지적하는 여성적 글쓰기와 연관되기도 한다. 이러한 점은 빅토리아 시대에 부정적으로 평가되던 여성적 힘과 감정, 여성의 육체, 주체성을 강조한 것으로 오히려 이 영역의 힘을 인정한 것으로 보인다.

여성작가의 선정소설뿐만 아니라 이를 읽는 빅토리아 시대 여성독자의 역할도 새로이 평가되고 있다. 여성독자들은 텍스트를 재해석하는 잠재력이 있는 층으로 다시 평가되고 있다. 케이트 플린트(Kate Flint)가 지적하듯이 여성독자의 읽기 선택은 정치적 선택이자 해석의 적극적 과정에 연루되는 것이다(330). 여성독자의 읽기는 자신이 수용하고 싶지 않은 당시의 이데올로기에 저항하는 능력으로 이어진다. 이를테면 피켓의 말대로 선정소설의 경우 텍스트의 서술 전략은 텍스트의 공식적 도덕에 저항하는 공간을 만들어준다(*Improper Feminine* 81). 즉 이러한 대중 텍스트들은 여성독자에게 해석의 범주를 확대하도록 유도하고 있으며 저항의 공간에서 새로운 의미를 읽어내도록 만들고 있다.

선정소설과 여성성 · 결혼 · 가정성

1840년 이후 출판시장의 확장으로 독자들은 자신의 젠더에 적절한 장르의 소비에 연루되었다. 즉 점진적으로 남성은 고급문화, 여성은 대중문화의 필자이자 소비자로 자리매김 되는 경향이 있었다(Liggins and Duffy xix). 이러한 경향에도 불구하고 당시 대중출판 방식은 여성작가에게 문화 · 사회 · 정치 담론에 참가할 수 있는 기회를 제공하였고 여성작가들이 대중잡지의 편집이나 기고에 참여하게 되었다. 여성작가 겸 여성편집자의 이중 활동은 독자들에게 여성성에 대해서도 다양한 관점을 갖도록 유도하는 역할을 하였다. 즉 당시 대중잡지에서 취급한 장르의 다양성은 독자들이 각종 담론들에 대해 여러 관점들을 채택할 수 있도록 해주었고 여성성에 대해서도 다각적으로 재고하는 기회를 제공하였다. 당시 여러 대중 텍스트에 재현된 여성성의 성격은 중산계급 사회의 유지와 연관되어 있으나 가부장제의 힘과 이에 저항하는 힘의 역학 관계를 잘 보여주고 있다.

1860년경에 이르면 여성성과 결혼, 가족 등의 개념은 신문, 잡지 등에서 논의 대상이 되었고 신여성에 대한 논의도 지면을 차지하였다. 새로운 여성은 모두 모성이나 가정의 의무와 무관한 존재로 생각되었다. 1868년 3월 14일자 『새터디 리뷰』(*Saturday Review*)에 실린 엘리자 린 린튼(Eliza Lynn Linton)의 글 『시대의 여성』("The Girl of the Period")은 여성성 자체가 문제적인 개념이 된 것으로 밝히고 있다. 여성은 이중성을 지닌 존재로서 원시적 존재, 감정을 조절할 수 없는 히스테리 환자, 창녀 등의 부정적 이미지로 언급되었다. 여성작가의 선정소설은 부분적으로 이러한 근대여성에 대한 담론의 일부로 볼 수 있으며 변화하는 여성성에 대한 반응을 불러일으켰다.

여성작가의 선정소설에서는 당시의 이상적 여성성의 범주를 넘어서는 여성 주인공이 주를 이루고 있음을 볼 수 있다. 또한 가정 범죄가 주로 다루어지고 있는데 이는 당시 결혼이나 가족과 같은 제도와 관습이 겉으로 보이는 것처럼 안정적이지 못함을 알려준다. 선정소설의 여성 인물들은 여성의 성 문제와 이중혼, 가정 범죄 등에 연루되었기 때문에 독자들의 강렬한 반응을 불러일으켰다. 비록 선정소설의 결말이 표면적으로는 당시 중산계급 이데올로기에 맞추는 쪽으로 진전되지만 여성성의 문제는 단순히 규명될 수 없다. 즉 여성의 성 문제와 이중혼, 가정의 관계는 텍스트의 결말에서 보이는 것처럼 단순히 중산계급 가정으로의 복귀나 위험한 여성성의 제거에 그치지 않는다. 선정소설은 가부장적 질서에 순응하는 구성에도 불구하고 당시 대중문화의 여러 장치들을 차용한 서술 전략을 통해 여성성과 당시 가정성의 관계, 여성에 대한 담론들의 문제점들을 텍스트의 이면에 배치하고 있다. 이러한 전략을 통해 당시 여성 담론을 둘러싼 문화적 갈등의 실체를 독자에게 제시하고 있으며 중산계급 여성성의 의미를 새로이 읽어내도록 유도한다. 린 피켓은 얼핏 보아 지배계급의 질서를 공고하게 다지는 것처럼 보이는 대중 텍스트도 당시 여성성에 대한 지배담론의 모순들을 폭로하고 있다고 주장한다(*Improper Feminine* 5).

여성 선정소설가들의 텍스트에는 결혼이 여성의 성취가 아니라 여성을 감금하고 시련을 가져다주는 것으로 강조되어있다. 특히 브래던과 우드의 소설들에는 좌절된 여성 주인공들, 독립적이지만 광기와 살인의 의심을 받은 여성들이 많이 나온다. 즉 고통 받는 아내이자 어머니로서 남편에게 제재로 이해받지 못하는 여성들의 이야기가 대다수를 차지하고 있다. 브래던의 소설에서 여주인공의 비밀의 초점은 가정 범죄와 연루되어있고 여주인공의 위험한 여성성과 그녀에게 부과된 역할 사이의 갈등이 작품의 핵심을 이루고 있다. 여주인공의 복수라는 모티브도 자신의 비밀스런 열정이나 숨겨진 욕망의 메타포로 작용하고 있다. 여주인공들은 중혼을 범한 자이거나 살인으로 의심받는 범죄자들이 주류를 이룬다. 브래던의 작품에서 볼 수 있는 오들리 부인이나 오로라 플로이드는 모두 중혼과 살인과 연루된 인물들이며 『존 마치몬트의 유산』(*John Marchmont's Legacy*)에서 올리비아 애룬덜 (Olivia Arundel)은 자신이 사랑하는 남자의 부인을 납치하는 음모에 연루된다. 이러한 경우처럼 가족, 가정성의 이상에 위배되는 인물들이 많다.

피켓에 따르면 오들리 부인과 오로라 플로이드의 경우 여성성, 가정적 이상, 결혼에서 여성의 역할, 근대 결혼의 상황 등에 대한 의문과 긴장들이 초점이 된다(*Improper Feminine* 87). 여주인공들의 일탈적인 행동은 중산층의 공포감, 가부장제로 가두지 않으면 여성의 욕망은 위험하다는 공포를 드러내는 계기가 된다. 결혼에 대한 이러한 문제 제기는 선정소설에서 대다수를 차지하고 있는 이중혼 플롯에서 잘 드러난다. 피켓에 따르면 선정소설의 이중혼은 우연한 것이거나 고의가 아닌 것으로 제시된다(*The Sensation Novel* 26-27). 즉 이중혼의 플롯은 알고서 다시 결혼을 하는 것이 아니라 첫 남편이나 부인이 죽었다고 생각하는 잘못된 믿음이나 어떤 법적 모호성 때문에 결혼이 정당하다고 믿기 때문이다. 이러한 종류의 플롯은 강력한 심리적 호소력을 지니며 중산층 소설에서 유용한 서술 도구가 되고 있다. 서술의 복합성뿐만 아니라 도덕적 복합성을 포함하기 때문이다. 여기에 연루된 여주인공들은 과거에 죄를 저질렀으면서도 순수한 상태의 이중적인 상황을 보여주며 이러한 플롯을 통해 독자들은 성적으로 일탈하거나 죄를 범한 인물들과 자신을 동일시하게 된다. 아울러 이러한 여주인공을 징죄하는 플롯을 통해 만족스러움을 맛보는 심리적 과정을 거친다.

이러한 경우 외에도 가상의 이중혼 혹은 간음의 플롯을 볼 수 있는데 결혼을 한 상태에서도 남편 외의 다른 사람에게 더 열정을 품고 있는 경우이다. 로다 브루턴(Rhoda Broughton)의 『꽃처럼 피어나』(*Cometh Up as a Flower*)는 이러한 종류의 선정소설이라고 볼 수 있다. 『꽃처럼 피어나』의 경우 젊은 군인과 열렬하게 사랑에 빠져 있으면서도 나이가 많지만 부유한 남자와 결혼한 여주인공의 플롯을 제공하고 있다. 독자들은 여주인공의 상상을 통해 대리경험을 즐기고 사랑 없는 정략결혼의 공포를 느끼게 된다. 이는 결혼의 문제점을 여주인공을 통해 제시한 것이다. 여주인공이 결혼을 세상에서 가장 당연한 교환 형태라고 생각하며 남편의 육체적 접촉에 대해 극도의 혐오감을 갖는 심리를 묘사한 부분은 독자로 하여금 결혼이 일종의 매음의 형태라는 느낌을 갖게 한다. 이러한 결혼에 대한 생각은 1880년도와 1890년도의 여성소설가들에게 주요한 모티브로 계승된다.

가족의 비밀, 가족 제도에 대한 회의 등은 60년대 여성 선정소설가들의 작품에 공통으로 발견되는 요소로서 중산계급 가정성의 문제를 보여준다. 브래던이나 우드의 작품에서는 모든 점잖은 가정의 지붕 아래 세상에 내보이고 싶지 않은 비밀스러운 영역이 있음을 보여준다.『오들리 부인의 비밀』에서 이러한 부분에 대한 언급이 나온다. 즉 한가한 시골의 전원지역에서 매일 은밀히 벌어지는 살인에 대한 것인데 평화로운 시골 지역에서 실제로 여러 종류의 살인이 행해지는 것에 대해 언급함으로써 평온을 가장한 가정 영역 이면에 위험이 도사리고 있음을 알린다. 여성 선정소설가들의 경우 가정범죄나 가정폭력의 경우를 더욱 빈번히 다루고 있다. 그러므로 가정범죄와 이에 연루된 여성성의 문제는 선정소설에서 가장 주요한 주제가 되었고 이는 빅토리아 사회의 가정과 여성 이데올로기의 균열을 보여주는 영역이라 할 수 있다. 이처럼 선정소설에서 가장 빈번히 등장하는 가정범죄의 문제는 단순한 가정의 문제가 아니라 영국 사회와 국가의 건강성, 더 나아가 제국주의의 유지와 관련된 주요한 문제이다. 선정소설 속의 가정범죄는 여성성, 이상적 가정성, 근대 결혼의 상황 등에 대한 의문이나 저항과 연루되어 있으며 이는 궁극적으로 영국사회의 근대성 문제와 관련되어 있다.

우드의『이스트 린』과『뉴 먼스리 매거진』

우드의 대표 선정소설인『이스트 린』은『뉴 먼스리 매거진』에 연재되었는데 선정소설이 이러한 저널에 연재되는 과정은 당시의 저널리즘과 여성작가의 글쓰기가 어떠한 관계를 형성했는지 검토해볼 수 있는 창구가 된다. 『이스트 린』은 1860년에서 1861년까지 『뉴 먼스리 매거진』에 연재되었으며 1861년 나오자마자 무디(Mudie)에 의해 보급되었는데 거의 오만 부 넘게 팔렸다. 대출도서관에서 가장 인기 있는 책 중의 하나가 되었고 첫 출판 이후 26년 동안 36판을 찍을 정도였다. 1887년 우드가 사망한 이후 일차대전까지 소설은 국내외적으로 지속적으로 판매되었다. 우드의 문학 경력에서 1860년에서 80년대까지가 가장 생산적 기간이었으며 35개 이상의 책을 쓰고 출판했던 것이다. 『이스트 린』은 1900년까지 거의 이백 오십만 넘게 팔렸으며 현 세기에 이르기까지 연극이나 영화로 각색되어 인기가 지속되었으며 1916년과 1925년에 영화로도 제작되었다(Wynne 61).

『이스트 린』은 여성소설의 원형으로 간주되기도 하고 감성과 선정의 혼합으로 후대의 대중적 낭만소설의 예가 되고 있다.9) 직접적으로 독자에게 여성주인공이 숙녀-아내-어머니(Lady-wife-mother)로 자신을 지칭하며 말을 걸어, 가정적 의무에 대한 충고를 하는 등 여성소설로 부를 수 있는 요소를 지니고 있다. 그러나 남성독자를 대상으로 한 부분도 포함하고 있으며 『뉴 먼스리 매거진』의 정치적 군사적 기사에 대한 선호를 볼 때 대부분의 독자는 남성이었음을 알 수 있다(Wynne 61). 우드의 연재로 말미암아 여성독자의 폭이 훨씬 넓어지고 잡지의 판매부수도 증대한 사실은 대중문학이 당시 저널리즘에서 점차 비중이 커져가는 양상을 보여준다. 특히 대중작가로 여겨졌던 여성작가의 경우 이러한 관계를 통해 당시 출판시장의

---

9) 주로 모성과 여성성에 대한 이야기로서 여전히 여성독자들에게 강력하게 호소력이 있었던 주제였다. 모성과 여성성의 연결점에 대해 뜨거운 논쟁이 있었던 1860년대에 두 여성의 대조, 아키발드 카알라일(Archibald Carlyle)의 두 아내, 이사벨 배인과 바바라 헤어 사이의 대조가 중심인데, 이사벨과 바바라 사이의 대조는 어머니 역할에 대한 당시 관점의 차이를 볼 수 있다.

특성을 볼 수 있다.

『뉴 먼스리 매거진』은 1814년 헨리 콜번(Henry Colburn)에 의해 토리당을 대변하는 입장으로 창간되어 1837년 연재소설이 도입되었고 더 가벼운 제목으로 『뉴 먼스리 매거진 앤 휴머리스트』(*New Monthly Magazine and Humorist*)로 바뀌었다.[10] 1847년 이 잡지가 성공의 절정에 있을 때 윌리엄 해리슨 에인즈워스가 소유자이자 편집자가 되었다. 에인즈워스는 1830년대와 40년대 뉴게이트 소설로 상당한 성공을 거두었다. 『뉴 먼스리 매거진』은 절정기에 『블랙우즈』와 경쟁하였고 당시 유명한 문인이던 윌리엄 색커리(William Makepeace Thackery), 리 헌트(Leigh Hunt), 불워 리튼(Bulwer-Lytton) 등이 필진으로 활약하였다.

이 잡지의 충실한 독자들은 보수적 중산층에 속했고 잡지의 특징은 젠더에 따라 기사를 배치한 점이다. 주로 위대한 남성의 삶에 기반을 둔 넌픽션, 군사 캠페인, 국내외 사건에 대한 상세한 논평이 남성독자들을 위해 고안되었다. 여성독자들을 위해서는 순수한 여주인공이 짝사랑으로 고초를 겪거나 젊은 아내가 남편에게 소외되는 이야기 등이 소설 장르를 빌어 제공되었다. 즉 잡지 내용의 66%가 넌픽션이고 22%만이 연재소설에 할애되었다(Wynne 62). 연재된 소설부분은 여성독자들의 몫이 되었는데 에인즈워스는 연재소설을 여성들이 좋아하는 감상적인 하찮은 부분들로 여겼다. 또한 이러한 연재소설을 쓰는 여성소설가들을 값싼 노동력으로 치부했고 실제로 고료를 지불하지 않기도 했다. 우드의 아들 차알즈는 10년간 어머니가 집필했던 부분에 대해 이렇게 언급한다.

---

10) 이후 『뉴 먼스리 매거진』에 대한 설명은 드보라 윈의 『선정소설과 빅토리아 시대 가족잡지』 34-37, 62-64면을 참조하였다.

어머니는 어떤 계산도 하지 않고 자신의 일에 대한 사랑으로 글을 썼다. 어머니의 단편소설들이 인기를 끌었음에도 불구하고 에인즈워스 씨는 어떤 사례도 하지 않았다. 마침내 어머니는 아무런 인정도 받지 않고 달마다 해마다 이런 기고가 역할을 하기 어렵다는 의사를 밝혔다. 그래서 매년 적은 액수의 돈을 지불받기로 정해졌는데 너무도 적은 액수여서 오래 지속된 계약이 바뀌었다고는 말할 수 없었다.

She wrote without renumeration, out of love for her work. Popular as her short stories were, Mr. Ainsworth made no pecuniary return. At length she declared her unwillingness to continue these contributors month after month and year after year without acknowledgement, and the payment of a small yearly sum was arranged; so small that the old agreement could scarcely be said to have altered. (253-54)

이처럼 고료를 받지 않고 많은 여성작가들이 이용당했던 것을 볼 때 출판시장에 여성작가들이 진입하고 협상, 성공을 이루는 과정은 만만치 않았던 사실을 알 수 있다. 또한 유명 저널들은 남성작가 위주의 필진을 구성하고 남성독자들을 중시하는 성향이 지배적이었다.

『뉴 먼스리 매거진』역시 초점은 정치와 사회논평으로서 오락위주보다는 정보를 주는 데 초점이 있었다. 에인즈워스에게는 남성독자들이 더 중요했고 소설을 포함시킨 것은 가족 독자, 특히 여성독자를 염두에 둔 것이었다. 에인즈워스의 대중소설가로서의 경력은 이미 쇠퇴기에 있었으며 1830년대와 40년대에 남성의 용기를 내세운 소설들을 썼다. 이는 모험, 폭력, 도시의 하층계급 삶 등의 플롯에 의존하였는데 에인즈워스는 우드가 제안하는 소설의 가치를 제대로 평가하지 않았다. 모성, 결혼, 이상적 남성과 아버지 등의 주제에 대해 부정적이었으며 잡지의 가장자리에 우드의 연재소설을 배치하였다. 우드의 소설은 남성 중심의 잡지로 볼 수 있는 『뉴 먼스리 매거진』 공간의 가장자리에 존재했던 것이었다.

　그런데 『뉴 먼스리 매거진』은 1850년대에 쇠퇴기에 있었으며 적은 고료를 주는 기고가들에 의존하는 경우가 많았다.[11] 우드는 이 잡지에서 1851년 「한 결혼한 로만 가톨릭의 삶 7년」("Seven Years in the Life of a Wedded Roman Catholic") 기고를 시작했다. 저널리스트로서 우드는 이야기보다는 스케치를 기고했으며 잡지의 남성적 성격 때문에 여기에 맞추어 투고를 하였다. 서티즈(R.S. Surtees)의 사냥과 도박 이야기인 『스펀지 씨의 사냥 여행』(Mr Sponge's Sporting Tour)는 1852년 1월에서 12월까지 연재되었으며 이러한 남성적 성향이 몇 년간 이 잡지의 성격을 정하였다. 잡지의 이러한 성격에 맞추어 우드는 크림 전쟁동안 전선에서 있었던 군인의 삶에 대한 일련의 글들을 기고하였다. 이 글들은 「동쪽지방으로부터의 길 잃은 편지들」("Stray Letters From the East")이며 이글들에 자신의 이름을 감추고 엔사인 페퍼('Ensign Pepper')라고 서명했다.[12] 이는 전쟁 중에 겪은 군인들의 코믹한 공적들이나 곤경들에 대한 기록으로 우드는 남성의 목소리를 사용하여 글을 기고했는데 조니 루드로우(Johnny Ludlow) 이야기들에서도 남학생의 관점을 사용하였다.

　우드는 이처럼 1850년대 후반까지 남성적 관점에서 글쓰기를 하였는데 전장의 군인체험과 같은 남성의 이야기보다는 여성의 고통과 절망을 담은 이야기를 써보고 싶은 갈망이 더욱 강했다. 우드는 고료를 받지 않고 일해주었으므로 애인즈워스를 설득하여 소설을 연재하고 고료도 받기로 협상

---

11) 1850년대에 점점 쇠퇴의 길을 걸었으며 중산계급 독자의 새로운 취향이나 문화의 흐름을 제대로 읽지 못하여 1850년대에는 결정적으로 이류 출판으로 쇠퇴해갔다. 1870년 잡지를 매각하고 1884년 폐간될 때까지 겨우 명맥을 유지해간 것으로 볼 수 있다.

12) 우드는 엔사인 페퍼로 필명을 써서 이러한 글들을 1854년 6월에서 12월까지 기고하였다 (Wynne 63 참조).

하였다. 에인즈워스는 우드에게『이스트 린』의 연재를 마지못해 허용했으나『이스트 린』의 인기로 인하여 다음 6여 년 간 잡지의 판매고가 증가했다.

앞서 언급한 대로 남성적 사실과 여성적 소설 사이의 구분을 철저히 하는 것이 에인즈워스의 편집방침이었다. 이런 방법으로 모든 독자들을 즐겁게 하려하였으나 새로운 가족잡지들은 연재소설들을 장려했고 연재소설을 전 가족에게 합당한 읽을거리라고 생각하여 가족잡지들은 젠더와 세대의 구분을 흐리게 하는 책략을 썼다. 에인즈워스는 이러한 당시 잡지의 동향에 동조하지 않았으며 우드의 소설을 지지하지 않았다. 소설의 요소인 중혼, 간음, 범죄의 이야기는 군사 전략이나 해외소식 같은 건조한 기사와 함께 게재되었다. 우드는 잡지의 성격이 보수적이며 남성위주의 편집으로 이루어졌으므로 자신의 선정적 이야기를 이에 잘 맞추어 재단하였다. 우드는 중산계급의 보수적 가치관에 맞추어 소설을 구상했으므로 잡지 독자들의 취향에 맞추는 데 별 어려움이 없었다고 볼 수 있다.

우드가 남성중심, 정치중심의『뉴 먼스리 매거진』독자들에게 연재소설에 관심을 갖도록 만든 점은 이러한 잡지의 성격을 더욱 다양하게 만들었다고 볼 수 있다. 다시 말해 우드나 오이다 등이『뉴 먼스리 매거진』을 새로운 가족잡지로 만들었다고 볼 수 있다. 중산계급의 일탈이나 귀족계급의 과다함에 기반을 둔 소설에 흥미를 지니게 된 독자들이 이 잡지를 사보았고 점점 구매가 늘었는데, 많은 논의를 자아낸 충격적이고 선정적인 이야기가 가족잡지에 포함되었던 것이다.

『뉴먼스리 매거진』의 연재 대중소설들과『이스트 린』의 상호텍스트성

『이스트 린』은『뉴 먼스리 매거진』에서 거의 2년간 연재되었다는 사실이 중요하다. 윈의 지적처럼 연재분마다 잡지의 다른 연재소설들이나 기사들과의 상호텍스트성은 당시 중산계급의 문화 형성에 중요한 의미를 지닌다(62).『이스트 린』의 연재 이전에『뉴 먼스리 매거진』은 선정적 주제들에 우호적이지 않았지만 여성 기고가들이 이러한 방향으로 몰아감으로써 선정소설이 잡지에 다른 성격을 부여한 셈이 되었다. 에인즈워스는 선정적 주제들에 거부감이 있었으며 광기나 중산계급의 범죄, 이중혼 등의 선정적 주제들을 가정 멜로드라마의 플롯에 국한해서 구성하기를 원했다. 아울러 이러한 여성기고가들의 소설들은 주 기사에 비해 사소한 것으로 생각했다. 단지 여성독자들을 즐겁게 해주는 역할만 한다고 생각했다.

우드의 가정 멜로드라마 스타일은 이 잡지에 연재되던 소설의 전형적 형태였다. 윈은 계급 갈등, 이상화된 중산계급 남성, 모성 등에 대한 주제는 매리 앤 부시바이(Mary Ann Bushby)의「그녀는 왜 노처녀일까」(Why is she an old maid?)라는 중편과 상호텍스트성을 지닌다고 지적한다(62). 부시바이는 1861년 6월에서 8월까지 3부에 걸쳐서「그녀는 왜 노처녀일까」를 게재했는데 이는『이스트 린』에서 이사벨이 자신의 아들이 죽는 것을 보게 되는 연재분 기간과 병행되면서 모성을 중심으로 한 멜로드라마는 절정에 달하게 되었다. 부시바이의 중편은 여성의 복수책략, 중산계급 가치의 증진, 이상적 남성성의 탐색이라는 점에서 우드의 소설과 공통점이 있다. 부시바이의 이야기에서 발견되는 여성의 고통, 대리모, 소극적 복수 등은『이스트 린』과 상호텍스트적인 것이 되었다고 볼 수 있다.

우드의 경우는 좌절된 모성의 고통을 이사벨을 통해 과도하게 보여주는 데 비해 부시바이의 여주인공 유도라는 세 아이를 잘 돌보지 않고 폭력에 노출시킴으로써 고의적으로 죽게 만든다. 물론『뉴 먼스리 매거진』의 독자들은 좋은 모성의 예를 볼 수 있다. 우드이 바바라는 모성적 감정의 조절이 필요하다는 것을 보여주고 부시바이의 아라벨라 역시 모성의 의무를 행할 조절된 환경을 제공한다. 바바라는 어머니의 정확한 역할에 대한 당시 이론들에 대해 언급한다.

> 난 너무 많은 어머니들이 가족을 관리하는 데 잘못된 체제를 따라가고 있다는...그런 의견을 갖고 있습니다. 우리도 아다시피 세상의 쾌락과 부질없는 짓에 빠져 가족을 완전히 등한시하는 어머니들이 있죠... 어떤 것도 그것만큼 생각없는 짓이 없지요... 그런데 정 반대편에서 실수를 저지르는 어머니들도 있지요. 그 어머니들은 자식하고 있을 때만 행복하지요. 자식들을 씻기고 입히고 먹이지요...이런 어머니는 자신의 권위를 잃게 되지요... 집안의 규율은 곧 깨어지게 되고요. 아이들은 난폭해지고 남편은 거기에 염증을 느껴서 다른 데서 평화와 위안을 찾게 되지요...난 절대 내 자식들 훈련을 다른 사람한테 맡겨버리지 않을 겁니다...그건 어머니가 해야할 일이니까요.

> I hold an opinion...that too many mothers pursue a mistaken system in the management of their family. There are some, we know, who lost in the pleasures of the world, in frivolity, wholly neglect them...nothing can be more thoughtless...but there are others who err on the opposite side. They are never happy but when with their children. They wash them, dress them feed them... (such a mother) loses her authority...The discipline of that house soon becomes broken. The children run wild; the husband sick of it, and seeks peace and solace elsewhrere...I shall never give up to another...the training of my children...This is a mother's task. (415-16)

바바라는 모성은 조절이 되어야 하고 어머니는 육체적으로 양육하는 것보다 자녀들을 도덕적으로 사회적으로 훈련시켜야 한다는 관점을 보이고 있다. 그러나 이사벨의 두려움, 다시 말해 바바라가 자신의 의붓자식들에게 정말 모성에서 우러난 사랑을 주지 못할지도 모른다는 두려움이 모성에 대한 관점을 복합적으로 만들고 있다. 중산계급 여성들은 아이들을 지도하고 그들의 존경을 받아야 되는 동시에 자식들에게 사랑과 부드러움을 제공해야했기 때문이다(Wnne 79). 이상적인 어머니가 되는 것이 무엇일까 하는 점을 독자에게 생각하도록 유도하기 위해 우드는 이사벨의 과도한 모성적 감정과 바바라의 철저한 원칙을 비교하도록 만들고 있다.

1861년 3월에『이스트 린』의 모성에 관련된 에피소드가 소개되었고 넉 달 후 독자들은 조절된 모성이 이상적이라는 메시지를 읽을 수 있다.「그녀는 왜 노처녀일까」에서 아라벨라는 노처녀로 남아 있으려는 결심을 강화하는데 다른 사람의 아이를 자기 자식으로 여기며 그 아이를 도덕적 종교적 원칙에 따라 잘 기르고 감정을 조절해주고 좋은 품성을 개발하려 한다. 아라벨라는 바바라처럼 어머니 역할에 잘 적응하는 성인으로서 아이를 기독교적 주체로 형성하는 데 헌신하는 것으로 보고 있다. 이러한 역할을 성공적으로 수행하기 위해 어머니는 감정적으로 거리감을 둘 필요가 있다는 부분은 바바라의 메시지와 통한다.

모성에 대한 부분, 즉 이사벨의 감정적 갈망은 소설의 마지막 삼분의 일에 걸쳐있으며 다른 주제들 역시 중요하다고 볼 수 있다. 중산계급과 상류계급의 이해관계의 상충이나 이상적 남성성이 어떻게 구성되는가의 문제들도 다루고 있는데 가장 지속적으로 강조된 플롯은 올바른 중산계급이 부패한 귀족이나 말썽을 일으키는 노동계급과는 달리 자신의 가치를 주장하는 것이다.

오이다의 첫 소설『그랑빌 드 비뉴』(Granville de Vigne)도 우드의 다른 주제들과 상호텍스트성을 지닌다.『그랑빌 드 비뉴』는 9개월간 우드의 소설과 함께 연재되었다. 오이다의 연재는 독자들에게 우드와 반대의 플롯 유형을 제공했다. 주인공들은 고귀한 신분의 귀족들로서 이러한 계급의 쾌락과 화려함에 초점을 두고 모성이나 중산계급 가정성에 대해 언급하지 않았다. 오이다는 우드와는 달리 귀족계급을 이상으로 내세웠고, 어떤 남성성이 이상적인 것인지 독자들이 판단해야했다. 독자들은 오이다의 남성주인공인 그랑빌은 우드의 악한 레비전과 유사한 자질을 가지고 있었기 때문에 한 소설에서 이상적인 남성이 왜 다른 소설에서는 악한인지 생각해야 했다. 중산계급이 소비하는 대중소설에서 이러한 상충되는 요소들이 있는 이유는 중산계급 문화 형성에서 계급의 속성이 서로 뒤섞이는 일면이 존재하기 때문이다.

당시 대중소설에서 발견될 수 있는 주제는 당시 대중문화의 야심 있는 중산계급 남성과 여성이 얼마나 귀족에 필적할 수 있는가, 부는 사회적 구속으로부터 얼마나 자유를 가져다주는가, 근검과 신중함이라는 중산계급 가치관들은 새로이 찾아낸 부와 권력을 과시하기 위해 얼마나 수정될 필요가 있는가 등이었다(Wynne 75). 이 문제에 대해서 어느 하나의 단일한 이데올로기로 재단할 수 없는 면이 있으며 한 잡지의 독자들은 두개의 대립되는 이상적인 행동규범들이 제시되는 경우를 동시에 즐길 수 있었다.

오이다는 독자들을 부와 여유, 과다함의 세계로 인도하여 대리만족을 하도록 유도해고 우드는 자제와 규제의 중산계급 가치관 안에서 귀족계급 위에 중산계급이 승리를 거두는 것을 보여줌으로써 당시 중산계급의 미덕에 충실했다. 오이다의 이중혼과 사기에 초점을 둔 이야기 구조는 그랑빌의 몰락에 중점을 두고 있다. 그랑빌은 학생이었을 때 아름답지만 무모한 성격의 노동계급 여성인 루시 데이비스(Lucy Davis)를 유혹했고 루시는 그랑빌에게 버림받자 복수의 계획을 세우게 된다. 루시는 사악한 판타이어 부인(Lady Fantyre)의 도움으로 상류계급 여성으로 위장하며 트레퍼시스(Trefusis)로 변모하여 그랑빌을 유혹하여 결혼으로 유도한다. 그랑빌의 친구인 사브래타쉬(Sabretasche) 대령도 저급한 신분의 여성에게 속아서 결혼하는 구조를 지니고 있다. 귀족계급이 저급한 상태로 되는 구조를 독자들이 선호했으므로 이러한 이야기 구조는 잡지의 여성독자들에게 호소력이 있었다.

두 남성은 궁극적으로 노동계급 아내들과 헤어지게 되는데 루시는 이미 남편이 있었음이 밝혀지고 사브래타쉬의 아내는 남편의 품에서 죽어가게 되는 것이다. 이런 이야기 구조를 통해서 오이다는 젊은 남성들에게 함부로 관능적 매력이 있는 하층계급 여성과 결혼하지 말 것을 경고하고 있으며 태생이 보장된 예술가 여성들만이 결혼할 가치가 있다는 메시지를 전하고 있다(Wynne 76). 이와 대조하여 우드는 중산계급 남성에게 귀족계급 여성의 유혹으로부터 멀리하라는 충고를 자신의 연재소설『이스트 린』에 담고 있다.

9개월간 이 두 연재소설은 함께 연재되어서『뉴 먼스리 매거진』의 독자들은 계급과 젠더 문제에 대해서 반대의 플롯을 가진 소설들을 대하게 되었다. 플롯상은 반대의 구도를 취하고 있지만 기본적으로 두 여성작가는 보수적 입장에서 중산계급의 취향에 맞는 정서를 불러일으키는 점이 공통점이라 볼 수 있다.

남성중심의 공간인『뉴먼스리 매거진』에 우드와 오이다, 부시바이는 계급 유동성, 모성, 진정한 귀부인과 완벽한 신사의 문제들을 취급하였고 이는 중산계급 독자에게 중요한 문제였다. 이 세 작가는 모두 미스테리, 범죄, 사기, 중혼 등의 플롯을 사용하였으며 세 이야기를 묶어주는 이야기는 결혼제도에 대한 관심이라고 볼 수 있다. 아내나 남편을 잘못 선택하는 것은 세 선정적 플롯의 역학관계를 형성하고 있다. 결혼이 일종의 감금과 같다는 묘사는 연재된 선정소설들의 주제이자 잡지의 여러 기사들의 주제가 되기도 하였다.

중혼은 당시 중산계급 독자들에게 특히 흥미로운 주제였다. 결혼제도가 1860년대 지속적으로 논의되던 이슈였는데 1857년 결혼소송법(Matrimonial Causes Bill)이 통과되었다는 의미는 부자들만 이혼할 수 있다는 것이었기 때문이다(Wynne 80 참조). 『이스트 린』에서 카알라일이 첫 부인 이사벨의 사망소식을 듣고 바바라와 재혼하는데 나중에 이사벨이 가정교사로 위장하여 돌아오는 것은 중혼의 주제를 담고 있으며 나머지 연재소설의 이야기들도 모두 그릇된 결혼에 관한 것이다.

『이스트 린』이 연재되던 동안 잘못된 결혼에 대한 기사도 함께 게재되었다.[13] 이 기사가 게재된 것과 같은 호에 『이스트 린』의 연재는 이사벨의 전 남편과 그의 새 아내 앞에서 죄의식에 찬 모습을 보이는 것을 제시하고 있다. 이사벨의 이상한 위치에 대해 언급되는데 그녀는 자신의 자식과 같이 있으면서 어머니임을 숨겨야하고 카알라일이 바바라에게 애정을 표현하는 걸 눈앞에서 보아야 하는 것이다. 동시에 이사벨은 이스트 린에 위장한 채 돌아온 자신이 침범자임을 인식한다. 자신이 가정에 침범한 범법자이자 자신의 위치가 그릇된 것이며 정당화할 수 없는 것임을 깨닫는다. 정체가 들키지 않더라도 바바라와 자신이 한 공간에 거주하는 것이 도덕적으로 가능한 것인가 자문하게 된다. 카알라일은 중혼 상태에 있게 되는데 소설의 말미에 자신의 첫 부인 이사벨을 알아보게 되는 것이다. 이런 부분은 선정소설의 내용에 걸맞으며, 사회에서 존경받는 남녀들이 자신도 모르게

---

13) 1861년 3월 「몰몬과 그들이 거주하는 나라」('The Mormons and the Country They Dwell In')에서 결혼의 문제를 탐색하고 있다. 이 익명의 기사는 몰모니즘에 관한 것인데 다중혼에 대한 이야기를 담고 있다. 우드가 이 기사에 영향을 받아 다음 소설 『버너의 오만』(Verner's Pride)에서는 (1862-1863 Once a Week에 연재) 몰몬 선교사가 영국마을에 와서 노동계급 거주자들을 우타주로 집단 탈출시키는 플롯을 전개하고 있다. 두 하녀들이 남편을 공유하는 플롯을 통해 이 여성들이 왜 이러한 고통을 견디며 사는가에 대해 작가는 모성적 사랑이 족쇄가 된 것이라 주장한다. 모성은 잠재적으로 위험한 여성체험 영역으로 탐색되고 있는데 어머니들은 자식들을 위해 도덕 코드를 어기기 때문이라고 볼 수 있다(Wynne 80-81 참조).

존경받지 못하는 범죄적 상황에 있음을 발견하게 된다. 즉 가정의 공간과 결혼 제도가 문제가 있음을 이러한 플롯을 통해 제시하는 것이다.

선정주의와 계급과 젠더, 결혼에 대한 우드와 부시바이, 오이다 등의 생각은 당시 대중 출판문화를 점검해보는 데 중요한 의미가 있다. 같은 문화적 공간에서 잡지의 연재 형식은 선정소설 장르의 충격 효과를 더 강하게 전파하는 식으로 구성되었음을 알 수 있다. 『이스트 린』의 경우처럼 연재소설과 더불어 유사한 선정적 성격을 지닌 실제 기사나 짧은 일화들, 시 등이 지면에 할애되었다. 이처럼 연재소설의 연재분과 서로 관련이 있는 단편이나 기사가 함께 실림으로써 서로 영향을 주게 되는 상호텍스트성이 당시 대중잡지의 특징이었다.

대화 관계라는 맥락을 중심으로 보면 선정소설이 자아낸 감정적 반응은 의미가 없는 것이 아니라 당시의 주요 문제들을 포괄하는 면을 볼 수 있다. 특히 계급 유동성의 문제, 재정적 불안, 독신 여성의 취약한 사회 상황, 성, 실패한 결혼, 불법적 결혼, 광기, 정신 질병, 범죄에 대한 공포, 가정이라는 영역의 취약성 등을 볼 수 있다(Wynne 3). 이러한 주제들은 지속적으로 중산층 가족잡지들에서 반복되었는데 브래던, 콜린즈, 리드, 우드 등은 이러한 주제들을 다루면서도 중산층 가족의 존속에 중점을 두었다. 그러나 이들의 텍스트 이면에 당시 주요 담론에 대한 저항적이고 전복적인 요소들을 발견할 수 있다. 이러한 요소들은 당시 중산계급 문화와 노동계급 문화가 뒤섞이는 과정의 이면에 당대 사회의 문제점들에 대한 선정소설 작가들의 인식이 어떻게 작용하고 있는가를 보여준다. 아울러 잡지와 소설의 상호텍스트성은 당대 사회 문제들에 대한 선정소설가들의 인식 과정을 더욱 심화시켜 주는 역할을 하였다고 볼 수 있다.

『이스트 린』: 대중텍스트의 여성성과 멜로드라마

선정소설의 생산과 소비, 당시의 비판적 반응들은 여성성에 대한 당시 생각과 밀접하게 연결되어 있을 뿐만 아니라 여성문제에 대한 여러 양상들과 밀접하게 연결되어 있었다(Lynn Pykett, Sensation Novel 41). 여성의 법적 정치적 권리, 교육적 직업적 야심과 기회, 전통적 결혼이나 가족 패턴에 대한 불만과 거부 등, 『이스트 린』의 플롯은 당시로서는 매우 파격적인 것이었다.14)

『이스트 린』은 진부한 멜로드라마로 취급되기도 했으나 최근 여성론 비평가들이 모성의 재현과 빅토리아 시대 여성성의 문제에 초점을 두면서 다시 주목의 대상이 되었다. 최근의 여성론 비평은 이사벨에 초점을 두어 빅토리아 여성성 코드와 연관된 긴장과 억압들의 멜로드라마적인 예를 보여주는 것으로 분석한다. 이를테면 앤 카플란(E.Ann Kaplan)은 이사벨이 여성독자들에게 과도한 모성적 감정에 대해 경고하는 것으로 읽어내며(78) 앤 츠베코비치는 멜로드라마의 감정적 만족에 초점을 두어 『이스트 린』을 감정의 드라마로 보고, 여성의 일탈에 대한 서술을 여성의 고통에 대한 풍부한 이야기로 변형시킨 것에 초점을 두었다(98).

즉 멜로드라마나 감상소설 같은 장르를 여성적인 것으로 보는 성향, 이를 여성적 대중문화 형식으로 경시하는 성향이 일반적이었으나, 최근에 이르러 여성적이라고 간주되던 장르에 대해 재평가의 필요성이 대두되고 멜로드라마가 여성들에게 왜 호소력이 있는지 규명하려는 여성론자들의 주

---

14) 주된 플롯은 사랑과 결혼에 관한 것이며, 여주인공의 성적 타락을 축으로 하고 있다. 이사벨 배인 부인은 프랜시스 레비전이라는 사악한 남성에게 걸려드는데 이혼한 이사벨은 자신의 자녀들이 알아보지 못할 상태로 되돌아오게 된다. 그녀의 외모는 열차사고로 다 망가진 상황에서 자신의 사생아는 죽고 남편은 다른 여성과 결혼했는데 자신의 진짜 아들이 죽어가는 걸 보게 된다. 그녀도 고통 속에서 죽어가게 된다.

의를 끌어왔음이 지적되고 있다(Cvetkovich 98). 『이스트 린』은 선정소설과 멜로드라마의 독특한 조합, 여성인물의 일탈과 희생의 독특한 조합을 보이고 있는데 고통이 쾌락과 혼합되는 감정의 정치적 결과들과 눈물을 자아내려는 목적인 텍스트의 정치적 결과들을 탐색하고 있다. 시대나 장르가 다름에도 불구하고 선정소설, 탐정소설, 필름 느와르의 여주인공들의 공통적인 특성은 체제에 대한 저항과 침묵 속의 고통을 결합시킨 여성의 지속적인 감정적 힘이다.

우드의 주제들, 특별히 노동, 중산계급 여성들에게 지닌 호소력은 그녀로 하여금 빅토리아 시대 중반과 후반의 문학이나 문화에서 부정할 수 없는 힘이 되도록 했다. 우드는 자신이 이 소설로 성공한 근거는 삶의 근심들로부터 잠시 일탈을 제공하는 것에서 나오는 것이라고 생각했다. 다시 말해 그녀는 가정적 리얼리즘의 관습들을 사용했으나 가정의 어두운 모습을 전달하기 위해 고딕에 뿌리를 둔 반사실주의적 도구들을 사용하였다. 가정을 비밀의 장소, 모든 잔인함과 거짓이 있는 비밀의 장소로 설정했으며, 선정소설의 창시자이자 주자로 분류되는 근거가 여기에 있다(Liggins, "Introduction: Ellen Wood" 151).

『이스트 린』은 여성의 일탈을 여성의 고통에 관해 아낌없이 묘사한 이야기로 변형시키고 있다. 그 고통은 여주인공이 자신의 죄로 벌 받아야 하는 도덕적 교훈적 요구를 훨씬 능가하는 듯 보이는 고통이다. 『이스트 린』역시 선정소설에서 볼 수 있는 중혼, 간음, 잘못된 정체성, 살인, 재난 등을 포함하고 있다. 중산계급 남성 주인공은 지속적으로 신사로 제시되고 있으며 이러한 덕목을 지닐수록 이윤도 더 많이 창출하는 것으로 제시되는데 이러한 모티브는 지속적으로 그녀의 소설에서 발견된다. 『이스트 린』에서는 에너지와 진취적 성향이 우드의 중산계급 인물의 재현에 핵심적이었다고 볼 수 있다.

19세기 문화는 고통 받는 여성을 만들어내었고 우드는 이야기 너머의 정치적 목적을 상기시킨다. 여주인공 이사벨 배인은 독자들에게 고통 받는 여성이라는 기호 이면에 있는 정치성에 주목하게 한다. 즉 두 가지 가설을 작동시킴으로써 감정적 힘을 불러일으킨다. 가부장제 문화가 그들의 감정을 숨기도록 강요함으로써 여성들에게 폭력을 가한다는 점, 이러한 감정의 표현이 그들의 고통을 경감시킬 것이라는 가설 두 가지를 포함하고 있다.

우드는 비평가들이나 대중들이 그녀를 선정주의자로 분류함에도 불구하고 스스로를 사실주의 소설가로 생각하였다. 우드는 대중의 정서에 잘 맞춘 것으로 보이며 우드의 중산계급 성취와 가치관에 대한 찬양은 당시 중산계급 문학취향과 감성을 반영하는 것처럼 보인다. 가정 영역과 그를 둘러싼 불쾌한 비밀을 초점으로 두는 과정에서 우드는 무의식적으로 여성이 직면한 경제적 · 이데올로기적 어려움을 드러내보였다. 여주인공들은 일반적으로 부드럽고 점잖은 속성을 지니고 경제력이 없으며, 부주의하고 자만에 가득 찬 남성의 자비나 변덕에 좌우된다. 일탈적 여성인물들은 주로 죽거나 갇히는 식으로 형벌을 받는다. 이는 선정소설의 전형적인 결말에 맞는 패턴으로 볼 수 있다.

그러나 우드는 이러한 과정에서 멜로드라마적 도덕만을 보여주는 것이 아니다. 이중적인 우드는 이사벨 배인의 참회, 몰락을 다른 여성에게 교훈으로 제공하면서, 성적 도피의 판타지에 탐닉하도록 장려하는 면이 있다. 또한 모성을 이상화하는 경향이 있다. 두 여성의 모성에 대한 관점차이를 볼 수 있는데, 이사벨은 감정에 자신을 맡기어 고통 받고 죽어가는 쪽이며 바바라는 합리적이며 근대적 어머니상이라고 볼 수 있다. 행위규범서에 기반을 둔 행동, 역할에 대한 인식, 19세기에 이러한 여성을 위한 행동지침서는 넘쳐났다(Pykett, *The Sensation Novel* 61). 바바라는 가정을 꾸려가는 것에 대해 이사벨에게 충고한다.

난 너무 많은 어머니들이 가족을 관리하는 데 잘못된 체제를 따라가고 있다는…그런 의견을 갖고 있습니다. 우리도 아다시피 세상의 쾌락과 부질없는 짓에 빠져 가족을 완전히 등한시하는 어머니들이 있죠… 어떤 것도 그것만큼 생각 없는 짓이 없지요… 그런데 정 반대편에서 실수를 저지르는 어머니들도 있지요. 그 어머니들은 자식하고 있을 때만 행복하지요. 자식들을 씻기고 입히고 먹이지요…이런 어머니는 자신의 권위를 잃게 되지요… 집안의 규율은 곧 깨어지게 되구요. 아이들은 난폭해지고 남편은 거기에 염증을 느껴서 다른 데서 평화와 위안을 찾게 되지요…난 절대 내 자식들 훈련을 다른 사람한테 맡겨버리지 않을 겁니다…그건 어머니가 해야 할 일이니까요.

I hold an opinion…that too many mothers pursue a mistaken system in the management of their family. There are some, we know, who lost in the pleasures of the world, in frivolity, wholly neglect them…nothing can be more thoughtless…but there are others who err on the opposite side. They are never happy but when with their children. They wash them, dress them feed them… 〔such a mother〕 loses her authority…The discipline of that house soon becomes broken. The children run wild; the husband sick of it, and seeks peace and solace elsewhrere…I shall never give up to another…the training of my children…This is a mother's task. (415-16)

도덕적으로 독자는 바바라의 이러한 중산 계급적 신중함을 인정하지만 이사벨의 감정에 공감을 보내게 된다. 귀족계급이 지닌 감정의 과다함을 즐기게 되는 것이다. 이러한 독자 반응의 분열은 중산계급 모성과 여성성의 이데올로기에 내재한 모순들을 생각하도록 유도한다.

당시 여성은 성이 없고 열정이 없는 존재로 간주되었지만 동시에 감정과 정서의 원천이라고 볼 수 있다. 이러한 모순점은 당시 여성의 체념과 복종의 원칙 또한 도덕적 모순들로 채워져 있음을 보여준다. 우드의 소설은 이러한 상호모순들을 죄와 감정의 특이한 결합을 통해 보여주며 가정소설의 관습을 선정적 가정 멜로드라마로 재구성하고 있다. 브래던의 『오들리 부인의 비밀』이나 『오로라 플로이드』는 여성의 육체를 성애화하며 이러한 여성을 가정의 위선으로 제시하지만 『이스트 린』은 여성적 감정을 성애화하고 여성 희생자의 고통을 볼만한 거리로 만들고 있다(*The Sensation Novel*, 62). 이사벨의 관점에서 사건을 제시함으로써 우드는 여성독자에게 브래던의 선정소설들과는 달리 여성의 고통과 감정을 직접 여성의 관점에서 제시한다.

가정 내 삶의 문제에서도 두 여성의 문제를 보여준다. 두 여성의 문제, 폭정적인 노처녀 코넬리아(카알라일의 의붓동생)와 근대 가정의 유능함을 대변하는 바바라 해어의 대조를 볼 수 있다. 그러나 더 강력한 가정적 존재의 재현은 이사벨의 곤경에 초점을 둠으로써 나온다. 모든 환경에서 그녀는 바로 여성의 성전이라고 가정되는 가정이라는 공간에 갇히고, 박해받고, 고통 받는 존재로 재현되고 있다.

> 코니(코넬리아)는 겉으로는 이사벨 부인에게 안주인으로 경의를 표했지만 실제 안주인은 코니 양 자신이었으며 이사벨은 자동인형에 불과했다. 이사벨의 충동은 전제적인 의지를 가진 카알라일 양에게 견제를 당했고 소망은 좌절되었으며 행동은 암묵적으로 비난을 받았다. 불쌍한 이사벨, 세련된 태도와 마음 약하고 민감한 기질을 가진 이사벨은 강한 정신을 가진 여성에게 대항할 기회가 없었으며 바로 자기 집안에서 괴롭힘을 당하는 복종상태에 있게 되었다. 카알라일 씨는 그런 상황의 낌새를 눈치 채지 못했다.

> Miss Corney deferred outwardly to Lady Isabel as the mistress but the real mistress was herself, Isabel little more than an automaton. Her impulses were checked, her wishes frustrated, her actions tacitly condemned by the imperiously

willed Miss Carlyle: poor Isabel, with the refined manner and the timid and
sensitive temperament, had no chance against the strong-minded woman, and she
was in a state of galling subjection in her own house. Mr. Carlyle suspected it
not. (141)

이사벨의 비참함은 견제되고 좌절되고 비난받고 자신의 욕망이 행위로부
터 분리된 자동인형으로 남는데 있으며 그녀 내면의 삶에 독자는 접근할
수 있다(Cveckovich 101). 시누이에게 복종하는 태도는 이스트 린에 돌아왔
을 때 더 과장된 형태로 재현된다. 여성이 경제적으로 의존할 때 치러야
하는 감정적 대가를 보여주고 있다. 이러한 점은 실제 독자들의 가정적 불
만에 호소하는 면이 있다. 그러나 역시 그러한 불만은 가두고 조절되는 쪽
으로 작동하고 있다. 그녀가 요양 차 프랑스로 가게 되었을 때 가정의 보호
라는 영역에서 벗어나면 레비전의 유혹에 매우 취약한 상황이 되고 여성의
성 통제에 기반을 둔 사회 안정에 위협이 됨을 보여준다.

여성의 가정적 불만을 다스리는 가장 주요한 도구 중 하나는 연장된 자
기 고통이다. 중산계급 가치관에 비추어볼 때 성적 일탈은 죽음과 같으며
격정적 열정의 순간으로 뛰어들었으므로 이사벨은 공포의 심연으로 뛰어든
걸 알았으며 거기로부터 더 이상의 도피를 할 수가 없었다(237). 죽는 것보
다는 감정적 속죄 안에서 살아가며 겉으로 드러낼 수 없는 회환과 죄의식으
로 애태우며 살아가게 된다. 그녀는 자신의 십자가를 그때부터 매일 시간
시간 가지고 가야 했으며 최상으로 그걸 참아내야 했다. 그 무게와 날카로
운 아픔을 지니고 가야했고 그녀의 짐으로부터 움츠러들 수 없었다(250).

마지막 권에 이사벨은 자신이 저버린 가족의 가장자리에서 지속적으로
고통 받고 가족을 다시 갈망하는 관찰자로 재현되고 있다. 가족은 불만의
원인이라기보다 욕망의 대상이 되고 있다. 화자의 목소리 역시 여성독자들

을 가정적 존재로 재생성하는 데 초점을 두고 있다. 이사벨의 양심을 일깨우는 기록들을 지속적으로 보이는 것이다. 그러나 독자들에게 포기한 결혼의 결과들에 대해 충고하는 부분에서 화자는 이사벨의 참회와 같은 인내를 권장한다.

> 오 독자여, 절 믿어주세요! 귀부인이자 아내이자 엄마인 저를요! 여러분들이 가정을 포기하고픈 유혹을 받은 적이 있다면 정신차려야 할 겁니다! 여러분들의 결혼생활이 어떤 시련을 겪어야할 운명이라도 여자의 인내심으로 참기 힘든 지경으로 여러분들의 짓눌린 마음에 아무리 그 시련이 크게 다가온다 할지라도, 참으려고 결심해야 합니다. 무릎을 납작 꿇고서 그걸 참을 수 있게 해달라고 기도해야 합니다. 인내심을 달라고 기도하세요. 여러분들이 도망가게 재촉하는 악마를 물리칠 힘을 달라고 기도하세요. 당신의 정당한 이름과 훌륭한 양심을 잃기보다는 죽을 때까지 참으세요. 왜냐하면 그렇지 않은 길로 빠져든다면 그 길은 죽음보다 훨씬 더 나쁘다는 걸 확신해요!
>
> 불쌍한...이사벨 부인! 그녀는 여자에게 삶을 가치 있게 만들어주는 모든 것, 즉 남편과 자식과 평판과 가정을 희생했던 것이다.

Oh, reader, believe me! Lady-wife-mother! Should you ever be tempted to abandon your home, so will you awake! Whatever trials may be the lot of your married life, though they may magnify themselves to your crushed spirit as beyond the endurance of woman to bear, resolve to bear them: fall down upon your knees and pray to be enabled to bear them: pray for patience: pray for strength to resist the demon that would urge you so to escape: bear unto death, rather than forfeit your fair name and your good conscience: for be assured that the alternative, if you rush on to it, will be found far worse than death!.

Poor...Lady Isabel! She had sacrificed husband, children, reputation, home, all that makes life of value to woman. (237)

이사벨과 자신을 동일시함으로써 독자는 자신의 인내의 필요성에 대해 느끼는 고통을 표현할 수 있다. 크베코비치는 자신의 위치를 바꾸기에 무력한 이사벨처럼 독자도 자신의 위치를 바꾸게 해줄 어떤 것도 없다는 것을 상상할 수 있다고 지적한다. 즉 자신을 무력하게 해준 사회적 물질적 상황들에 대해 의문을 가지게 되기보다 영웅적 고통만이 유일한 대응의 길이라는 확신을 얻을 수 있다는 것이다(Cvekovich 103). 피켓은 독자들에게 이렇게 충고하는 것은 관습적 도덕을 강화하는 것이며, 여성독자들에게 여성에게 가장 가치 있는 것이 무엇일까를 상기시키기 위한 것으로 본다(*The Sensation Novel* 65). 아울러 젠더 이데올로기가 계급의 관점에서 구축되는 방식을 보여주는 것으로 지적한다. 이사벨의 고통은 자신의 죄처럼 섬세한 여성성의 산물, 즉 계급의 특성상 나올 수 있는 특성의 산물로 제시된다.

> 이사벨 카알라일 부인처럼 실수한 아내들이 즉각 회환에 사로잡히는 건 아니었다. 인생의 더 높은 위치에 있는 여자에 대해 말하고 있다는 걸 상기할 필요는 없겠다. 이사벨 부인은 옳고 그름을 분별하는 활발한 정신, 민감하게 세련된 섬세한 마음씨를 타고났다. 그녀와 같은 기질을 가지고 실수를 저지를 것이라고 누구도 생각지 못할 것이었다. 그녀의 남편에 관련된 치명적인 오해만 없었더라면...그녀는 자신을 결코 잊어버리지 않았을 것이다.

> It is possible remorse does not come to all erring wives so immediately as it came to Lady Isabel Carlyle — you need not be reminded that we speak of women in the higher positions of life. Lady Isabel was endowed with sensitively refined delicacy, with an innate, lively consciousness of right and wrong; a nature such as hers, is one of the last that may be expected to err; and, but for that most fatal misapprehension regarding her husband...she would never have forgotten herself. (237)

이러한 귀족계급 여성성의 특성은 이사벨을 희생자이자 여주인공으로 격상시키고 있다. 하층계급 여성인 애피 할리존(Affy Hallijohn)은 이사벨의 유혹자에 의해 역시 유혹당하고 배신당하지만 상류계급의 세련됨이나 도덕성이 결여되어 있어 우스꽝스러운 인물이 될 따름이다. 애피의 타락은 성적·사회적 취약성뿐만 아니라 사회적 야심과 연관되어 있다. 이 사이에 중산계급인 바바라가 존재하며 바바라는 중산계급의 이상적 여성성을 보여주는 인물이지만 이사벨처럼 독자를 매료시키지는 않는다.

『이스트 린』은 단순히 젊은 남성의 유혹에 대한 위험을 부인들에게 경고하는 것이 아니며 모성의 박탈에 대한 악몽같은 비전도 아니다 여성독자들에게 당시의 이상적 여성성에 굴복하는 것에 대한 경고인 것이다. 즉 이상적 여성성에 적응할 경우의 위험을 이사벨을 통해 제시한다. 이사벨 배인은 수동적이고, 의존적이며 섬세하고 순수하고 어린애 같은 가정적인 이상형, 여성적 이상으로 제시된다. 이러한 특질들이 역설적으로 그녀를 희생자겸 악녀로 만드는 데 일조한다. 이러한 역설을 읽을 수 있는 독자들은 이러한 이상적 여성성에 대한 의문을 지니고서 여성의 삶을 지배하는 여러 사회적 기제에 대해 의문을 던질 수 있다. 이러한 읽기 방식은 보수적 선정소설도 한 가지 방식으로 접근될 수 없는 다양한 의미들을 함축하고 있음을 제시해준다.

우드는 자신의 소설에서 대중 멜로드라마와 감상적 가정소설의 관습을 함께 묶어내고 있다. 결과는 두 형태가 서로 섞이거나 한 형태가 다른 형태를 흡수하는 것이 아니라 대화적 관계에 있으며 이러한 대화는 불안정화의 과정, 원래 하층계급의 멜로드라마 형태가 중산계급 감상소설의 형태와 기준을 전복시키는 과정임을 볼 수 있다.

우드의 중산계급 인물들은 우드 자신과 마찬가지로 재산과 권력에 대한 그들의 욕망을 위장하려 한다. 『이스트 린』은 귀족계급이 중산계급으로 대치되어가는 플롯을 보여준다. 중산계급의 이상은 소설을 통해 아키발드 카알라일과 바바라 해어를 통해 제시되며 이들은 권력에 대해 야심이 없는 것처럼 보이지만 계급 상승을 조용히 시도한다. 우드는 그녀의 『뉴먼스리』 매거진 독자들과 같은 관점을 지녔고 독자들은 중산계급의 위치를 유지하기 위해 어떤 형태의 직업에 의존해야 했다. 이들은 귀족계급의 부와 지위에 대해 반감이 있었다. 우드의 주 업적은 대중적 멜로드라마를 중산계급이 소비하도록 변형시킨 점이며 중산계급이 즐길 수 있도록 계급 찬탈의 판타지를 제공한 점이다.

드보라 윈은 우드가 인물이나 독자들에게 눈물을 자아내는 능력보다는 바바라의 승리와 이사벨의 굴욕을 즐길 수 있는 가능성을 열어주는 데 소설의 선정적 호소가 있다고 보았다(67). 다시 말해 이사벨의 간음은 중산계급 독자에게 귀족 계급 여성의 몰락을 즐기며 볼 수 있는 구실을 제공해주고 있는 것이다. 우드는 단순히 이사벨의 몰락에 초점을 두어 멜로드라마의 감정적 반응만을 목표로 하지 않았음을 알 수 있다. 범죄, 복수, 재산의 축적, 권력 등에 기반을 둔 다른 플롯들도 포함하고 있다.

재산이 흘러가는 과정, 방탕한 귀족 마운트 시번(Mount Severn) 경으로부터 열심히 일하고 계급 상승을 지향하는 변호사 카알라일에게 흘러가는 것은 웨스트 린 근방 소도시에서 카알라일의 권력과 영향력을 군건히 해주는 것이다. 우드의 계획은 카알라일을 도덕적 · 육체적 · 경제적으로 귀족들보다 뛰어나다는 것을 보여주는 데 있다. 소설의 말미에 웨스트 린의 대표로 국회에 선출되어 그의 권력은 국가로 확장되는 것이며 귀족의 특권을 대치하는 것으로 되고 있다.

카알라일은 이스트 린, 즉 시번경이 물려받은 집과 영지를 구입함으로써 상류계급의 영지에 사업, 투자, 자본의 개념을 적용한다. 카알라일은 자신의 일급 사업과 어머니의 재산을 아버지에게 성공적으로 투자하게 하여 충분히 영지를 살 수 있다고 주장한다. 남성들은 전문인이나 사업가로 일하고 여성은 결혼을 통해서 재산을 이동시키고 중산계급 이득을 선호하는 부의 창출의 자본적 체제를 구축하는 것이다. 카알라일에게 이스트 린은 투자대상에 속하며 조그만 시골의 변호사로 만족하지 않는다. 이스트 린의 교환은 비밀리에 이루어지고 마운트 시번경은 임시로 손님으로 머물게 된다. 카알라일은 신중함과 검약이라는 중산계급 가치를 포기하지 않는다. 카알라일의 이스트 린의 구입은 이전의 여주인인 이사벨과 그가 결혼했을 때 완결된다. 우드는 중산계급 남성이 귀족계급 여성과 결혼하려는 동기에 대해 비판적이며 중산계급 결혼의 문제점을 보여준다.

그러나 소설의 나머지 부분은 중산계급인 바바라의 우수한 자질을 강조하는 데 할애하고 있다(Wynne 70). 소설 후반부는 바바라의 가치관, 신중함과 적절함의 가치들이 이사벨을 대치하는 과정을 볼 수 있다. 바바라의 상승은 독자들에게 더 감정이입을 불러일으킨다. 윈은 모든 독자들이 이렇게 느낀다고 가정하는 것은 잘못된 읽기라고 주장한다(70). 이사벨의 곤경을 둘러싼 다른 감정들을 감추고 있는 텍스트의 모호성에 주목해야 한다. 이사벨을 누르고 바바라가 승리하는 것을 나타내는 서브 텍스트, 카알라일이 레비전과 모든 귀족 남자들을 누르고 승리하는 것은 강력한 서브텍스트로서 독자들에 의해 자주 간과되어 온 부분이다. 연재에서 독자에게 은밀한 즐거움의 원천이 되었던 부분이었다.

린 피켓은 바바라가 궁극적으로 이스트 린의 안주인이 되고 이사벨의 고용주가 되는 것, 이사벨이 자신의 아들이 죽어가는 것을 보고 고통 받는 장면을 메저키즘적이라고 표현하면서 이러한 텍스트의 매저키즘이 중산계급 독자의 즐거움에 중요한 원천이 된다고 주장한다(*The Sensation Novel*, 71). 그러나 이러한 매저키즘은 독자가 바바라의 승리와 자신을 동일시하는 강한 새디스트적 충동과 함께 병행하는 것으로 볼 수 있다는 것이다. 바바라는 가정교사 마담 바인이 실제로 남편의 첫 부인인 것을 모르고 복수나 경쟁상대의 굴욕에 대해 만족을 느끼는 등의 감정이 허용되지 않는다. 그러나 우드는『뉴 먼스리 매거진』독자들과의 관계 속에서 이러한 숨겨진 감정들이 작동하도록 만든다. 중산계급 여성의 승리에 많은 부분을 할애하는 것이다.

계급문제에 대해 많은 평자들이 언급하는데 우드가 중산계급 승리에 초점을 두고 있긴 하지만 계급갈등의 속성이 그렇게 간단히 정의될 수 있는 것은 아니다. 피켓은 소설이 과도기 사회를 묘사하고 있다고 주장한다. 즉 귀족계급의 혁신과 중산계급의 형성이 교차하는 과도기사회를 그리고 있다고 보며(Pykett, *The Improper Feminie* 118) 일레인 해들리(Elaine Hadley)도『이스트 린』이 귀족계급이 제대로 역할을 했던 존중받을만한 문화에 대한 복합적인 향수를 품고 있다고 지적한다(169). 윈은 텍스트에 귀족의 혁신에 대한 향수나 욕망을 제시하는 것은 없다고 보았다(71).

중산계급인물들은 귀족에게 이용당하기보다, 전통적 계급 구조를 새로이 할 수 있으며 권력을 귀족으로부터 은밀하게 점잖게 가져오고 있는 것이다. 우드는 이러한 계급의 승리에 관심이 있었으며『이스트 린』에서 중산계급의 우월성은 웨스트 린의 선거 묘사에서 가장 명백하다. 카알라일이 프란시스 레비전에게 선거에 이기는 장면은 정치라기보다 성적인 면에서의 대결이라고 볼 수 있다.

우드는 레비전과 카알라일의 대결에 노동계급 무리들을 동원하여 레비전을 비판하고 카알라일을 선택함을 보여준다. 이러한 과정에서 이사벨은 자신이 레비전을 사랑한다고 생각했던 것을 후회하며 이러한 치명적 실수는 선거동안 지속적으로 바바라와 카알라일의 누이 코넬리아에 의해 환기

된다. 아울러 바바라도 자신의 도덕적 우월성을 주장할 기회를 가진다. 이 과정에서 레비전과 카알라일(카알라일은 웨스트 린의 국회의원이 된다)의 결과 대조를 볼 수 있다. 소설은 이사벨의 죽음으로 끝나며 카알라일과 바바라는 이스트 린의 소유자로 남게 되어 표면상의 결말은 중산계급의 승리로 종결됨을 볼 수 있다. 이처럼 『이스트 린』에서는 에너지와 진취적 성향이 우드의 중산계급 인물의 재현에 핵심적이라 볼 수 있다. 그러나 책으로 출판되어 대출도서관에서 가장 인기 있는 책이 되었을 때 독자들은 다양한 계급과 다양한 문화적 관점에서 소설을 접하였으므로 이사벨에게 더 관대하게 대응하였다. 19세기 문화 아이콘이라 볼 수 있는 '고통 받는 여성'의 이야기에서 독자들은 이 이야기 아래 잠재해있는 숨은 의미들에 더 흥미를 느꼈기 때문이다. 또한 이 기호 이면의 정치적 의미를 재고해볼 수 있었기 때문이라고 볼 수 있다.

선정소설 관련 참고문헌

Benett, Tony, Colin Mercer and Janet Woollacott Milton. Eds. *Popular Culture and Social Relations*. Keynes and Philadelphia: Open UP, 1986.

Blake, Andrew. *Reading Victorian Fiction: The Cultural Context and Ideological Content of the Nineteenth Century Novel*. London and Basingstoke: Macmillan, 1989.

Booth, Michael, V*ictorian Spectacular Theatre, 1850-1910*, London: Routledge Kegan and Paul, 1981.

Boyle, Thomas. *Black Swine in the Sewers of Hampstead: Beneath the Surface of Victorian Sensationalism*. New York: Viking, 1989.

Brake, Laurel. "Writing, Cultural Production, and the Periodical Press in the Nineteenth Century." *Writing and Victorianism*. Ed. J. B. Bullen. London and New York: Longman, 1997. 54-72.

Brantlinger, Patrick. *The Reading Lessons: The Threat of Mass Literacy in Nineteenth-Century British Fiction*. Bloomington, Indiana: Indiana UP, 1998.

Curtis, Jeni. "The Esparliered Girl: Pruning the Docile Body in *Aurora Floyd*." *Beyond Sensation: Mary Elizabeth Braddon in Context*. Eds. Marlene Tromp, Pamela Gilbert and Aeron Haynie. New York: State U of New York P, 1999. 77-92.

Cvetkovich, Ann. *Mixed Feelings: Feminism, Mass Culture and Victorian Sensationalism*. New Bruswick: Rutgers UP, 1992.

Fiske, John. *Understanding Popular Culture*. London: Unwin Hyman, 1989.

Gilbert, Pamela. K. *Disease, Desire and the Body in Victorian Women's Popular Novels*, Cambridge: Cambridge UP, 1997.

Harris, Ruth. *Murders and Madness: Medicine, Law and Society in the Fin de Siécle*. Oxford: Clarendon Press, 1989.

Hayward, Jennifer. *Consuming Pleasures: Active Audiences and Serial Fiction from Dickens to Soap Opera*, Lexington: UP of Kentucky, 1997.

Hughes L.K and M. Lund. *The Victorian Serial*. Charlottesville & London: U of Virginia P, 1991.

Hughes, Winifred. "The Sensation Novel." *A Companion to the Victorian Novel*. Eds. Patrick Brantlinger and William B. Thesing. Oxford: Blackwell, 2002.

Jordan, J. O. and R.L. Pattern Eds. *Literature in the Marketplace: Nineteenth-Century British Publishing and Reading Practices*. Cambridge: Cambridge UP, 1995.

Langland, Elizabeth. "Framing Women's Bodies in Braddon's *Lady Audley's Secret*." *Beyond Sensation: Mary Elizabeth Braddon in Context*. Eds. Marlene Tromp, Pamela Gilbert and Aeron Haynie. New York: State U of New York P, 1999. 3-16.

Liggins Emma, Daniel Duffy. Eds. *Feminist Readings of Victorian Popular Texts*. Aldershot: Ashgate, 2001.

Mansel, H.L. "Sensation Novels." *Quarterly Review,* CXIII, (1863): 485.

Matus, Jill. *Unstable Bodies: Victorian Representation of Sexuality and Maternity.* Manchester and New York: Manchester UP. 1995.

Maunder, Andrew and Grace Moore. *Victorian Crime, Madness, and Sensation.* Burlington: Ashgate, 2004.

Modelski, Tania. *Loving with a Vengeance: Mass-produced Fantasies for Women.* London: Routledge, 1984.

Palmegiano, E.M. *Crime in Victorian Britain: An Annotated Bibliography from Nineteenth-Century British Magazines.* Westport, Connecticut and London: Greenwood Press, 1993.

Pykett, Lyn. *The "Improper" Feminine: The Women's Sensation Novel and the New Woman Writing.* London: Routledge, 1992.

_____. "Sensation and the Fantastic in the Victorian Novel." *The Cambridge Companion to The Victorian Novel.* Ed. Deirdre David. Cambridge: Cambridge UP, 2001.192-211.

_____. *The Sensation Novel from The Woman in White to The Moonstone.* Exter: BPC Wheatons Ltd. 1994.

Rae, W. Fraser. "Sensation Novelists: Miss Braddon." *North British Review.* 43 (1865): 180-204.

Rhode,John. *The Case of Constance Kent.* New York: Scribner, 1928.

Shattock J and Michael Wolff. Eds. *The Victorian Periodical Press; Samplings and Soundings,* Leicester: Leicester UP,1982.

Sillars. S. *Visualization and Popular Fiction, 1860-1960: Graphic Narratives, Fictional Images.* London: and New York: Routledge, 1995.

Thomas, Ronald R. *Detective Fiction and the Rise of Forensic Science.* Cambridge: Cambridge UP. 1999.

Trodd. Anthea. *Domestic Crime in the Victorian Novel.* London: Macmillan, 1989.

Tromp, Marlene. *The Private Rod: Marital Violence, Sensation, and the Law in Victorian Britain.* Virginia: The UP of Virginia, 2000.

Wynne, Deborah. *The Sensation Novel and the Victorian Family Magazine.* New York: Palgrave, 2001.

Cvetkovich, Ann. *Mixed Feelings: Feminism, Mass Culture and Victorian Sensationalism*. New Bruswick: Rutgers UP, 1992.

David, Deirdre. *Intellectual Women and Victorian Patriarchy*. Ithaca: Cornell UP, 1987.

Easley, Alexis. *First-Person Anonymous: Women Writers and Victorian Print Media, 1830-1870*. Burlington: Ashgate, 2004.

Fiske, John. *Understanding Popular Culture*. London: Unwin Hyman, 1989.

Fraser, Hilary. Stephanie Green, and Judith Johnson. *Gender and the Victorian Periodical*. Cambridge: Cambridge UP, 2003.

Gilbert, Pamela. K. *Disease, Desire and the Body in Victorian Women's Popular Novels*. Cambridge: Cambridge UP, 1997.

Hadley, Elaine. *Melodramatic Tactics: Theatrical Dissent in the English Marketplace, 1800-95*. California: Stanford UP, 1995.

Hamilton, Susan Ed. *Criminals, Idiots, Women and Minors: Victorian Writing by Women on Women*. Peterborough.: Broadview Press. 1995.

Harris Janice H. "Not Suffering and Not Still: Women Writers at the *Cornhill Magazine* 1860-1900." *Modern Language Quarterly* 47.4 (1986): 382-92.

Harris, Ruth. *Murders and Madness: Medicine, Law and Society in the Fin de Siécle*. Oxford: Clarendon Press, 1989.

Hayward, Jennifer. *Consuming Pleasures: Active Audiences and Serial Fiction from Dickens to Soap Opera*. Lexington: UP of Kentucky, 1997.

Hughes, Winifred. "The Sensation Novel." *A Companion to the Victorian Novel*. Eds. Patrick Brantlinger and William B. Thesing. Oxford: Blackwell, 2002. 260-278.

Jordan, J. O. and R. L. Pattern. Eds. *Literature in the Marketplace: Nineteenth-Century British Publishing and Reading Practices*. Cambridge: Cambridge UP, 1995.

Kaplan, E. A. *Motherhood and Representation: The Mother in Poular Culture and Melodrama*. New York and London: Routledge, 1992.

K. M. Hughes and M. Lund. *The Victorian Serial*. Charlottesville & London: U of Virginia P, 1991.

Langland, Elizabeth. *Nobody's Angels: Middle-Class Women and Domestic Ideology in Victorian Culture*. Ithaca: Cornell UP, 1995.

Liggins Emma, "Good Housekeeping? Domestic Economy and Suffering Wives in Mrs. Henry Wood's Early Fiction." Eds. Emma Liggins and Daniel Duffy. *Feminist Readings of Victorian Popular Texts*. Aldershot: Ashgate, 2001. 53-68.

Liggins, Emma and Anrew Maunder, "*Introduction : Ellen Wood, Writer*." *Women's Writing*. 15.2: 2008: (149-156)

Mason, Emma and Mark Knight. *Nineteenth-Century Religion and Literature*. Oxford: Oxford UP, 2006.

Matus, Jill. *Unstable Bodies: Victorian Representation of Sexuality and Maternity*. Manchester and New York: Manchester UP. 1995.

Maunder, Andrew. "Ellen Wood was a writer: Rediscovering Collins' Rival." *Wilkie Collins Society Journal* 3 (2000): 17-31.

Modelski, Tania. *Loving with a Vengeance: Mass-produced Fantasies for Women*. London: Routledge, 1984.

Onslow, Barbara. *Women of the Press in Nineteenth-Century Britain*. London: Macmillan, 2000.

Palmegiano, E.M. *Crime in Victorian Britain: An Annotated Bibliography from Nineteenth-Century British Magazines*. Westport, Connecticut and London: Greenwood Press, 1993.

Palmer, Beth. "Dangerous and Foolish Work: Evangelicalism and Sensationalism in Ellen Wood's *Argosy Magazine*." *Women's Writing* 15:2 (2008):187-198.

Phegley, Jennifer. *Educating The Proper Woman Reader: Victorian Family Literary Magazines and The Cultural Health of The Nation*. Columbus: Ohio State UP, 2004.

_____. "Domesticating the Sensation Novelist: Ellen Price Wood as Author and Editor of the Argosy Magazine." *Victorian Periodicals Review* 38.2 (2005): 181-98.

Poovey, Mary. *Uneven Developments: The Ideological Work of Gender in Mid-Victorian England*. Chicago: Chicago U of P, 1988.

Pykett, Lyn. *The "Improper" Feminine: The Women's Sensation Novel and the New Woman Writing*. London: Routledge, 1992.

_____ "Sensation and the Fantastic in the Victorian Novel." *The Cambridge Companion to The Victorian Novel*. Ed. Deirdre David. Cambridge: Cambridge UP, 2001. 192-211.

_____. The Sensation Novel from *The Woman in White* to *The Moonstone* Exter: BPC Wheatons Ltd. 1994.

Riley, Marie. "Writing for the Million: The Enterprising Fiction of Ellen Wood." *Popular Victorian Women Writers*. Eds. Kay Boardman and Shirley Jones. Manchester: Manchester UP, 2004. 165-85.

Shattock J and Michael Wolff. Eds. *The Victorian Periodical Press; Samplings and Soundings*, Leicester: Leicester UP,1982.

Sillars. S. *Visualization and Popular Fiction, 1860-1960: Graphic Narratives, Fictional Images*. London: and New York: Routledge, 1995.

Sullivan, A. Ed. *British Literary Magazines: The Victorian and Edwardian Age, 1837-1913*. Conneticutt and London: Greenwood Press, 1984.

Thompson, Nicola Diane. *Victorian Women Writers and the Woman Question*. Cambridge: Cambridge UP, 1999.

Trodd. Anthea. *Domestic Crime in the Victorian Novel*. London: Macmillan, 1989.

Tromp, Marlene. *The Private Rod: Marital Violence, Sensation, and the Law in Victorian Britain*. Virginia: The UP of Virginia, 2000.

Wood, Charles. *Memorials of Mrs. Henry Wood*. London: Bentley, 1894.

Wynne, Deborah. *The Sensation Novel and the Victorian Family Magazine*. New York: Palgrave, 2001.

_____. "See what a Big Bed It Is!: Mrs Henry Wood and the Philistine Imagination." Eds. Emma Liggins and Daniel Duffy. *Feminist Readings of Victorian Popular Texts*. Aldershot: Ashgate, 2001. 89-107.

5 메리 엘리자베스 브래던: 대중문화의 형성과 출판문화

메리 엘리자베스 브래던의 선정소설과 대중문화의 형성

브래던은 선정소설의 여왕으로 대중들을 매료시키고 중독시키는 존재로 각종 리뷰에서 혹평을 받았지만 브래던 소설의 영향력에 대해 모두 인정하지 않을 수 없도록 폭발적인 성공을 거두었다. 엘런 우드와 비교하여 브래던의 선정소설은 빅토리아 시대의 행동양식과 소설의 서술양식의 변화를 초래할 정도로 영향이 컸다. 개인적인 삶의 이력도 꽤나 화제가 되었다. 브래던의 삶의 경력과 문학 세계를 그대로 연결시켜보는 이들도 많았다. 배우 경력과 싸구려 대중지에 흥미위주의 스토리를 써서 돈을 벌었던 경력을 브래던의 문학 세계와 연결하여 브래던의 작품을 저급한 것으로 자리매김하기도 했다. 실제로 이러한 삶의 경력은 선정소설가로서의 경력에 많은 영향을 주었던 것으로 보인다. 배우로서의 경력은 무대 멜로드라마의 주제나 특질들을 자연스럽게 익히게 해주는 계기가 되었고 중산계급 여성의 경우보다 더 광범위한 영역의 체험을 할 수 있게 해주었던 것이다. 헨리 제임즈가 브래던의 소설 서평에서 지적했듯이 브래던은 숙녀들이 알지 못하지만 명백하게 배우고 싶어 하는 것들을 많이 알고 있으며 이는 배우 경력에서 유래된 것으로 보인다. 브래던이 싸구려 대중지에 기고한 흥미 위주의 이야기들에서 반복한 패턴도 선정소설 구성에 기반을 마련했다. 이러한 스릴러물에서 즐겨 다루었던 모티브들은 범죄, 배신, 살인, 천천히 독살하기 등으로 이러한 모티브들이 선정소설에 그대로 연결되었다.

브래던은 자신에 대한 부정적 평가를 불식시키기 위해 자신이 편집하던『벨그래비어지』를 통해 고급문화와 저급문화의 분류 및 경계가 불분명한 것임을 강조하면서 선정소설을 저급문화와 연계시키고 주로 여성독자들이 이에 탐닉한다는 당시의 평가를 새로이 정립하기 위해 노력하였다. 브래던 자신이 고급문화와 대중문화 양자에 대해 풍부한 지식을 지니고 있었으며 양자를 잘 조합시킴으로써 독자들에게 호소력을 지닐 수 있었다. 브래던의 목표는 여성도 건전한 문화 유지에 기여할 수 있다는 생각을 불러일으키고자 한 것이었다. 브래던은 여성의 문학적 생산과 여성의 소설읽기, 특히 선정소설 즐기기에 대해 당시 대중들의 새로운 인식을 유도하였다.

브래던의 경력은 세기를 걸쳐서 진행되었고 브래던 작품의 대상이 되는 독자나 자신의 문체, 작가의 정체성의 면에서 경계선을 넘어서는 방향으로 진전되었다. 무디(Mudie)의 대출도서관이 중산계급 도덕의 중재자역할을 하던 때 브래던의 선정소설은 중산계급 독자들에게도 읽히게 되었다. 선정소설로 성공 이후 선정소설과 다른 문체, 즉 자신이 예술성이 있다고 생각했던 방식으로 소설을 집필하기도 했다. 이러한 점들로 인해 브래던 작품의 분석은 다양한 관점에서 진행되고 있다.

1915년 브래던의 사망 전에 브래던은 영화가 서서히 부상하는 것을 보게 되었고 1913년 자신의 소설『오로라 플로이드』가 무성영화로 제작된 것을 보기도 하였다. 사망 이후 브래던의 인기는 줄었지만 브래던의 작품은 여전히 대출도서관에서 인기 있는 작품 목록에 올랐다. 더구나 1990년대와 2000년대 대중문화와 문학에 대한 관심과 더불어 브래던의 명성도 부활하였다. 대중문화와 페미니즘의 관점에서 브래던을 새로이 조명하는 저서들과 논문들이 쏟아져 나왔고 브래던 텍스트의 젠더, 성, 광기의 문제에 대한 새로운 해석들이 선정소설을 읽는 현대 독자들에게 유용한 지표를 제공하고 있다.

브래던의 선정소설에는 고정되어서 반복되는 모티브만 있는 것이 아니라 당시 문화의 코드나 문학적 관습을 지속적으로 수정해가는 과정을 볼 수 있다. 브래던은 당시 사회의 권력 역학 구도, 특히 중산계급 가정 이데올로기에 내재한 여성의 위치에 대해 생각해보도록 유도한다. 당시의 중산계급 가정 이데올로기 구도에서 여성은 재정적 독립의 능력을 박탈당하고 있으므로 이 부분을 남성이 채워주는 것으로 생각되었다. 이러한 당시의 권력 역학 구도에 맞지 않게 브래던의 여주인공들은 남성, 특히 아버지의 보호를 받지 못하고 있는 경우가 많다. 이들은 모두 숨겨진 비밀을 지니고 있으며 주로 여주인공의 아버지와 연루된 비밀을 지니고 있다. 아버지는 약하고 가족을 제대로 책임지지 않으며 딸을 이용하는 아버지로 그려진다. 더 나아가 범죄를 저지르는 아버지도 존재한다. 오들리 부인의 아버지도 무능하며『육식조』와『샬롯의 유산』의 다이애너 패짓의 아버지는 딸을 제대로 교육시키지 못하고 옷도 제대로 입히지 못한다. 학비를 대지 못해 집으로 쫓겨 오게 만들기도 한다.『엘리너의 승리』에서도 엘리너의 아버지는 딸을 남겨두고 도박에 연루되어 자살할 수밖에 없는 지경으로 내몰려 결국 죽음을 택한다. 엘리너는 홀로 갈 곳 없는 신세가 되어 파리에서 영국으로 돌아오는 것이다. 이러한 점들 때문에 여주인공들은 자신의 과거를 숨기기 원하게 되며 딸, 아내, 어머니로서의 역할에 대한 갈등과 회의를 지니고 있다.

브래던의 가장 인기 있는 소설들에서는 모두 여주인공의 과거가 초점이 되어 있다. 따라서 브래던의 소설들에서 가장 강렬하게 재현되는 존재는 물론 여성 주인공이다. 이러한 예는『오들리 부인의 비밀』이나『오로라 플로이드』가 가장 대표작이며『존 마치몬트의 유산』도 같은 경우에 해당된다.『오들리 부인의 비밀』은『흰옷을 입은 여인』의 영향을 많이 받았고 가장 사악한 책으로 여겨지기도 했다, 여주인공 루시 그래험(즉 오들리 부인)의 금발과 미소가 실은 악녀의 위장이었기 때문에 가장 충격적인 책으로 여겨졌던 것이다. 이처럼 브래던 여주인공의 성적 일탈이나 관능성에 대한 불만은 당시 평론가들 사이에 보편적으로 볼 수 있는 견해이다. 브래던은 당시의 이상적 여성성이나 가정영역의 실상에 대해 독자들에게 다시 생각하도록 유도하였고 이상적 여성성의 허상 위에 기반을 둔 결혼 역시 문제가 있음을 소설의 플롯을 통해 계속 강조한다.

브래던은 여주인공을 멜로드라마적 문체로 격상시켜 남성인물이나 독자들의 응시의 대상으로 만들고 있으며 라파엘 전파의 초상화와 같은 효과를 내고 있다. 특히 여주인공의 머리를 재현하는 방식에서 머리카락을 강조하고 있다. 오들리 부인의 머리채도 금발의 고수머리로서 빛나는 광채를 발하고 있다. 애룬델 자신처럼 짙고 깊이를 알수 없고 불가사의한 실체라고 제시하는 데서 알 수 있다시피 애룬델의 머리는 이상적 여성성에 적응하지 못하는 여성의 모습을 나타내는 표상으로 작용하고 있다. 오로라의 경우도 독자의 응시의 대상이 되며 독자의 눈뿐만 아니라 오로라를 응시하는 작품 속 남성들의 눈을 통해 오로라의 육체를 관찰할 수 있다. 그러나 브래던의 텍스트에서 볼 수 있는 여성 육체의 재현 방식은 단지 선정적 효과를 위한 장치가 아니라 당대의 여성 담론에 내재한 모순을 폭로하고 여성 질병에 대한 당대 담론의 문제점을 지적해내는 역할을 한다.

브래던은 빅토리아 시대 여성육체 담론에 대해 이를 다시 생각해보아야한다는 입장을 지녔고, 특히 여성의 질병이나 광기를 진단하던 당대 의학담론이나 법담론의 문제점들을 지속적으로 짚어낸다. 오들리 부인의 진단과 감금, 죽음의 과정에서 브래던은 여성의 육체에 적용된 질병의 의미, 여성의 육체가 모체가 될 때 나타나는 광기라는 질병, 모계로 유전된다는 광기를 생물학적이나 병리학적 관점보다는 여성의 법적·경제적·사회적 위치라는 관점에서 읽어야한다는 입장을 견지한다.

브래던은 여성에게 이러한 당시 사회 문제에 대한 인식을 심어주기 위해 중독·부도덕·소비 등의 개념과 연루된 선정소설 읽기의 틀을 거부한다. 특히 여성독자에게 주는 선정소설의 영향력에 대해 긍정적인 측면을 강조하고 있다. 여성의 쓸모없는 시간보내기나 중독성의 독서습관이라는 19세기의 담론을 거부하면서, 여성의 읽기가 주요함을 『의사의 아내』의 이사벨의 변모나 선정소설가인 시기스먼드 스미스의 주장들을 통해 전달하고 있다. 브래던은 선정소설을 통해 현실을 벗어나 소설 세계에 몰입하는 것이 아니라 주변의 상황에 대한 새로운 인식으로 유도할 수 있다는 점을 강조한다. 『의사의 아내』를 통해 볼 때 브래던은 선정소설 읽기가 당시 문화형성에 주요할 뿐만 아니라 여성독자의 경우 개인교육의 장을 형성할 수 있다는 적극적 해석으로 유도하고 있다. 즉 이사벨의 대중문학 섭렵과 이를 통해 더 높은 단계의 독서로 가는 과정이 여성의 자기개발과 교육과 이어질 수 있는 면에 주목한다. 브래던은 당시 고등교육의 기회가 그렇게 많지 않았던 여성에게 선정소설이 여성에게 해악을 끼친다기보다 자기개발과 교육의 유용한 장이 될 수 있다고 보는 것이다.

브래던은 자신의 소설에서 계급과 젠더 문제, 당시 결혼과 가족의 문제, 범죄와 질병 문제 등을 극화시킴으로써 빅토리아 중반에서 말엽까지의 주요한 사회 문제들을 흥미롭게 당시 독자들에게 부각시켰음을 볼 수 있다. 이러한 주제들은 지속적으로 중산층 가족잡지들에서 반복되었던 것이었기에 궁극적으로 브래던의 선정소설은 노동계급 문화가 중산계급 문화에 흡수되는 빅토리아 시대 문화 형성의 특징을 보여주고 있다. 다시 말해 브래던의 선정소설은 당시 사회의 논란이 되었던 쟁점들을 흥미롭게 부각시키는 동시에 대중문화와 고급문화의 경계선이 허물어지고 노동계급과 중산계급의 가치관이 뒤섞이는 과정에 매우 주요한 역할을 담당했다고 볼 수 있다.

브래던의 『벨그래비어: 런던지』: 편집장 활동과 대중예술론

빅토리아 시대 출판문화에서 가장 핵심적인 정기간행물은 당시 문화 형성의 중심에 자리하고 있었으며 정기간행물의 융성에 따라 여러 분야에 대한 다양한 담론 체계가 형성되었다. 이는 당시 영국의 국가적 성격을 형성하고 유지하는 일과 밀접한 관련을 맺는다. 특히 여러 종류의 정기간행물들 가운데 1860년대에 주목할 만한 현상은 새로운 가족잡지의 등장으로 이는 중산계급 문화와 사회 유지에 주요한 역할을 마련하였다. 『일 년 내내』(*All the Year Round*), 『일주한번』(*Once a Week*), 『맥밀런지』(*Macmillan's Magazine*), 『콘힐』(*The Cornhill*), 『템플바』(*Temple Bar*), 『아고시』(*The Argosy*),

『벨그래비어: 런던지』(*Belgravia: A London Magazine*), 『틴즐리지』(*Tinsley's Magazine*) 등이 대표적 가족잡지이다(Wynne 18). 빅토리아 시대 중반부의 이러한 가족잡지의 유행은 독자의 증가, 도시화, 정기간행물 가격의 인하, 당시 연재소설을 집필한 소설가들의 약진 등과 관련이 있었다.

이 잡지들은 가족을 염두에 두고 편집 방침이 정해졌다. 이러한 잡지들로부터 빅토리아인들은 종교와 마찬가지의 안정감과 정신적 양식의 역할을 기대하였다. 당시 사회나 문화의 변화 과정에서 즐기면서도 자신들을 통제해줄 어떤 기준을 잡지에서 발견하고 싶어 하였다. 잡지의 구성 중 연재라는 양식은 이러한 순간을 지속적으로 제공하였다고 볼 수 있다. 주별, 월별로 수천의 독자들이 연재소설을 즐겼고, 연재소설과 병행된 기사, 시, 삽화, 광고들은 독자들에게 주요한 사회, 문화의 정보들을 제공하였다.

이러한 가족잡지들에서 편집자, 기고자, 독자들의 관계는 외견상 무질서하고 열려 있는 형태를 구성하고 있는 것처럼 보이지만 궁극적으로 잡지의 편집 방침에 따라 논리적 일관성을 유지하게 된다. 이러한 일관성이 잡지의 성격을 규정하게 되는데, 서로 이질적으로 보이는 요소들을 통합하는 것이 편집의 방향이었다. 가족잡지의 속성으로 인해 이를 읽는 독자의 계급, 젠더와 정기간행물의 관계는 독자의 계급이나 젠더라는 확정된 경계선을 넘어서는 방향으로 진전되었다고 볼 수 있다.

이러한 관점에서 가족잡지의 독자층 가운데 여성독자의 의미나 역할은 점차 비중이 더해지게 되었다. 당시 가족잡지의 역할이나 가족잡지가 보였던 여성독자에 대한 고려 등은 여성독자가 19세기 문학시장에서 주요한 역할을 하도록 유도하였다. 가족잡지는 여성독자로 하여금 당시 문화적 논쟁에 참여자 역할을 하도록 장려한 면이 있다. 당시 가족잡지들은 상업·문화적 목적으로 여성독자들을 옹호하였고 이러한 현상은 개인적이건 공적 영역이건 간에 더 큰 기회를 여성에게 제공하게 되었던 것이다. 가족잡지는 남성들의 전유물이자 더 고급 수준으로 지칭되던 잡지들보다 여성작가들에게 더 나은 글쓰기 환경을 제공하였는데 1860년대와 70년대에 여성작가들이 어느 때보다도 성공적이었다는 것은 이 시대 가족잡지 장르가 발전한 양상과 연관된 것으로 볼 수 있다. 즉 이 장르는 여성독자들, 작가들, 편집자들에게 환영받는 장르라고 할 수 있다(Phegley 8). 가족잡지에서 여성독자의 이미지는 어떻게 구축되는가, 여성독자의 역할이 문학잡지의 비평적 기준의 발전에 어떠한 역할을 하였는가는 당시 문학정전의 문제, 중산계급 문화의 형성과정 등과 연관되는 주요한 문제이다.

이처럼 여성독자의 역할이 변화해가는 과정에서 여성독자의 건강성에 대한 우려도 많았다. 여성이 가족의 교육에 중심적 역할을 하도록 기대되었기 때문이다. 따라서 마치 현재 어린아이들이 게임과 텔레비전에 중독되는 위험을 논하듯이 여성독자에 대한 경계의 목소리가 높았다.[1] 수전 번스타인(Susan Bernstein)의 지적처럼 19세기 여성독자에 대한 태도는 영국의 제국주의적 우려에 의해 영향을 받았고 여성독자는 인류학적 관점에서 정의되었다. 여성독자는 몰락하는 문명이 가하는 위협의 증거로 규정되거나, 정당한 문화, 인가된 문화 속에 저급한 질서의 형태로 파고드는 집단 등으로 정의되었다(Bernstein 215). 『템플 바』의 「읽기의 악」("Vice of Reading") 같은 기사는 읽기를 술, 차, 담배보다 더한 중독성을 지닌 것으로 묘사하고 있다(251). 이 글은 차라리 여성에게 야외 운동을 권장하는 것이 낫다는 입장을 취하고 있으며, 이 시기의 미국잡지 『푸트넘즈』(*Puttnam's*)도 여성의 독서가 아내, 딸로서의 역할에서 벗어나게 할 수 있다는 우려를 표명하고

---

1) 본인의 글 「선정소설과 여성교육: 메리 엘리자베스 브래던의 『의사의 아내』」에 당시 여성독자에 대한 다양한 담론과 근자의 연구 경향을 상세히 소개하였다.

있다. 즉 여성의 독서는 여성을 병적인 감정과 열망으로 이끌어 여성이 자신의 현실에 불만을 가질 수 있도록 유도한다고 지적한다(Phelgly 4 참조). 이처럼 당시의 여성독자 담론들은 고급문화와 저급문화의 분류에 따라 여성독자를 저급문화의 영역과 연관된 것으로 다루고 있다. 즉 저급문화에 의해 여성들이 타락할 수 있다는 생각을 읽어낼 수 있다. 여성이 도덕적 안내자라는 당시의 여성성 담론과 여성독자의 타락을 둘러싼 이러한 담론은 빅토리아인들의 모순된 생각을 보여주고 있다. 당시 영국 사회가 왜 이러한 모순된 이데올로기를 담지하고 있었는지는 여성과 영국사회 질서 유지의 관련성을 볼 수 있는 하나의 실마리를 제공해준다.

가족잡지와 여성독자의 관계는 전문비평가, 여성독서, 당시 문화의 복합적인 역학 구도를 읽어낼 수 있는 주요한 변수가 된다. 특히 여성이 편집장 역할을 했던 가족잡지들은 당시의 다양한 층위의 문화를 어떻게 혼합하여 여성독자의 역할이나 위상을 확대하는가를 보여준다. 또한 가족잡지를 통해 당시 문학정전의 문제, 사실주의와 선정주의의 관계 등을 볼 수 있다. 브래던도 『벨그래비어』를 통해 저급문화로 분류되던 선정소설을 중산계급 문화로 흡수시키는 전략을 통해 당시 가족잡지가 중산계급 문화 형성에 기여하게 하는 역할을 하고 있다.

당시 가족잡지 편집자들의 능력은 중산층의 고상한 덕목들과 흥미로운 소재를 결합시켜 판매부수를 증대시키는 데 있다고 볼 수 있다. 이러한 점에서 특히 선정적 장르는 중산계급 가족잡지의 새로운 흐름과 함께 활성화되었으며, 선정주의는 빅토리아 소설에 새로움을 부여하고, 문체나 주제면에서 그 범주를 확대했다고 볼 수 있다. 드보라 원의 지적대로 선정소설과 가족잡지는 동일한 문화적 공간을 공유하는 근대적 형태로 존재하였고 이는 빅토리아 시대 중반의 사회변화와 문화형성과 연관된다고 볼 수 있다(2).

가족잡지는 독자들을 중간계급 교육받은 독자들로 상정하고 잡지를 통해 교육을 시도하였다. 이러한 시도는 여성독자와 잡지의 관계를 이해하는데 또 다른 관점을 제공해준다. 즉 가족잡지는 남성독자뿐만 아니라 여성의 문화 지식을 증가시키고 독자로서의 평판을 개선하는 데 목표를 둔 것이다. 이러한 점에서 가족잡지는 여성잡지와는 다른 장르라고 볼 수 있다. 여성잡지들은 장식, 요리 가사에 관련된 정보를 제공함으로써 주부로서의 여성의 역할을 장려하는 경향이 지배적이었지만, 가족잡지는 여성이 당시 문화에 눈뜨고 더욱 적절한 중산계급 시민이 되는 것을 도왔으며 바람직한 여성독자군의 형성에 일조했다.

1866년 브래던과 존 맥스웰(John Maxwell)의 동업으로 창간된『벨그래비어』역시 여성독자의 위상을 높이고 여성독자의 읽기 범주를 확장시키는 데 기여한 가족잡지라고 볼 수 있다.『벨그래비어』는 브래던이 편집장 역할을 함으로써 여성작가, 여성편집자, 여성 독자의 역할이 당시의 문화 형성에 어떠한 의미를 지닌 것인지 보여주고 있다. 이러한 여성작가와 편집자 역할은 여성론적 관점에서도 중요하다.

일레인 쇼왈터(Elaine Showalter)는 여성편집자들의 역할을 높이 사면서 이들을 원칙상 여권론자이고 행동주의자라고 보았다(155). 쇼왈터는 많은 여성 선정소설가들이 편집 일을 겸했음을 지적하고 있는데, 우드(Henry Wood)가『아고시』를 편집했고 샬롯 리덜(Charlotte Rethal)이『성 제임즈』(*Saint James*), 플로렌스 마라얏트(Florence Marayat)가『런던 소사이어티』(*London Society*)를 편집했음을 예로 들고 있다(156). 이러한 편집과 창작의 겸직은 여성 문인에게 당시 문화 담론 형성에 적극적으로 참여할 기회를 제공한 점에서 매우 의미 깊다고 할 수 있다.

브래던 개인의 문학관과 문학적 명성의 발전에도『벨그래비어』의 역할은 중요하다. 브래던은 시장성에 대한 명석한 분석으로 소설가와 편집장 역할을 동시에 성공적으로 수행하였던 것이다. 많은 가족잡지 가운데『벨그래비어』는 여성이 편집함으로써 하나의 이정표 구실을 한 잡지라고 볼 수 있다. 즉 이 잡지는 전문 비평가들의 권위만이 최선의 기준이 아니라는 것을 보여주는 데 주력하면서 특히 선정주의도 고급문화 전통과 연관된 것임을 설득력 있게 개진하고 있다. 잡지의 이러한 개혁적 성격은 브래던 자신의 개인적 삶과도 연관이 있다고 볼 수 있다. 빚에 쪼들린 나머지 배우로 무대에 서야 했던 경력, 선정소설가로서의 경력, 유부남인 맥스웰과 동거한 점 등은 빅토리아 시대 합당한 여성성의 코드와 맞지 않는 부분들이다. 브래던이 잡지 편집자 역할을 하고자 했을 때 이러한 부분들은 잡지에 대한 평가에도 영향을 주었을 것이다. 실제로 당시 잡지나 신문에서 브래던의 편집장 역할을 희화화한 삽화에서 보다시피 브래던의 편집 일에 대해 부정적인 시선을 보냈던 것이다.

브래던은 자신에 대한 이러한 부정적 평가를 불식시키기 위해 편집방침을 면밀히 세웠으며 당시의 정전이 되는 비평을 대치할 만한 새로운 기준을 마련하기 위해 노력하였다. 특히 브래던은 고급문화와 저급문화의 분류 및 경계가 불분명한 것임을 강조하면서 여성독자가 저급문화에 탐닉한다는 당시의 평가를 새로이 정립하기 위해 노력하였다. 브래던 자신이 고급문화와 대중문화 양자에 대해 풍부한 지식을 지니고 있었으며 양자를 잘 조합시킴으로써 독자들에게 호소력을 지닐 수 있었다.

브래던은 여성독자에게 자유와 즐거움을 제공하는 방식으로 가족잡지 장르를 변형시키는 데 주력한다Phegley 112). 아울러『벨그래비어』는 즐거움뿐만 아니라『콘힐』이나『하퍼』와 마찬가지로 지적으로 독립적이기를 바라는 독자들의 욕망을 채워주고자 했다. 브래던의 목표는 여성도 건전한 문화 유지에 기여할 수 있다는 생각을 불러일으키고자 한 것이었다. 따라서 브래던의 잡지는 당시 비평가의 고급, 저급 문화 분류를 넘어서서 자신이 독자적으로 읽기를 선택하고 즐기는 집단으로 여성독자를 설정하고 있는 점이 특징이다. 여성독자의 읽기를 통제해야 하고 조절해야 할 필요성에 대한 당시 담론에도 불구하고 브래던은 여성의 문학적 생산과 여성의 소설읽기, 특히 선정소설 즐기기를 합법화하려는 의도로 편집방침을 정하였다. 독자들은 연재된 선정소설, 시, 여행기, 전기, 패션, 역사, 과학, 예술에 대한 에세이 등을 읽을 수 있었다. 특히 자신이 써서 연재한 선정소설로 가장 강렬하게 독자들을 사로잡았다. 『벨그래비어』는 일 실링이라는 저렴한 가력과 브래던이라는 작가의 이름, 선정소설의 인기로 인해 점차 증가하던 가족잡지영역에서 15,000부 정도 소화될 정도로 인기가 있었다 (Phegley 111 참조).

당시 익명으로 글쓰는 관습에 반발하여[2] 『벨그래비어』의 필자들은 대부분 자신의 정체성을 밝혀서 그들의 글이 열린 의견 창구가 되도록 하였다. 특히 브래던은 선정주의에 대한 비판에 맞서서 선정주의를 가족잡지에서도 포함할 수 있는 것으로 만들고 있다. 대부분의 비평가들은 이러한 브래던의 고급문화와 저급문화를 결합하려는 시도에 대해 적대적이었다. 래이(W. Fraser Rae)는 『노스 브리티시 리뷰』(*North British Review*)에서 브래던이 경찰 조서나 이혼 사례 등의 도덕적이지 못한 이야기들로 독자들을 솔깃하게 한 점을 들어서 악평하였다(204). 래이는 브래던의 삶을 소설과 연관시키고 그녀의 부적절한 행동이 소설쓰기에도 영향을 준 것으로 간주하였다. 마거릿 올리펀트의 「소설」("Novels") 같은 글도 브래던을 집중 공격

---

2) 당시 잡지에는 가명을 사용하거나 익명으로 기고하는 일이 흔했다. 특히 여성작가나 여성 기고가의 경우 익명적 글쓰기를 감행한 이유는 익명을 통해 당시 문제에 대해 자신의 입장을 여성필자라는 편견 없이 수용되도록 전달할 수 있었기 때문이다.

하는 글이었다. 브래던은 이러한 악평에 대응하여 자신의 작품 세계를 변호하고자 하였다. 그녀는 특히 편집장의 역할을 통해 자신의 첫 작품 『오들리 부인의 비밀』과 연이어 나온 『오로라 플로이드』를 변호할 기회를 가지게 되었다.

제니퍼 헤이워드(Jennifer Hayward)는 가족잡지, 연재소설에 대해 당시 비평가들이 거부 반응을 보였던 이유를 이들이 자신의 입지에 대해 우려했기 때문이라고 지적한다(24). 즉 비평가들의 전문성이 여성독자, 정간물, 연재소설들에 의해 동시에 위협받는 현상은 정치적 의미를 내포하고 있다. 노동계급 여성과 같은 소외된 집단에 호소력을 지닌 문화적 형식들에 대해 당대 비평가들이 느끼는 두려움은 이를 접한 여성독자들이 당시 자신들에게 가해지던 사회적 제약에 대항하게 될 것이라는 우려를 포함하고 있다. 즉 사회 질서의 유지에 해가 될 수도 있다는 우려인 것이다. 이러한 두려움은 선정주의의 기본정서인 감정이나 육체에 대한 두려움과 연관된다. 앤 크베코비치는 빅토리아 시대 육체적 · 감각적 영역의 언어가 도덕적 · 사회적 부패를 담지하고 있는 육체적 욕망과 관련되어 사용되었음에 주목한다(22). 선정주의적 요소를 포괄하고 있는 대중매체에 대한 빅토리아조 비평가들의 반응은 현대에도 그대로 적용될 수 있다. 여전히 육체적 · 감각적 언어는 이성적이거나 도덕적 면과 연관되기보다 현대 대중문화의 부도덕이나 타락과 연관되는 경향을 보이고 있기 때문이다.

이러한 비평가들의 담론 아래 놓여 있는 가설은 육체와 감정이 정신과 이성과 구분되며 열등한 것이라는 당시의 정신/육체의 이분법을 엿보게 해준다. 감정보다 이성, 육체보다 정신이 더 우월하다는 생각은 이성보다 감정에 주로 호소하는 대중문화 영역인 선정소설을 예술적으로 열등한 것으로 여기게 만들었다. 선정주의는 육체, 감각과 연관되면서 강렬한 감정적 힘이 잠재적 전복력, 저항, 일탈의 징표로 가치를 인정받기도 하지만, 선정소설 읽기나 이 장르가 연재된 잡지 읽기는 여성을 다른 영역으로 일탈하게 할 수도 있다는 우려가 더욱 컸다. 선정주의, 여성독자, 가족잡지에 대한 이러한 평가를 바꾸어놓으려는 브래던의 노력은 여성/육체/감정 영역의 가치 재평가나 가능성 확대와 연관된다.

브래던은 적극적이고 독립적인 여성독자의 발전을 장려하는 입장을 취한다. 여성의 수동적 자세는 위험이나 잘못된 상황으로부터 여성을 지켜주지 못한다고 보고 자신의 잡지와 소설이 여성의 수동성을 치유해줄 수 있다고 보았다(Phegley 140 참조). 따라서 『벨그래비어』는 다른 잡지들보다더 적극적인 여성독자의 이미지 구축에 노력하였다. 브래던의 이러한 편집방침을 적극적으로 수용한 대표적인 필진 가운데 조지 아우구스투스 샐러(George Augustus Sala)는 특히 여성 독자들의 선택권을 존중한다. 샐러의 글들은 비평가, 남편, 아버지로 구성된 부권의 규율을 벗어나 자신이 자유로이 읽을거리를 선택하는 권리를 생각하게 해주며 이는 잡지의 삽화에서더욱 뚜렷이 강조되고 있다(Phegley 128 참조). 『벨그래비어』는 가족과 함께 있는 모습보다는 여성이 홀로 독서하거나 여성들끼리 독서하는 삽화를제공함으로써 여성의 선택권을 존중하고, 독서의 즐거움 등을 보여주고 여성의 독자적인 읽기를 중요한 능력으로 각인시키고 있다. 이러한 삽화들은중산층 여성의 읽기가 자신만의 읽기 기술과 판단력을 배양하는 데 충분하다는 점을 강조하고 있다. 삽화의 성격만을 보더라도 『벨그래비어』는 여성독자의 독자성과 발전 가능성을 확대하는 데 세밀한 노력을 기울였다고볼 수 있다.

『벨그래비어』에서 브래던이 지향한 편집방침은 중산계급 가치관을 표방하면서도 계급, 젠더, 문화의 구분들이 절대적인 것이 아님을 보여주는 것이다. 브래던은 특히 당시 문학 정전의 기준에 도전하면서 당시의 비평가들이 생각하던 사실주의 기준이 진부하다고 생각하였고 새로운 형태의 사실주의 소설쓰기를 시도하였다. 당시 비평가들이 요구하던 진부하고 편협한 주제와 글쓰기를 벗어나고 싶은 욕망을 불워 리튼(Bulwar-Lytton)에게 보내는 편지에서 표명하기도 하였다. 브래던은 사실주의를 표방하는 작가들이 낭만적이거나 상상과 연관된 영역을 경멸하는 경향에 대해 반감을 보이면서 그들의 편협한 규율에 더 이상 무릎 꿇지 않겠다는 결의를 보인다 (Wolff 132). 페글리의 지적대로 브래던이 『벨그래비어』에서 강조한 새로운 사실주의는 냉엄한 현실을 과감하게 제시하는 방식으로 프랑스 사실주의 기법에 더 가깝다(143). 브래던은 여성이 사회질서를 거스르지 않고도 자신이 주장한 새로운 사실주의 소설, 즉 선정소설을 즐길 수 있다고 보았으며 특히 프랑스의 사실주의를 차용하여 영국의 협의의 사실주의를 확장시키는 방식으로 사용하면서 영국문화에서 가장자리에 있는 선정소설의 위치를 재평가하도록 유도하였다.

브래던은 영국소설만이 도덕적이라는 당시 비평가들의 견해에 반박하면서 프랑스 소설을 무조건 부도덕하다고 봄은 부당하다는 입장을 견지하였다. 프랑스 대출도서관이 영국보다 적고 소설의 가격이 비싸므로 프랑스 소설 독자들이 소녀들이라기보다는 중산계급 교육받은 성인일 경우가 많다는 점, 그러므로 중산계급 여성독자층이 많다는 점에 주목하여 브래던은 프랑스 소설의 도덕 문제를 영국 사실주의 소설이 경계할 수준의 것은 아니라고 생각하였다. 브래던은 『벨그래비어』를 통해 영국의 편협한 도덕주의와 사실주의를 넘어서서 사실주의의 경계선 확장을 목표로 하였다.

이러한 의도에 따라 『벨그래비어』의 방침은 선정소설 장르에 대한 존중을 유도하는 다양한 접근방식을 취하고 있다. 이 잡지의 이러한 시도에는 조지 아우그스투스 샐러의 역할이 컸다. 샐러는 「근대비평의 통용어」("The Cant of Modern Criticism")에서 올리펀트의 주장, 즉 영국소설은 월터 스콧(Walter Scott)이래로 건전함, 통합된 성격, 깨끗함으로 특징지어져 왔다는 주장에 반박하면서 앤 래드클리프(Anne Radcliff), 몽크 루이스(Monk Lewis)와 같은 영문학의 역 전통에 스콧을 연결시킨다. 이 작가들은 거칠고 무시무시하며 비도덕적인 요소들을 지닌 작가들로 스콧의 작품 세계와 연관될 수 있다는 것이다(Sala 52). 샐러는 선정주의를 영문학의 전통에 속하는 것으로 보고 올리펀트의 고급문화와 대중문화 사이의 경계선 긋기를 영구적인 것이 아니라고 평가하였다. 『제인 에어』(Jane Eyre)나 『애덤 비드』(Adam Bede), 『오들리 부인의 비밀』 등은 궁극적으로 숨김없고 감동적이며 숨 쉬는 사실적인 소설이며 시대의 열정을 반영하는 것으로 옹호하였다. 샐러는 「문학과 예술의 선정적 면에 대해」("On the Sensational in Literature and Art")에서 원래 선정적 요소는 고급문화의 소산이라고 하면서 윌리엄 세익스피어(William Shakespeare), 존 러스킨(John Ruskin), 차알즈 디킨즈(Charles Dickens)와 같은 작가는 그 시대의 가장 선정적 작가로 간주되었음을 주장하고 있다(Phegley 147 참조).

브래던 자신도 선정주의와 기원이 되는 고급조상들을 「머디 고전들」("the Mudie Classics")라는 글을 통해 밝힌다. 배빙턴 화이트(Babbington White)라는 가명을 통해서, 잡지내용을 개혁하려는 시도를 희화화하고 있는 이 시리즈는 잡지에 고전 그리스극을 포함한다고 약속한다. 그런데 그리스극은 뇌물, 간음, 살생, 모친살해, 중혼, 살인 등으로 가득 차 있음을 볼 수 있다. 브래던은 고전문학에 그러한 선정적 사건들이 지배적임을 지적함으로써 문학적 가치평가의 문제가 절대적일 수 없다고 본다. 즉 문학적 가치평가의 문제는 일관성이 없다는 사실에 주목하게 만들고 자신의 소설을 존중받는 문학전통과 연결시킨다(Phegley 146).

선정소설은 이상주의적 요소 없이 현실을 있는 그대로 직시하게 하므로 더욱 사실적이라는 브래던의 입장은 여성독자의 현실에 대한 자각과도 연관된다. 샐러도 선정주의란 일상소식들보다 독자들에게 해로움을 덜 끼치는 사실주의의 고양된 형태라고 정의한다("The Sensational" 54). 더 강력하고 풍부한 삶의 버전이라고 보는 것이다. 이러한 의미에서 여성독자에게 선정소설은 해악을 끼친다기보다 삶에 대한 더 풍요한 시각을 길러주는 것으로 볼 수 있다. 샐러와 브래던에게 사실주의 소설은 사실적이라기보다 삶의 이상주의적 재현으로 간주되었으며 이 때문에 사실주의 소설이 선정소설보다 더 높은 가치를 부여받아야 한다는 생각은 부당한 것으로 여겨졌다. 이들은 선정소설이 독자들의 정신을 흐린다기보다는 오히려 세계를 더 잘 이해하게 만든다는 입장을 견지하였다. 『벨그래비어』가 표방하는 이러한 사실주의에 대한 논의들은 문학 정전의 문제에 새로운 관점을 제공한다. 당시 정전이 되었던 사실주의가 편향적이고 협소함을 지적하면서 감정과 열정의 요소가 주요한 것임을 상기시킨 점, 이러한 요소가 사실주의와 대척적인 요소가 아니라 사실주의의 범주 확장에 기여할 수 있다는 생각을 확산시킨 점은 당시 독자들에게 문화 담론에 대한 해석의 범주를 확장시켜준 것으로 볼 수 있다.

고급문화 전통과 선정주의의 연관성을 설득력 있게 개진하고 있는 『벨그래비어』는 사실주의 소설보다 선정소설이 현실을 정확하게 묘사하는 데 있어 더 뛰어나다는 입장을 브래던 자신이 집필한 두 연재소설을 통해 구체화시킨다. 브래던은 중산계급 독자 역시 범죄 등 선정적 장치들에 기반을 둔 소설에 재미를 느낀다는 것을 알았으며 범죄나 성의 내용들이 중산층 잡지에 수용될 만한 형태로 포장되어 배급될 때 독자들에게 더 호소력이 있다고 생각하였다. 『벨그래비어』에서 브래던 자신이 연재한 두 소설, 『육식조』(*Birds of Prey*)[3]와 『샬롯의 유산』(*Charlotte's Inheritance*)[4] 역시 이러한 관점에 입각하여 연재한 것이다. 이 두 소설은 연작으로서 『오들리 부인의 비밀』이나 『오로라 플로이드』처럼 가정범죄, 유산을 둘러싼 음모, 살해 등의 모티브를 담고 있다. 두 소설은 겉으로 점잖음을 위장한 중산계급의 음모와 탐욕을 생생하게 제시하면서도 중산계급의 가치나 정서에 맞는 결말로 소설을 끝내고 있지만 여성성에 대해서 다시 생각하도록 유도한다. 브래던은 이러한 소재를 통해 선정소설 연재가 여성독자에게 읽기 기술을 가르칠 수 있다고 본다.

브래던은 당시 대중문화의 여러 장치들을 차용한 서술 전략을 통해 중산계급의 가치관 문제, 가정과 결혼 등을 통해 볼 수 있는 여성성과 당시 가정성의 관계, 여성에 대한 담론들의 문제점들을 텍스트의 이면에 배치하고 있다. 당시의 이상적 여성담론에 대치되는 여성, 이를테면 『샬롯의 유산』의 다이애너 같은 여성, 잘못된 상황을 바로잡는 일에 적극적인 힘을

---

3) 『육식조』의 줄거리는 다음과 같다. 필립 샐던(Philip Sheldon)은 전 여자친구 조지나(Georgina)와 재혼하여 재산을 가로채기 위한 목적으로 그녀의 남편 탐 할리데이(Tom Halliday)를 서서히 독살한다. 재혼이후 필립은 조지나의 딸 샬롯(Charlotte)의 후견인 역할도 한다. 호래이시오 패짓(Horatio Paget)도 거짓과 사기로 부유층에 접근하는 악당이며 필립의 동생 조지 샐던(George Sheldon)도 형의 범죄사실을 숨기고 임자가 밝혀지지 않은 유산의 주인공을 찾는 일에 몰두한다, 이 일에 필립과 호래이시오도 가담하게 되고 유산의 주인공이 샬롯이라는데 증거가 모아지자 필립은 의붓딸 샬롯을 자신의 탐욕의 대상으로 삼는다.

4) 『샬롯의 유산』은 육식조의 연작으로 읽을 수 있다. 필립은 생명보험 수혜의 대상으로 자신을 설정해놓고 자신의 의붓딸을 천천히 독살하기 시작한다. 반면 호래이시오는 실제 유산의 상속자가 샬롯의 숨겨진 프랑스인 사촌인 구스타브 러노블(Gustave Lenoble)임을 알게 된다. 호래이시오는 자신의 딸 다이애너(Diana)의 미모를 이용할 생각으로 그녀를 구스타브에게 소개하고 둘은 결혼하게 된다. 러노블의 재산으로 안락하게 살려는 목적으로 둘이 결혼하도록 의도했던 것이다(호래이시오는 딸의 결혼으로 안락하게 살기 이전에 죽는다). 발렌타인 호크허스트(Valentine Hawkehurst)는 샬롯과 약혼한 사이로서 필립의 음모를 발견하고 다이애너의 도움으로 샬롯을 구한다. 실제 유산 상속자가 폭로되고 필립은 미국으로 도망가지만 나중에 돌아와 의붓딸인 샬롯의 집 앞에서 죽는다.

보이는 유형의 여성을 더욱 현명한 여성으로 제시하고 있다. 브래던은 조지나와 샬롯 같은 수동적 여성보다 다이애너 같은 현명한 여성인물들에 의해 제공된 교육이 오히려 여성으로 하여금 삶과 소설의 적극적인 독자가 되도록 해주며 도덕적 선택도 더욱 현명하게 할 수 있는 여성독자로 성장하게 함을 역설한다. 연재된 두 소설을 통해 여성의 수동성을 부정적 여성성으로 재현하고 현실적으로 현명한 처신과 적극적 문제해결의 힘을 지닌 여성을 더 긍정적인 여성성으로 제시함으로써 브래던은 여성이 독자적으로 생각하고 행동할 능력을 강조한다. 브래던 자신도 비평가들의 선언에도 불구하고 선정소설을 존중받을만한 문학형식으로 재정의함으로써, 자신이 목표한 여성독자의 독립성과 동일한 작가의 독립성을 확립하는 데 주력한 것이다. 『벨그래비어』는 브래던의 다채로운 경력이 밑거름이 되어 여성의 독립적 읽기에 주력하면서도 여성의 건강, 삶, 신념에 잠재적 위협이 될 만한 것은 피하도록 가르치는 역할을 하고 있다. 당시의 공식교육으로 부족한 부분을 보충하는 역할을 하고 있는 것이다.

브래던이 편집한 『벨그래비어』는 당시 사회의 기술적 변화로 인한 문학적 · 문화적 전통의 변화를 수용하는 입장을 보이고 있다. 이는 당시의 기술적 진보에 대한 긍정적 관점과도 연관된다고 볼 수 있다. 즉 당시 사회의 변화 과정에 대한 문화면에서의 탄력적 대응이라 볼 수 있다. 브래던은 특히 선정주의, 선정소설이 과거 문화적 가치의 정체된 면을 치료할 수 있는 것으로 보았다. 즉 선정이라는 것은 급변하는 산업국가에서 이루어지는 근대적 체험에 필수적인 요소이며 선정적 담론에 의해 사회의 긍정적 변화가 더 용이하게 이루어질 수 있다는 데 독자의 주의를 유도하고 있다 (Phegley 148). 『벨그래비어』의 소설이나 기사들에서 선정주의는 교육과 개혁의 정당한 힘으로 정의되고 있으며 대중들에게 숨겨져 왔거나 무시되었던 사회문제들을 새로이 인식하도록 유도한다. 이러한 점에서 가족잡지와 이에 연재된 선정소설은 근대성과 사회 및 문화의 변화와 연관된 장르이며 이를 주로 읽었던 여성독자들은 국가의 진보나 건강성을 위협한다기보다 더 넓은 범주의 진보에 동참한 것으로 볼 수 있다.

　브래던의 지도 아래『벨그래비어』는 선정주의에 대한 비판적 재평가를 유도하여 가족잡지에 연재된 선정소설과 이와 연관된 기사들이 교육적 · 예술적 흥미의 면에서 손색이 없음을 보이고 있다. 또한『벨그래비어』는 『하퍼』와『콘힐』과 달리 여성독자들의 위상을 더욱 굳건히 하며 고급문화 와 저급문화의 분류에 대한 브래던 자신의 전문적 입장을 전진시키는 데 주력하고 있다. 잡지의 기사들은 더 고급 저널을 모방하기 보다는 중산계 급 독자층을 확대시키기 위해 여성독자들과 대중문학에 대한 담론을 변형 시키는 데 주력하였다. 브래던은 여성독자의 다양한 모습을 설정함으로써 여성독자의 독자성을 인정하도록 만들고 아울러 선정소설을 사실주의적 · 예술적 · 교훈적이라고 재정의하고 있다. 이러한 브래던의 노력은 여성독 자와 여성작가들에 대한 당시의 통제 담론을 넘어서서 이들을 문화의 전문 적 영역으로 끌어내는 데 공헌하였다고 볼 수 있다.

　『벨그래비어』의 예를 볼 때 가족잡지들은 여성에게 자신이 무엇을 읽 을 것인가, 어떻게 읽을 것인가에 대해 자기 자신이 결정할 수 있는 힘을 부여하였다고 볼 수 있다. 가족잡지의 소비자나 생산자들이 여성과 관련되 어 있음으로, 가족잡지는 여성으로 하여금 문화의 비평적 담론에도 참여하 게 하는 역할을 수행하였던 것이다. 또한 브래던이『벨그래비어』를 통해 수행하였던 사실주의와 선정주의에 대한 논의, 고급문학 전통과 선정주의 의 연관성 논의들은 문학정전의 문제를 새로이 인식하도록 유도하였고, 대 부분의 여성독자들이 즐기던 대중문학에 대한 새로운 평가를 이루는 데 일조하였다. 이러한 점에서 빅토리아 시대 가족잡지는 중산계급 문화의 성격을 재구성하는 장의 구실을 하였다고 볼 수 있다

가족잡지와 선정소설: 대중문화 형성의 장

브래던이 활동하던 시기에 가족잡지는 선정소설이 많이 연재되기 시작해서 독자들을 끌어 모았다. 이러한 선정소설이 실리는 잡지에는 선정소설의 내용과 상호 조응하는 기사들이 많이 등장했다. 역으로 선정소설가들은 당대의 범죄 사건이나 각종 스캔들에 기반을 두어 이야기를 만들어내기도 하였다. 사실과 허구를 뒤섞는 이러한 방식으로 선정소설의 선정적 효과는 더 강화되었다. 당시의 선정소설가들은 잡지 편집자의 역할을 함께 한 경우가 많아 당시 소설과 정간물의 형태 사이에 뚜렷한 구분이 없었다는 설도 대두되고 있다(Blake 70).

1860년대경 선정소설을 집필하면서 잡지 편집자 역할을 함께 했던 문인들이 많았던 점을 고려할 때 선정소설과 잡지의 상호텍스트적 책략은 필연적 현상이라고 볼 수 있다. 브래던도 『레이놀즈 미셀러니』(*Reynolds's Miscellany*), 『웰컴 게스트』(*Welcome Guest*), 『해프페니 매거진』(*Halfpenny Magazine*) 등의 대중잡지에 자신의 소설을 연재했으며 1866년 자신이 『벨그래비어』의 편집장이 되었다. 그녀는 시장성에 대한 명석한 분석으로 성공적인 소설가이자 편집장 역할을 하였다[5]. 브래던 자신이 고급문화와 대중문화 양자에 대해 풍부한 지식을 지니고 있었으며 양자를 잘 조합시킴으로써 독자들에게 호소력을 지닐 수 있었다. 또한 당시 잡지의 실제 기사들에 기반을 둔 플롯 구성이나 의학 담론, 법 담론 등을 작품에 도입함으로써

---

5) 일레인 쇼왈터(Elaine Showalter)는 여성편집자들의 역할을 높이 사면서 이들을 원칙상 여권론자이고 행동주의자라고 보았다(155).

독자들에게 강렬한 반응을 불러일으켰다. 브래던은 중산층 독자 역시 범죄 등 선정적 장치들에 기반을 둔 소설에 재미를 느낀다는 것을 알았으며 범죄나 성의 내용들이 중산층 잡지에 수용될 만한 형태로 포장되어 배급될 때 독자들에게 더 호소력이 있다고 생각하였다.

　브래던이 선정소설가로서 자신의 입지를 정당화하는 계기는 『엘리너의 승리』를 『일주 한번』(Once a Week)에 연재함으로 마련되었다.6) 『엘리너의 승리』가 연재되었던 『일주 한번』은 브래드버리(Bradbury)와 이반즈(Evans)가 시작했는데 중산계급 문화 형성에 일조했던 잡지로서 『일년 내내』보다 독자를 더 많이 끌기 위해서 삽화를 많이 사용한 점이 특이하다. 발간 초에 편집장인 루카스(Samuel Lucas)는 잡지의 성격을 문학, 예술, 과학, 대중 정보의 집합체로 규정했는데(Buckler 926) 『일주 한번』은 소설, 역사, 전기, 여행기를 포함하여 당시 사회의 특징적 현상에 대한 논의를 다루고 있다. 루카스는 유명소설가의 연재에 초점을 둘 것이라고 주장했으나, 소설에 할애된 부분은 적었다. 주로 이 잡지에는 단편소설이 실렸으며 조지 메리디스(George Meredith), 차알즈 리드, 해리엇 마티노의 소설이 실렸다. 초기에 삽화가 많이 들어갔으며7), 다른 잡지들에 비해 값이 비싼 편이었다. 루카스의 편집 방침은 잡지에 통일성을 부여하는 것이었는데, 개념과 실제, 소설의 인위성과 실제 세계의 사실성의 통합을 강조했고 잡지의 각 부분들의 상호 조응에 초점을 두었다.

---

6) 이처럼 선정소설과 소설이 연재된 잡지 담론의 경계가 불분명함으로 인해 당시 잡지 편집자의 상호텍스트적 책략은 독자들에게 주요한 영향을 미친 것으로 볼 수 있다. 이러한 책략에 의해 독자들의 새로운 읽기 방식이 형성된 양태는 빅토리아 시대 대중소설의 특성 및 대중문화를 제대로 이해하는 데 필수적이다. 『엘리너의 승리』(Eleanor's Victory)와 이 작품이 연재되었던 『일주 한번』(Once a Week) 잡지와의 관계는 당시 잡지와 선정소설의 상호텍스트적 전략을 살펴보는 데 매우 유효하다.

7) 1권에 169개, 3권에 132개, 5권에 95개, 9권에 59개를 볼 수 있다.

브래던은『엘리너의 승리』를 연재함으로써 자신의 소설이 중산계급 독자의 오락거리로 적절함을 보여주려 하였다. 즉 편집자는 편집 기준을 점잖은 중산계급 중심에 맞추었으므로 브래던은 이러한 성격의 잡지에 자신의 소설이 연재되는 것을 기회로 중산계급 독자까지 독자층을 확대하는 데 주력하였다. 즉 브래던은 이 잡지의 편집 의도에 자신의 소설을 맞추면서 선정소설이 중산 계급의 예술로 될 수 있다는 입장을 밝히려 했다.

『일주 한번』의 기사들과『엘리너의 승리』의 상호텍스트성 가운데 가장 주목할 만한 부분들은 무엇보다도 선정주의와 관련된 것이다. 주로 범죄사건을 다룬 실제 기사나 짧은 이야기들이『엘리너의 승리』연재 동안 게재됨으로써『엘리너의 승리』의 선정주의가 중산계급 잡지에 수용될 수 있음을 독자에게 인식시킨다. 아울러 이러한 상호텍스트성으로 인해 연재된 소설 텍스트나 잡지의 기사와 이야기들의 내용을 더욱 흥미롭게 하는 효과가 있다. 잡지에 실린 짧은 일화들을 보면『엘리너의 승리』와 상응하는 정서 구조를 쉽게 발견할 수 있다.

이를테면 J. A.로 필명을 쓴 기고가의 「사자의 손」('The Dead Man's Hand')은 유산에 대한 이야기로서 브래던의 이야기에 포함된 위조된 유서와 상응하는 면이 있다[8]. 눈으로 뒤덮인 겨울 날씨를 배경으로 전개되는 유산을 둘러싼 이야기는 충분히 선정적 효과를 낼만 한 것이다.[9] 특히 유언장이 죽은 사람의 손을 이용하여 서명된 것임이 밝혀지는 이야기의 마지막은 강렬한 인상을 남긴다. 즉 당시 관심사였던 유산과 돈의 모티브를 강렬히 전달하는 효과가 있다. 이러한 유산과 돈을 둘러싼 범죄의 모티브는『엘리너의 승리』에서 핵심을 이루는 모티브이다. 엘리너가 아버지의 죽음

---

8) *Once a Week*, VIII, April 4. 1863. 401-403.

9) *Once a Week*, VIII, June 6의 「눈이 멀어」("Blind") June 13의 「어둠 속의 비명」("The Cry in the Dark") 등의 짧은 이야기들도 유사한 선정적 효과를 내고 있다.

을 둘러싼 미스터리를 추적해가면서 아버지의 친구인 모리스 드 크레스피니(Mauurice De Crespigny)의 유산과 연관된 비밀을 풀어가는 과정은 당시의 관심사를 충분히 반영해주고 있다. 엘리너가 유언장을 제대로 찾기까지 탐색 과정이 생생하게 제시되는데, 위조된 유언장, 유언장을 바꿔치기하는 과정, 다시 제대로 된 유언장을 발견하기까지의 과정과 잡지에 실린 이러한 이야기는 서로 상응하는 정서 구조를 지니게 된다.

『엘리너의 승리』와 『일주 한번』의 상호텍스트성은 선정주의적 정서나 장치뿐만 아니라 대중예술에 대한 생각들이나 기사들에서도 엿볼 수 있다. 특히 멜로드라마의 세계, 즉 허구의 세계와 현실의 세계 사이의 경계선 문제를 중심으로 상호텍스트성을 발견할 수 있다. 브래던은 당시 대중예술로 싸구려 취급을 받던 멜로드라마의 요소를 『엘리너의 승리』에 도입함으로써 중산층 잡지인 『일주 한번』의 독자들에게 대중예술의 가치를 인식도록 유도하였다. 선정적인 플롯의 활용에 덧붙여 허구의 이야기를 독자가 더 재미있게 즐기는 효과를 위해 당시 대중예술로 여겨지던 멜로드라마 장치를 사용하고 있는 것이다. 『엘리너의 승리』는 아버지의 죽음을 추적하는 딸의 복수 과정이라는 전형적인 멜로드라마적 주제를 취하고 있다. 구조 또한 멜로드라마의 요소를 빌려온 부분이 많으며 주요 인물들의 행위나 말들이 마치 무대 멜로드라마의 한 장면 같은 경우가 많다. 브래던은 무대 멜로드라마의 코드를 일상적 거실 세계로 가져옴으로써 극적 재미를 배가시키고 있는 것이다.

또한 인물들의 직업이 당시 문화 산업과 관련되어 있는 것이 특징적이다. 모든 인물들이 책과 잡지를 읽고 그에 대해 이야기할 뿐만 아니라 그림, 음악에 대해 논한다. 극장과 배우에 대한 이야기들이 항상 등장하며 실제로 브래던의 입장을 대변한다고 볼 수 있는 리처드 쏜턴(Richard Thornton)

은 프랑스 멜로드라마 번역가이자 무대 배경을 그리는 화가로서 전형적인 대중예술가이다. 란설러트 대럴도 화가로서 당시의 문화산업에 연루된 인물이며, 엘리너도 로라 메이슨(Laura Mason)의 벗으로 고용될 만큼 생계의 위협을 느꼈을 때 배우가 되려는 생각을 하기도 한다. 이처럼 문화 산업에 연루된 인물들의 다양한 시각들을 통해 독자들로 하여금 당시 대중문화에 대해 다시 인식하고 이해하도록 유도하고 있다.

브래던은 『엘리너의 승리』에서 멜로드라마와 같은 대중예술 형식이 성공적으로 수행되려면 청중의 욕구와 즐거움에 부응하는 기술이 있는 예술가를 필요로 한다는 입장을 취하고 있다. 때때로 고급예술도 재미를 위해 대중 예술의 기법을 사용할 수도 있다는 생각을 확고히 밝힌다. 브래던은 대중소설 작가에겐 어떤 기술도 필요 없고, 선정소설이 조악한 즐거움만 줄 수 있다는 비평가들의 견해에 대응하기 위해 멜로드라마와 선정주의를 정당화시키려하였다. 따라서 고급예술과 대중예술의 적절한 혼합이 즐거움과 교훈을 주는 데 더 효과적이라는 입장을 취하였다.

브래던은 텍스트에서 고급문화와 저급문화의 형태가 유사한 주제와 이미저리를 소유하고 있음을 보여주면서 교육받은 독자들에게 선정소설의 즐거움을 인식시키려 노력한다. 아울러 대중들에게 더 고급형태의 문화형식에 대한 정보도 제공했다. 소설 텍스트에서 셰익스피어 극이나 터너(Turner)의 그림, 스콧의 소설 등을 활용하였고, 남녀 역할에 대한 교훈적인 생각들도 첨부하였다. 『엘리너의 승리』 연재를 통해 브래던이 고급문화와 대중문화의 여러 요소의 혼합을 시도한 점이 『새터디 리뷰』(*Saturday Review*) 같은 당시 비평지에서도 브래던의 독특함으로 인정되었다(Wynne 118-119). 따라서 대중문화의 세계를 독자에게 열어준 것이 살만한 점이자, 고급문화의 즐거움도 촉진시킨 점 또한 브래던의 전략으로 볼 수 있다.

이러한 브래던의 예술관은 『일주 한번』의 대중예술에 대한 기사들로 인해 더욱 설득력 있게 제시된다. 더턴 쿡(Dutton Cook)이 쓴 「라비니어 펜턴」("Lavinia Fenton")이라는 기사는 윌리엄 호가스(William Hogarth)라는 화가를 중심으로 하여 대중예술에 대한 변호를 시도하고 있다.[10] 그러나 이 기사는 특히 라비니어 펜턴이라는 『거지의 오페라』(Beggar's Opera)에 나오는 여성 인물을 맡은 배우에 초점을 두고 있다. 라비니어 펜턴에 대한 이야기들 일화들을 소개하면서 공연의 역사를 기록하고 있는데 여러 극들의 역을 맡은 배우, 연극의 역사 등을 소상히 언급하면서 한편으로는 여러 여배우들이 신분 상승 결혼을 한 예를 들고 있다. 이러한 기사를 통해 당시 대중 예술인 오페라에 대해 독자들이 눈을 돌리도록 유도하고 있는데 연재된 브래던 소설의 대중 예술에 대한 내용이나 시각을 강조해주는 효과가 있다.

조지 맥키(George Eric Mackay)는 「오페라의 대본」("Books of the Opera")에서 영국과 이탈리아의 오페라를 비교하면서 이탈리아 오페라의 영국 수입과 번역 문제를 검토하고 있다.[11] 맥키는 이탈리아 오페라 장르 및 대본의 문제점을 검토하면서 음악에 비해 가사의 질이 떨어진다고 보고 있다. 즉 잘 정립된 대본의 오페라는 대중에게 더욱 인정받을 것이라고 주장하고 있다. 음악과 시는 쌍둥이와 같은 것이라고 논하면서, 진부한 판에 박힌 대화나 관계성 설정은 이제 청중들에게 감응을 받기 어렵다고 보며 오페라 대본의 변화가 필요하다고 논하고 있다.

더턴 쿡이나 조지 맥키의 이러한 대중예술에 대한 논의들은 『엘리너의 승리』에서 가장 긍정적으로 재현된 대중예술가 리처드 손턴의 일과 예술

---

10) *Once a Week*, IX June 6. 1863. 651-656.

11) *Once a Week*, VIII May 9, 1863. 553-557.

관을 돋보이게 하는 효과가 있다. 브래던의 대중예술에 대한 입장은 리처드를 통해 가장 설득력 있게 제시된다. 리처드는 고급취향을 지닌 젊은 예술가인 란설러트에게 자신이 하고 있는 일의 의미를 설명한다.

> "일부 사람들은 열심히 일해서 미의 세 여신의 비위를 맞춘다고 생각하지요." 리처드 손턴이 빠르게 연필을 놀리는 일에서 눈을 떼지 않은 채 조용히 말했다. "또 가장 행복한 생각들은 프랑스 소설을 읽으면서 소파에 누워있을 때보다 손에 붓을 쥐고 있을 때 더 잘 떠오른다고 말하지요 그리고 영감을 기다리는 방법으로 이런 방법을 더 좋아하는 예술가를 알고 있습니다. 저의 경우는 끈기 있게 일하는데서 오는 영감을 신뢰하지요." (Vol II 74)

> "Some people think the Graces are propitiated by hard labour," Richard Thornton said, quietly, without raising his eyes from his rapid pencil, "and that the happiest thoughts are apt to come when a man has his brush in his hand, rather than when he's lying on a sofa reading French novels; and I've known artists who preferred that method of waiting for inspiration. For my own part, I believe in the inspiration that grows out of patient labour." (Vol II 74)

이러한 자신의 예술관을 밝힌 후 란셀러트, 엘리너 등과 주고받는 대화들은 당시 예술의 지형도를 잘 보여주고 있다. 독자들은 이들의 의견의 교류를 통해 문학, 예술, 극 등 당시 문화 형태에 대한 상세한 조감도를 볼 수 있다. 브래던은 자신의 텍스트를 통해 고급문화와 대중문화의 지형도를 그리면서 차이성보다는 유사성을 강조하며, 대중예술가도 고급예술가 못지않게 진지한 자세로 자신의 작품에 임한다는 점을 반복해서 독자에게 주지시킨다.

특히 대중소설이나 '점잖은' 소설이 청중에게 제공할 수 있는 즐거움은 여러 등장인물들을 통해 강조되고 있다. 란설러트도 범죄에 연루된 무목적의 삶을 청산하고 예술로 에너지를 돌리는데, 이탈리아에서 공부한 뒤 대중예술가로서의 경력을 쌓기 위해 영국으로 돌아온다. 란설러트의 그림은 테니슨의 시 「자매들」('The Sisters')에 기반을 두고 제작된 것으로 성, 복수, 폭력의 선정적 시에 독자가 주목하도록 만듦으로써 선정주의는 저급한 문화적 형태라 아니라는 점이 강조된다. 즉 브래던은 이러한 선정적 주제들이 광범위한 문화 스펙트럼에 걸쳐 있다는 점을 잡지 독자들에게 인식시킨다.

문화경계가 흐려지는 건 현실과 허구의 세계 사이의 경계가 흐려지는 것과도 연관된다. 허구의 세계에 빠져드는 행위는 엘리너나 로라 메이슨 통해 극화되고 있다. 특히 텍스트의 초반부터 엘리너의 세계는 실제와 허구가 뒤섞여 있다. 또한 멜로드라마의 세계에 심취해 있음을 알 수 있다. 엘리너는 아버지를 기다리는 사이 폴 페발(Paul Feval)의 프랑스 선정소설을 읽고 있는데 실제와 허구가 서로 뒤섞이는 현상을 볼 수 있다.

> 15분임을 알리는 시계소리가 멀리서 들렸다. 그 15분이 얼마나 긴 것처럼 여겨지는지! 폴 페발은 정말 의심의 여지없이 흥미로웠다. 기름에 절어 너덜해진 페이지들에는 끔찍한 미스터리가 담겨있었다. 버드나무로 그림자가 드리워진 음울한 강기슭에 배반당하여 제거된 것처럼 보이는 두 명의 익사한 젊은 여인을 둘러싼 무시무시한 미스터리가 있었다. 이 즐거운 로맨스에는 최고의 악한과 불한당들이 있었다. 여기엔 여섯 권의 소설들에 충분할만한 미스터리와 살인이 있었다. 그러나 엘리너의 생각은 그 페이지에서 흩어져나갔다. 음울한 강둑, 유령 같은 버드나무, 익사한 젊은 여인들, 사방에 출몰하는 악한, 이들이 아버지에 대한 걱정과 뒤섞였다, 책 속의 고통이 그녀 마음의 고통의 일부가 되었고 그녀의 근심에 음울한 무게를 더해주었다. (Vol I 80)

There were clocks in the distance that struck the quarters. How long those quarters seemed! Paul Feval was very interesting no doubt. There was a ghastly awful mystery in those greasy tattered pages: a ghastly mystery about two drowned young women, treacherously made away with, as it seemed, upon the shore of a dreary river overshadowed by willows. There were villains and rascals paramount throughout this delightful romance; and there was mystery and murder enough for half a dozen novels. But Eleanor's thoughts wandered away from the page. The dreary river-bank, and the ghostly pollard-willows, the drowned young women, and the ubiquitous villain, all mingled themselves with her anxious thoughts about her father; and the trouble in the book seemed to become a part of the trouble in her own mind, adding its dismal weight to her anxieties. (Vol I 80)

엘리너의 선정소설 읽기를 통해 독자는 또 다른 선정적 이야기의 내용들을 읽게 된다. 엘리너는 자신이 읽는 소설에 나오는 악한을 아버지를 괴롭히는 악한이라고 상상하는데, 자신의 고통스러운 상황을 페발의 소설 상황과 동일시한다. 이렇게 텍스트 안에 또 다른 선정소설을 두는 장치를 통해 브래던은 독자에게 허구의 세계에 몰입하도록 유도한다. 아울러 엘리너의 복수개념도 멜로드라마 세계에 근거하여 진행될 것임을 암시해주고 있다.

엘리너가 허구의 세계에 빠져드는 행위는 로라 메이슨이란 인물 속에 더욱 확대된다. 엘리너가 생계유지를 위해 로라의 말벗 상대로 고용되었는데 두 사람의 관계는 매우 밀착되어 있으며 현실에 대한 인식 과정도 유사하게 진전된다. 로라는 빅토리아 시대 여성들이 문학 작품에 빠져드는 습관을 반영하듯 작품세계에 빠져들어 현실이나 자신의 정체성을 제대로 인식하지 못한다. 실제로 로라는 란설러트가 인도에서 돌아온 것을 알았을 때 소설의 주인공과 같은 착각에 빠진다. 란설러트를 검은 눈동자와 창백한 얼굴을 지닌 소설속의 주인공으로 상상하면서 보기도 전에 사랑에 빠지는 것이다. 또한 기사가 잃어버린 사랑을 찾아 수녀원 창문을 지켜보는 독일 로맨스에 심취하여 자신은 결혼하지 않고 란설러트를 바라보고 목소리를 듣는 데 만족한다고 이야기한다. 아울러 바이올라처럼 남장을 하여 그의 시종이 되고 싶다고 한다.[12]

브래던은 멜로드라마나 허구의 세계가 주는 즐거움을 독자에게 선사하면서도 과다하게 멜로드라마에 의존하는 상태는 바람직하지 못하다는 점을 지속적으로 주지시킨다. 즉 허구적 요소가 독자에게 즐거움의 원천이 됨을 인식시키는 동시에 과다하게 허구의 세계에 의존하는 것에 대해서도 경계해야한다는 입장을 취하고 있다. 대중예술가인 리처드는 멜로드라마로 대변되는 대중예술을 옹호하는 입장이지만 인물들이 멜로드라마에 빠져있는 상황에 대해 우려를 표명한다. 리처드는 지나치게 소설의 세계에 몰입하지 말도록 주변 인물들에게 충고한다. 리처드의 충고는 독자로 하여금 엘리너의 상태, 즉 멜로드라마의 세계에 지나치게 의존하는 엘리너에게 거리를 두게 만든다. 리처드는 엘리너가 마치 삶이 멜로드라마인 것처럼 이야기한다고 불평하며 멜로드라마의 언어와 동작을 지나치게 사용하고 있다고 지적한다.

> "사랑하는 엘리너, 이 문제에 대해 너의 격렬한 감정을 유감으로 여긴다면 아버지를 배신하여 불행하게 죽게만든 그 남자를 변호하지 않아. 단지 난 복수와 인과응보라는 생각들을 품게 됨으로 네가 저지르고 있는 어리석음을 깨우쳐주고 싶을 따름이야. 인생은 3권으로 된 소설이나 5막으로 된 연극이 아니란다. 소설에서 흔히 있는 갑작스런 만남들이나 이상한 우연의 일치들은 우리 일상

---

12) J.A라는 필명의 저자가 쓴 시 「린던 나무」('The Linden Trees')라는 시는 병사와 여자가 서로 기대어 손을 잡고 서있는 낭만적인 삽화가 시의 내용을 강조하고 있다. 연인들의 낭만적인 사랑을 강조한 시로서, 연인들의 사랑과 린던 나무들의 변함없는 속성을 비교한 아름다운 내용을 담고 있다(644). 이러한 시는 로라 메이슨의 낭만적인 사랑과 상응하는 면이 있어 소설과 잡지에 실린 글이 서로 효과를 배가시켜주는 면이 있다(*Once a Week* VIII May 30, 1863. 644).

생활에 흔히 있는 일이 아니란다. 네가 살아가는 동안 일생동안 이 남자를 다시 만날 수 없을 거야. 아버지가 죽는 순간으로부터 그 남자에 대한 단서는 없어진 거나 다름없어...제발 불가능한 복수에 대한 생각을 포기해...무대의 멜로드라마 같은 복수가 실생활에서 통하지 않는다면, 우린 적어도 ─ 너도 알다시피 그건 아주 높은 권한을 가진 분만 우리에게 주시는 거고 ─ 사악한 행위는 벌을 받게 되어있는 것임을 알고 있잖아, 이 남잔 너의 미약한 노력으로 아프게 만들기 어렵겠지만 지구의 가장 극단 멀리서 자신의 죄 때문에 고통 받고 있을 지도 몰라, 이걸 생각하려고 애써봐. 엘리너." (Vol I 165-166)

"My dear Eleanor, if I regret the vehemence of your feeling upon this subject, I do not defend the man whose treachery hurried your father to his unhappy death; I only wish to convince you of the folly you commit it cherishing these ideas of vengeance and retribution. Life is not a three-volume novel or a five-act play, you know, Nelly. The sudden meetings and strange coincidences common in novels are not very general in our every-day existence. It is not at all likely that in the whole course of your life you will ever again encounter this man. From the moment of your father's death all clue to him was lost; ...For heaven's sake, then, abandon all thought of an impossible revenge. ....If the melodramatic revenge of the stage is not practicable in real life, we know at least, my dear ─ for you see we have it from very high authority ─ that wicked deeds do not go unpunished. Far away at the remotest limits of the earth, this man, whom your puny efforts would be powerless to injure, may suffer for his crime. Try and think of this, Eleanor." (Vol I 165-166)

이러한 리처드의 목소리는 브래던의 입장을 대변한다고 볼 수 있다. 브래던은 멜로드라마와 허구의 세계가 즐거움과 위안을 주지만 현실에 대한 인식도 필요하다는 것을 역설하고 있다. 이러한 브래던의 입장은 중산계급 독자 중심인 『일주 한번』의 성격을 염두에 둔 것이라 볼 수 있다. 따라서 브래던은 이러한 충고가 엘리너에게 현실감을 심어주도록 텍스트를 구성한다. 『오들리 부인의 비밀』의 로버트 오들리의 탐색 역할이 여성인 엘리너에게 부가되어 독자에게 탐색의 의미와 기능을 생각하게 만든다. 그녀는 탐색의 과정을 통해 아버지에 대해 제대로 인식하게 되고 부녀 및 부부의 부적절한 관계는 제대로 설정되어 자신도 이상적 결혼의 상태로 정착되는 것이다. 브래던은 문화 소비자로서의 엘리너의 성장을 강조하고 대중예술과 고급예술의 융화에 초점을 맞춘다. 엘리너는 멜로드라마적 복수의 개념에서 벗어나고 지나치게 멜로드라마에 의존하던 습성에서 해방된다.

> 그녀는 아내로서의 직무를 등한시하고 딸로서의 애정에만 빠져있었던 것이다. 그녀는 죽은 자를 위해 산자를 희생시켜온 것이다, 그래서 그녀는 리처드 손턴의 충고를 듣고 거절했을 때 믿었던 것보다 그 충고가 더 현명하였다고 생각하기 시작했다. 그녀는 완전히 틀렸던 것이다. 고전적인 복수의 맹세는 메데아가 날아다니는 용을 타고 원칙대로 자식들을 죽이던 시절에는 전적으로 통하던 것이었다. 그러나 무척이나 애도한 고전 시대가 지난 지 오랜 후 영감을 받은 한 스승이 글을 쓰면서 복수는 신만의 권리이며 결함 있는 인간들이 관여하기엔 너무 무서운 속성으로, 맹목적으로 천국의 빗장쇠를 사람들이 서로의 머리에 던지는 것이라고 단언했다. (Vol II 227)

> She had neglected her duty as a wife, absorbed in her affection as a daughter; she ad sacrificed the living to the dead; and she began to think that Richard Thornton's advice had been wiser than she had believed when she refused to listen to it. She had been wrong altogether. Classic vows of vengeance were all very well in the days when a Medea rode upon flying dragons and slaughtered her children upon principle; but a certain inspired teacher, writing a very long time after that much-to-be regretted classic age, has declared that vengeance is the right of divinity alone, and far too terrible an attribute to be tampered with by fallible mortals, blindly hurling the bolts of Heaven against each other's earthly heads. (Vol II 227)

브래던은 이러한 부분을 결말에 제시함으로써 『일주 한번』의 기본 편집방향에 일치하는 쪽으로 소설을 마무리 한다. 그러면서도 독자에게 당시 각종 형태의 대중문학과 대중예술을 즐기면서도 제대로 볼 수 있는 비판적 틀을 제공해준다. 특히 실제와 허구 사이의 극적인 요소, 멜로드라마적 장치, 뒤 모리어의 삽화 등이 『엘리너의 승리』에 극의 장치를 도입해주고 있는데 이를 통해 브래던은 대중예술가의 역할이 지대함을 시사하며 당시의 무대 미술이나 대중소설, 극장 등에 대해 상세한 지형도를 보여준다.

빅토리아 중반에서 말엽까지의 대중문화와 고급문화의 역학 관계가 잡지와 소설을 통해 다양한 범주에 걸쳐 형상화되면서 폭넓은 독자층을 형성한 것도 주목할 만한 현상이다. 즉 소설과 잡지의 상호텍스트성으로 새로운 읽기 방식이 생성된 것은 빅토리아 시대 독서대중을 이해하는 데 주요한 단서를 제공해준다. 당시 사회의 쟁점이 되는 담론과 작품 읽기 간의 상호교류가 일어남으로써 선정소설이나 중산층 중심의 가족잡지는 더 광범위한 독자층을 형성하는데 성공했다고 볼 수 있는 것이다. 이러한 점에서 대중문화 형성 과정에서 선정소설의 역할은 매우 중요한 것이었다고 볼 수 있다. 독자들은 오이다(Ouida)와 브래던의 소설을 지속적으로 요구했고 1883년에서 1912년 사이 80개의 공공도서관 책들의 목록을 보면 브래던의 소설, 헨리 우드, 오이다의 소설이 가장 많이 독자의 요구가 있었던 소설들로 되어있다(Eliot 59). 대중소설에 대한 독자의 이러한 선호는 20세기 대중문학과 독자의 관계를 예견한 것이라 볼 수 있으며 출판문화의 지형도가 점차 대중문화의 속성에 맞추어져 감을 보여준다.

대중텍스트와 여성성

당시 출판시장에서 브래던의 성공은 중산계급 여성독자들이 느끼던 불만과 관심사들을 표현해줄 수 있는 능력과 연관된 것이다. 케이트 플린트가 지적하듯이 선정소설이 기존 질서나 이데올로기에 저항과 전복의 가능성을 지닌 것은 여성독자로 하여금 자신의 위치를 짚어보게 만드는 점이다 (97). 브래던의 선정소설에서 여성의 정체성이나 남성들과의 관계는 당시 여성이나 가정 이데올로기에 합당치 못한 패턴을 취하고 있다. 특히『오들리 부인의 비밀』이나『오로라 플로이드』에서 당시의 이상적 여성인 클라라나 루시와 비교하여 오들리 부인이나 오로라는 19세기 중반의 가정성을 둘러싼 소설적·사회적 담론과 상충되는 면이 있다. 텍스트에는 육체, 죽음, 폭력, 성애 등이 풍부하여 중산계급 여성의 정체성을 재의미화시킬 뿐만 아니라 빅토리아 시대 여성의 물질적 상황과 법의 의미도 바꾸어놓는다.

특히 여성과 범죄, 성과 젠더 문제의 연관성을 볼 수 있는데 브래던은 『오들리 부인의 비밀』에서 여성성과 광기의 문제에 주목하여 여성성의 문제를 생물학적이나 병리학적 관점보다는 여성의 법적·경제적·사회적 위치라는 관점에서 읽어야한다는 주장을 담아낸다. 브래던은 이중적 여성성을 시각적 장치를 통해 재현함으로써 당시 여성 담론에 내재한 모순을 폭로하고 가정의 영역이 실상 불안정한 영역임을 제시한다. 오들리 부인뿐만 아니라 오로라의 육체도 중산계급 여성을 이상화시킨 당시 이데올로기의 압력에도 불구하고 강렬한 이미지로 재현됨을 볼 수 있다. 궁극적으로 두 텍스트에서 여성 정체성의 재편, 영국 중산층 가정의 재편을 볼 수 있는데 특히 두 작품은 가정성을 다시 구축하기 위해 위험한 여성들을 축출하는 과정 및 수단을 패러디하고 폭로한다. 브래던은 여성성, 폭력, 가정적 공간의 개념을 재정의하는 과정을 통해 당시의 의학담론이나 법담론에서 정의되던 여성성의 문제점을 밝힌다. 브래던은 독자에게 위험한 여성성이란 실상 가정적 공간과 영국 전체의 정화를 쉽게 하기 위해 고안된 개념임을 읽어내도록 유도한다. 다시 말해 브래던의 선정소설은 당시 여성성 담론을 둘러싼 문화적 갈등을 탐색하고 가정의 공간에 내재한 위험의 근원에 대해 새로이 인식하도록 하고 있는 것이다. 이러한 특질들을 통해 볼 때 선정소설과 같은 빅토리아 시대 대중 텍스트에 재현된 여성성은 중산계급 유지에 적절한 결말에 맞추어짐에도 불구하고 당시 여성 담론에 대한 강렬한 의문과 저항의 목소리를 담아내고 있다. 이들은 주로 '위험한 여성'을 텍스트의 주요한 존재로 각인시킴으로써 당시 영국사회를 지탱해주던 가정 및 결혼, 여성성의 이데올로기의 실체를 다시 읽어내도록 해준다.

당시 여성작가의 선정소설에서는 당시의 이상적 여성성의 범주를 넘어서는 여성 주인공이 주를 이루고 있다. 또한 가정 범죄가 주로 다루어지는데 이는 당시 결혼이나 가족, 사적 영역과 공적 영역의 관계에 대한 근심을 보여준다(Pykett 84). 대표적 여성 선정소설가인 브래던의 소설에서도 여주인공의 비밀의 초점은 가정 범죄와 연루되어 있고 여주인공의 위험한 여성성과 그녀에게 부과된 역할 사이의 갈등이 작품의 핵심을 이루고 있다. 여주인공의 복수의 모티프도 자신의 비밀스런 열정이나 숨겨진 욕망의 메타포로 작용하고 있다. 여주인공들은 중혼을 범한 자이거나 살인으로 의심받는 범죄자들이 주류를 이룬다. 오들리 부인과 오로라 플로이드의 경우 여성성, 가정적 이상, 결혼에서 여성의 역할, 근대 결혼의 상황 등에 대한 의문과 긴장들이 초점이 된다(Pykett 87). 여주인공들의 일탈적인 행동은 중산층의 공포감, 가부장제로 가두지 않으면 여성의 욕망은 위험하다는 공포를 드러내는 계기가 된다.

『오들리 부인의 비밀』이나 『오로라 플로이드』, 『의사의 아내』, 『엘리너의 승리』, 『운명의 인질』(*Hostages to Fortune*) 등의 대표적 작품들에서 여성성은 위험하며 길들여져야 하는 것으로 제시된다. 이를테면 여성의 역할에 대한 생각들은 『엘리너의 승리』에서 엘리너의 삶이 아버지에게 복수하는 여성답지 못한 목적으로 구성되었다는 화자의 견해에 잘 집약되어 있다. 자신의 삶의 목적을 복수로 설정함으로써 엘리너가 딸의 역할에만 치중하고 부인으로서의 책무를 등한시한 것이 텍스트의 화자에게는 비난의 대상이다. 따라서 서술의 방향은 엘리너가 당시의 합당한 여성성을 갖추도록 길들여지는 쪽으로 정해져 있다. 승리라는 것은 결국 엘리너의 복수가 이루어지는 것이 아니라 엘리너가 변화하여 부드러운 여성성을 갖추게 된 것을 의미한다.

그러나 브래던의 선정소설에서 당대 여성성 담론과 상치되는 여주인공의 목표가 없다면 많은 독자들을 유인하기 힘들었을 것이다. 선정소설의 여성 인물들은 여성의 성 문제와 이중혼, 가정 범죄 등에 연루되었기 때문에 독자들의 강렬한 반응을 불러일으켰던 것이다. 선정소설의 결말이 표면적으로는 당시 중산계급 이데올로기에 맞추는 쪽으로 진전되지만 여성성의 문제는 단순히 규명될 수 없다. 즉 여성의 성 문제와 이중혼, 가정의 관계는 텍스트의 결말에서 보이는 것처럼 단순히 중산계급 가정으로의 복귀나 위험한 여성성의 제거에 그치지 않는다. 가부장적 질서에 순응하는 구성에도 불구하고 브래던은 당시 대중문화의 여러 장치들을 차용한 서술 전략을 통해 여성성과 당시 가정성의 관계, 여성에 대한 담론들의 문제점들을 텍스트의 이면에 배치하고 있다. 이러한 전략을 통해 브래던은 당시 여성 담론을 둘러싼 문화적 갈등의 실체를 독자에게 제시하고 있으며 중산계급 여성성의 의미를 새로이 읽어내도록 유도한다.

제니 커티스(Jeni Curtis)는 미셸 푸코(Michel Foucault)와 낸시 암스트롱(Nancy Armstrong)의 논의를 빌어 군대, 감옥, 병원과 같은 가부장적 제도와 관련하여 빅토리아 시대 여성성의 구성을 논하고 있다. 특히 여성의 성적 욕망과 관련하여, 당시의 여성의 욕망이 독자적으로 인정되지 못하고 모성에 대한 욕망으로 구성되는 경향에 대해 언급한다(Curtis 79-80). 의사이자 사회비평가인 그레그(W.R. Greg)나 액턴(William Acton)에 따르면 여성의 성적 욕망은 모성을 위한 것이며 성적 욕망만으로 그친다면 부자연스럽다는 것이었다. 커티스는 이러한 당시 여성성 담론을 검토하면서 브래던의 선정소설들과 당시의 전형적인 여성성 담론들의 관계를 분석하고 있다. 특히 브래던의 선정소설 여주인공의 육체는 당시 이상적 여성성과 상치되는 방향으로 재현되고 있음에 주목한다.

커티스뿐만 아니라 많은 평자들이 브래던의 선정소설에 나타난 여성성의 특질에 주목하고 있다.13) 브래던은 대부분의 작품에서 여주인공의 일탈적 성격에 초점을 두고 있다. 또한 텍스트에서 여성의 성을 가두고 통제하는 법과 관습의 틀이 어떻게 작용하는지 제시하기 위해 여성의 법적·의학적·사회적 위치에 대한 담론의 실체를 다양하게 보여주고 있다. 특히 『오들리 부인의 비밀』과 『오로라 플로이드』에서 브래던은 당시 여성성의 구성, 즉 천사와 악마라는 명백한 대립항의 구성을 탐색하고 있다. 『오들리 부인의 비밀』에서는 두 유형이 루시 오들리 한 사람에게 구현되고 『오로라 플로이드』에서는 오로라와 그녀의 사촌 루시로 구성된 두 극단적 유형을 통해 재현된다. 이 두 작품에서 여성성은 가정 범죄, 여성 질병과 연루되어 있는데 여성성과 범죄, 여성 질병의 탐색은 당시 대중 텍스트에 재현된 여성성과 지배 이데올로기의 역학 관계를 잘 보여주고 있다.

이 두 작품에서 브래던의 여주인공들은 마치 무대의 배우처럼 강렬한 시각적 대상으로 재현되고 있는데, 여주인공의 육체는 독특한 수사 장치를

---

13) 대표적으로 패밀러 길버트(Pamela Gilbert), 린 피켓, 질 매터스(Jill Matus), 엘리자베스 렁랜드 등이 브래던의 선정소설에 나타난 여성성의 구성, 여성 육체의 질병, 질병 제거의 의미 등에 주목하고 있다.

통해 남성 인물들의 강렬한 응시의 대상인 동시에 독자의 응시의 대상으로 강조되어있다. 당시 사회에서 여성 육체와 여성의 성의 의미를 강조하는 브래던의 이러한 작업은 작품 활동 후기로 갈수록 핵심이 되면서 점점 더 복합적인 양상을 띠게 된다. 여주인공이 강렬한 응시의 대상으로 재현되는 방식은 영화에서 배우의 이미지가 생성되는 것과 유사하다. 린 피켓이 지적했듯이 브래던의 주요 여주인공들은 오들리 부인이나 오로라 플로이드의 경우처럼 숨겨야할 무엇을 가지고 있으며 위장을 감추기 위해 연기를 하는 배우와 같다(Pykett 89). 오들리 부인에서 오로라 플로이드, 엘리너 배인, 플로라 샌드포드(Flora Sandford), 케이트 러건(Kate Lurgan), 마이라 브랜드리스(Myra Brandreth)에 이르기까지 주요한 여주인공의 모습에서 일관되게 배우의 모습을 볼 수 있다. 또한 미라나 플로라, 케이트는 텍스트에서 실제로 직업이 배우이기도 하다.

왜 이러한 배우의 요소가 지배적으로 들어있는가? 브래던이 배우생활을 했던 체험이 작품에 많이 반영되어 있기 때문이라고 볼 수 있다.[14] 오들리 부인의 재현에서 볼 수 있듯이 배우 이미지의 가장 큰 역할은 여주인공의 이중성을 드러내는 것이다. 텍스트의 초반부에서 오들리 부인은 천사의 이미지로 위장되어 있다. 가난한 사람들의 집을 방문했을 때나 마이클 오들리(Michael Audley) 경과 결혼하여 집안을 돌아다닐 때 그녀가 연출하는 이미지는 천사를 연상시킨다. 오들리 부인은 집안의 천사 이미지를 가면으

---

14) 실제로 배우가 주인공인 『운명의 인질』(1875)도 그 한 예인데 이 작품은 자신이 편집장이었던 『벨그래비어』에 연재되었다. 성공한 배우 마이라 브랜드리스가 주인공으로서 브래던은 마이라를 통해 광기라는 여성 질병과 배우, 작가의 상관관계를 잘 보여준다. 마이라가 자기 표현의 유효한 수단을 추구하는 것은 브래던 자신의 문제와도 유사하다. 전문 배우이자 매니저로서의 마이라의 역할은 작가의 창조력과 대중적 성공의 관계를 보여준다. 즉 마이라에게 요구되는 대중적 성공과 자신의 예술적 자유 사이의 갈등은 브래던 자신의 문제임을 보여주고 있다(Mattacks 78-79).

로 사용하며 누가 보아도 매료될 수 있는 아름답고 부드러운 얼굴과 목소리를 지니고 있다. "그녀는 어디를 가던 기쁨과 환함을 함께 가지고 다니는 것처럼 보였으며 가난한 사람들의 오두막에서 그녀의 아름다운 얼굴은 햇살처럼 빛났다(5-6)"고 묘사되고 있다. 미소와 친절로 가난한 사람들을 감동시키며 우아한 행동거지로 노파들을 환희에 젖게 하는 오들리 부인은 말 한마디, 미소 한번으로 사람들을 매혹시키는 힘을 지닌 것으로 보인다.

이러한 그녀의 행위나 외모에서 도저히 사악함을 짐작키 힘든데 이는 당시에 루시 그래험, 즉 오들리 부인이 되기 전의 루시가 신분 상승을 위해 터득할 수밖에 없는 일종의 위장이자 배워야할 하나의 속성이었다 (Montwieler 49). 이러한 위장된 모습은 독자에게 지속적으로 제시되는데 브래던은 과장된 멜로드라마적 문체로 오들리 부인을 독자의 응시의 대상으로 만들고 있다. 이러한 응시의 대상이 되어 있는 여성은 여성성의 여러 가능한 역할 중 하나를 재현하는 데 불과하다. 실제로 오들리 부인의 모습을 보고 독자는 이상적 여성성 자체가 단지 연기에 의해 이루어질 수 있다는 생각을 할 수 있게 된다. 즉 독자에게 여성성 자체가 이중적이며 위장과 해체를 포함하고 있다는 것을 각인시킨다.

브래던은 텍스트 중반부로 가면서 지속적으로 어린아이 같이 순수하고 아름다운 소녀의 모습과 더불어 그와 모순되는 괴물 혹은 악마와 연관된 여성성을 지속적으로 오들리 부인에게 부여하고 있다. 오들리 부인에게는 천사의 이미지와 동시에 마술, 유혹녀, 뱀의 이미지가 중첩된다. 또한 오들리 부인의 육체를 제시할 때 통합적인 이미지보다 육체의 어느 한 부분이 강조된다. 특히 오들리 부인의 육체 중 머리 부분이 여러 차례 천사/악녀의 이중적 이미저리로 재현된다. 천사를 연상시키는 금발과 동시에 뱀의 이미지와 연관된 머리타래에 대한 묘사는 텍스트 전반을 통해 강조된다.

이렇게 육체의 한 부분만이 강조됨으로써 여성 육체는 온전하게 통합적인 의미를 지니지 못한다. 더구나 오들리 부인에게 적용된 여성 괴물(female monster)의 이미지는 오들리 부인이 빅토리아 사회의 남성 세계를 위협하는 존재이자 가부장적 질서와 화해될 수 없는 존재임을 보여준다.

천사/악녀의 이중적 여성성이 절정을 이루는 때는 로버트 오들리 (Robert Auldley)와 조지 탈보이즈(George Talboys)가 몰래 그녀의 방으로 들어가서 그녀의 초상화를 바라볼 때이다. 이들이 오들리 부인의 밀실을 탐색하는 것은 여성성을 탐색하는 과정이다. 그 방의 각종 여성 장신구들은 여성의 육체를 나타내는 기호이자 여성 육체가 택하는 사회적 위장의 기호로 작용한다(Pykett 91). 세심하고도 정교하게 묘사된 여성 소품들은 오들리가 전형적인 여성성을 지닌 존재임을 강조하는데 초상화는 이러한 여성성의 의미가 절정에 달한 것으로 제시되고 있다. 그러나 초상화는 동시에 아름다운 악마의 모습을 보여주기도 한다. 전형적인 여성성의 특질들이 궁극적으로 괴물 여성인 악마의 이미지와 연관되는 이중성을 지니고 있다.

> 라파엘 전파가 아니고는 황금빛 안색에 불타는 듯한 밝음을 부여하고 깊고 푸른 눈에 사악한 빛을 가미할 정도로 섬세한 얼굴의 모든 특징을 과장하지 못했을 것이다. . . . 그것은 마치 부인의 얼굴 앞에 이상한 색채의 불을 놓은 것 같았고 그 불 때문에 결코 보지 못했던 새로운 선과 표정이 생겨난 듯 했다. 완벽한 생김새와 화려한 색채가 거기에 있었다. 그러나 내 생각엔 화가가 중세의 이상한 괴물들을 모사하다가 머리가 이상해진 것 같았다. 왜냐하면 그가 그린 초상화에서 부인은 아름다운 악마의 면모를 지니고 있었기 때문이었다. 그녀의 붉은 빛 드레스는 이 이상한 그림 속의 나머지 부분들과 마찬가지로 과장된 상태로, 그녀 주변에 불꽃처럼 접혀 흘러내리고 있었고 그녀의 아름다운 머리는 마치 이글거리는 용광로에서 나온 듯 불타는 색채 덩어리로부터 솟아 있었다.

No one but a pre-Raphaelite would have so exaggerated every attribute of that delicate face as to give a lurid brightness to the blonde complexion, and a strange, sinister light to the deep blue eyes... It was as if you had burned strange-colored fires before my lady's face, and by their influence brought out new lines and new expressions never seen before. The perfection of feature, the brilliancy of coloring were there: but I suppose the painter had copied quaint mediaeval monstrosities until his brain had grown bewildered, for my lady, in his portrait of her, had something of the aspect of the beautiful fiend. Her crimson dress, exaggerated like all the rest in this strange picture, hung about her in folds that looked like flames, her fair head peeping out of the lurid mass of color as if out of a raging furnace. (*Lady Audley's Secret*, 71-72)

이처럼 오들리 부인의 아름다움에 대한 과장된 표현은 남성 관찰자나 독자들에게 놀랍고도 매혹적인 것이 되고 있다. 이 장면에서 여성의 육체는 남성의 응시의 대상이 되고 있으며, 독자에게도 강렬한 응시의 대상으로 존재한다. 크베코비치는 초상화가 오들리 부인의 육체의 위험한 힘을 강조하고 있지만, 그녀의 속성을 드러내는 동시에 모호하게 만들고 있는 점에 주목한다(50). 초상화는 그녀의 정체성을 읽어낼 수 있는 가능성과 그녀의 정체성을 파악하기 불가능하다는 사실을 동시에 보여주어 독자를 유혹하고 있다는 것이다. 오들리 부인의 범죄 때문에 생기는 거부감과 아름다움으로 생기는 매혹적 힘은 구분될 수 없는 것으로 선정주의는 이처럼 두 감정의 구분될 수 없는 속성과 연관되어 있음을 볼 수 있다.

초상화 장면은 오들리 부인의 비밀이 점진적으로 폭로되는 과정에 대한 복선이기도 하다. 점진적인 폭로의 과정을 통해 그녀는 집안의 천사에서 출발하지만 집안의 악마로 드러난다. 결말이 되기 전에 오들리 부인의 정체뿐만 아니라 가정의 목가는 공허한 위장이었음이 드러나고 귀족 결혼의 경제적 권력 관계가 폭로된다. 안전해 보이는 오들리 저택은 실제 범죄의 영역과 연루된 것이라는 사실은 로버트 오들리의 꿈을 통해 상징적으로 제시된다.

> 고통스러운 꿈속에서 그는 오들리 장원이 에식스의 초록빛 목초지와 그늘진 생울타리 가운데서 뿌리째 뽑혀 황량한 북부해변 위에 휑뎅그렁한 무방비상태에서 재빨리 솟구쳐 오르는 거친 바다의 물결에 위협당하는 것을 보았다. 이 거친 바다의 파도가 위로 모아졌다가 내려오면서 자신이 사랑하는 집을 무너뜨리는 것을 보았다. 급히 쳐들어오는 파도가 장엄한 저택으로 가까이 다가올수록 잠든 그는 은빛 포말에서 내다보고 있는 창백한 별 같은 얼굴을 보았는데 그 얼굴은 바로 인어로 변신한 부인이었으며 그의 삼촌에게 파멸의 손짓을 하고 있는 걸 알아보았다.

> In those troublesome dreams he saw Audley Court, rooted up from amidst the green pastures and the shady hedgerows of Essex, standing bare and unprotected upon that desolate northern shore, threatened by the rapid rising of a boisterous sea, whose waves seemed gathering upward to descend and crush the house he loved. As the hurrying waves rolled nearer and nearer to the stately mansion, the sleeper saw a pale, starry face looking out of silvery foam, and knew that it was my lady, transformed into a mermaid, beckoning his uncle to destruction. (*Lady Audley's Secret*, 246)

특히 이 꿈에서 인어의 이미지는 당시의 위협적인 여성성과 연루되면서 귀족 계급의 오들리 저택을 붕괴시키는 힘과 연관됨으로써 당시 남성들이 여성성에 대해 지녔던 위협과 공포와 연관된다고 볼 수 있다. 텍스트에서 여성성과 가정의 관계는 표면적으로는 가정의 오염이 정화되기 위해서 이러한 위험한 여성성의 처벌이 필요하다는 당시의 의학 담론과 법 담론이 동원된다. 따라서 위험한 여성성에 대한 감금과 통제의 기제가 작동하는 것이다. 특히 오들리 부인의 불안정한 육체와 관련된 광기라는 질병은 그러한 감금과 통제를 정당화해준다.

브래던이 천사/악녀의 이중적 수사 장치를 재현함으로써 이루어내는 효과는 당시의 가정 이데올로기와 여성성의 문제를 복합적으로 조망하게 해준다. 브래던은 이상적 가정의 이데올로기로 여성의 정체성을 조절했던 빅토리아 시대 중반의 소설적 · 사회적 담론을 거부하고 있는 것이다. 오들리 부인의 육체는 여성의 욕망을 감금하는 당시의 여러 담론에도 불구하고 텍스트 전반에 걸쳐 지속적으로 물질화 · 구체화되는 것을 볼 수 있다. 또한 오들리 부인의 이중혼 및 범죄와 연루된 가정을 통해 영국 귀족계급이나 중산계급 가정의 영역이 안전한 피난처의 역할을 하지 못하고 있는 실상을 탐지해볼 수 있다.

말린 트롬프(Marelene Tromp)는 브래던의 소설에 구현된 전복성에 주목한다. 특히 당시 안정적으로 보이는 가정적 공간을 불안으로 가득 찬 영역으로 본 브래던의 당시 가정과 결혼에 대한 인식에 주목하여 가정 공간과 폭력의 연관성에 대해 논한다(Tromp 105). 즉 빅토리아 시대 가정적 공간, 가정적 여성, 천사와 같은 여성의 안전한 생산은 역설적으로 폭력과 위험의 개념이 이 영역에 포함되어 있음을 입증하는 것이며 실상 이 영역은 불안정한 영역임을 읽어낼 수 있다는 것이다. 브래던은 『오들리 부인의 비밀』에서 범죄를 가정이나 여성성과 연루시킴으로써 당시 여성성 구성의 실체가 어떠한 것인지 생각하도록 유도한다. 다시 말해 오들리 부인을 통해 지배적 여성 담론에 대한 저항의 의미를 읽어내도록 유도하고 있는 것이다.

『오로라 플로이드』도 『오들리 부인의 비밀』과 마찬가지로 이중혼과 가정 범죄의 플롯을 취하고 있으며 여주인공 오로라는 오들리 부인처럼 강렬한 응시의 대상으로 라파엘 전파의 그림과 같은 이미지를 재생산하는 효과를 내고 있다. 또한 여성의 육체, 죽음, 폭력, 성애 등의 이미지들이 다량 포함되어 빅토리아 시대 중산층 여성의 의미나 이들의 물적 환경들이 새로이 의미화되는 과정을 볼 수 있다(Tromp 90).『오들리 부인의 비밀』에서와 마찬가지로 외관상 이상화된 가정의 영역이나 가정의 천사라는 이상은 실제 불안정한 이데올로기의 소산임이 제시되고 있다.

18세 때 제임스 코니어즈(James Conyers)와 사랑의 도피를 했던 비밀을 안고 이중혼의 상태로 들어간 오로라에게서도 오들리 부인의 경우와 마찬가지로 배우의 이미지를 읽어낼 수 있다. 그녀의 외모는 빅토리아 시대 신여성의 모습을 예견하는 면이 있어 이미 대중문학 텍스트에서 여성의 모습이 당시의 여성성 담론에 대한 저항과 전복의 의미를 내포하고 있음을 볼 수 있다. 오로라의 빠른 행동과 거침없는 말투, 경마에 대해 열정, 당시 여성이 숙지하고 있던 지식 이상의 지식을 지닌 점은 분명 그녀가 빅토리아 시대에 요구되었던 여성성의 경계를 넘어서는 존재임을 보여준다.15) 솔직하며 두려움 없고 거만한 행동거지가 강조된 오로라의 모습은 멜로드라마적 문체로 과장되어 제시된다. 아울러 오로라의 모습은 독자, 남성 등장인물, 화자에게 지속적으로 매혹적인 응시의 대상으로 제시되고 있다.

독자로 하여금 멋진 눈의 영광스러운 광채가 가장 사랑스러워 보이는 얼굴들 중 하나를 상기해보도록 하라. 이런 눈이 다른 어떤 부분들보다도 매혹적인 힘이 강하다는 것도 기억하게 하라. 잘 생긴 코, 장밋빛 뾰족한 입술, 균형 잡힌 이마, 섬세한 피부에도 똑 같이 아름다움이 분배되었다면 보통의 사랑스런 여

15) 이러한 이미지와 더불어 화자는 자연의 이미저리를 사용하여 오로라의 기질을 비유적으로 설명해준다. 오로라의 기질은 자신의 마음대로 이리 저리 뻗어난 가지들과 같이 아무도 제어할 수 없는 것으로 제시된다. 이러한 이미지는 여성의 속성과 관련된 부분으로 오로라의 기질 자체가 야생으로 제시되어 있는 것이다. 오로라는 어머니 없이 자랐으므로 부적절하게 사회화 · 여성화되었다고 볼 수 있다는 견해도 볼 수 있듯이 오로라로 상징되는 여성성은 여성성의 범주를 넘어서 있다(Pykett 6).

인이 되었을 것이다. 그러나 아름다움이 하나의 핵심, 다시 말해 경탄할만한 눈의 광채에 집약되어 그녀를 하나의 신성, 키르케와 같은 존재로 만들고 있었다.

Let the reader recall one of those faces, whose chief loveliness lies in the glorious light of a pair of magnificent eyes, and remember how far they surpassed all others in their power of fascination. The same amount of beauty frittered away upon a well-shaped nose, rosy pouting lips, symmetrical forehead, and delicate complexion, would make an ordinarily lovely woman; but concentrated in one nucleus, in the wondrous lustre of the eyes, it makes a divinity, a Circe. (*Aurora Floyd*, 20)

오로라는 강렬한 눈의 이미지가 강조되면서 키르케, 즉 마녀, 요부라는 유형으로 제시되고 있는 것이다. 오로라의 육체는 오들리 부인의 경우와 유사하게 이처럼 한 부분이 강조되면서 지속적으로 하나의 그림처럼 제시된다. 즉 오로라의 육체는 오들리 부인의 경우처럼 하나의 바라볼 수 있는 광경이자, 권력과 긍지, 미를 대변하는 그림과 같이 재현되고 있다(Pykett 100). 텍스트에서 오로라는 다양한 시각을 통해 제시되는데 독자의 직접적인 응시의 대상이 되기도 하고, 오로라에게 매료된 탤봇 벌스트로드(Talbot Bulstrode) 같은 남성이나 요크셔 하인들의 응시의 대상이 된다. 특히 하인들의 시각을 통해서 오로라의 눈동자, 흰 치아, 붉은 입술 사이로 빛나는 흰 치아, 흰 피부, 숱 많은 머리타래의 자줏빛 광채 등이 강조되면서 오로라의 육체는 관찰자에게 거의 마술과 유사한 효과가 있는 것으로 보인다.

이러한 마술과 같은 힘은 여러 사람들을 매혹시킬 뿐만 아니라 화자에게까지 영향을 미치는 것으로 묘사된다. 화자도 오로라를 "검은 눈의 사이런"(47)으로 묘사하면서 텍스트 전체를 매혹시키는 강렬한 존재로 제시하고 있다. 키르케나 사이런의 이미지는 괴물여성의 이미지로서 남성에게 위협적인 이미지이다. 이러한 이미지는 남성 인물들에게 죽음과 파멸의 이미지로 작용하며 가부장적 질서에 위협을 가하는 것으로 보인다. 오로라는 오들리 부인과 유사하게 남성과의 관계에서 상징적 질서, 남성, 합리성의 영역에 가두어질 수 없는 존재로 재현된다.

존 멜리시(John Mellish)가 내실에서 잠든 오로라를 응시할 때 오로라는 독자들에게 하나의 시각적 대상으로 강렬히 각인되고 오들리 부인의 초상화 장면에서처럼 악마적 여성성을 볼 수 있다.

> 오로라는 느슨한 흰 빛의 화장복에 휘감긴 상태로 그녀의 흑단빛 머리 다발을 풀어헤쳐 어깨 근처에 흘러내린 채로 소파에 누워있었다. 그런데 풀어헤친 구불구불한 머리 다발은 마치 빛나는 푸른 검정빛 뱀이 불쌍한 메두사의 머리로부터 풀려 나와 그녀의 옷 접힌 곳들 사이로 도망친 것 같았다.

> Aurora was lying on the sofa, wrapped in a loose white dressing-gown, her masses of ebon hair uncoiled and falling about her shoulders in serpentine tresses that looked like shining blue-black snakes released from poor Medusa's head to make their escape amid the folds of her garment. (*Aurora Floyd*, 271)

여기서 오로라는 19세기 후반부 남성 예술가들이 선호했던 "잠자는 여성"(sleeping woman)의 자세로 묘사되어있다(Pykett 100). 여성은 자신의 사적 공간에 존재하는 모습으로 제시되는데, 텍스트에서 마치 그림처럼 여성을 제시하는 이러한 재현 방식은 로제티(Rosetti)류의 당시 취향에 상응하는 것이다. 그러나 동시에 브래던은 여성을 하나의 환상이자 남성의 욕망의 기호로 만들었던 라파엘 전파의 방식을 과도한 멜로드라마적 문체로 제시함으로써 풍자의 의미를 담아내고 있다.

오로라는 초상화 장면의 오들리 부인처럼 강렬한 응시의 대상이자 하나의 광경으로 재현되어 배우의 이미지를 연상시킨다. 아울러 오로라의 머리는 메두사, 뱀 등과 연관되면서 여성성의 악마적인 면이 강조된다.16) 그녀는 남성을 매혹시키는 악마적 여성성과 연관되면서 메두사나 헤카테(Hecate), 클레오파트라와 같은 마녀, 유혹녀, 마술과 연관된 이미지로 제시되는데 벌스트로드는 마치 자신의 운명이 마녀의 춤에 의해 조종되는 느낌을 받으며 멜리시는 부인의 마술과 같은 힘에 경탄하기도 한다.

이와 대조적으로 사촌 루시는 매우 바람직한 여성성을 지닌 존재로 남성 인물들에게 최상의 거룩한 여성이라는 평을 받고 있다. 벌스트로드는 그녀를 당시의 모범적인 여성으로 생각하고 있는데 루시는 당시의 가정적 이상을 그대로 보여주는 인물이다. 루시는 순수와 선함 그 자체로 제시되며 세상의 악이나 공포로부터 절연된 어린 아이 같은 존재로 남성인물들에게 가장 거룩하고 고귀한 여성이라고 극찬되는 이상적 여성이다. 그러나 루시는 『오들리 부인의 비밀』에서 당시의 이상적 여성성을 대표하는 클라라의 존재와 마찬가지로 텍스트에서 미약한 비중을 차지하고 있다. 특히 텍스트에서 오로라의 존재가 강렬한 만큼 루시는 상대적으로 미약한 존재이다. 루시에 대한 화자의 태도도 찬탄이나 공감의 태도와 거리가 멀다. 실제 벌스트로드도 루시를 이상형으로 생각하면서도 오로라에게 매료된다.

오로라를 통해 브래던은 오로라/루시로 구분되는 당시의 여성성 담론에 대한 저항의 의미를 극대화하고 있다. 오로라가 자신의 개, 바우 와우(Bow-Wow)를 잘못 다룬 하인 소프티(Softy)를 채찍질하는 장면은 여성성의 범주를 다시 생각하도록 유도해주는 장면이다. 아울러 텍스트 전체에서

---

16) 검정빛 나는 오로라의 머리 태래는 지속적으로 강조되고 있으며 이러한 머리의 구성은 여성의 육체를 통합적으로 파악하지 않고 부분으로 보는 것에서 나온 것이다. 신체의 부분들로 해체되어 있는 이미지가 자주 등장하는데, 오로라의 흰 팔, 검은 눈동자 등 육체의 부분만이 강조되는 경우가 많다.

오로라와 남성들과의 관계, 오로라가 속한 가정의 의미를 추론해볼 수 있는 주요한 장면이라 볼 수 있다.

> 오로라는 아름다운 암호랑이처럼 그에게 덤벼들었고 그녀의 가느다란 손으로 그의 능직 무명윗도리 깃을 잡고는 꼼짝 못하게 그를 붙잡았다. 가녀린 손아귀로 잡았으나 열정으로 격동한 상태라 쉽게 뿌리칠 수 없는 것이었다. 그녀는 그 마부보다 한 피트 반이나 더 컸으므로 그의 위를 굽어보고 있었다. 뺨은 분노로 창백하게 되었고 눈은 번뜩이는 분노로 가득했고 모자는 땅에 떨어졌으며 검은 머리는 어깨 근방까지 풀어져 열정으로 인해 숭고한 상태가 되었다... 그녀는 오른 손을 그의 깃에서 들어 올려 그녀의 가는 채찍을 그의 꼴사나운 어깨에 빗발처럼 마구 내리쳤다. 그 채찍은 금색 머리 부분에 에메랄드가 박힌 장난감일 따름이었지만 그 작은 손에서는 휘어지는 쇠막대처럼 따끔하게 아픈 것이었다. . . . "감히 네가 어떻게 그럴 수 있니!" 그녀는 계속 채찍질을 해댔고 한 손으로 그를 붙잡고 있으려 애쓰는 바람에 그녀의 뺨은 창백한 빛에서 주홍빛으로 바뀌었다. 이때 그녀의 엉클어진 머리 타래가 허리까지 흘러내렸고 채찍은 여섯 군데 쯤 부러져버렸다.

> Aurora sprang upon him like a beautiful tigress and catching the collar of his fustian jacket in her slight hands, rooted him to the spot on which he stood. The grip of those slender hands, convulsed by passion, was not to be easily shaken off...Taller than the stableman by a foot and a half, she towered above him, her cheeks white with rage, her eyes flashing fury, her hat fallen off, her black hair tumbling about her shoulders, sublime in her passion... She disengaged her right hand from his collar and rained a shower of blows upon his clumsy shoulders with her slender whip; a mere toy with emeralds set in its golden head, but stinging like a rod of flexible steel in that little hand.... "How dared you!" she repeated again and again, her cheeks changing from white to scarlet in the effort to hold the man with one hand. Her tangled hair had fallen to her waist by this time, and the whip was broken in half-a-dozen places. (*Aurora Floyd*, 138)

오로라가 남성을 채찍질하는 강렬한 이미지로 제시된 이 장면에서 여성성의 전도를 볼 수 있다. 이 장면은 텍스트 전체를 통해 가장 강렬한 장면이라고 볼 수 있으며 오로라는 남성을 벌하는 지배자의 이미지로 제시된다. 즉 남성과 여성의 역할이 전도된 것을 볼 수 있으며 남편인 멜리시는 이 장면을 보고는 공포감에 질리게 된다. 오로라는 오들리 부인처럼 '위험한 여성'으로 남편에게 각인된다.

오로라의 이러한 행위에 대한 멜리시의 대처는 당시의 위험한 여성에 대한 하나의 대응방식을 보여준다. 위험한 여성성을 감금과 통제의 기제로 해결한 『오들리 부인의 비밀』처럼 멜리시의 대응 역시 같은 범주의 해결방식을 취하고 있다. 그는 소프티의 잘못된 행동보다는 자신의 성 역할을 넘어선 오로라의 강렬한 행동에 대해 이를 제재하는 조치를 취한다. 그는 소프티에게 많은 돈을 주고 멜리시 장원에서 내보내는 것으로 이 사건을 마감한다. 소프티가 개를 가혹하게 다룬 행동을 묵인하는 식으로 처리된 것이다. 트롬프는 이를 위험한 여성에 대한 남성들의 공모적인 대처 방식이라고 지적하는데, 멜리시가 소프티에게 보상하는 방법의 해결은 오로라와 남성들의 관계들을 재구성하도록 해준다고 지적한다(98). 오로라의 분노는 공격적으로 묘사되고 있지만 결국 오로라는 길들여져야 하며 가정이라는 영역의 이면에는 폭력이 잠재하고 있음을 볼 수 있다.

소프티가 바우 와우를 다루는 방식, 오로라가 소프티를 다루는 방식은 오로라와 남성들의 관계를 상징적으로 보여주는 것이다. 바우 와우는 오로라의 애견으로 오로라와 동일시되는 존재이다. 소프티가 바우 와우를 학대하는 방식은 오로라에 대한 간접 공격과 마찬가지이다. 멜리시와 소프티는 바우 와우와 오로라에게 공모하여 대응하는 것이다. 트롬프의 지적처럼 소프티가 바우 와우를 다루는 방식은 가정적 공간을 위협하는 폭력, 남편의 아내에 대한 폭력을 극화하는 면이 있다(Tromp 100).

이러한 관계 설정은 가정적 공간 자체가 이제 존경받을만한 모성과 보호자인 남성들을 생산해내는 안전한 피난처가 아니라 젠더, 여성 정체성을 해체시키는 위험의 장소가 될 수도 있다는 생각을 보여준다. 소프티는 가정에 잠재한 남성적 폭력을 구현화시킨 인물로 볼 수 있는데 그는 멜리시에게는 처벌받지 않고 보상을 받는다. 반면 소프티의 부당한 행동에 분노를 했던 오로라는 남편에 의해 순화되는 것으로 처리되고 있다. 멜리시가 오로라를 다루는 방식은 길들이기, 순화시키기의 방식이다. 그는 오로라를 구속하고 관에 눕혀놓는 상상, 총알을 심장에 박는 상상을 한다. 멜리시의 방은 권총과 채찍과 지팡이 등 각종 체벌 도구들로 채워져 있으며 이 방은 그가 오로라를 어떻게 다룰 것인지를 상징적으로 보여주는 것이다. 멜리시가 자신의 클레오파트라 같은 신부를 위해 신전을 지을 수 있다고 하는 생각에서 볼 수 있듯이 외관상 그는 노예처럼 오로라를 따라다니고 오로라는 황제처럼 그의 헌신을 받아들이고 있다. 그러나 멜리시 장원의 지배적 관점은 멜리시가 오로라를 통제하고 자신의 정복의 대상으로 보는 것이다.

오로라의 구혼자였던 벌스트로드도 오로라에게 구혼하려고 했을 때 그녀를 정복해야할 아시리아의 여왕으로 묘사하며 식민화의 대상으로 고려한다. 그는 늘 오로라를 정복해야할 동양의 존재라는 이미지로 생각한다. 크림 전쟁의 장교라는 그의 직업도 상징적인데 그의 위치는 오로라를 길들이는 데 적절하다고 볼 수 있다. 벌스트로드와 오로라는 결혼에 이르지 못했지만 오로라를 동양의 정복해야할 대상으로 보는 패턴은 멜리시와의 관계에서도 지속되는 모티브이다.

오로라의 첫 남편이 신문 기사에 난 것처럼 죽은 것이 아니라 멜리시 장원에 살아서 나타났을 때 그는 소프티에게 살해되고 오로라가 의심을 받게 된다. 텍스트의 클라이맥스에서 경찰과 하인들, 친구들, 남편까지 그녀가 첫 남편을 쏘아죽인 것으로 의심하게 된다. 오로라는 이중혼자이자 살인녀로 의심받으면서 그녀의 주변을 맴도는 남자들은 죽음의 위협을 피할 수 없는 것으로 제시된다. 이중혼과 범죄에 연루됨으로써 위험하고 부도덕하다는 여성성의 이미지는 절정에 달하게 된다. 그러나 실제로 총은 멜리시의 방에서 나온 것이며 총의 이미지는 귀부인의 장난감으로 언급되면서 여성과 연관되어 있음을 볼 수 있다(Tromp 103). 총의 여성화는 오로라와 연관되면서 불안정한 가정의 영역을 제시하고 있다. 오로라는 살인범으로 오인 받으면서 가정을 분산시키는 존재, 위협적이며 통제 불가능한 존재, 정화되어야 할 존재로 각인된다.

여성의 육체 통제와 길들이기라는 당시의 여성성 담론에 부합되게 오로라 역시 벌스트로드와 멜리시라는 두 남성에 의해 그녀의 삶이 조정된다. 살인으로 얼룩진 가정의 영역은 오로라가 모성을 택함으로써 정화된 것으로 처리된다. 소설의 말미에 그녀의 미래는 남편에게 속해 있음이 강조되듯 오로라는 멜리시 부인으로 언급되며 마지막 세 장에서는 그녀의 목소리를 더 이상 들을 수 없다.

이러한 결말은 가정 이데올로기의 강조인가, 즉 빅토리아 중반부의 이데올로기, 가정을 모든 공적 삶의 오염으로부터 격리되고 안정된 장소로 보는 이데올로기의 강조인가 하는 의문을 낳는다. 『오들리 부인의 비밀』처럼 위험한 여성성을 단죄하고 처벌하여 침묵시키는 것으로 결말을 내고 있긴 하지만 『오로라 플로이드』에서도 브래던은 이러한 표면상의 결말 이면에 있는 의미를 읽어내도록 유도한다. 브래던은 위험한 여성성을 지속적으로 독자와 여러 인물들, 화자의 응시 대상으로 가시화하고 강조하는 서술의 반복으로 당시 이상적 여성과 괴물 여성의 이분법 경계를 흐리는 효과를 낸다. 브래던은 오로라를 재현하는 방식을 통해 가정의 도덕적 질서 중심에 여성이 자리하고 있는 것으로 보는 러스킨 식의 여성 담론에 지속적으로 도전하고 있는 것이다. 궁극적으로 브래던은 가정의 영역이 폭력과 범죄와 연루된 영역임을 보여줌으로써 빅토리아 시대 중반의 여성성 구성의 허구를 폭로하여 당시 여성 담론에 내재한 문제점을 제시해주고 있다. 더 나아가 오로라 플로이드라는 강렬한 여성의 이미지를 구축함으로써 당시 여성성 담론을 넘어서는 새로운 여성성 구성을 유도하고 있다.

 참고문헌

장정희. 「선정소설과 여성교육: 메리 엘리자베스 브래던의 『의사의 아내』」. 『근대영미소설』 12권 2호. 2005. 251-275.

_____. 「빅토리아 시대 가족잡지와 여성독자: 『벨그래비어: 런던지』를 중심으로」. 『19세기영어권 문학』 10권 1호. 2006. 117-136.

_____. 「빅토리아조 잡지와 선정소설의 상호텍스트성연구: 메리 엘리자베스 브래던의 『엘리너의 승리』」. 『근대영미소설』 11권 2호. 2004. 29-54.

_____. 「빅토리아 시대 대중텍스트와 여성성 – 메리 엘리자베스 브래던의 선정소설을 중심으로」. 『19세기영어권문학』 9권 1호. 2005. 143-167.

_____. 「빅토리아 시대 가정범죄와 여성성 – 메리 엘리자베스 브래던의 『오로라 플로이드』」. 『19세기영어권문학』 11권 2호. 2007. 207-227.

Benett, Tony, Colin Mercer and Janet Woollacott Milton. Eds. *Popular Culture and Social Relations.* Keynes and Philadelphia: Open UP, 1986.

Bernstein, Susan. "Dirty Reading: Sensation Fiction, Women, and Primitivism." *Criticism: A Quarterly for Literature and the Arts* 36(2) (Spring 1994): 213-41.

Blake, Andrew. *Reading Victorian Fiction: The Cultural Context and Ideological Content of the Nineteenth Century Novel.* London and Basingstoke: Macmillan, 1989.

Boyle, Thomas. *Black Swine in the Sewers of Hampstead: Beneath the Surface of Victorian Sensationalism.* New York: Viking, 1989.

Brake, Laurel. "Writing, Cultural Production, and the Periodical Press in the Nineteenth Century." *Writing and Victorianism.* Ed. J. B. Bullen. London and New York: Longman, 1997. 54-72.

Braddon, Mary Elizabeth. *Birds of Prey. Belgravia: A London Magazine* (November 1866-October 1867)

_____. *Charlotte's Inheritance. Belgravia: A London Magazine* (April 1868-February 1869)

_____. *Lady Audley's Secret.* New York: Oxford UP, 1987.

_____. *Eleanor's Victory.* Stroud: Alan Sutton Publishing Ltd. 1997.

_____. *The Doctor's Wife.* New York: Oxford UP, 1998.

Brantlinger, Patrick, *The Reading Lessons: The Threat of Mass Literacy in Nineteenth-Century British Fiction.* Bloomington, Indiana: Indiana UP, 1998.

Buckler, W. E. "*Once a Week* Under Samuel Lucas, 1859-65." *PMLA*, 67 (1952): 924-41.

Curtis, Jeni. "The Esparliered Girl: Pruning the Docile Body in *Aurora Floyd*." *Beyond Sensation: Mary Elizabeth Braddon in Context.* Eds. Marlene Tromp, Pamela Gilbert and Aeron Haynie. Albany: State U of New York P, 1999. 77-92.

Cvetkovich, Ann. *Mixed Feelings: Feminism, Mass Culture and Victorian Sensationalism.* New Bruswick: Rutgers UP, 1992.

Eliot, Simon. "The Business of Victorian Publishing." *The Cambridge Companion to The Victorian Novel.* Ed. Deirdre David. Cambridge: Cambridge UP, 2001. 37-60.

Evans, and Bradbury Eds. *Once a Week.* Vol VIII. No. 193 (March 7, 1863)- Vol XI. No. 222 (September 26, 1863).

Fiske, John. *Understanding Popular Culture.* London: Unwin Hyman, 1989.

Flint, Kate. *The Woman Reader, 1837-1914.* Oxford: Clarendon,1993.

Gilbert, Pamela. K. *Disease, Desire and the Body in Victorian Women's Popular Novels.* Cambridge: Cambridge UP, 1997.

Golden, Catherine J. *Images of the Woman Reader in Victorian British and American Fiction.* Gainsville, FL: U of Florida P, 2003.

Green, Laura Morgan. *Educating Women: Cultural Conflict and Victorian Literature.* Ohio: Ohio UP, 2001.

Hayward, Jennifer. *Consuming Pleasures: Active Audiences and Serial Fiction from Dickens to Soap Opera.* Lexington: UP of Kentucky, 1997.

Heidi H, Johnson. "Electra-fying the Female Sleuth: Detecting the Father in *Eleanor's Victory* and *Thou art the Man.*" *Beyond Sensation: Mary Elizabeth Braddon in Context.* Eds. Marlene Tromp, Pamela Gilbert and Aeron Haynie. Albany: State U of New York P, 1999. 255-276.

Hughes L,K and M. Lund. *The Victorian Serial* . Charlottesville & London: U of Virginia P, 1991.

James, Louis. "The Trouble With Betsy: Periodicals and the Common Reader in Mid-Nineteenth Century England." *The Victorian Periodical Press; Samplings and Soundings.* Eds. J. Shattock and Michael Wolff. Leicester: Leicester UP, 1982.

Jordan, J. O. and R.L. Pattern Eds. *Literature in the Marketplace: Nineteenth-Century British Publishing and Reading Practices.* Cambridge: Cambridge UP, 1995.

Langland, Elizabeth. "Framing Women's Bodies in Braddon's *Lady Audley's Secret.*" *Beyond Sensation: Mary Elizabeth Braddon in Context.* Eds. Marlene Tromp, Pamela Gilbert and Aeron Haynie. Albany: State U of New York P, 1999. 3-16.

Liggins Emma, Daniel Duffy. Eds. *Feminist Readings of Victorian Popular Texts.* Aldershot: Ashgate, 2001.

Mansel, H,L. "Sensation Novels." *Quarterly Review,* CXIII, (1863): 485.

Matus, Jill. *Unstable Bodies: Victorian Representation of Sexuality and Maternity.* Manchester and New York: Manchester UP. 1995.

Mattacks, Kate. "After Lady Audley: M.E. Braddon, the Actress and the Act of Writing in *Hostages to Fortune.*" *Feminist Readings of Victorian Popular Texts.* Eds. Emma Liggins, Daniel Duffy. Aldershot: Ashgate, 2001. 69-88.

Montwieler, Katherine. "Marketing Sensation: *Lady Audley's Secret* and Consumer Culture." *Beyond Sensation: Mary Elizabeth Braddon in Context.* Eds. Marlene Tromp, Pamela Gilbert and Aeron Haynie. Albany: State U of New York P, 1999. 43-62.

Oliphant, Margaret. "Novels." *Blackwood's* 102 (September 1867): 257-80.

Phegley, Jennifer. *Educating The Proper Woman Reader: Victorian Family Literary Magazines and The Cultural Health of The Nation.* Columbus: Ohio State UP, 2004.

Pykett, Lyn. *The "Improper" Feminine: The Women's Sensation Novel and the New Woman Writing.* London: Routledge, 1992.

_____. "Sensation and the Fantastic in the Victorian Novel." *The Cambridge Companion to The Victorian Novel.* Ed. Deirdre David. Cambridge: Cambridge UP, 2001.192-211.

Rae, W. Fraser. "Sensation Novelists: Miss Braddon." *North British Review* 43 (1865): 180-204.

Sala, George Augustus. "The Cant of Modern Criticism." *Belgravia: A London Magazine* (November 1867): 45-55.

_____. "On the Sensational in Literature and Art." *Belgravia: A London Magazine* (February 1868): 449-58.

Shattock J and Michael Wolff. Eds. *The Victorian Periodical Press; Samplings and Soundings.* Leicester: Leicester UP, 1982.

Showalter, Elaine. *A Literature of Their Own: British Novelists from Brontë to Lessing.* Princeton: Princeton UP, 1977.

Sullivan, A. Ed. *British Literary Magazines: The Victorian and Edwardian Age, 1837-1913.* Conneticutt and London: Greenwood Press, 1984

Tromp, Marlene. *The Private Rod: Marital Violence, Sensation, and the Law in Victorian Britain.* Virginia: The UP of Virginia, 2000.

_____. "The Dangerous Woman: M.E. Braddon's Sensational Gendering of Domestic Law." *Beyond Sensation: Mary Elizabeth Braddon in Context.* Eds. Marlene Tromp, Pamela Gilbert and Aeron Haynie. Albany: State U of New York P, 1999. 93-110.

Wolff, Robert Lee. "Devoted Disciple: The Letters of Mary Elizabeth Braddon to Sir Edward Bulwer-Lytton,1862-1873." *Harvard Library Bulletin* 22 (1974): 5-35,129-61.

Wynne, Deborah. *The Sensation Novel and the Victorian Family Magazine.* New York: Palgrave, 2001.

6 조지 엘리어트: 문화비평의 형성과 소설적 성과

여성작가의 저널리즘 활동과 주요 작품 사이의 관계에 대한 여러 논의들 가운데 저널리즘을 일종의 훈련 과정, 소설의 주제와 목소리를 갖추게 될 예비 단계로 보는 경우가 많다. 로버트 스탠지(G. Robert Stange)는 「평론가의 목소리」("The Voice of the Essayst")에서 조지 엘리어트의 경우 어느 다른 소설가보다도 저널에 기고한 평론의 관심사와 기교가 소설을 형성하는 데 도움을 주었다고 주장한다(312). 즉 평론가로서 자신의 소설 화자가 보여주는 다양한 어조를 습득하게 되었다고 주장한다(315). 알렉시스 이즐리도 엘리어트가 정기간행물을 중심으로 한 저널리즘 영역의 활동이 문화비평가로서의 정체성을 형성하는 데 주요한 역할을 했으며 이는 자신의 소설과 상호텍스트성을 지니고 있다고 본다(118).

이러한 견해 외에도 토머스 피니 (Thomas Pinny)는 『엘리어트 에세이』의 1963년 판 서문에서 엘리어트가 저널리스트와 소설가로서 다르게 처신

했다고 지적한다(1). 즉 소설가로서의 관용적 톤과 기고문에서 보이는 엄격한 판단과 맹렬한 비판의 톤이 다르다는 점을 지적한다. 피니와 스탠지 같은 평자들은 엘리어트가 쓴 1855년과 1856년의 평론들이 빅토리아 시대 저널리즘의 관습에 순응했음을 지적하면서 시초부터 엘리어트는 남성 필자의 관습을 받아들였다고 본다. 그녀가 익명적 기고문들에서 가정했던 목소리는 경험 있는 남성, 현명하고 학식 있고 균형 잡힌 판단을 지닌 남성 논평가의 목소리라고 지적한다(Stange 317). 이처럼 다양한 논의들의 차이는 있지만 저널리스트로서 비평가로서의 방식이 소설에도 궁극적으로 연결되며 엘리어트의 소설작가로서의 정체성은 사회역사가이자 분석적 비평가의 기능까지 포함하는 것으로 볼 수 있다.

대체적으로 엘리어트의 1850년대 저널리즘 영역의 글쓰기는 그 후 나온 소설들과 지성이나 예술면에서 서로 상응한다. 개혁적 성격의 정기간행물은 여성의 저술활동의 확장이나 여성작가의 성장과 연관되지 않을 수 없는 것이다. 중산계급 문화 향상과 문학 취향 개선을 위해 엘리어트의 저널리스트로서의 역할은 문화비평의 수립에 중요한 역할을 한다. 특히 『웨스트민스터 리뷰』의 부편집장 역할이 여성작가의 경력 형성에 대한 논의에 어떠한 영향을 주었는지는 1850년대의 기고글들을 중심으로 살펴볼 수 있다. 즉 엘리어트의 저널리스트로서의 활동이 여성작가로서의 정체성 형성과 어떠한 역학관계에 있는지, 당시 여성작가의 정치적 함의를 중심으로 짚어볼 수 있다.

여성작가의 익명성: 필명의 사용과 젠더 문제

엘리어트는 젠더와 글쓰기 관계를 상투적으로 규정하던 관습에 저항하기 위해 빅토리아 시대 중반의 출판 미디어와 연관된 익명적 출판이나 필명을 쓰는 출판 장치에 의존했다. 이러한 관습은 대부분 1860년대 후반에는 이제 구식으로 포기되던 것이었지만 엘리어트는 출판계에서 문화비평과 관련된 소설가로 자신의 경력을 쌓아갔으며 이는 당시 출판문화와 여성 작가의 또 다른 관계를 제시해준다.

엘리어트는 자신과 대중 사이에 경계선을 두기 위해서 조지 엘리어트라는 필명을 만들었으며 이러한 책략은 자신의 사생활을 방어하기 위한 것이자 저널리즘 영역에서 여성의 글쓰기를 비판하던 관행에서 자신을 보호하기 위한 것이었다. 그러나 엘리어트가 가명을 사용한 것은 단지 방어차원의 것은 아니었다고 볼 수 있다. 로즈마리 보던하이머(Rosemarie Bodenheimer)가 지적하듯이 가명성은 젠더들 사이의 유희("play between genders")와 같은 감을 표현하게 해주었고 다중 정체성을 표현하게 해주었다(*Real Life* 125). 이러한 다중 정체성은 작가성의 구축이라는 관점에서 보면 앞선 여성작가들보다 더 복합적인 문학 경력과 연관되어 있다. 남성필명을 취함으로써 작가로서의 정체성과 젠더의 관계가 모호해지도록 한 것이다. 또한 저널리스트로서 소설가로서 활동하는 동안 엘리어트는 익명적 장치와 필명 사용 등을 통해 자신의 작품에 거리를 두었다. 자신과 독자사이의 중간 페르소나로 '조지 엘리어트'를 창조함으로써 엘리어트는 여성적 글쓰기라는 당시의 문화 코드에 저항할 수 있었다.

조지 엘리어트라는 필명은 엘리자베스 개스켈의 코튼 매서 밀즈("Cotton Mather Mills")와는 다른 점이 있다. 개스켈은 자신의 가명을 개혁적 성격을 지닌 『호윗즈 저널』의 기고가, 도시 탐색가로서 자신의 작가성을 수립하기 위해 사용하였다. 엘리어트는 가명쓰기 장치를 초기 소설에서 사용했는데 1830년대와 40년대에 여성작가의 영국 상황 진단과는 다소 다른 방향, 즉 문화에 초점을 두었다. 이를테면 1830년대와 40년대의 작가 중

개스켈은 노동계급의 문제에 주목하였다. 활동 초기인 1840년대 경 여성작가의 익명적 글쓰기는 당시 영국 사회 진단과 문화 형성에 주요한 요소로 볼 수 있다. 개스켈이 활동을 시작하던 시기에 이미 여성작가들은 중산계급을 대상으로 한 잡지에 글을 싣기 시작하였다. 여성필자들은 빈곤층에 대한 객관적 기록자로서 이들 거주지의 상황을 묘사하면서 이러한 상황의 부정적 효과에 대해 언급하였다. 1840년대 후반경이면 여성 필자가 익명적 글쓰기를 통해 영국의 상황 문제, 도시의 빈곤, 고용, 위생, 가정생활 등의 문제에 대한 담론을 어떤 식으로 형성해갔는지 볼 수 있다. 이들은 중산계급 독자들에게 노동계급이 거주하는 공간에 대해 새로이 생각하게 만들고 중산계급 가정성에 대해서도 새로이 인식하도록 유도하였다. 이러한 과정에서 여성작가들은 성별에 대한 편견 없이 자신의 글이 수용되게끔 익명성의 장치를 이용했고 이러한 익명성의 장치는 여성작가의 작가적 권위 부여 과정에 하나의 몫을 담당하였다.

이처럼 여성작가들이 공적 영역에 들어가기 위한 방법으로 사회 문제에 대한 글들을 익명으로 신문이나 잡지에 게재한 활동은 당시 이들의 문학시장 진출과 관련하여 많은 논의를 낳고 있다.[1] 개스켈과 마찬가지로 엘리어트도 중산계급 여성의 글쓰기가 당시의 여성적 글쓰기와 독서 습관에 대한 상투적인 이데올로기로부터 해방될 수 있는 길에 관심이 많았다. 즉 여성 문인의 경력 구축을 방해하는 비평적 관행을 개혁하고자 하였다. 1850년대에 개스켈이나 엘리어트는 초기의 복음주의적 개혁주의 모델을 대치해줄 대안을 추구하는 데 관심이 있었다. 그러나 1850년대의 여성작가

---

1) 조셉 케스트너(Joseph Kestner)는 당시 사회 문제에 대한 여성들의 글을 총칭하여 사회에 관한 이야기(social narrative)라는 용어로 정의하면서 이 장르가 남성들의 전유물이 아니라 오히려 여성작가들에게 인기가 있었으며 여성작가들이 자신의 문학경력에서 남성작가들보다 훨씬 일찍 이 장르에 착수하였음을 지적한다(4).

에 대한 논의에 대한 개스켈과 엘리어트의 기여는 주요한 점에서 차이를 보인다. 개스켈과 달리 엘리어트는 전문적 경력의 여성작가임을 강조하는 것이 여성의 문학적 명성을 높이는 길로 이어진다고 보지 않았다. 개스켈이 문학을 통해 사회 개선을 위한 박애주의를 실천함으로써 여성작가들의 작업 상황이나 비평적 수용을 개선시킬 것이라고 믿었던 반면 엘리어트는 새로운 서술형식의 창조를 통해서만이 여성이 고도의 문화적 문학담론 영역에 들어갈 수 있다고 믿었다.

다시 말해 엘리어트는 사회 문제에 대한 여성작가의 관심보다는 중산계급 문화와 문학적 취향을 개선시키는 자신의 역할에 중점을 두었다. 이는 1860년대에 중산계급 문화와 교육의 필요성에 대해 인식했던 매슈 아놀드(Matthew Arnold)의 주장과 상통하는 면이 있다. 엘리어트는 존스톤(Johnstone), 마티노, 개스켈의 작업을 지속하고 있었는데 이들은 중산계급의 개혁과 노동계급의 교화에 초점을 두었다. 엘리어트는 여성작가를 공격하는 비평적 관행에 반기를 드는 대신 당대에 상투적으로 규정되고 있던 여성작가의 정체성이 얼마나 부적절한 가를 지적하는 데 더욱 관심이 있었다.

1846년에 엘리어트는 『코벤트리 헤럴드 앤 옵서버』(Coventry Herald and Observer)의 기고자로 경력을 시작하였으며 1851년 『웨스트민스터 리뷰』의 필진에 합류하여 1852년에서 1854년까지 부편집장을 하였다. 아울러 1850년대 동안 『리더』(Leader)와 『프레이저즈 매거진』에 기고활동을 하였다. 이러한 활동은 문화비평가로서 당대 문학의 독자로서 엘리어트의 정체성을 형성하는 데 중요한 역할을 하였다. 『웨스트민스터 리뷰』의 기고자로서의 역할이 특히 젠더와 작가에 대한 문제를 생각하는 데 영향을 많이 미친 것으로 볼 수 있다. 『웨스트민스터 리뷰』에 익명으로 기고하면서 엘리어트는 개스켈과 마찬가지로 여성작가의 역할과 지위에 대한 논의에 들어가게 되었다. 1850년대에『웨스트민스터 리뷰』의 부편집장이자 평론가로서 엘리어트는 여성의 작가적 경력에 대한 논의를 형성하는 데 주요한 역할을 했다.『웨스트민스터 리뷰』에서 엘리어트가 유지한 화자의 목소리는 초기 소설에서 보이는 화자의 목소리와 거의 같은 틀을 지니고 있다. 이처럼 엘리어트의 익명적 논평가나 편집자로서의 경험은 작가적 정체성 수립과 긴밀한 관계를 지닌다.

엘리어트는 남성주도적 글쓰기 영역에서 작가성을 수립하려는 제스츄어로 필명을 사용했을 뿐만 아니라 자신을 문학계 명사로 만들어주는 판매 도구로 사용하였다(Easley 125). 다시 말해 엘리어트의 활동 초기에 필명이 주는 젠더 모호성이 책의 판매를 증가시키는 동시에 자신의 작품을 고급문화 정전 속에 속할 수 있는 판매 전략으로 사용될 수 있음을 발견했다. 1858년『성직생활의 풍경』출판이 젠더와 정체성을 규명하려는 비평가들의 전례 없는 열광을 불러일으켰던 점에서 이를 입증할 수 있다.『애덤 비드』출판 이후에도『타임즈』의 편집자에게 리긴즈(Liggins) 씨가 조지 엘리어트가 아니냐는 편지가 쇄도하였다.

이러한 비평적 열정에 대응하여 많은 작가들이 추론의 과정을 보탰다. 마티노와 개스켈은『풍경』의 작가적 정체성에 대해 서로 의견을 나누었고, 개스켈은 리긴즈가 작가라고 주장했으나 나중에 메리언 에반스가 작가라고 의견을 바꾸었다. 마티노는 조지 엘리어트라는 정체 뒤에 에반스가 진짜 작가라는 것을 개스켈에게 확신시키는 데 결정적 역할을 했다.

이처럼 익명이나 필명을 쓴 작가들의 젠더와 정체성을 재구축해보려는 시도들은 19세기 비평에서 중요한 역사를 지니고 있다. 개스켈이『메리 바튼』을 익명적으로 출판한 것뿐만 아니라 브론테의『제인 에어』에 대한 반응도 작가의 젠더 문제를 포함하고 있다. 이러한 맥락에서『애덤 비드』도 작가의 젠더 정체성에 대해 매우 많은 반응을 유발했다. 작가의 젠더는 빅토리아 시대 중반 출판문화에서 문화적 이데올로기적 중요성을 지녔으므로 젠더가 모호할 경우는 비평적 관심을 불러일으켰던 것이다.

엘리어트의『애덤 비드』출판 이후 엘리어트에게는 비평적 재정적 성공이 뒤따랐으며 대부분의 정기간행물에 실린 비평들은 호의적이었고 조지 엘리어트라는 작가의 젠더에 대한 생각들을 포함하였다. 엘리어트는 조지 엘리어트라는 가명이 자신의 문학적 성공을 계속 보장할 것으로 생각하여『블랙우즈 매거진』에『플로스강의 물방앗간』을 익명으로 연재하는 것에 대해 반박하였는데, 익명을 택하는 것은 더 안전한 방식이지만 이득을 더 얻을 수는 없는 방식이었다. 엘리어트라는 필명의 사용이 더 명성을 누리게 해줄 수 있는 장치라고 생각하였기 때문이었다. 이러한 점은 엘리자베스 개스켈과 비교되는데 두 작가 모두 1850년대 정기간행물에 익명적 글쓰기를 했으나 책을 출판할 때 두 작가의 서명이 달랐다. 개스켈은 샬롯 브론테의 전기 작가로서 자신의 이름을 새로운 여성 주체성의 기표로 자신의 이름을 밝히게 되었다. 이러한 방식으로 중산계급 여성으로서 여성작가들이 중산계급 가정이나 비평에서 직면하게 되는 억압적 상황을 표출할 수 있었다. 반면 엘리어트는 젠더에 입각한 작가적 정체성의 개념들을 문제시하는 개념으로 필명을 사용하였다(Easley 128).

엘리어트는『성직생활 풍경』의 세 이야기들을 익명으로『블랙우즈 매거진』에 1857년도에 출판함으로써 마티노나 개스켈과 같은 여성작가들을 괴롭혔던 지나친 찬사나 가혹한 평들로부터 자신을 방어할 수 있었다. 즉 자신이 공적으로 노출되는 것을 막을 수 있었다.『블랙우즈 매거진』은『웨스트민스터 리뷰』처럼 중산계급 독자에 맞추어 편집방침을 정했고 당대문학에 대한 리뷰들을 포함하여 연재소설, 에세이, 시, 유머 등을 포함했으며 마거릿 올리펀트 같은 여성작가들을 필진으로 고용했다. 『블랙우즈 매거진』의 성격은 남성위주였는데, 블랙우드 가족의 남성들에 의해 진행되었고, 당시 유명한 남성필자들 위주로 구성되었다. 『블랙우즈 매거진』의 중심 톤은 중산계급이자 토리당의 신사인 남성을 상정한 것이었다. 그러나 1850년대경이 되면 대부분의 잡지기사들은 남성 전유로만 쓰이지 않았다. 잡지의 화자 목소리는 전체적으로 모호하게 젠더 규정이 되었다. 이러한 복합적인 관점은 엘리어트에게 남성서술자라는 가설을 강조하기도 하면서 이에 도전하기도 하는 자신만의 서술형식을 개발하게 하였다. 엘리어트의 초기 소설들은 정기간행물 필진의 서술관습과 여성작가에 대한 자신의 비평적 담론이 실제 작품화된 결과로 볼 수 있다.

1850년대 말경 정기간행물의 리뷰들은 엘리어트의 젠더 복합성에 대응하기 시작하고 있었다. 『플로스강의 물방아간』에 대한 논평에서 이들은 엘리어트의 작가적 젠더와 남성적 이름을 어떻게 취급할지에 대해 혼란을 표명하였다. 이러한 논평들은 소설에서 표현된 복합적 화자의 목소리와 엘리어트의 정체성을 융화시키는 데 어려움을 표명했다. 특히 『플로스강의 물방아간』에서 스티븐이 매기의 팔에 열정적으로 키스하는 장면에서 화자의 젠더 모호성 이 드러나는데, 남성적 화자인 것처럼 보이면서 남성적 페르소나 뒤의 여성적 정체성을 짐작하게 한다는 것이다(Easley 129 참조).

이처럼 복합적으로 젠더화된 화자의 목소리는 문학 평단에서 재현 위기를 초래했고 다이너 멀록 크래이크(Dinah Mulock Craik)와 같은 평론가들에게 양성(androgyny)을 여성적 작가 정체성의 다른 대안으로 이론화할 기회를 제공하기도 하였다. 크래이크는 『맥밀란즈 매거진』의 『플로스강의 물방앗간』에 대한 리뷰에서 조지 엘리어트라는 이름을 남성으로 언급하면서 이 작품은 탈성화된 지성(sexless intelligence)을 표명하고 있다고 주장하며, 젠더나 정체성 관점에서 작가이름의 지시성에 대해 의문을 표한다. 크래이크 자신의 작가로서의 체험에서 나온 평, 「여성에 대한 여성의 생각」("A Woman's Thoughts about Women")에서 크래이크는 작가가 여성에게 이상적 직업이라고 규정한다. 작가라는 직업은 여성들이 가정과 연관된 사적 영역을 유지하면서도 공적으로 실체성('corporeality')을 피하면서 여성들이 기술을 표현할 수 있다는 점에서 이상적 직업이라는 것이다(Craik 87).

『플로스강의 물방앗간』에 대한 이러한 비평적 반응들은 작가의 젠더가 불확실한 것에서 나왔음을 보여준다. 엘리어트 텍스트에서 발견되는 화자의 목소리가 남성인지 여성인지 모호한 점은 다양한 해석을 낳았다. 이러한 화자의 불확실한 젠더 설정으로 해석상의 갈등을 낳는 방식은 엘리어트가 정기간행물에서 연마하여 자신의 소설쓰기에서 채택한 서술적 관습에 의해 생성되었다. 엘리어트의 서술적 기교들은 엘리어트로 하여금 성과 무관하게 전문 작가로서의 정체성을 설립하는 계기가 되었다. 엘리어트는 자신의 작품을 고급문화와 관련된 문학 영역 속에 위치시키고 싶었고 이러한 고급문화 영역은 남성적 영역으로 정의되었던 것이다. 엘리어트의 복합적인 작가적 정체성의 구축은 도덕 교사로서 자신을 구축하게 해주었고, 매슈 아놀드와 마찬가지로 공적 취향의 기준을 높이는 목표에 부응했다.

이런 방식으로 엘리어트는 쓰기와 읽기를 작가와 독자 양자에게 개인적 정체성의 한계를 극복하고 문화 영역으로 들어가게 해주는 과정들로 구축하였다. 문화는 작가들과 독자들의 공감적 합일로 들어가도록 해주었다. 엘리어트의 복합적인 정체성 구축으로 인해 그녀에게 공감하는 독자는 1850년대의 문학과 출판문화 내부에서 젠더와 작가성에 대한 기존 담론들에 대한 저항의 형태를 볼 수 있었다.

1860년대 저널리즘과 익명성의 변화

1850년대 후반부와 1860년대 동안 익명적 저널리즘의 윤리는 주된 비평적 관심이 되었다. 자신의 정체를 드러내지 않고 당시 논점이 되었던 정치적 관점들을 표현하게 해주어서 익명성은 자유로운 저널리즘의 본질적 요소라고 여겨졌던 것이다.2) 이는 1859년『블랙우즈 매거진』에 기고된 달라스(E. S. Dallas)의 글에 의해 명백히 표현되고 있다. 달라스는 익명적 저널리즘이 "공적 감정의 반영, 대중의견의 재현"(reflection of public feeling, a representation of popular opinion 181-2)으로 기능하고 있다고 주장하였다. 광범위한 정치적 재현의 범주 안에서 언론은 공적인 영역에 영향을 미칠 "네 번째 영지"(fourth estate)로 작용했고, 정기간행물과 신문의 다양성 안에서 "모든 계급은 자기 기관을 가지고 있으며 모든 토픽은 저널을 찾았고, 모든 관심사는 언론에서 친구를 가지고 있다"고 주장한다(181).

달라스의 이러한 주장처럼 익명적 저널리즘은 계급을 불문하고 다양한 교류의 장 역할을 했다고 볼 수 있다. 그러나 출판문화는 변화 과정을 거치고 있었으며 익명적 출판의 관습은 이제 과거의 유물이 되어가고 있었다. 『블랙우즈 매거진』같은 정기간행물은 익명성을 고수하고 있었으나 이제 자신의 이름으로 서명하는 정책이 점차 1850년대 후반과 1860년대에 창간된 문학중심 정기간행물에 점점 더 일반적인 현상이 되어가고 있었다. 이를테면『맥밀란즈 매거진』,『포트나이트리 리뷰』,『컨템퍼러리 리뷰』등이 그러한 간행물의 예라고 볼 수 있다.

이러한 익명적 저널리즘에서 필자의 이름을 밝히는 쪽으로 진행되던 출판문화는 여성작가들의 문학경력 발전에 주요한 의미를 지닌다. 주요 정

---

2) 1850년대와 1860년대의 익명적 저널리즘의 변화 과정에 대해서는 이즐리의 논의(131-35)를 참조로 하였다.

기간행물들이 작가들의 서명을 요구함으로써 여성작가들에게 이는 또 다른 도전이 되었다. 자신의 이름을 밝히고 출판하는 것은 이름을 알리고 싶은 여성작가들에게는 매력적이었으나 작가로서의 공적 정체성과 개인의 삶을 분리하는 수단으로 익명성에 의존하는 여성작가에게는 자신의 이름을 밝히고 글을 쓰거나 책을 출판하는 일이 또 다른 면의 어려움을 가져왔다.

다시 말해 여성작가들은 자신의 사적 삶과 공적인 경력을 분리하여 유지하는 데 어려움이 많았다. 익명적 출판은 사회나 정치문제에 대해 일가견이 있는 명사이지 않아도 논의에 영향력을 행사할 수 있었다. 또한 공적 여성으로 분류되지 않아도 전문 경력에 종사할 수 있었다. 특히 1850년과 60년대 동안 익명적 기고가들의 중요성은 인식되고 있었다. 『여성의 일에 대한 에세이』(*Essays on Women's Work*)(1865)에서 베시 래이너 파크스(Bessie Rayner Parkes)는 정기간행물들이 성장하면서 여성작가의 작가성도 더 강화된 것으로 관찰하고 있다(120). 즉 중산계급 여성들에게 고용과 정치적 영향을 제공했다는 점에서 저널리즘의 역할을 높이 평가한다. 파크스의 지적대로 잡지들은 짧고 사실적인 글이나 관찰, 위트, 적절한 지식 등을 요했다. 한편 여성들은 집에서 할 수 있으며 잡지에서 요하는 글쓰기 같이 쉽게 지불받을 수 있는 일을 요구했다. 이러한 두 요구가 맞아떨어져서 여성은 '네 번째 영역'인 저널리즘 영역에서 매우 중요한 요소가 되었다(120-21). 파크스는 정기간행물에 여성들이 자신의 재능을 쉽게 활용한 원인이 공적 경력을 추구하면서도 가정적 사적 영역을 유지하게 해주었기 때문이라고 지적한다. 이는 당시 교육받은 여성이 쉽게 추구할 수 있었던 경력이었다.

이러한 1860년대는 엘리어트에게 과도기였다. 엘리어트가 익명적 정기간행물 기고가 겸 필명을 쓰는 소설가로부터 고급문화의 아이콘으로 변하는 시기였다. 1860년대에 엘리어트는 정기간행물의 저널리즘에 치중하기보다는 소설쓰기에 전념하기 시작했다. 이러한 변화는 작가성, 계급, 젠더에 대한 논의에 직접 연루되는 것으로부터 벗어나려는 움직임과 연관된다. 달라스 리들(Dallas Liddle)은 엘리어트가 다른 소설가들과 다른 경로를 보임을 지적하는데 정기간행물 시장에 가까이 머물면서 성공을 거두고 편집장을 했던 디킨즈, 트롤로프, 브래던 등의 작가들과 달리 엘리어트는 소설쓰기가 성공적으로 진행되었을 때 저널리즘 활동에 거부감을 보인 점에 주목한다(100). 이는 당시 저널리즘이 여전히 남성위주로 진행되는 경향이 있었기 때문이라 볼 수 있다. 그러나 엘리어트가 1850년대에 저널리스트로서 다루던 작가성, 계급, 젠더의 문제들은 1860년대의 소설 쓰기에 관련되어 있다고 볼 수 있다.

이처럼 익명적 글쓰기로부터 이름을 밝힌 출판으로의 이동은 『맥밀란즈 매거진』, 『포트나이트리 리뷰』 등과 같은 정기간행물에서도 작가의 서명을 밝히는 정책을 기용하도록 만들었다. 이러한 출판문화는 이제 여성들이 공적 영역에서 좀 더 활발한 활동을 하도록 유도했다. 다시 말해 여성 참정권 요구, 기혼여성 재산법의 통과 등 여성의 정치적 행동주의가 사회 변화를 낳을 수 있다는 것을 입증해주었다. 이 시기에 여성 저널인 『영국 여성 저널』(English Woman's Journal)이 만들어졌으며, 이는 중산계급 여성 운동의 발전으로 이어졌다. 여성의 고용과 교육에 대한 초점을 둔 이 잡지는 여성이 어떻게 대중 정책에 영향을 줄 수 있는 압력단체가 될 수 있는지의 모형을 제공하였다. 그러나 제한된 독자들을 가졌으므로 영향력도 다소 제한적이었다고 볼 수 있다. 실상 여성의 참정권을 주장하는 가장 중요한 문서들의 일부가 익명적 정기간행물들과 신문으로부터 나왔던 것을 알 수 있다.

가장 영향력 있는 익명적 텍스트 중 하나는 『웨스트민스터 리뷰』에 1851년 기고된 해리엇 테일러(Harriet Taylor)의 「여성의 참정권」("The Enfranchisement of Women")이다. 테일러는 참정권과 개선된 교육기회가 여성들로 하여금 남성들과 더 직접적인 상호작용을 할 수 있게 해준다고 주장한다. 공적인 정신(public spirit)을 개발함으로써 여성들은 남성과 동일한 동료가 될 수 있을 것이며 타인과의 관계에서 자기이익과 허영심에 의해 움직이는 경우가 덜할 것이라고 주장하고 있다(307).

여성의 참정권을 둘러싼 논쟁은 익명적 출판에 대한 논쟁과 유사한 점이 많았다. 익명성과 간접성은 개인이 사적 정체성과 공적 정체성이 혼합되는 기회가 주어진다면 수정될 수 있는 여성작가들의 단점들로 지적되었다. 이름을 달고 출판한다면 더 직접적으로 자신의 정치적 입장을 표명할 수 있고 더 정직하고 책임감 있는 상태로 될 수 있다는 주장이 지배적이었다. 결국 익명성 논쟁은 개인의 책임이라기보다 개인의 사회적 가치에 대한 것으로서, 남성의 이름이 더 가치 있는 것으로 인식되었던 것이 사실이었다.

1860년대에 여성참정권 문제, 다시 말해 여성도 동일한 사회적 가치를 구현할 수 있는가의 문제가 주요문제로 떠오를 때, 이런 문제들에 대한 논쟁들이 중산계급 여성을 위한 주체성을 묘사하는 데 주요한 역할을 하였다. 새로운 정체성 구성의 문제나, 자기개발의 행위는 여성으로 하여금 아놀드적 문화를 개발하게 만들었다. 1840년대 박애주의적 문학 실천에 중점을 두었던 여성작가들과는 다른 방향으로 작가적 정체성이 형성되기 시작했고 이런 의미에서 이상적 정치적 여성은 1860년대의 신여성작가의 이미지와 유사했다. 여성은 자신의 이름을 자신의 작품에 부여함으로써 젠더와 계급의 관심사들을 재현하면서 정치적·사회적·문학적 문제들에 대해 교화되고 공평무사한 관점을 표현하였다.

궁극적으로 1860년대의 문학적 재현과 정치적 재현을 둘러싼 논쟁은 소설에 주요한 의미를 지니게 되었다. 사회문제를 다룬 소설들은 여성들에게 계급과 젠더 문제 논쟁에 참여할 대체적인 매체를 제공하였다. 그러나 1850년대의 중산계급과 하층계급의 급진주의가 쇠퇴함에 따라 사회문제를 다룬 소설들은 환영을 받지 못했다. 1860년대에 더 높은 수준을 지향하는 저널리즘은 소설도 이러한 출판문화에 상응하기를 기대하였다. 소설이 점차 예술 형식으로 수용됨에 따라 작가의 서명 문제도 대두되었다. 결과적으로 익명적 박애주의적 작가는 과거의 유물이 되었으며, 문화가 중심이 되는 소설이 주요 기준이 되었다. 새로운 고도의 문화를 나타내는 사실주의와 연관되는 여성작가는 엘리어트뿐이었다. 그리하여 감상주의나 저급한 사실주의에 빠지지 않고 소설을 쓰는 엘리어트의 능력이 높이 평가되었다. 이는 결국 자신의 저널리스트로서의 글쓰기 기술이 소설적 성과로 나타난 것으로서 1840년대나 50년대의 다른 여성작가들에 비해 더욱 원숙한 소설적 성과를 볼 수 있다.

엘리어트의 여성문제 담론

1854년 영국의 상황은 러시아에 전쟁을 선포하고 크리미아를 침략하던 해로서 국가의 미래와 영국여성의 역할에 대해 논의되던 해였다. 이상적 영국여성은 도덕적 희망이나 안내자인 마돈나였고 청교적 순복음주의의 성장과 자본주의의 성장이 병행되던 빅토리아 시대영국의 상황으로 설명될 수 있다. 자본주의적 개인주의는 자립과 진보를 신성시했고 공격적 경쟁과 비평 등을 장려했으며 이런 경우 남성들에게는 시장 바깥에 있는 회복적 공간이 필요했다. 여성은 이러한 성역인 가정의 가치를 지키는 데 주요한 역할을 해야 했다(Dolin 143).

동시에 1854년이란 해는 여성문제에 대한 논의에서 전환점이었다. '타락한 여성'이 문학과 시각 문화의 중심으로 이동해왔기 때문이다. 엘리자베스 개스켈의 논쟁적 소설『루스』가 출판된 해이기도 한데, 다시 말해 타락한 여성의 곤경을 공감적으로 그린 소설이었기 때문에 논란을 불러일으켰다. 또한 라파엘 전파 화가인 윌리엄 홀먼 헌트(William Holman Hunt)가 논쟁적인 그림「깨어나는 양심」("The Awakening Conscience")를 보수적인 로열 아카데미 전시회에 내놓았기 때문이다. 평자들은 근대 가정 삶의 이러한 어둡고 역겨운 이미지에 충격을 받았다. 이 그림은 여성에게 있어 천사와 창녀의 이미지가 결합됨을 보여주고 있으며 자기 파멸적 성적 열정이 가정성을 위협하는 이미지는 시각예술에서 지속되었다.

엘리어트는 런던에서 점차 자유주의적 중산계급 집단에 이끌리게 되었는데 이 집단은 독신녀의 곤경이나 가정교사 혹은 재봉사의 위치에서 기혼여성이 가질 법적 권리, 이혼과 양육법, 모든 여성이 자신의 소득을 가질 권리, 이중 성적기준으로 인한 억압 등으로 관심을 이동해가고 있었다. 저널리스트로서 엘리어트는 자신의 익명성을 간직하였고 주 정기간행물의 저널리스트들이 모두 남자일 것이라는 일반적인 가설을 수용하고 있었다[3].

그러나 많은 글들을 통해 직접적으로 혹은 간접적으로 19세기 중반의 전문작가, 소설가, 지식인으로서 자신과 같은 여성의 의미가 무엇인지 밝

---

3) 예를 들자면 1855년 찰즈 브래이(Charles Bray)가 그녀를『웨스트민스터 리뷰』의「복음주의적 가르침: 커밍 박사」("Evangelical Teaching: Dr. Cumming")의 저자로 인식했을 때 엘리어트는 자신의 정체성을 비밀에 부쳐달라고 애원했다. 그 이유는 여성이라고 밝혀지면 반감을 불러일으킬 우려가 있었기 때문이었다. 글이 이성적 분석이라기보다는 감정적 폭발로 읽힐 우려가 있었기 때문이었다(Uglow 85).

히곤 했다. 엘리어트는 이런 의문을 모든 각도에서 탐색했으며 이 문제에 대해서는 1855년과 56년도에 집필한 글들에서 가장 지속적으로 다루고 있다고 볼 수 있다. 17세기 마담 드 사블(Madame de Sable)이 문인 살롱에 미친 영향을 다룬 「프랑스의 여성」("Woman in France: Madame de Sablé")이 있고 마거릿 풀러의 『19세기의 여성』(*Woman in the Nineteenth Century*)과 메리 울스톤크래프트의 『여성권리 옹호』(*A Vindication of the Rights of Women*) 등 두 여성론자의 저서 비교에 대한 「마거릿 풀러와 메리 울스톤크래프트」("Margaret Fuller and Mary Wollstonecraft") 같은 글들이 있으며 당대 여성 작가들에 대한 비판을 다룬 「여류소설가들의 어리석은 소설들」같은 글을 볼 수 있다. 이 세 글들은 1850년부터 지속적으로 자신의 편지나 논평에서 보이는 여성문제에 대한 관심의 단초가 된다.

1850년경이 되면 여성문제는 모든 차원에서 논평이나 기사, 팜플렛, 소책자, 책 등을 통해 정면에서 다루어졌으며 소설에서는 서로 연결된 여성성의 두 형태, 즉 성이 없는 도덕화된 천사와 공격적이며 육욕에 찬 막달렌의 형태가 제시되었다. 엘리어트의 소설에서 이러한 두 유형을 볼 수 있다. 엘리어트는 자신이 구성한 첫 이야기인 「아모스 바튼」("Amos Barton")에서만 밀리 바튼을 통해 관습적 여성성을 제시하였다. 밀리는 사랑스러운 여성이며 모든 교양을 다 갖춘 여성으로 제시되고 있다. 밀리의 침착함과 위엄에 대해 기록하고 있으며 중산 계급의 남녀성 영역 분리의 원칙에 대해 이야기하고 있다. "남편을 통해서만 세상과 소통하는 존재"(51-52)이자 감상적인 빅토리아 시대 중반의 "여성의 직무"에 대한 이야기를 볼 수 있다. 아모스의 장녀인 페티도 그녀의 죽은 어머니와 마찬가지로 아버지 곁에서 그의 삶의 저녁 햇살이 되어주고 있음을 볼 수 있다.

밀리 바튼은 엘리어트 소설의 전형적인 여성은 아니었으며 엘리어트는 이러한 당대 이상적인 여성성을 수호하지 않았다. 그렇다고 해서 정치적·법적 여성운동을 선호한 것은 아니었다. 그보다 엘리어트의 목표는 여성성에 대한 이분법적 성 이데올로기를 침식시키는 것이었으며 이런 작업에서 조직화된 페미니즘의 주장들이나 페미니즘 반대자들의 주장과 엇갈린 입장을 지니고 있다.

제니 어글로우(Jenny Uglow)의 지적처럼 엘리어트의 조직화된 페미니즘에 대한 태도는 양면적이었다(91). 여성의 불평등, 법적인 차별, 교육기회의 결핍 등에 대해서는 이들의 분노를 공유했다. 여성을 침묵케 하는 것, 지식영역이나 당시의 특별한 주제에서 여성을 제외시키는 것 등을 증오했으며 이중적인 성 기준을 혐오했으며 페미니스트 지도자들의 용기를 높이 샀다. 그러나 그녀는 여성을 이상화하는 것을 거부했으며 여성의 의존에 대한 사실주의적 입장이 마치 스토우 부인의 노예제에 대한 사실적 그림들처럼, 변화에 대한 더 나은 논쟁을 만들어낼 수 있다고 주장했다.

엘리어트는 완벽한 평등의 개념을 받아들이지 않았으며 성차의 개념, 즉 여성은 특이한 문화, 언어, 남성이 항상 배제될만한 체험의 부분을 지녔다고 생각했다. 이러한 특이성의 개념은 생물학과 연관된 개념이라 볼 수 있는데 이와 연관된 모성과 가정성은 변화보다는 보수주의를 위한 힘이 되어 왔다. 즉 엘리어트는 남성과 여성 사이의 생리적 차이를 인정했고, 남녀평등 주장 아래 사장될 수 있는 가치들, 부드러움과 공감, 모성 등에 가치를 두고 여성에게서 도덕적 성장의 근원을 추구했다. 이러한 보수주의를 엘리어트의 소설들에서 볼 수 있다. 그러나 엘리어트는 더 큰 기회가 여성의 능력을 고양시켜주면서 동시에 자신의 귀중한 특질, 즉 공감(sympathy)의 능력을 고양시켜줄 것으로 믿었다. 그녀가 요구하는 것은 온건하고 점진적인 변화였다.

한편에서는 여성 자신이 더 나아지기까지는 여성의 지위가 결코 개선될 수 없다는 말을 듣는다. 또 다른 편에선 여성의 지위가 개선되기 전까지는, 법이 더 정당하게 제정되고 여성 활동에 더 광범위한 영역이 열리기 전까지는 여성이 결코 더 나아질 수 없다고 한다. 그러나 우리는 일반적으로 인류에 대해서도 이와 동일한 어려움에 대해 지속적으로 듣고 있다. 개인과 제도 사이에는 끝없는 작용과 반작용이 있다. 우리는 점진적으로 둘을 시험해보고 수정해가야 한다. 이것이 인간이 개선될 수 있는 유일한 길이다.

On one side we hear that woman's position can never be improved until women themselves are better, and, on the other, that women can never become better until their position improved — until the laws are made more just, and a wider field opened to feminine activity. But we constantly hear the same difficulty stated about the human race in general. There is a perpetual action and reaction between individuals and institutions; we must try and mend both by little and little — the only way in which human things can be mended. (Pinney Ed. *Essays* 205)

여기서 엘리어트의 여성문제는 인간에 대한 문제이며 특별한 경우가 아니라는 생각을 볼 수 있다. 엘리어트는 보수적 실용주의의 입장에서 여성을 있는 그대로 보고 그리는 데 몰두하였다. 크로스(Cross)가 전기에서 지적했듯이 엘리어트의 미래에 대한 큰 희망은 인간성의 개선, 입법 등의 조처보다는 애정과 공감적 감정의 점진적 발전과 세계의 사건들을 천천히 광대한 범주로 가르침으로써 인간성을 개선하는 것이었다(624).

엘리어트는 「프랑스의 여성」에서 마담 드 사블의 죽음에 대한 공포, 여성들 간의 열성적인 우정, 좋은 음식에 대한 즐거움 등 상세한 사항들을 기록한다. 그 과정에서 여성의 특성을 보편적인 것, 즉 육체적 근거에서 유래하는 것으로 보았다. 어떠한 사회 상황 하에서도 모성적 감정은 남성에게 알려지지 않는 영역으로 늘 여성이 지니는 특성이라는 점을 피력하였다. 그러나 그녀는 여성의 업적과 행위가 왜 다른 시대와 문화에서 다양하게 변화했는지 설명해야했다. 빅토리아 시대 과학, 특히 1865년 다윈의 『종의 기원』과 스펜서의 『생물학의 원리』(*Principles of Biology*)는 생물학을 통해 남녀 혹은 인종들 간의 심리적 문화적 차이를 설명하는 경향이 있었다. 진화론에 따르면 남녀역할의 차이는 결정론적인 것에 의해 형성되는 것으로서 엘리어트는 생리학에서 근거를 두어 프랑스 여성의 작은 뇌와 생기 찬 기질을 독일과 영국 여성의 큰 뇌와 느린 기질과 대비시킨다. 그러나 엘리어트는 성적인 관계의 패턴과 일반적인 문화적 환경에 대해 논한다.

엘리어트는 자유롭고 성숙하며 강제되지 않은 결합의 좋은 영향에 대해 지적하고 있으며 이는 남녀 간의 지적 공감(intellectual sympathy)을 가져올 수 있다고 지적하였다. 즉 엘리어트는 프랑스의 사회 상황 여건이 여성이 남성과 지적 교감을 하기에 더 적합한 분위기라고 보았는데 여성의 뇌 크기가 아니라 결혼의 구속이 덜 하기 때문에 프랑스 여성이 더 성숙한 관계성을 지닐 수 있다고 본다. 그녀가 바라는 목표는 동료 정신이며 여성을 위한 자유로운 표현은 아니었다. 그래서 글의 마지막에 그녀는 문화적 면에서 앞선 마담 드 사블의 특이성보다는 관계를 강조한다.

> 이러한 결합 안에 그녀의 특출한 매력이 있다. 그녀는 천재도 여주인공도 아니었다. 그러나 남성들이 친구를 삼을 수 있는 사람 이상으로 사랑할 수 있는 여성이었으며 막역한 친구이자 상담자였다. 기쁨과 슬픔만 공유하는 것이 아니라 그들의 생각과 목표를 공유하는 자였다.

> In this combination consisted her pre-eminent charm; she was not a genius, not a heroine, but a woman whom men could more than love whom they could make their friend, confidante and cousellor; the sharer, not of their joys and sorrows only, but of their ideas and aims. (Pinney Ed. *Essays* 80)

이러한 부분은 엘리어트 소설의 여주인공들을 예견하게 하는 면이 있으며 특히 도로시아 브룩의 최종 성취를 예견케 해준다. 이처럼 여성문제에 대해 저널리스트로서 기고한 글에서 보이는 생각들은 소설의 여성인물들을 통해 구체화됨을 입증해볼 수 있다.

1855년과 1856년에 쓴 엘리어트의 글들은 여성문제에 대한 최종 선언이라기보다 탐색적인 성격이 강하지만 젠더 차에 대한 관점의 실마리를 제공해준다. 또한 당시의 중도적 페미니스트들과 함께함을 보여주며 여성의 성취보다는 전체 사회의 선을 위한다는 근거로 교육과 고용기회에 대한 동일한 접근을 정당화하고 있다. 특히 1856년 마거릿 풀러와 매리 울스톤크래프트에 대한 글에서도 엘리어트의 소설에 팽배해 있는 관점들을 볼 수 있다.

엘리어트는 무엇보다도 그들의 온건하고 이성적인 톤을 칭찬하고 있다. 엘리어트는 마거릿 풀러의 『19세기의 여성』에 대한 리뷰에서 여성을 완전히 교육시키면 합리적 존재로 될 수 있다고 주장한다(Pinney Ed. *Essays* 203). 풀러의 주장대로 여성이 잠재력을 키울 수 있는 더 광범위한 범주의 직업을 필요로 한다는 입장을 보인다. 아울러 풀러가 여성의 도덕적 우수함이나 지적 능력을 과장되게 주장하지 않는 점을 높이 산다.

> 여성의 도덕적 우수함이나 지적 능력에 대한 과장이 없다. 남성들이 여태껏 독점해온 이런 저런 기능에 여성이 적합하다는 부당한 주장도 없다. 그러나 여성이 지닌 속성의 가능성들이 충분히 발전할 여지가 있게끔 부당한 법이나 인위적인 제재를 없애달라는 조용한 청원이 있을 따름이다.

> There is no exaggeration of woman's moral excellence or intellectual capabilities; no injudicious insistence on her fitness for this or that function hitherto engrossed by men; but a calm plea for the removal of unjust laws and artificial

restrictions, so that the possibilities of her nature may have room for full development. (Pinney Ed. *Essays* 200)

이러한 맥락과 유사하게 엘리어트는 울스톤크래프트의 『여성의 권리』를 추천하며 특출하게 진지하고 가혹하게 도덕적이기 때문에 이를 추천한다고 말한다. 양 작가들에서 엘리어트는 강하고 진실된 자세와 용감한 자세 아래 여성의 섬세함으로 가장 작은 가정의 일이나 친절함 등을 하찮게 평가하지 않는 점을 읽어내고 있다.

그러나 사블이나 풀러, 울스톤크래프트에 대한 이러한 논의들은 또 다른 특징들을 보여주는데 이는 바로 지속적인 지적 엘리트주의라고 볼 수 있다. 그녀는 지속적으로 예외적인 여성을 대중으로부터 분리시키며 이는 자신의 소설에서 열망하는 여주인공들로 구체화된다. 즉 엘리어트의 여주인공은 역사속의 인물이건, 가공의 인물인건 열정적 여성, 이상에 대한 갈구와 사랑에 대한 큰 역량을 가지고 있는 여성이다.

어글로우의 지적처럼 엘리어트의 여성론적 관점은 1850년대의 다양한 여성론의 대두와 공유하는 부분을 지닌다(103). 여성성의 속성, 변화에 대한 두려움, 여성이 지성 영역이나 유효한 권력으로부터 소외된 현실, 여성과 노동자들과 노예들이 억압받는 점에서 연계되며 이러한 점으로 인해 자유와 저항이라는 수사를 함께 지니게 된 점, 자율적 삶을 향한 새로운 동기와 자기희생이라는 오랜 윤리 사이의 갈등, 성적 열정의 가능성과 가정적 삶을 잃지 않고 독립을 성취하는 것의 어려움들이 엘리어트 소설의 내면 구조들을 마련해주고 있다.

많은 작품들의 예에서 보다시피 엘리어트의 이야기는 여성성에 대한 보수적 관점들에 도전으로 시작해서 이 관점을 강화하거나 실제 결과를 회피하는 것으로 결말이 나는 경우가 많다. 그러나 그녀의 소설들은 열정적으로 전통과 사회적 관습의 힘에 대항하는 여성의 투쟁에 공감하고 있다. 엘리어트에게 위험한 것은 로자먼드 빈시와 같은 잘못 교육받은 여성의 위험한 힘이며 이 힘은 남편에게 영향을 줄 뿐만 아니라 남편들을 통해 지역 공동체와 사회의 작용들에도 영향을 미친다.

　이 같은 맥락에서 「여류소설가들의 어리석은 소설」은 여성을 '이성적'으로 만들어주지 않고 단순히 허위와 위장, 과장되게 만드는 교육의 껍데 기뿐인 영향을 공격하고 있다. 진정으로 문화에 접한 여성은 문화의 원료인 정보를 제공하는 것이 아니라 문화의 가장 미묘한 본질인 공감을 제공한다고 보는 것이다. 「여류소설가들의 어리석은 소설」들에서 주된 목표물은 여성문학의 거짓됨이었다. 이런 잘못된 소설들은 성관계를 거짓되이 그린 것, 거짓되고 개연성 없는 인물들, 여성의 학습을 거짓되고 우스꽝스럽게 묘사한 것들을 포함하고 있다. 전체 효과는 여성들의 업적과 열망들을 무시해도 좋은 것으로, 우스꽝스럽기조차 한 것으로 만들고 있다는 것이다. 그녀는 소설들이 여성인물들에게 전적으로 집중되어 있으며 여주인공의 소망 충족이라는 닫힌 세계에 집중하고 있는 사실을 지적하고 있다. 남성들은 그 여주인공의 곁에 부차적 역할을 하고 있으며 표면상으로는 여주인 공의 "별처럼 돋보이는" 삶의 탐험에 함께 동반하는 데서 궁극적인 존재의 근거를 찾는 것으로 지적한다(Pinney Ed. *Essays* 302).

　마치 이런 경향의 소설에 반작용을 보이듯 엘리어트의 첫 소설은 여주인공들을 확고하게 일의 세계에 두고 그들을 아둔한 목사나 술 취한 변호사 등과 결혼시킨다. 동화의 끝같은 결말은 해독적인 꿈처럼 보이며 잘못된 여성들, 해티, 로자먼드, 미놀리, 그웬돌렌 등은 이러한 낭만적인 문학에 의해 제공된 판타지에 빠져서 사랑, 부, 명성, 재산이 자기네들에게 온다고 믿으므로 불운을 맞는다. 그러나 엘리어트는 동화의 결말과 반대되는 결말에도 거부감을 보인다. 낭만적 사랑을 포기한 독립적 여성의 이타주의를 통한 성취라는 페미니즘적 판타지에도 거부감을 보이는데 매기와 도로시아의 갈등과 투쟁을 통해 이러한 선택에 따를 수 있는 고통과 상실을 확실히 보여주고 있다(Uglow 102). 이러한 상충되는 모순점들을 설명하기란 쉽지 않다. 엘리어트의 여성인물들은 비관습적인 야심에 시달리면서 그들 속에 내재된 관습에 복귀한다. 즉 소설들은 서로 융화될 수 없는 것을 융화시키려는 지속적인 갈등을 담고 있는 것이다.

『성직생활의 풍경』은 의미 깊은 희생이라는 개념의 매력을 탐색하고 있지만 남성과 부당한 관계에 갇힌 여성들의 억압된 분노 역시 제시하고 있다. 『애덤 비드』는 여성적 환상과 여성적 비전이나 공감 사이의 차이를 탐색하고 있다. 『플로스 강의 물방앗간』은 소외와 거부라는 문제, 의무와 욕망이라는 문제들과 씨름하고 있으며 『사일러스 마너』는 자산소유의 권리를 지닌 아버지들의 법적 권리와 대조적으로 공동체의 모성윤리에 대한 주장을 파헤치고 있다.

결국 엘리어트의 목표는 보수적 성 이데올로기의 대극점들을 깨는 것이었다(Dolin 150). 즉 공사영역의 분리, 이상적 여성을 위한 교육과 직업을 위한 교육의 대립 등을 깨기 위해 여성성과 비 여성성을 새로이 구분하였던 것이다. 엘리어트에게 여성 예술가는 특별한 재능과 특별한 책임감을 지니고 있는 존재였고, 이러한 생각의 표현이 자신의 소설이었다. 그러나 자신의 과감한 경력이 시작된 1856년에도 강한 의지를 지녔음에도 불구하고 남성의 필명을 쓸 경우에야 자신의 생각을 바깥으로 표출할 수 있었다.

엘리어트는 1860년대 중반경이 되면 익명적 저널리즘에서 벗어났지만 여전히 조지 헨리 루이스와의 관계 때문에 정기 간행물과 밀접하게 연결되고 있었다. 루이스가 『포트나이트리 리뷰』지의 편집을 맡았을 때 엘리어

트는 작가의 이름을 밝히는 출판 정책에 찬성을 표했다(Easley 136). 정치
문제에 대해서 엘리어트는 여성교육과 재산권을 지지하였으나 여성의 참
정권 운동에 대해서는 기꺼워하지 않았다. 여성의 정치적 재현에 대한 독
특하고도 모순된 관점이『급진주의자 필릭스 홀트』의 주제 선택과 연관됨
을 볼 수 있다. 1860년대에 엘리어트는 문학적 사실주의의 목표를 다시 고
려하기 시작하고 있었으며 자기 개발과 교육의 가치를 더 강조하게 되었
다.

사실 이 시기에 문화를 사회적 현실과 분리된 가치영역으로 묘사함으
로써 문학이 진보적 국가정치학을 증진시킬 수 있다는 입장이 대두되고 있
었다. 이 시기의 '문화의 정치학'을 향한 움직임은 빅토리아 시대 여성작가
의 정의에 주요한 영향을 미쳤다(Easley 137). 1830년과 40년의 여성들이 즉
각적 사회적 필요라는 근거에 입각해 정치 담론에 참여를 정당화했다면
1860년대가 되면 정치적 중산계급 여성작가의 역할은 더욱 복합적으로 되
었다. 여성의 권리에 대한 담론이 1850년대에 자율적 행위 영역으로 대두
되었던 바, 그들의 저술은 여성의 입장에서 정치 담론 내의 중재자의 역할
을 하는 것이었다. 즉 문학적 실천을 정치담론 안의 중재 수단으로 보았다.
그러나 1860년대에 산업소설이 대부분 사라지고 정치적으로 연루된 소설
형태로서 신여성 소설이 점차 대두되었다,

이즐리의 지적대로 1850년대와 60년대 지적 활동의 자율적 영역으로서
여성 문제의 발전은 '문화의 정치학'과 상응한다(137). 여성작가들은 사실
주의 소설과 익명적 정기간행물을 간접적으로 정치 문제에 영향을 주는 방
식으로 사용하는 데서 진일보하였다. 즉 사회문제 소설이나 여성의 정기간
행물은 정치적 주장이나 자기 재현의 다양한 형식과 연관되었다. 젠더에
입각한 자기 주장에 엘리어트는 반대 입장을 보였다. 엘리어트는 자신의

교화("self culture")와 문화를 사회문제 소설 속에 구축된 중산계급의 정치적 행동주의에 대한 대안으로 제시하였다.

여성작가론과 『성직생활 풍경』

사실상 런던의 전문적 여성작가들의 비율은 1800년대 이후 그렇게 증가하지 않았다. 그러나 그들의 영향과 성공은 더욱 주목할 만한 것이었다. 그들은 저널을 편집하고 연감을 만들어내며 대중소설에서부터 3부작 소설에 이르기까지 모든 것을 집필하였다. 1850년대의 저널들은 어떤 다른 시대보다도 이러한 여성소설가의 공헌을 어떻게 평가해야 할지에 대해 지면을 더 많이 할애하였다. 1850년대에 루이스(G.H. Lewes)는 이런 여성작가들의 활동에 대해 남성작가들이 얼마나 놀라움을 표하는지 지적하면서 이런 바쁜 여성들이 음식을 만들고 수를 놓는 등 여성 에너지를 우아하고 유용하게 쓰는 것으로 되돌아가기를 원했으며 출판시장을 남성에게 돌려주고 여성작가들이 시장을 떠나기를 원했다. 루이스는 커러 벨(Currer Bell), 개스켈이나 제랄딘 쥬스버리(Geraldine Jewsbury), 마쉬 부인(Mrs. Marsh), 크로우 부인(Mrs. Crow), 엘리자 린(Eliza Lynn), 미스 릭비(Miss Rigby), 마티노 등을 예로 들면서 이들을 훌륭한 여성작가들로 인정하긴 했지만 여전히 여성의 창조적 에너지의 원천을 생물학적 차이에 두었다("A Gentle Hint to Writing Women" 189). 따라서 브론테의 『셜리』의 약점이 브론테가 자녀가 없다는 데 기인한다고 선언한다("*Ruth* and *Villette*" 474-91). 루이스는 언제나 여성의 가장 위대한 기능을 모성이라고 보고 있는 것이다.

엘리어트가 여성 저널리스트로서 글쓰기와 젠더 문제에 대해 자신의 입장을 개진한 대표적인 글, 1856년 9월 『웨스트민스터 리뷰』에 발표한 「여류소설가들의 어리석은 소설」에 대한 평가에서도 루이스는 여성문학은 다를 수밖에 없으며 이는 다른 가정적 경험 때문만이 아니라 특이성 때문이라고 본다. 남성적 정신은 지성이 우세하며 여성적 정신은 감정의 우세에 의해 특징 지워진다고 주장한다. 그러므로 남성은 구조, 플롯, 인물 묘사의 부분에 뛰어나며 여성은 상세하게 보여주는 섬세함과 열정과 감정을 전달하는 데 더 나은 점을 보인다고 지적하였다(Lewes, "Lady Novelists" 129-41).

이러한 평가들 사이에서 엘리어트는 여성작가의 정체성을 제대로 정립하기 위한 작업으로 「여류소설가들의 어리석은 소설」에서 글쓰기와 젠더의 문제에 대해 자신의 입장을 밝히고 있다. 엘리어트는 일부 여성작가들의 소설에 대해 비판적인 입장을 보이는데 당시 글쓰기와 젠더 문제에 대한 논쟁에 하나의 지침을 제시한다. 당시 출판문화에서 점점 비중이 커져가던 여성작가의 작가성에 대한 논의에 "교화된 여성"이라는 개념을 도입한 점에서 엘리어트의 논의는 주목할 만하다.

이는 빅토리아 시대 여성작가의 상황에 대한 논의를 중심으로 하여 진정한 여성작가의 역할이 무엇인지 논함으로써 자신의 첫 소설 『성직생활 풍경』에도 영향을 주었다고 볼 수 있다. 엘리어트는 진정한 여성작가의 작가성 수립을 위해 일부 여성작가의 소설을 비판하고 있다. 즉 이 글의 주된 목표물은 가식과 허식에 사로잡힌 여성소설가였다. 엘리어트는 그들이 그리고 있는 왜곡된 여성인물에 대해 비판하면서 이러한 소설들이 소망 충족의 닫힌 세계에 집중하고 있는 점을 한계로 지적한다. 엘리어트는 최상의 여성작가의 업적을 칭송하지만 자신에게 적절한 영역 밖의 주제들에 대해 쓴 여성작가들을 질책한다.

여성들 사이에 거의 미신에 가까운 개념이 퍼져있는 듯 보인다. 즉 백치 같은 자들의 말이나 행동들이 고무되고, 사실을 드러내 보이는 데 가장 적절한 전달 수단은 상식이 거의 고갈된 인간이라는 미신 말이다. 이들의 글쓰기에서 판단해보건대 놀랄만한 무지, 즉 과학과 삶에 대한 놀랄만한 무지가 가장 풀기 힘든 도덕적 사색적 문제들에 대한 의견을 형성하기 위해 최상의 가능한 자질이라고 생각하는 여성작가들이 있다.

There seems to be a notion abroad among women, rather akin to the superstition that the speech and actions of idiots are inspired, and that the human being most entirely exhausted of common sense is the fittest vehicle of revelation. To judge from their writings, there are certain ladies who think that an amazing ignorance, both of science and of life, is the best possible qualification for forming an opinion on the knottiest moral and speculative questions. (*Selected Essays*, 148-49)

엘리어트는 여성작가의 제한된 경험과 체험으로 인해 여성작가들의 텍스트가 도덕적 · 사색적 의문들을 포괄할 수 없는 경우를 우려하고 있다. 그러나 엘리어트는 여성작가의 글쓰기를 비판하려고만 쓴 것은 아니고 그들의 글쓰기를 개선하고 개혁하려는 목적을 가지고 있었으므로 자신의 대안을 제시한다. 엘리어트는 이상적 여성작가를 다음과 같이 정의한다.

진정으로 교화된 여성은 교화된 남성과 마찬가지로 더욱 꾸밈없으며 자신의 지식으로 주제넘게 나서는 일이 덜하다. 교화된 여성의 지식은 자신과 자신의 견해들을 일종의 균형감속에서 보게 만든다. 지식을 대좌처럼 만들어 그 위에 서서 사람이나 사물에 대해 완벽하게 파악했다고 우쭐대지 않는다. 지식을 자신에 대한 올바른 판단을 형성케 하는 관찰의 지점으로 만들 따름이다...진정 교화된 여성은 문화의 원자료인 정보를 주지 않으며...문화의 가장 미묘한 본질인 공감을 줄 따름이다.

A really cultured woman, like a really cultrued man, is all the simpler and the less obtrusive for her knowledge; it has made her see herself and her opinions in something like just proportions; she does not make it a pedestal from which she flatters herself that she commands a complete view of men and things, but makes it a point of observation from which to form a right estimate of herself ... she does not give you information, which is the raw material of culture, ... she gives you sympathy, which is its subtlest essence. (*Selected Essays*, 156)

엘리어트는 이처럼 여성작가들이 정치, 철학, 사회문제에 대해 일부 알고 있는 것으로 다른 사람들을 가르칠 수 있다고 믿는 경우, 이들은 좋지 못한 소설을 양산할 뿐만 아니라 문화의 쇠퇴를 불러오기 십상이라고 생각했다. 진정한 여성작가라면 과시하지 않고 문화의 원재료인 정보를 주기보다는 문화의 가장 섬세한 본질인 공감을 줄 수 있다는 주장은 자신의 문학세계 의 방향을 제시한 것이라 볼 수 있다.

여기서 가장 주요한 점은 자기 개발이 관습적 젠더 범주 너머의 평등성 을 가져올 것이라는 암시이다. 성공적인 작가성이란 젠더의 문제라기보다 자신의 교화문제라고 본다. 모든 것을 포괄하는 관점보다 여성작가는 내면 으로 시선을 돌려서 다른 사람과 효율적으로 소통하게 해주는 일종의 자기 지식을 개발해야 한다는 점을 강조한다. 여성적 주제에만 자신을 국한시켜 서는 안 되며 개인적인 주목을 끌기 위한 방식으로 지식을 과시해서도 안 되고, 자신과 독자들의 취향을 개발시킬 수 있는 수단으로 글쓰기에 임해 야한다는 입장을 보이고 있다.

자기 교화로 이룰 수 있는 문화기준의 향상에 대해 엘리어트는 관심을 보였으며 문화를 젠더바깥에 위치한 특징으로 규정함으로써 여성작가에게 익명적 여성저널리스트의 역할과 유사한 역할을 구축한다. 이는 『웨스트 민스터 리뷰』의 편집 방침과 잘 들어맞는다고 볼 수 있다. 다시 말해 대중 적 취향의 기준을 격상시키는 것, 즉 예술적 완벽과 도덕적 순수성과 관련시켜 대중적 취향의 기준을 격상시킨다는 저널의 약속사항에서 이를 볼 수 있다(Eliot and Chapman, "Prospectus" 7). 이러한 편집 방침에 입각해서 일했던 여성저널리스트로서 엘리어트는 문화의 재료인 정보를 소통하는 대신에 여성작가는 가장 미묘한 본질인 공감을 제공해야 한다고 주장했다 (*Selected Essays*, 156).

엘리어트는 여성작가가 지식을 과시하기보다는 독자들과 공감적인 통합으로 들어가서 그들로 하여금 더 광범위한 도덕적 전망을 가지도록 해주어야 한다는 입장을 유지했으므로 타인과의 이러한 공감적 관계를 설립할 수 있어야 한다고 보았다. 자기 비평(self-criticism)을 수행함으로써 작가 자신의 능력과 한계를 판단하도록 해야 한다고 생각했다. 이처럼 여성작가의 작가성을 개혁하려는 시도에서 엘리어트는 여성작가뿐만 아니라 비평 수립에 강조점을 두었고 여성의 평범함, 일상성을 장려하였다. 엘리어트는 중산계급의 입장에서 상류층 여류 소설가들을 귀족계급의 삶에 대해 쓰는 상류계급으로 보고 있다. 엘리어트 자신은 중산계급 독자로서 전형적인 여성작가의 귀족 취향에 대해 반대하는 입장을 취한다.

> 아름다운 여성작가들은 분명히 마차 창문을 통해서말고는 상인들에게 말을 건네 본 적이 없었을 것이다. 노동계급에 대해선 "의존하고 있는 사람"이라는 개념 외엔 아는 것이 없다. 일 년에 오백 파운드가 비참할 만큼 작은 액수라고 생각하고 있다. 벨그래비어 같은 고급주택지역이나 "남작의 저택"이 그들의 가장 중요한 진실이다. 그들은 수상은 아니라도 적어도 대지주가 아닌 사람에겐 마음에서 우러난 관심을 가지지 않는다. 그들은 바이올렛빛 잉크와 루비 펜으로 우아한 상류층의 내실에서 글을 쓰는 것이 명백하다. 출판업자의 계산서에는 전적으로 무관함이 틀림없으며 머리의 빈곤 외엔 어떤 형태의 빈곤도 겪어보지 못했음이 틀림없다.
>
> The fair writers have evidently never talked to a tradesman except from a carriage

window; they have no notion of the working classes except as 'dependants': they think £ 500 a year a miserable pittance; Belgravia and 'baronial halls' are their primary truths; and they have no idea of feeling interest in any man who is not at least a great landed proprietor, if not a prime minister. It is clear that they write in elegant boudoirs, with violet-coloured ink and a ruby pen; that they must be entirely indifferent to publishers' accounts; and inexperienced in every form of poverty except poverty of brains. (142)

여기서 화자의 목소리는 『웨스트민스터 리뷰』의 독자층이 중산계급이라는 것을 상정한 목소리이며 중산계급 남성의 이상에 맞는 것처럼 보인다. 그러나 엄격하게 젠더적 관점에서 분류하기 어려우며 화자의 목소리를 완전히 남성으로 보기 어렵다. 젠더라기보다 계급적 관점이 더 강하게 배어 있는 인상을 주고 있기 때문이다.

엘리어트는 여류 소설가들의 가치 없는 소설들에 대해 당대의 평가기준이 잘못되었음에 반발하며 중산계급 여성작가들에게는 우호적 평가를 내린다, 개스켈, 브론테, 마티노, 스토우 등은 남성과 동일하게 될 수 있는 소설가로 평가한다.

특별한 열측정 방식을 적용하자면 여성의 재능이 0도일 때 저널에서의 칭송은 비등점에 달한다. 여성작가가 평범한 온도에 달했을 땐 이미 햇빛에 타는 여름의 열 이상은 달하지 못한다. 우수한 경지에 도달한다 해도 비평적 열정은 냉각점으로 떨어진다. 해리엇 마티노, 커러 벨과 개스켈 부인은 마치 남성인 것처럼 대범하게 다루어져왔다.

By a peculiar thermometric adjustment, when a woman's talent is at zero, journalistic approbation is at the boiling pitch; when she attains mediocrity, it is already at no more tan summer heat; and if ever she reaches excellence, critical enthusiasm drops to the freezing point. Harriet Martineau, Currer Bell and Mrs.

Gaskell have been treated as cavalierly as if they had been men. (162)

마지막 문장에서 엘리어트는 마치 여성들을 남성보다 더 부드럽게 대해야 한다는 걸 요청하는 듯 보이지만 소설을 여성들이 완전하게 남성과 필적할 수 있는 영역으로 간주하고 있다. 요점은 여성문학에 관심이 있는 누구라도 소설은 동일하게 높은 기준으로 비판해야 하는 것이 의무임을 밝히고 있다는 점이다. 여성들이 입증할 필요가 있는 마지막이 직관적 감성임을 주장하지만 여성작가는 정확하고 부지런하며 작가가 지닌 기술이 성스러운 것이라는 인식을 가지고 자기비판적일 수 있음을 보여 주어야 한다는 입장을 유지한다. 진정한 여성소설은 부패하고 쓰레기 같은 책들로부터 벗어나야하며 본질에 있어서는 여성의 전통이 드러나야 한다. 왜냐하면 뚜렷한 여성 글쓰기의 전통이 있으며 남성적 적성과 체험과 완전히 다르게 존재하는 고귀한 특성이 있다고 보기 때문이다. 엘리어트는 여성들은 남성들과 마찬가지로 올바른 요소들─ 즉 진정한 관찰과 휴머와 열정 ─을 부어넣을 수만 있다면 무형의 소설형태를 아름다운 어떤 것으로 형성할 수 있다고 믿었다. 엘리어트는 이를 1857년 『오로라 리』(*Aurora Leigh*)에 대한 리뷰에서 느꼈으며 남성적 전통에다 여성의 특별한 힘을 덧붙인 것이라고 믿었다. 엘리어트는 양성 작가들의 질이나 업적의 관점에서는 동일하게 될 수 있다고 믿었으나 여성의 글쓰기는 본질적으로 남성과 같을 수 없다고 생각하였다.

그러나 자신의 글쓰기에서 저널리스트로서의 목소리는 본질적 관점에서 남녀로 분류될 수 없는 애매함을 지니고 있다. 「여류소설가들의 어리석은 소설」에서도 자신의 편집관점의 젠더 모호성을 관점의 변화를 통해 강조하는 데서 이러한 애매성을 볼 수 있다. 엘리어트는 보통 남성의 목소리를 상정하고 있으나 전체적으로 볼 때 확연히 남성의 목소리라고 단정 짓기 힘든 부분을 포함하고 있다. '편집자로서의 우리'(editorial we)는 보통 남성이나 전형적 여성작가와 대립되는 입장에서 스스로를 정의하고 있는 것이다. 이즐리의 지적대로 「여류소설가들의 어리석은 소설」에서 볼 수 있는 엘리어트 목소리의 젠더 모호성은 1850년대에 발간되었던 정기간행물 저널리즘 편집에서 젠더 정체성의 불확실함을 보여준다(121). 『웨스트민스트 리뷰』는 여성작가를 부편집자로 썼을 뿐만 아니라 제인 신넷(Jane Sinnet), 마티노와 같은 유명한 여성기고가를 고용했다. 독자와 작가들의 공통 특질은 중산계급이라는 사회적 지위였다. 결과적으로 화자의 목소리는 젠더 모호성을 상정하게 되어 있고 계급정체성이 더 명확히 정의되었다. 엘리어트는 젠더의 관점보다는 계급과 자기 교화의 관점에서 작가를 재정의하는 비평적 계획에 참여했다. 이는 엘리어트에게 중산계급 개념에 내재해있는 도덕과 교육받은 지혜를 대표하는 것이었다(Easley 121). 중산계급 작가는 자기 개발과 자기 개선을 통해 자신의 작품을 본질적 젠더보다는 도덕적 · 미학적 가치관이라는 관점에서 정의하였던 것이다.

엘리어트는 「여류소설가들의 어리석은 소설」을 기고한 후 이주 후에 『성직생활 풍경』을 집필하기 시작했으므로 자신의 소설론을 구체적으로 실천에 옮긴 것으로 볼 수 있다. 1857년 『블랙우즈 매거진』에 익명으로 이야기 연재를 시작했으며 「아모스 바튼」("Amos Barton"), 「길필 씨의 사랑 이야기」("Mr. Gilfil's Love Story"), 「자넷의 후회」("Janet's Repentance")로 이야기를 구성하였다. 자신이 생각한 올바른 소설에 대한 생각을 실천에 옮기고자 한 작업으로서 사실주의 소설에 관한 자신의 이론을 실험해보기 원했으며 여성의 삶에 대한 그릇된 관점, 사회 운동과 종교 운동에서 제시되는 거짓들에 대한 대안을 제시하기 원했다. 여성소설가도 자신의 특별한 재능, 즉 유연한 공감과 관용을 소설화할 수 있다고 생각했으며 스콧이나 리차드슨, 새커리 등과 같은 자신이 좋아하는 남성소설가들의 기술, 즉 휴머, 관찰력과 열정 등을 결합시킬 수 있음을 입증해보이고 싶었던 것이다 (Uglow 105).

「아모스 바튼」을 쓰기 시작할 때 엘리어트는 이미 저널리스트로서 활동중이었고 익명이긴 하지만 1851년부터 54년에 이르기까지 거의 삼년을 편집일을 하고 있었다. 편집일와 동시에 「아모스 바튼」을 『블랙우즈 매거진』에 게재하였는데, 대상이 되는 독자층 다름에도 불구하고 가공의 성직 생활 풍경은 『웨스트민스터 리뷰』 에세이의 주제와 특징을 공유하고 있다 (Dillane 245). 즉 다시 말해 에세이던 소설이던 화자의 목소리들은 가르치고 재미있게 하려는 두 가지를 추구하고 있다. 자신의 스토리들을 『블랙우즈 매거진』에 출판함으로써 『블랙우즈 매거진』의 익명성 정책을 적용해 엘리어트는 자신의 문학적 페르소나 구축에 주목하게 만들었다. 이 잡지의 보수적이고 상업적 성격을 고려해볼 때 엘리어트의 소설가로서의 탄생과 연관시켜보지 않을 수 없다. 『성직생활 풍경』의 나, 우리(I, We)는 작가의 이름과 연관되지 않았기 때문에 독자로 하여금 작가와 화자사이의 지시성 (referentiality) 개념을 의문시하게 만들었다. 화자의 젠더와 정체성은 알 수 없는 수수께끼가 되어 독자들로 하여금 실제 작가의 탐색을 위해 문학 세계밖에 관심을 끌게 만들었다.

이러한 실험적 작업은 엘리어트가 남성을 가정함으로써 더 용이하게 실행할 수 있었다. 엘리어트는 남성의 가면을 취했고, 이러한 위장은 남성 화자에게 섬세하게 개인역사까지 부여하는 작업까지 나아갔다. 지방에서 어린 시절을 보냈고 고전교육을 받았으며 세계적인 체험을 한 화자의 설정으로 인해 이러한 위장을 블랙우드 조차도 알아보지 못할 정도였다. 이러한 남성화자의 위장된 가면은 그녀에게 자유로이 자신의 역사를 다시 쓰게 만들어주었다. 이야기에서 남성화자의 설정으로 엘리어트는 자신을 그렇게 억압했던 미들랜드(Midland) 사회에서 힘을 가지게 되었으며 모든 것을 새로이 구성할 수 있었다.

세 이야기의 설정된 화자는 모두 나이든 남성으로서 부드러운 연민을 가지고 자신의 어린 시절과 고향의 역사를 회상하는 것으로 구성하고 있다. 이 이야기들을 통해 그녀는 자신의 철학을 세우고 전하려 했으며 남자로 위장한 소설가로서 덕 있는 아내, 계략을 꾸미는 가정교사, 낭만적 고아 등의 소설적 이미지들을 이용하여 여성적 공감의 힘을 독자들에게 전달하려 했다. 남녀 간의 관계를 변화시키고 사회의 제한된 도덕적 관점들을 변화시키려는 엘리어트 자신의 의도도 물론 들어있었다. 사랑과 결혼은 전통적인 여성작가의 영역이었지만 엘리어트의 소설에는 자기 인식과 잠재적 변화에 대한 지지가 내포되어있었다. 엘리어트가 사용하고 있는 모호하게 젠더화된 화자의 목소리는 본질적 젠더와 젠더화된 글쓰기에 대해 의문을 던지고 있다.

실제로 『성직생활의 풍경』은 문학적 이중성이 지배적이다, 이야기는 역사적 진실과 보편적 체험을 구현화한다는 주장에 뿌리박고 있다. 이야기는 모두 남성이 지배하는 사회적 제도인 교회, 지주, 법과 시장이 지배하는 세계 속에 설정되어 있다. 변화는 남성적 공적 세계에서 판단되고 있다, 즉 여성들은 자신의 위치를 잘 알며 자신의 일들을 꾸려나가는 복종적인 조력자이다.

밀리는 여성에게 주어진 전형적인 역할을 떠맡고 있는 듯 보이며 이야기가 진전되면서 화자는 우리들에게 보통의 남자라는 원형, 아모스 바튼, 실수도 많고 계략도 없지만 선한 이 목사에게 공감을 가질 것을 요구한다.

아모스는 세퍼톤 교회의 목사로서 자신의 선의에도 불구하고 가정 일에도 무능하며 교회개혁에도 성과를 거두지 못하는 인물이다. 그러나 아모스의 아내 밀리는 덕성을 소유하고 있으며 "크고 아름다우며 부드러운 마돈나"(15)로 소개되고 있으며 "이 사랑스런 여인의 세계는 자신의 가정이라는 네 벽안에 놓여 있었다. 그녀의 남편을 통해서만이 그 너머의 세계와 전격적인 교류를 할 수 있었다."(A loving woman's world lies within the four walls of her own home; and it is only through her husband that she is in any electric communications with the world beyond)(51-52)라는 구절에서 보다시피 전형적으로 남성을 통해 세상과 교류하는 것으로 제시된다.

전형적인 가정의 천사와 같은 밀리와 아모스의 평판과 밀리의 건강을 위태롭게 했던 체라스키 백작부인(Countess Czerlaski)과의 대조는 뚜렷이 부각된다.

> 소파에 함께 있는 두 여성을 보라! 크고 아름다우며 순한 눈을 가진 밀리는 우정을 나누는 대조차도 소심했다. 가슴에 가득찬 애정을 그녀에게 말하기란 쉽지 않았다. 나긋나긋하고 거무스레한 피부에 얇은 입술을 지닌 백작부인은 부드러운 말들과 멋진 과장된 표현들을 생각해내느라 자신의 적은 머리를 짜내고 있었다.

> Look at the two women on the sofa together! the large, fair, mild-eyed Milly is timid even in friendship; it is not easy to her to speak of the affection of which her heart is full. The lithe, dark, thin-lipped Countess is racking her small brain for caressing words and charming exaggerations. (28)

조용한 선과 꾸민 위선의 대조는 이 이야기에서 의미를 지닌다. 이는 중산계급의 시각에 맞추어진 것이며 화자는 「여류소설가들의 어리석은 소설」과 같은 관점에서 상류계급의 과장과 위선을 독자에게 제시한다.

이러한 화자의 목소리는 더 나은 독서습관으로 독자들을 유도하려는 의도를 자주 노출하며 화자의 목소리는 젠더보다 계급에 더 충실함이 쉽게 발견된다. 화자는 『블랙우즈 매거진』의 남성편집자 목소리와 유사하다. 남성독자와 공유된 이성애적 충동을 언급함으로써 자신의 남성성을 확립하고 있음을 볼 수 있다. 이를테면, 제라스키 백작부인(Countess Czerlaski)의 성적 매력에 대해 언급하는 "독자여러분, 여러분들과 나 역시 약점을 갖고 있지 않나요? 그래서 우린 종종 바보 같은 생각을 하게 되지요. 아마도 조그만 손과 발, 크고 유연한 몸체, 크고 검은 눈동자, 짙고 비단결 같은 땋은 머리에 대해 과도하게 찬탄을 보내는 것도 이런 약점이겠지요."(You and I, too, reader, have our weakness, have we not? which makes us think foolish things now and then. Perhaps it may lie in an excessive admiration for small hands and feet, a tall lithe figure, large dark eyes, and dark silken braided hair.)(27)같은 부분에서 예를 볼 수 있다. 이는 물론 백작부인의 매력에 빠져들 수도 있겠지만 밀리와 대조하여 부인을 허영심 많고 무감각한 상류계급 여성으로 구성하고자 한 것이다.

남성 화자는 여성인물들을 이처럼 남성의 시각에서 상투형으로 구성하는 데 덧붙여 자주 자신의 지식과 여성문화와 관련된 지식 사이의 분리를 강조한다. 이를테면 "체스는 조용한 게임이다. 그래서 백작부인이 밀리와 나누는 잡담은 아주 낮은 목소리로 이루어졌다. 아마도 여자들에 관련된 화제일터인데 우리가 듣는 건 무례한 일일 것이다. 그래서 우린 캠프 빌라를 떠나서 밀비 목사관으로 이동해갈 것이다(Chess is a silent game; and the Countess's chat with Milly is in quite an under-tone—probably relating to women's matters that it would be impertinent for us to listen to, so we will leave Camp Villa, and proceed to Milby Vicarage...)(31)에서 보다시피 화자는 남성으로서 자신을 여성문화와 대척에 있는 것으로 자신을 설정하고 있다.

그러나 이처럼 남성화자임을 위장하여도 「여류소설가들의 어리석은 소설들」에서와 마찬가지로 화자는 더 중간자적 젠더의 서술 관점을 보인다. 예로서 제라스키 백작부인이 밀비를 떠나려는 계획을 묘사할 때 화자의 목소리는 백작부인의 여성적 관점까지 포함하는 것처럼 보인다, "우리가 기대하는 바가 종종 실제로 일어나지만 결코 우리가 상상해왔던 것하고 똑 같이 일어나지 않는다. 백작부인은 수개월이 지나자 실제로 캠프 빌라를 떠났지만 그녀의 계획상 생각지도 않았던 상황에서 떠나게 되었다(The thing we look forward to often comes to pass, but never precisely in the way we have imagined to ourselves. The Countess did actually leave Camp Villa before many months were past, but under circumstances which had not at all entered into her contemplation)(36). 여기서 "우리"는 정해진 젠더라기보다 백작부인의 관점을 포함하는 목소리로 볼 수 있다.

아울러 화자는 일전에 관심이나 이해 영역 밖이었던 여성의 문제들에 대해 내부자의 지식을 가진 것으로 주장한다. 7장은 남성의 목소리로 밀리를 관찰한다. 그러나 이즐리의 지적대로 단락이 진행될수록 남성 화자나 독자들로서는 알 수 없는 형태의 지식형태를 재현하는 데 초점이 두어지고 있다.

> 그녀가 그런 사랑스런 손으로 모든 험한 일을 다 한다는 생각을 참을 수가 없다. 모든 험한 일을 은밀히, 남편은 그 사실에 대해 전혀 모른 채로 한다는 것 말이다. 그런데 남편들이란 이를 다 보지 못하는 법이다. 그녀가 어떻게 베이컨을 절이고, 셔츠와 목도리를 다림질하며 조각조각 천을 덧대고 꿰맨 곳을 또 꿰매는지 말이다. 앞으로도 애기용 속옷을 수선하고 보충해야 했고 그녀와 니나가 또 다른 아이가 있으면 어떻게 꾸려가야 하나 하는 문제가 지속적으로 쌓이고 있었다. 수개월이 지나면 일어날 문제였기 때문이었다.

I can hardly bear to think of all the rough work she did with those lovely hands —all by the sly, without letting her husband knowing anything about it, and husbands are not clairboyant: how she salted the bacon, ironed shirts and cravats, put patches on patches, and re-darned darns. Then there was the task of mending and eking out baby linen in prospect, and the problem perpetually suggesting itself how she and Nanny should manage when there was another baby, as there would be before very many months were past. (51)

이러한 세세한 부분들은 밀리의 3인칭 관점 속으로 들어가 이 이야기의 진지한 남성 관점으로부터 분리된다. 화자의 관점은 남성, 여성을 포함한 관점으로 확대된다. 밀리의 죽음은 세퍼튼의 시민들로 하여금 아모스 바튼과 공감하게 만들뿐만 아니라 아모스 바튼과 남성독자들로 하여금 밀리의 관점으로 보게 해서 궁극적으로 가정에서 밀리가 어떻게 과로했는지, 또 결과는 어떠한지에 대해 이해하도록 유도한다. 화자는 이처럼 독자에게 양 젠더의 시각에서 접근할 수 있는 영역을 제시함으로써 독자들로 하여금 젠더 경계를 가로지르는 공감을 만들어내도록 돕는다.

가장 힘든 순간은 밀리의 임종 시, 딸 패티에게 자기희생이라는 전통의 연속성을 강조할 때이다. 텍스트의 마지막에 패티는 30세로서 아이들이 다 독립한 후 어머니 무덤을 찾는다. 패티만이 아버지 곁에 남아서 그의 삶에 저녁햇살이 되어주고 있었다. 이러한 희생의 대상이 성직자로 설정됨으로써 엘리어트는 헌신적인 여성의 영향이 공동체를 통해 퍼져나갈 수 있다고 역설하는 듯 보인다. 이러한 사랑은 공감의 발전과 연결되고 이는 새로운 인간의 종교와도 같다는 엘리어트의 입장을 볼 수 있다. 이러한 연결점이 어떻게 작용하는지는 「자넷의 후회」에서도 트리안이 어떻게 자기 체험에서 배우고 자넷에게 필요한 공감을 제시하는 장면에서 극화되고 있다.

진정으로 사랑하는 한 인간의 영혼이 다른 영혼에게 얼마나 축복받은 영향을 주는가! 기하학으로도 계산할 수 없고 논리로도 추론해낼 수 없으며 마치 작은 씨가 자라나 큰 줄기와 큰 잎이 되어 술이 달린 꽃이 되는 숨은 과정처럼 신비롭고 효력이 있으며 강력하다. 생각들은 종종 빈약한 허깨비인 것이다. 우리들의 햇살 가득한 눈들은 그것들을 분별해내지 못한다. 그것들은 우리들 곁을 엷은 증기상태로 비껴가며 우리들로 하여금 실체를 느끼게 할 수 없다. 그러나 때때로 그것들은 육체로 구현화된다. 그것들은 우리에게 따뜻한 숨결을 내뿜으며 부드럽게 응답하는 손으로 우리를 만지며 슬프고 진지한 눈으로 우릴 쳐다보며 우리에게 말을 건다. 그것들은 모든 갈등, 신념, 사랑을 지닌 살아있는 인간 영혼 속에 담겨진다. 그러면 그것들의 존재는 힘이 되며 그래서 그것들은 우리를 열정처럼 흔들고 불꽃이 불꽃에 이끌리듯 우리는 부드러운 충동에 따라 그들에게 끌린다.

Blessed influence of one true loving human soul on another! Not calculable by algebra, not deducible by logic, but mysterious, effectual, mighty as the hidden process by which the tiny seed is quickened and bursts forth into tall stem and. broad leaf, and glowing tasselled flower. Ideas are often poor ghosts; our sun-filled eyes cannot discern them; they pass athwart us in thin vapour, and cannot make themselves felt. But sometimes they are made flesh; they breathe upon us with warm breath, they touch us with soft responsive hands, they look at us with sad sincere eyes, and speak to us : tthey are clothed in a living human soul, with all its conflicts, its faith, and its love. Then their presence is a power, then they shake us like a passion, and we are drawn after them with gentle compulsion, as flame is drawn to flame. (263)

이러한 구절들에서 엘리어트는 사랑이 구현화된 것을 보여주고 있다. 여기서의 이미저리는 유기적, 감각적일뿐만 아니라 구체적 세계를 축복하고 추상적인 영역을 거부하고 있다. 그녀에게 추상적 주장, 논쟁들은 부적절했으며 에세이에서 소설로 돌아섰던 이유들 중 하나가 바로 이것이었다.

이런 구체화와 구현화의 주제, 남성적 표현과 여성적 표현형태 사이의 대조와 관련하여 궁극적인 지점이 만들어질 수 있다. 세 편의 이야기 전체에 공통으로 적용할 수 있는 요소들, 즉 허세의 이중성, 진지한 화자의 형체, 엘리어트의 남성적 가면 등은 말들과 행동, 감정 사이의 간극에 관한 것으로 볼 수 있다.

「아모스 바튼」에서 가장 사실적 부분은 세퍼튼 사람들이 사실주의를 참지 못하는 부분이다. 이들은 이야기를 꾸리면서 시간을 보낸다. 남녀가 함께하는 크로스 팜의 가십, 파카(Farquhar) 양의 소근거림들, 빵가게 부인인 핍스(Phipps)부인의 질투심에 찬 가설들, 하인들의 가십, 성직자들 회의에서의 생각들, 이 모든 것들이 아모스, 밀리, 백작부인의 삶을 엘리어트 자신의 에세이 제목인 「여류소설가들의 어리석은 소설」처럼 감각적인 것으로 만들고 있다.

지속적으로 엘리어트는 평범한 진실을 안다면 얼마나 그들이 실망할 것인가를 강조한다. 밀리의 죽음으로 정신이 들기까지 어른들은 판타지 세계에 살기를 더 좋아한다. 그들은 어린아이들인 프레드나 소피가 어머니의 장례에서 느끼는 것보다 더 나을 것이 없다. 그들은 관속의 어머니 모습을 보지만 어떤 진기한 쇼를 보는 것처럼 어머니를 본다. 그들은 인간 운명의 끔찍한 필적, 즉 질병과 죽음을 해독하는 걸 아직 익히지 못했다(though they had seen mamma in her coffin, seemed to themselves to be looking at some strange show. They had not learned to decipher that terrible hand writing of human destiny, illness and death)(60). 어머니가 죽은 걸 이해 못하고 내일이면 집에 오리라 생각하며, 빨리 집에 가서 놀기 원하는 디키처럼 대부분의 어른들은 삶의 체험을 이해하지 못하고 단순히 반복할 따름이다. 아모스도 밀리의 묘비명을 다시 읽음으로써 슬픔을 느끼도록 스스로에게 강요해야 한다.

우리 앞에 전개되고 있는 이야기를 정확히 읽는 것이 어렵다는 주제는 역시 「길필의 사랑 이야기」에서도 반복된다. 여기서 고딕 장르는 비밀을 점차 밝혀나가는 구조이기 때문에 매우 적절하게 이야기에 들어맞는다. 길필씨의 과거 삶을 밝히는 것, 카터리나의 사랑, 위브라우 대위(Captain Wybrow)와의 관계 등을 밝히는 것은 크리스토퍼 췌브렐(Christopher Cheverel) 경이 카터리나의 숨겨진 열정을 알았을 때 느끼는 것과 같은 느낌을 준다.

위브라우 대위를 죽이려고 하다가 그가 이미 심장마비로 죽었음을 알게 됨으로써 카터리나는 죄의식에 시달린다. 그러나 길필은 위브라우를 죽이려는 카터리나의 마음이 "한 순간 화가 났던 것"(173)에 불과하고 "애정이라는 깊은 감정적 공감에 의존하는 인간관계"(175)와 고통을 겪음으로서 성숙하게 되는 과정을 강조한다. 이처럼 엘리어트가 강조하는 인간적 공감에 관한 길필의 메시지는 카터리나의 분노나 격정을 뒤덮어버리는 면이 있다.

「자넷의 후회」에서 '이야기' 문제는 더 복합적이고 미묘한 방식으로 취급된다. 뎀스터는 변호사로서 말의 괴물로 소개되며 비교할 수 없는 달변을 보인다. 말은 불신되고 있으나 자넷과 트리안 씨가 고백을 하고 그들로 하여금 자신 개인의 역사 패턴을 읽도록 강요할 때 자기 위치를 가지게 된다. 고백의 충동은 이 이야기에서 중요하다. 고백은 인간의 유대감을 만들어내고 남녀로 하여금 자신의 삶에 일종의 형태를 부여하도록 해준다. 공포와 죄의식의 면전에서 정체성과 유대감을 주장하는 수단이 된다. 자신의 글쓰기 마지막까지 반복해서 나타나는 모티브를 볼 수 있는데 가장자리에서 떨고 있는 누군가에게 밧줄을 던지는 이미지이다.

자신이 실패하고 있다고 느끼면 곧장 그에게 고백할 것이었다. 그녀의 발이 미끄러지기 시작한다면 그녀가 붙잡을 수 있는 밧줄이 있을 것이었다. 아, 그녀는 이제 다시 차갑고 축축한 죄와 절망의 지하감옥으로 되돌아갈 수 없었다. 그녀는 아침 햇살을 느꼈었고, 달콤하고 순수한 믿음과 참회와 순종으로 이뤄진 공기를 맛보았었다.

If she felt herself failing, she would confess it to him at once; if her feet began to slip, there was that stay for her to cling to. O she could never be drawn back into that cold damp vault of sin and despair again; she had felt the morning sun, she had tasted the sweet pure air of trust and penitence and submission. (279)

그러나 이 마지막 이야기에서 엘리어트는 말의 힘뿐만 아니라 부적절함을 지적하는 데 관심이 있으며 이러한 지적을 두 가지 방식으로 하고 있다. 첫째로 그녀는 합리주의에 도전하는 체험 영역을 지적하고 있다.

우리의 가장 현명한 계산을 종종 좌절케 만드는 보이지 않는 요소들이 있다. 그것은 고통 받는 자를 무덤의 가장자리로부터 일으켜 세우고 명민한 의사의 예견에 모순을 일으키며 맹목적으로 지속되는 애정의 희망을 성취시킨다. 트리안 씨는 이러한 보이지 않는 요소들을 신의 의지라고 불렀는데 이 요소들은 우리의 모든 지식을 에워싸고 있는 무지의 한계를 신뢰와 체념의 감정으로 채웠다. 아마 가장 심오한 철학도 더 이상 이러한 한계를 잘 채울 수 없을 것이다.

There are unseen elements which often frustrate our wisest calculations — which raise up the sufferer from the edge of the grave, contradicting the prophecies of the clear-sighted physician, and fulfilling the blind clinging hopes of affection; such unseen elements Mr Tryan called the Divine Will, and filled up the margin of ignorance which surrounds all our knowledge with the feelings of trust and resignation. Perhaps the profoundest philosophy could hardly fill it up better. (271)

두 번째로 그녀는 가장 결정적 순간에서조차도 언어는 실패할 수 있다는 것을 보여주고 있다. 우리는 침묵과 불안정함의 영역으로 움직여야 한다. 그 세계에서는 제스추어가 단어를 대치하게 된다. 마지막 순간에 뎀스터는 말하려고 하지만 말의 기회는 영원히 사라지고 마는 것이다.

화자의 가설, 화자가 인간 성격의 모든 면을 보여주려 한다는 신과 같은 힘을 지닌 것이라는 가설은 실제로 날조에 불과하다. 엘리어트는 지식이나 진실이 편견과 가십과 자기기만, 죽음과 안개 같은 역사에 의해 가려진 것임을 보여주며 인간접촉의 영역이 너무 신비롭고 깊어서 언어로 표현에 도전할 수 없는 영역이 있다는 것을 주장한다. 이러한 베일을 걷어 올리는 유일한 길은 공감의 힘(power of sympathy)일 따름이다. 공감은 추상적 존재나 미사여구보다는 접촉과 상징적 행위 속에서 더 쉽게 표현된다. 해킷(Hackit) 부인이 밀리의 아이들을 돌보는 것에서, 트리안(Tryan) 씨에 대한 제롬(Jerome) 씨의 실질적 친절에서, 자넷을 받아들이는 페티퍼(Pettifer) 부인에게서, 감정은 말을 넘어서는 것이다.

자넷은 검은 눈동자를 그녀의 오랜 친구에게 돌리고는 그녀의 팔을 뻗었다. 그녀는 괴로움에 억눌려 아무 말도 할 수 없었다. 그녀의 고통은 마치 무거운 납덩어리처럼 그녀의 말할 수 있는 힘을 눌렀다. 그러나 그녀는 선하고 친절한 그 여자에게 입맞춤을 하고 싶었다. 페티퍼 부인은 잔을 내려놓고 슬프고도 아름다운 얼굴을 향해 몸을 구부렸다. 자넷은 그녀에게 진지하고도 신성한 입맞춤을 했고 그러한 입맞춤은 도움을 주는 자와 받는 사이에 새롭고도 더 긴밀한 결속감을 확인시켜주는 것이었다.

Janet turned her dark eyes on her old friend and stretched out her arms. She was too much oppressed to say anything; her suffering lay like a heavy weight on her power of speech; but she wanted to kiss the good kind woman. Mrs. Pettifer, setting down the cup, bent towards the sad beautiful face, and Janet kissed her

with earnest sacramental kisses such kisses as seal a new and closer bond between
the helper and the helped. (249)

이러한 부분은 감옥에 있는 해티를 도와주는 다이너(Dinah), 로자먼드의
손을 잡아주는 도로시아, 그웬들렌을 절망에서 끌어내주는 대니얼 데론다
등을 예견케 한다. 말없는 살아 있는 공감이야말로 엘리어트가 여성적 애
정("affectionateness")과 동일시하는 부분이다. 공감은 그녀의 소설 메시지
에 중심 부분이며 여성뿐만 아니라 남성도 끌어낼 수 있는 부분인 것이다.
『성직생활 풍경』의 세 이야기에서 화자는 남성을 상정하고 있지만 여
주인공의 억제된 힘들을 제시한다. 밀리나 자넷의 크고 동상같은 몸체나
카터리나의 예술적 재주 등을 예로 들 수 있다. 후자의 두 여성에게서는
더욱 어두운 면을 볼 수 있다. 즉 천사가 아니라 암호랑이, 마녀, 살인녀
등의 암시를 볼 수 있다. 이들의 분노와 결정적인 사건들에서 나오는 잠재
적 힘을 볼 수 있다(Uglow 114). 자넷이 뎀스터의 옷을 선택하기 거절할 때
자넷은 뎀스터에게 메두사로 보인다. 자넷의 표면 아래 도전정신이 숨어
있으며 그 도전은 강하게 억압되어 있다. 남성화자는 공공연하게 조용하고
순정적인 슬픔, 인내심, 감사를 주요 덕목으로 내세우고 있다. 다시 말해 이
첫 작품에는 여성에 대한 작가의 생각, 공감에 대한 생각이 담겨있으며 이
는 후기작들로 가면서 더 복합적으로 전개되고 발전하게 된다.

젠더와 정치: 『급진주의자 필릭스 홀트』

앞선 장들에서 여러 차례 언급한대로 여성작가가 익명적 글쓰기를 통
해 정치에 영향을 미칠 수 있는가의 문제는 빅토리아 시대 출판문화 형성
에 주요한 문제로 볼 수 있다. 엘리어트는 1860년대 중반경이 되면 익명적

저널리즘의 관습에서 벗어났지만 조지 헨리 루이스와의 관계 때문에 정기 간행물과 밀접하게 연결되고 있었다. 루이스가 『포트나이트리 리뷰』지의 편집을 맡았을 때 엘리어트는 작가의 이름을 밝히는 출판 정책에 찬성을 표했다(Easley 136). 이 잡지에 「합리주의의 영향」("The Influence of Rationalism")이란 에세이를 기고했으나 여전히 조지 엘리어트라는 필명을 사용하였다.

정치 문제에 대해서 엘리어트는 여성교육과 재산권을 지지하였으나 여성의 참정권 운동에 대해서는 기꺼워하지 않았다. 여성의 정치적 재현에 대한 독특하고도 모순된 관점이 『급진주의자 필릭스 홀트』의 주제 선택과 연관된다고 볼 수 있다. 1860년대에 엘리어트는 문학적 사실주의의 목표를 다시 고려하기 시작하고 있었으며 자기 개발과 교육의 가치를 더 강조하게 되었으므로 1840년대 박애주의적 행동주의를 강령으로 지니고 있었던 여성작가들과 차별성을 지닌다. 즉 엘리어트는 1840년대나 50년대의 사회문제 소설 속에 구축된 중산계급의 정치적 행동주의에 대한 대안으로 자기교화를 제시하였다. 이러한 입장에 근거하여 엘리어트는 『급진주의자 필릭스 홀트』에서 여성문제에 대한 보수적 입장을 보여주고 있다. 이와 동시에 여성이 정치적으로 의존해야 하는 사회적 조건들을 미묘하게 비판하고 있다.

『급진주의자 필릭스 홀트』는 1830년대에 시대배경을 설정하여 정치적 투쟁들을 환기시킬 뿐만 아니라 여성작가성의 담론과 모형을 환기시킨다. 1860년대에 집필함으로써 계급, 젠더, 각 시기를 특징짓는 재현의 문제들을 비교·대조하는 방식으로 30년대와 60년대 두 시기를 함께 모으고 있다. 엘리어트는 여성의 문학적 실천이 새롭게 전개되는 모형을 제시하기 위해 사회소설 형식을 사용하는데, 사회소설을 재구성함으로써 대중매체의 위치, 여성의 위치에 대한 문화적 불안정성을 더 강하게 보여준다 (Easley 138).

　종전의 사회문제 소설들이 사회적 위기를 강조하는 것과 달리『급진주의자 필릭스 홀트』는 일차 선거법 개정의 시기에 배경을 맞추고 있다. 초기 사회문제 소설의 화자와 달리 여행자는 산업도시의 끔찍함을 조사하기 위해 멈추지 않으며 트레비 마그나(Treby Magna)라는 전원 공동체로 여정을 계속하며 중산계급 거주자들에 대해서 알아나간다. 산업주의와 연관된 문제들을 문자그대로나 비유적으로나 피해가며 가정적 갈등이나 작은 소도시의 선거에 관련된 정치에 초점을 맞춘다. 이런 방식으로 화자는 산업주의와 관련된 문제들을 뒤에 남겨두고는 소도시의 가정적 갈등이나 선거에 관련된 정치에 초점을 둔다. 고통 받는 극빈층으로부터 트랜섬 가족의 갈등이나 사적인 슬픔에 독자의 공감이 향하도록 구성되어 있는 것이다.

　텍스트 전반을 통해 사적 일들과 정치적 갈등 사이의 관련 역시 희박하며 계급문제에 있어서도 급진적이지 않다. 중산계급의 중재주의에 대한 비판을 통해『급진주의자 필릭스 홀트』는 간접적으로 사회소설의 목표를 비판하고 있다. 다시 말해 중산계급 작가들은 노동계급의 이해관계들을 재현할 수 없다고 시사한다. 그것은 실제로 자기 주장이거나 순진한 이상주의에 불과한 것이라는 관점을 보여준다. 초기의 사회소설들은 급진적 정치나 출판문화가 사회의 무질서를 초래할 수 있는 방식에 대한 문화적인 두려움을 표현하였다. 아울러 중산계급 급진주의를 더 위험한 형태의 하층계급 행동주의에 대한 대안으로 제시하였다. 그러나 엘리어트는 이러한 사회소설의 패턴을 변형하고 있으며 이즐리의 지적대로 중산계급의 중재주의를 비판함으로서 사회소설의 목표들을 간접적으로 비판하고 있다(139). 해롤드 트랜섬(Harold Transome)이 노동계급을 대표할 수 없는 것과 마찬가지로 중산계급 작가들은 노동계급의 관심사들을 재현할 수 없음을 시사한다. 하층계급을 재현하려는 어떠한 시도도 자기주장의 형태이거나 순진한 이상주의의 형태인 것이다.

『급진주의자 필릭스 홀트』는 중산계급 여성의 급진주의를 재현하지 않는다. 여성인물들은 화자와 마찬가지로 소설의 정치적 사건들로부터 거리를 두고 있다. 자신들의 관심이 되는 정치적 명분이 없으므로 트레비 마그나의 여성들은 지역의 정치에 연루될 이유가 없는 것이다. 여성들은 해롤드 트랜섬 지명 연설의 정치적 내용에 대해 거의 관심이 없다. 정치적 영역에 연루되지 않는 여성들과 대조적으로 남성들은 정치적 행동주의의 노선을 걷고 있다. 해롤드 트랜섬은 해외에서 돌아왔을 때 중산계급 가정을 구축하려 하며 어머니를 가정의 영역에 두려고 한다. 아라벨라 트랜섬은 원래 지역의 행정관 역할을 했으나 해롤드가 급진주의로 전환했다는 것을 밝히자 그를 토리당으로 다시 돌아오게 만들 수 없는 것이다.

해롤드는 어머니에게 여성의 정치적 관점들은 부적절하다고 말하는데 여성의 정치적 관점은 여성들이 생각하는 것을 나타내주지 않으며 판단하거나 행동하도록 요구되지도 않기 때문이라고 말한다(35). 트랜섬 부인은 정치논쟁에서 자신의 선택이 관습적 여성을 택하는 것임을 깨닫는다. 해롤드는 어머니를 가정영역에 가두는데 화자는 종종 이렇게 갇힌 어머니에 대해 부당함을 지적한다. 트랜섬 부인의 유일한 출구는 아무도, 그녀도 원치 않는 바느질을 하는 일(occupation of taking stitches to produce what neither she nor any one else wanted)(85)이 되어 버린다. 이러한 쓸모없는 행위는 관습적 여성 역할에 갇힌 상황을 보여주는 메타포가 되고 있다.

어떤 눈도 보지 못하는 가장 섬세한 실들이 민감한 살에 교묘하게 달라붙어 있다면 이것들을 떼버리려는 움직임은 고통을 가져다줄 것이었다. 또한 어떤 족쇄보다도 더 나쁜 속박을 만들어낼 수도 있었다. 트랜섬 부인은 치명적인 실들이 그녀주변에 감겨있는 걸 느꼈다. 또한 이처럼 무력하게 속박되어 있는 데서 오는 쓰라림은 식당과 거실들의 새로운 우아함과 뒤섞였다. 해롤드가 명령한 모든 집안의 변화들이 마술을 부린 듯 재빠르게 이루어졌다.

The finest threads, such as no eye sees, if bound cunningly about the sensitive flesh, so that the movement to break them would bring torture, may make a worse bondage than any fetters. Mrs. Transome felt the fatal threads about her, and the bitterness of this helpless bondage mingled itself with the new elegancies of the dining and drawing rooms, and all the household changes which Harold had ordered to be brought about with magical quickness. (103)

이처럼 중산계급 가정의 억압적 면이 트랜섬 부인의 정치적 무력을 강화시켜 보여주고 있는 것이다. 가정 영역은 자신만의 자아를 지닌 여성들에게 아무런 위안을 제공하지 못하고 있다. 선거 이후 그녀는 해롤드가 급진주의자로서 실패한 결과에 대해 견해를 표명하고 싶은 유혹을 뿌리치지 못한다. 그러나 결과는 더한 억압으로 이어진다고 볼 수 있다. 해롤드가 그녀와 상의하는 걸 차단했기 때문이었다. 화자는 그녀의 소외와 실패가 "어떻게 불쌍한 여성들, 자신들의 영향력 속에 힘이 있는 불쌍한 여성들이 음조가 나가버린 음악처럼 되고 남자들이 도망가도록 할 따름"(304)인지 보여주고 있다. 여성은 패배적 존재가 되고 있는 것이다.

트랜섬 부인의 패배는 중상류 계급이라는 그녀의 계급적 위치와 연관된다. 즉 영향력을 주는 것 이상은 어떤 힘도 가질 수 없는 것이다. 급진적 집안에서 자라난 에스터 리온(Esther Lyon)은 이상적 여성성 너머의 영향력을 행사할 더 나은 기회를 가지고 있다. 그러나 타고난 부드러움이건 계급 유동에 대한 갈망이건 간에 에스터는 정치적으로 적극적인 역할을 수행하지 않는다. 박애주의적 여성과 연관된 어떤 정치 행위에도 연루되지 않는 것이다. 그녀는 한나 모어(Hanna More) 대신 바이런(Byron)을 읽으며 주일학교에서 적극적 역할을 하는 대신 불어를 가르치는 것이다.

에스터에게 중상층으로 가는 길은 이미 정해진 규율을 따르는 것이다. "진정 멋진 숙녀는 사람들의 눈에 과시적으로 보이는 옷을 입지 않으며 집요하게 지속되는 향을 쓰지 않는다. 혹은 움직일 때 소음을 내지 않는다. 숙녀는 세련되고 우아하며 매력적인 존재이며 결코 거슬리도록 끼어들지 않는다"(A real fine-lady does not wear clothes that flare in people's eyes, or use importunate scents, or make noise as she moves: she is something refined, and graceful, and charming, and never obtrusive)(65)에서 보다시피 숙녀가 되는 길은 정해져있고 남성들의 정치 논의에 끼어들지 않아야 하는 것이다. 정치와 무관하게 에스터는 필릭스 홀트를 만나기 전까지는 자신의 자족적 세계 외에 어떤 것도 추구하지 않는다. 자신이 추구하는 것은 정치적 동기가 아니라 낭만적 동기이며 자신의 개인적 성장을 자신의 열등함을 인정하는 것으로 정의한다. 필릭스의 지속적인 비판에 대해 "그를 바위로 보고 그녀 자신은 바위에 붙어 있는 흰 안개 같은 구름일 따름"(287)이라고 표현한다. 이러한 두 사람의 관계는 에스터의 성장이 남성에게 의존해있음을 표현해준다. 나중에 자신의 진짜 부모를 알게 되었을 때도 성숙하게 대처할 수 있는 이유가 필릭스와의 관계에서 배운 것 때문으로 제시되어 있다. 다시 말해 낭만적 사랑이 여성으로 하여금 자신의 허영심을 극복하고 타인과의 공감으로 들어가게 해주는 것으로 제시되어 있다.

필릭스에 대한 사랑이 에스터 자신의 제한된 여성성을 벗어나 더 나아지고 교화된 자아에 도달하도록 해주는데, 에스터는 더 좋은 아내가 됨으로써 더 좋은 시민이 되는 것이다. 즉 자기 개발과 도덕적 책임, 공감적 헌신 등의 덕목을 갖게 되는 것이다. 그러나 이러한 덕목들을 정치적 야심이나 박애주의적 목표 없이 추구한다. 이즐리의 지적대로 이러한 방식으로 엘리어트는 정치적 여성의 대안으로 교화된 여성을 제안하고 있으며 이는 자신의 여성론에서 보이던 입장과 상통한다(143). 교화된 여성은 박애주의적 행동주의의 형태를 통해서 자신의 힘을 키우는 것이 아니라 자신을 교화시킴으로써 스스로를 개선한다는 것이다.

엘리어트는 에스터의 도덕적 성장에도 불구하고 정치 현실을 변화시킬 수 있는 힘과 무관한 것으로 제시한다. 해롤드와의 결합에 직면하여 에스터는 갑자기 "자신의 삶이 자기가 스스로 구성해가는 듯 보이는 하나의 책이며 자신앞의 인물을 명확히 만들려 노력하고 운명의 길들을 검토하고 있는 하나의 책"(353)임을 깨닫는다. 여기서 자신의 개인 행위는 자기를 만들어가는 작가성의 형태와도 같고 인물과 운명의 의미는 부분적으로 스스로 구성한 것이다. 부모가 없으므로 인해 에스터는 텍스트 안팎으로 어떤 작가도 없는 듯 보인다. 그러므로 자신의 정체성을 자기 의지대로 바꿀 수 있는 자기 지시적 기호의 체계로 볼 수 있는 것이다(Easley 143). 갑자기 그녀는 자기 삶의 구상과 목표를 볼 수 있게 된 것이다.

해롤드가 그녀의 뜨개질에서 실수한 걸 지적하자 그녀는 "그러한 실수들은 그 자체 안에 하나의 구상을 지니고 있다"(357)라고 대답한다. 리타 보드(Rita Bode)의 논의처럼 트랜섬 부인에게 바느질 작업이 그녀가 갇혀 있는 상황의 상징들인 반면 에스터에게 이러한 바느질은 자신의 운명을 스스로 구축해나가는 계획임을 상징적으로 나타내준다(Bode 782-83 참조). 이처럼 인물과 작가, 텍스트의 구성성에 주목하게 함으로써 엘리어트는 사회소설이 현실을 재현하거나 변화시킬 수 있는 능력이 있는가에 의문을 던진다. 더 나아가 작가는 박애주의적 중재의 관점에서 독자들로 하여금 실천하도록 유도하는 능력이 있는가를 의문시하고 있다. 소설은 결국 개인들이 어떻게 자신의 도덕성을 개선하여 공동체의 더 생산적 구성원이 되는가를 탐색하는 것이 되며 여성의 투표권을 결코 증진시키지 못하는 것이다. 대신 여성이 결혼과 사회에서 동등한 상대가 될 수 있는 가능성을 지닌 시민으로 성장하는 길을 제시할 따름이다.

에스터는 이러한 가능성을 재판 장면에서 보여주고 있는데 그녀는 타인에 대한 공감이라는 능력을 사용하여 감화를 불러일으킨다.

> 여성이 순수하고 고상하게 느낄 때, 즉 매일의 실질적인 필요 때문에 남성들에게 너무도 엄하게 강요된 격식을 깨는 열정을 느낄 때, 이는 아주 귀중한 영향 중 하나를 생성해낸다. 그녀는 신중한 경험의 딱딱한 껍질을 부숴버리는 부가된 충동이 된다. 그녀의 고양된 무지는 너무도 부조화스러운 단순한 행동들에 숭고함을 더해준다. 그렇지 않다면 남성들을 미소짓게 만들어줄 것이었다.

> When a woman feels purely and nobly, that ardour of hers which breaks through formulas too rigorously urged on men by daily practical needs, makes one of her most precious influences: she is the added impulse that shatters the stiffening crust of cautious experience. Her inspired ignorance gives a sublimity to actions so incongruously simple, that otherwise they would make men smile. (414)

에스터는 실제 증거에 대해서 모르는 상황이지만 이처럼 감화력으로 재판에서 필릭스에게 유리한 상황을 만들어내는 것이다. 보드의 지적대로 에스터는 이 경우에 필릭스의 대중적 정체성을 만들어내는 일종의 작가가 된다 (780). 즉 그의 대중적 이미지를 재판에서 제시된 파편적 사실들로부터 그의 대중적 이미지를 재구성하고 있는 것이다.

에스터는 재판정에서 "필릭스의 천성이 너무도 고상하고 부드러운 마음을 지니고 있어 용감하거나 선하지 않은 의도는 결코 가져본 적이 없다"(415)고 말한다. 그러나 법정의 주목을 끈 것은 에스터 자신의 교화된 인격이었다. 즉 에스터의 이런 말 속에서 너무도 순수하고 아름다운 면이 감지되며 이 "관대한 마음을 지닌 여성"(416)의 증언이 재판장으로 하여금 마음을 움직이게 하여 필릭스의 선고에 자비를 베풀게 되는 것이다. 필릭스를 교화된 남성으로 구성하며 자신을 교화된 여성으로 구성하여 재판의 결과와 그녀 자신의 운명에 영향을 주는 것이다. 이러한 자신의 교화로 이루어진 공감적 행위들은 사회적 · 정치적 영역밖에 존재하고 있다.

에스터의 사회의식의 발전도 정치적으로 적극적인 행위로 이어지거나 자신의 권리를 주장하는 쪽으로 진행되지 않는다. 그녀의 결혼으로 마감되지만 마지막장에서 더 큰 도덕적 사회적 목표를 이야기한다. 필릭스가 다시 자신의 개혁주의적 계획을 검토할 때 에스터의 반응은 "당신은 모든 걸 다 할 것으로 생각하시는 군요. 당신은 내가 얼마나 영리한지 모르시죠. 제 말은 전 계속 많은 것들을 가르칠 작정이란 뜻이에요."(You think you are to do everything. You don't know how clever I am. I mean to go on teaching a great many things.)(440)이라고 대답하는 것이다. 여기서 "많은 것들"에 대한 정의가 무엇인지 밝혀지지 않고 있지만 에스터는 더 이상 필릭스에게 지도받고 순화되는 존재가 아니라 동등한 입장에 있으며 많은 것을 할 수 있는 가능성을 지닌 존재로 재현된다. 결혼을 통해 성숙하고 책임 있는 사회의 일원이 될 가능성을 제시하고 있는 것이다.

그러나 이야기는 여기서 끝나지 않고 1868년 이차 선거법 개정통과 이후 필릭스 홀트는 노동자들에게 다시 한 번 연설을 하는데 이번엔『블랙우즈 매거진』에 실린 익명적 에세이를 통해서이다. 소설 텍스트 경계선 밖의 이 에세이는 이차 선거법 개정의 통과에 대한 작가의 정치적 관점들을 표현해주고 있다. 필릭스 홀트는 한 번 더 노동자들을 위해 자기 교화의 필요성을 역설하고 있다. 사회적 책임감을 역설함으로써, 점진적인 정치 변화를 가능하게 함으로써 공적 질서가 무너지지 않을 것이라는 관점을 볼 수 있다.

노동계급에 의해, 또 노동계급을 위해 말한다고 주장함으로써 이 연설은 처음에는 1840년대의 중산계급 개혁주의 저널리즘의 관습들에 순응하는 듯이 보인다. 이는 중산계급이 노동계급을 대상으로 개혁적 노력을 하던 것과 같은 맥락을 보이지만 초기 개혁주의 저널에서 재현되던 노동계급 인물들과는 달리 필릭스 홀트는 정기간행물의 중산계급 독자들에게 말하는 것이 아니라 동료 노동자들에게 말하고 있는 것이다. 중산계급 독자들은 전혀 다른 청중들을 대상으로 한 연설을 엿듣는 것과도 같은 효과를 지니는 것이다.

필릭스 홀트 연설의 실제 저자는 엘리어트라는 걸 독자들은 알고 있지만 이 이름도 가공의 것이라는 걸 알고 있었다. 서술적 장치들을 통해 엘리어트는 이 연설이 자신의 정치적 신념을 직접 진술한 것으로 보이지 않도록 한다. 이즐리의 지적처럼 엘리어트는 그녀 자신과 독자, 자신의 글쓰기의 정치적 내용 사이에 수겹의 화자의 목소리를 구성하고 있다(146). 가명을 쓰고 있는 작가는 가공의 청중에게 말을 거는 가공의 인물이라는 위장 속에서 자신의 동료들에게 익명으로 글을 쓰고 있는 것이다.

에세이와 소설의 종결점에서 엘리어트의 '교화된 여성'은 신비스럽고도 알 수 없는 존재로 남게 된다. 이 소설이 어떤 명백한 사회적 목표가 없듯이 교화된 여성의 여성성은 직접적 정치적 유용성이 없다. 이즐리는 이러한 교화된 여성의 존재는 1860년대 대중 정기간행물에서 떠오르기 시작하던 '정치적 여성'과 완전히 대조를 이루는 것으로 보고 있다(146). 정치적 여성은 점차 '보이는' 존재가 되면서 자신의 공적 정체성과 사적 정체성을 분리하지 않았다. 1860년대 말이 되면 여성들은 점점 더 정치 문제에 대한 논의에서 고도의 역할을 담당해가고 있었던 것이다.[4] 그러나 엘리어트는 젠더 문제나 정치적 재현의 문제에 보수적 성향을 지녔으며 여성의 자아 개발을 참정권 획득이라기보다 결혼을 통해 제시했던 것이다. 또한 엘리어트는 여성이 더 적극적이고 책임 있는 사회 구성원이 되기 위해 필요한 기술을 제공할 수 있는 교육제도나 정치제도들이 충분하지 않고 부적절하다는 점에 주목하게 한다.

엘리어트의 '교화된 여성' 개념은 자신의 경력과 여성적 글쓰기의 정전화에 주요한 의미를 지닌다. 왜냐하면 당시의 아놀드 류의 고급문화 개념은 주로 남성적 영역에 속했고 엘리어트는 이러한 범주를 자신의 글쓰기가 포함되도록 확장했다고 볼 수 있다. 다시 말해 여성작가라는 정체성보다는 아놀드 류의 고급문화와 관련된 개념을 자신의 글쓰기에 도입함으로써 남성 지배적인 출판 산업영역에서 자신의 입지를 굳혔다. 여성작가의 서명이 된 출판과 선거권 참여 등이 여성들에게 확장된 공적 역할을 제공하였지만 여성작가에게 확고한 입지를 다지게 하지는 못했다. 빅토리아 시대와 현대 사이의 기간 동안 엘리어트는 필명을 쓰는 작가성을 유지했으며 엘리어트의 소설들은 고급문화적 문학 생산을 대변하게 되었다. 이러한 엘리어트의 정체성 구성은 1850년과 60년대의 빅토리아 시대 출판 매체의 고급문화를 향한 움직임과 분리될 수 없는 것이었다.

---

4) 이러한 논의가 한 가지 확실한 형태로 나타난 예로는 1866년 여성의 선거권을 국회에 청원한 것을 들 수 있다. 이 청원은 1499명에 달하는 주요 여성작가들과 페미니즘 운동가들이 서명 했는데 해리엇 마티노, 프란시스 파워 콥, 헬렌 테일러와 바바라 보디천 등이 대표적 예들이다. 이러한 청원은 여성의 참정권을 얻게 하는 데 실패했지만 여성작가들이 자신들을 드러내는 순간으로 작용했다. 여성작가들의 정치적 역할이 더 가시화되는 순간이었다. 그러나 엘리어트는 이러한 청원에 서명하지 않았으며 자신의 익명적 글쓰기나 필명쓰기를 버리고 싶어 하지 않았다(Easley 146).

1850년대 엘리어트의 글쓰기는 여성작가성의 개념에 많은 변화를 가져온 것이 틀림없다. 엘리어트의 문학적 페르소나와 작가의 젠더와 정체성에 대한 정기간행물 담론 사이의 관계는 이전의 여성작가 정체성에 또 다른 모형을 제공하였다고 볼 수 있다. 엘리엇은 박애주의적 혹은 급진주의적 여성작가의 이미지를 문화와 관련된 교화된 작가, 모호한 젠더 정체성의 작가 이미지로 대치시키고 있다. 자신의 필명을 지속적으로 사용함으로써 엘리어트는 자신의 소설작품들 속에서 젠더의 복합성을 구축하고 있다. 자신의 작품을 1850년대에 생산되던 여성적인 저널리즘, 혹은 주요한 페미니스트 저널리즘과 소설로부터 거리를 두었다.

1860년대 동안 엘리어트는 대중 출판문화의 두 가지 주된 논쟁과 연루되는데 정기간행물에서 서명의 문제와 여성의 참정권에 대한 담론을 들 수 있다. 엘리어트는 사회소설과 익명적 저널리즘이라는 1840년대의 관습을 빌어 왔지만 이제 이 장치들이 1840년대 여성작가들의 경우처럼 효율적이지 않다는 점을 제시한다. 엘리어트는 계급 관계에 대한 논의나 여성참정권 논의에 끼어드는 대신 여성작가에게 필요한 것이 문화비평과 연관된 '자기 교화'라는 인식을 주장함으로써 남성중심 문학정전 속에서 자신의 위상을 정립하도록 하였다.

 참고문헌

Bode, Rita. "Power and Subversion in *Felix Holt*." *Studies in English Literature* 35.4(1995): 769-88.

Bodenhiemer, Rosemarie. *The Real Life of Mary Ann Evans: George Eliot, Her Letters and Fiction*. Ithaca: Cornell UP, 1994.

Caine, Barbara. "Feminism, Journalism and Public Debate." *Women and Literature in Britain 1800-1900*. Ed. Joan Shattock. Cambridge: Cambridge UP, 2001.

Craik, Dinah Mulock. "To Novelists—and a Novelist." *Macmillan's Magazine* 3. (1861): 441-48.

_____. "A Woman's Thoughts About Woman." *Maude, On Sisterhood, and A Woman's Thoughts About Women*. Ed. Elaine Showalter. New York: New York UP, 1993. 59-216.

Cross, J. W. *George Eliot's Life as Related in her Letters and Journals*. Edinburgh: Blackwoods, 1885.

Dallas, E.S. "Popular Literature—The Periodical Press." *Blackwood's Edinburgh Magazine* 85 (1859): 96-112, 180-95.

David, Deirdre. *Intellectual Women and Victorian Patriarchy*. Ithaca: Cornell UP, 1987.

Dillane, Fionnuala. "Re-reading George Eliot's "Natural History": Marian Evans, "the People" and the Periodical." *Victorian Periodicals Review*. Vol 42 No. 3 (2009): 244-266.

Dolin, Tim. *Authors in Context: George Eliot*. Oxford: Oxford UP, 2009.

Easley, Alexis. *First-Person Anonymous: Women Writers and Victorian Print Media, 1830-1870*. Burlington: Ashgate, 2004.

Eliot, George. *Scenes of Clerical Life*. Oxford: Oxford UP, 2009.

_____. "Silly Novels by Lady Novelists." *Selected Essays, Poems and Other Writings*. Eds. A.S. Byatt and Nicholas Warren. London: Penguin. 1990. 140-63.

_____. "Woman in France: Madame de Sable." *The Westminster Review* 62. (1854): 448-73. rpt. *The Essays of George Eliot*. Ed. Thomas Pinney. New York: Columbia UP, 1963. 52-81.

_____. "Margaret Fuller and Mary Wollstonecraft." *Leader* VI October. (1855): 988-89. rpt. *The Essays of George Eliot*. Ed. Thomas Pinney. New York: Columbia UP, 1963. 199-206.

_____. *Felix Holt, the Radical*. London: Dent, 1983.

Eliot, George, and John Chapman. "Prospectus of the *Westminster* and *Foreign Quarterly Review*." *Selected Essays, Poems and Other Writings*. Eds. A.S. Byatt and Nicholas Warren. London: Penguin. 1990. 3-7.

Eliot, Simon. "The Business of Victorian Publishing." *The Cambridge Companion to The Victorian Novel*. Ed. Deirdre David. Cambridge: Cambridge UP, 2001. 37-60.

Kestner, Joseph. *Protest and Reform: The British Social Narrative by Women 1827-1867*. London: Methuen, 1985.

Lewes, George Henry. "The Lady Novelists." *The Westminster Review* 58 (1852): 129-41.

_____. "*Ruth* and *Villette*." *The Westminster Review* 59 (1853):474-91.

_____. "A Gentle Hint to Writing Women." *Leader* I, (1850): 189.

Liddle, Dallas. *The Dynamics of Genre: Journalism and the Practice of Literature in Mid-Victorian Britain*. Charlottesville and London: U of Virginia P, 2009.

Parkes, Bessie Rayner. *Essays on Women's Work*. London: Strahan, 1865.

Phegley, Jennifer. *Educating The Proper Woman Reader: Victorian Family Literary Magazines and The Cultural Health of The Nation*. Columbus: Ohio State UP, 2004.

Shattock J and Michael Wolff. Eds. *The Victorian Periodical Press; Samplings and Soundings*, Leicester: Leicester UP,1982.

Stange, Robert. "The Voice of the Essayist." *Nineteenth-Century Fiction* 35 (Dec. 1980): 312-30.

Taylor, Harriet. "The Enfranchisement of Women." *Westminster Review* 55 (1851): 289-311.

Thompson, Nicola Diane. *Victorian Women Writers and the Woman Question*. Cambridge: Cambridge UP, 1999.

Uglow, Jenny. *George Eliot*. London: Virago Press, 2008.

빅토리아 시대 여성작가의 형성과 출판문화

IV
장

앞 장들에서 검토한 바처럼 빅토리아 시대 여성작가들은 경제적 필요에 의해 직업적 저널리스트가 되기도 했고 당시의 문화형성 과정에 참여하려는 의지로 저널리즘에 종사하기도 했다. 어떠한 근거에서 활동하였던 간에 이들의 저널리즘 활동, 다시 말해 19세기 여성작가의 저널리스트로서의 활동은 19세기 중반경이 되면 자신들의 작가적 정체성 형성에 중요한 하나의 과정이 된다. 당시의 출판매체는 여성으로 하여금 광범위한 독자들을 대상으로 다양한 주제들을 다루게 해주었고 이들이 다룬 노예제, 여성론, 국회개혁, 산업과 도시문제 등과 같은 논의가 여성작가로 하여금 페미니즘적 정치의식을 갖게 해주었기 때문이다. 이 가운데 정기간행물이라는 매체는 여성의 문학 경력을 가능하게 해주었던 주요 매체였고, 여성작가의 작가성 수립에 주요한 장을 제공하였다. 여성작가가 정기간행물에 기고한 글들과 문학적 성과 사이의 긴장과 생산적 상호작용은 당시 여성작가의 특징적 양상들로 나타나고 있다. 특히 당시 출판시장에서 여성작가의 역할, 젠더와 문학적 권위의 관계, 여성독자의 의미는 출판문화 형성에 중요한 지점이 된다.

빅토리아 시대 정기간행물들은 여성작가를 공적·전문적 영역으로 진입시킴으로써 영국문학과 저널리즘의 진보에 여성이 점차 주요한 위치를 차지하도록 유도하는 데 기여하고 있다. 궁극적으로 익명적 글쓰기와 문학적 생산물 사이의 상호텍스트성이나 픽션과 논픽션, 남성작가의 글쓰기와 여성작가의 글쓰기 사이의 경계선 흐리기를 통해 여성작가들은 자신의 글의 주제와 대상이 되는 독자층을 확장시키는 효과를 낳았다고 볼 수 있다.

특히 1840년 이후 대중출판 방식은 여성작가에게 문화·사회·정치 담론에 연루되도록 함으로써 이러한 참여가 자신의 실제 문학작품에 다양하게 투사되도록 하였다. 여성작가들이 대중잡지나 가족잡지의 편집이나 기고에 참여함으로써 이러한 행위와 창작활동이 서로 영향을 주는 관계를 형성한 점, 당시 여성담론을 둘러싼 문화적 갈등의 실체를 여성작가의 문학 경력 형성에서 도출해 볼 수 있는 점은 당시 여성작가의 텍스트, 문학 경력, 정체성의 다중성과 연결된다.

당시 잡지를 비롯한 정기간행물의 융성은 소비문화와 관련되면서 젠더 문제도 포함하고 있음을 알 수 있다. 여성작가의 문학텍스트에 제시된 계급 유동성, 재정적 불안, 독신여성의 취약한 상황, 성, 비정상적 결혼, 광기, 범죄, 가정영역의 취약성 등이 지속적으로 중산층을 대상으로 한 잡지에서 반복된 점이 이를 입증해준다. 이러한 여성작가의 텍스트 이면에 당시 주요 담론에 대한 저항적이고 전복적인 요소들이 잠재하고 있음을 알 수 있고 중산계급 문화와 노동계급 문화가 뒤섞이는 과정을 볼 수 있다.

구체적인 예로서 해리엇 마티노나 마거릿 올리펀트 같은 여성저널리스트이자 작가들이 남성중심의 출판시장 및 출판문화 안에서 자신의 길을 개척해나가는 과정을 보면 빅토리아 시대 출판시장에서 여성작가가 어떻게 자신의 정체성을 구축해 갔는가를 알 수 있다. 마티노가 저널리즘 영역에서 활동한 경력은 여성이 사회관찰 및 분석과 문화비평 영역에 전문성을 지니고 접근할 가능성을 열어줌으로써 중산계급 여성의 여성론적 인식을 새로이 일깨우는 데 공헌하였다. 마티노는 여성담론을 둘러싼 문화적 갈등의 실체, 특히 여성의 교육이나 결혼, 가정 이데올로기 등에 대한 당시의 문제의식을 구체화하여 보여주고 있는 것이다. 즉 마티노의 기고문들과 소설들은 당시 여성담론에 내재한 갈등적 요소들을 일깨우면서 남녀양성의 평등이 필요하다는 인식을 유도함으로써 1850년대와 1860년대의 여성문제 논의에 초석을 마련한 것으로 볼 수 있다.

마티노의 활동은 당시 출판시장에 중산계급 여성이 참여하도록 하는 계기가 됨으로써 여성작가들이 객관적이면서도 다양한 서술책략을 통해 어떻게 공적 영역에서 여성문제에 대해 목소리를 낼 수 있었는지를 보여준다. 비록 이런 활동들이 가부장적으로 규정된 제도와 남성중심의 저널리즘을 통해 이루어진 것이었음에도 불구하고 여성작가들이 올바른 문화비평의 방법론과 주제들을 어떻게 선택하는가의 실례를 제공해주었다고 볼 수 있다. 이러한 문화비평의 방법론과 주제들은 당시의 변화하는 출판시장에서 여성작가의 역할을 확장시키는 데 주요한 지침을 마련하였다고 평가할 수 있다.

마티노에 이어 올리펀트는 당시 여성작가에 한정적으로 부여되던 저널리즘 공간을 확장해서 자신의 비평적 목소리를 확장하였다. 당시 출판시장에서 올리펀트는 비록 생계를 위해서 다작을 했던 문인으로 평가되었고 정전에 속하지 못했지만 출판문화의 변화과정에서 자신의 젠더 역할을 넘어섰던 작가로 볼 수 있다. 올리펀트의 다작경력 자체는 여성작가가 출판문화구성에 어떻게 진입할 수 있는가를 보여주는 중요한 가치를 지닌다. 아울러 올리펀트는 출판시장에서 작가성과 젠더, 레토릭의 관계를 보여주면서 저널리즘 활동과 문학적 성과의 상호관계를 구체적 삶을 통해 보여주고 있다. 이처럼 출판문화 구성과 젠더의 상관관계를 자신의 실용주의에 입각한 여성론에 근거하여 실천적으로 보여준 점에서 올리펀트의 작가적 정체성 수립과정은 당대 및 후대의 여성작가들에게 글쓰기 영역 확장의 교두보 역할을 하였다고 볼 수 있다.

올리펀트는 공적 영역과 사적 영역 양자를 추구하는 여성이 겪는 갈등을 그림으로써 당시 사회에서 여성의 경력추구 기회가 주어질 필요성을 역설할 수 있었다. 특히 『머조리뱅크스양』의 주인공 루실라를 통해 경영의 개념을 도입함으로써 당시 가정이나 결혼과 더불어 공동체에서 여성의 위치에 대한 독자의 이해를 복합적으로 만들고 있는 것이다. 즉 루실라의 결혼은 가정소설의 결말에 순응하는 결말이지만 다시 공동체에서 루실라가 해낼 역할을 강조함으로써 젠더 역할이 보다 다양할 수 있음에 초점을 두고 있다. 이러한 루실라의 모습은 올리펀트의 관점, 혁명적이진 않으나 젠더 역할의 문제점을 인식했고 여성이 자신에게 주어진 한정된 역할에 머무를 필요가 없다는 관점을 반영한 것으로 볼 수 있다. 아울러 자신이 저널리즘 활동을 통해 여성에 대해 발표했던 글들의 의미들을 구체적으로 소설작품을 통해 형상화하고 있다고 볼 수 있다.

엘리자베스 개스켈의 경우에도 저널리즘 활동은 경력 형성에 매우 중요한 역할을 하고 있다. 그녀의 활동 초기에 여성문인의 저술 활동은 당시 사회 문제에 대해 박애주의적 중재로 작용할 수 있다는 시각이 지배적이었다. 그러나 이러한 시각에 입각하여 여성작가의 글쓰기가 긍정적 기능이 있다는 언급에도 불구하고 여성작가의 입지는 확고하지 못하였다. 자신의 글을 남성작가의 필명을 차용한 익명적 장치, 혹은 아예 저자의 이름을 밝히지 않은 익명적 글쓰기 장치를 통해 자신의 관점을 전달하고 있었던 것이다. 특히 1830년대나 40년대 여성작가의 사회 문제나 정치논의에의 참여는 이러한 장치가 즐겨 사용되었고 이들의 글은 주로 계급 갈등을 안정화하는 데 사용되었다. 50년대와 60년대로 가면서 점차 공적 영역에서 여성이 제 목소리를 찾는 방향으로 진전되었지만 익명성의 장치는 여전히 여성작가들이 작가적 권위를 모색하는 과정에서 하나의 방안으로 사용되었다.

『메리 바튼』도 노동계급에 대한 입장, 계급과 젠더의 정치학을 조화시키려는 노력, 박애주의적 중재주의라는 관점에서 볼 때 개혁적 저널에 익명으로 투고한 글의 확장으로 간주될 수 있다. 개스켈은 자신의 소설 독자와 주제 확장을 위해서 저널리즘의 서술 책략과 주제를 채택하였음을 볼 수 있다. 개스켈의 경우에서 보다시피 여성작가의 익명적 투고문에서 발견되는 정치적 관심과 서술 책략들은 그들의 실제 문학적 성과와 상호작용하고 있다. 또한 익명적 글쓰기 과정은 여성작가 자신의 문학 경력에서 개인적·직업적 딜레마를 어떻게 해결하려고 했는지를 보여주는 사례로 주요성을 지닌다.

아울러 개스켈은 고딕 테일을 여러 정기간행물에 게재하였는데 실험적이며 혁신적 서술기법으로 파격적 주제를 다루고 있다. 이러한 요소들은 개스켈 장편들의 보다 화합적이며 낙관주의적 방향과 대치되는 글쓰기의 면모를 보인다. 고딕 테일에서 개스켈은 파편화된 가족 관계로 인한 심리적 육체적 폭력을 빈번하게 묘사하고 있음을 볼 수 있다. 더구나 이러한 폭력의 재현을 통해 개스켈은 당시 중산층의 기준에 수용되기 어려운 내용들을 탐색하고 있다. 개스켈은 사회나 가정의 부조화를 보여주는 현상들을 강조함으로써 사회적 개인적 무질서와 고통의 원인이 무엇인지 생각하도록 유도한다. 아울러 이러한 문제에 대해서 단순한 해결책을 제시하기 어렵다는 관점을 이야기의 결말에서 제시하기도 한다. 이러한 개스켈의 글쓰기는 당시의 지배서술에 대한 비판 혹은 대안 성격을 지님으로써 당시 사회나 가정을 지탱해주던 가치관들의 균열을 보여준다.

여성작가들의 익명적 글쓰기나 필명의 사용은 당시 출판시장에서 여성작가들의 글쓰기 특징을 잘 보여준다. 엘런 우드가 필명으로 헨리 우드 부인을 사용한 점은 매우 시의성이 있었다. 이는 다른 여성작가의 필명들과 마찬가지로 일종의 가명으로 읽힐 수 있다. 이렇게 우드 부인으로 자신을 선언함으로써 자신이 제시한 세계는 안전하고 해악이 없으며 존중할만한 중산계급 여성임을 독서대중에게 제시하는 것이었다. 그것은 자신의 소설을 가족의 안전한 도덕적 읽기거리이자 대출도서관에서 건전한 책들로 광고하는 것과 같았다. 또한 그러한 필명은 작가의 보수적 성향을 보여주는 것과도 같았다. 즉 이러한 필명 뒤에 안전한 글쓰기를 하려는 것과도 같았다.

우드는 빅토리아 시대 대중 여성작가로서 자신의 시장성을 고려하였는데 시장성을 겨냥한 우드의 책략은 자신을 가정적 여성의 이미지로 위장하는 것이었다. 우드는 이처럼 경력 초기에는 당시 이데올로기에 걸맞은 여성성과 아머추어적인 입장을 가장했지만 궁극적으로 전문적 작가로서의 정체성을 구축해나갔다. 우드는 자신의 경력을 구축하고 존경받는 전문 여성작가로서의 새로운 공적 이미지를 구축하기 위해 잡지 편집자로서의 지위를 얻기 원했다.

즉 당시 여성 소설가들 가운데 메리 엘리자베스 브래던처럼 우드는 자신의 저술 경력 초기에 평판을 굳건히 하기 위해서 잡지 편집자로서의 역할을 이용했다. 우드는 브래던이나 윌키 콜린즈와 달리 아주 다른 작가적 페르소나를 수행했는데 소설이 선정적 효과를 냄에도 불구하고 선정주의와 대치되는 보수적 기독교적 평판을 수립하려고 노력했다. 우드는 복음주의의 효과를 노렸으며 복음주의가 선정주의의 대척지점에 있는 것이 아니라는 것을 강조했다. 이는 당시 중산계급의 가치관에 맞추기 위한 것으로 종교적 수사는 자신이 편집한 잡지에서 적극적인 역할을 수행하였다. 우드는 선정적 감정과 감성의 개념에 도덕적 목적을 부여했고, 자신이 편집장 역할을 한 잡지에서 복음주의적 담론의 기독교적 틀을 이용함으로써 도덕적 목적을 부여했다. 즉 우드는 자신이 편집하던 잡지에 복음주의적 경건함의 색채를 부여함으로써 자신의 이미지를 중산층의 보수적 이데올로기에 맞추었던 것으로 볼 수 있다.

최근에 이르기까지 비평가들은 우드의 관습적이며 보수적인 면에만 치중한 경향이 있음이 사실이다. 그러나 우드의 관습적이고 보수적인 면모는 실제 세심하게 구축된 것이며 이러한 면모는 단순히 보수성/선정성의 이분법으로 접근될 수 없는 복합적인 면을 지니고 있다. 우드는 공적인 얼굴과 사적인 얼굴 사이의 간극이 컸고 이러한 두 얼굴의 대조가 너무 극적이어서 당시 여성작가가 출판시장으로 진입하는 과정에 대한 또 하나의 검토 방식을 유도하고 있다. 우드는 자신이 전형적인 빅토리아 시대 여성으로서 이미지를 구축했음에도 불구하고 자신의 이미지를 선별하여 명성을 구축하고 자신만의 전설을 만들어내었다. 이는 출판시장에서 생존하기 위한 하나의 방식으로서 자신이 표면적으로 내세운 빅토리아 시대 이상적 여성의 이미지 아래 문학시장에서 저널리스트이자 인기소설가로서의 성공 책략을 감추고 있다.

브래던 역시 우드와 마찬가지로 선정소설가로서 편집장 활동을 겸했다. 브래던은 자신에 대한 부정적 평가를 불식시키기 위해 자신이 편집하던 『벨그래비어』를 통해 고급문화와 저급문화의 분류 및 경계가 불분명한 것임을 강조하였다. 브래던은 선정소설을 저급문화와 연계시키고 주로 여성 독자들이 이에 탐닉한다는 당시의 평가를 새로이 정립하기 위해 노력하였다. 브래던 자신이 고급문화와 대중문화 양자에 대해 풍부한 지식을 지니고 있었으며 양자를 잘 조합시킴으로써 독자들에게 호소력을 지닐 수 있었다. 브래던의 목표는 여성도 건전한 문화 유지에 기여할 수 있다는 생각을 불러일으키고자 한 것이었다. 브래던은 이러한 목표에 맞게 여성의 문학적 생산과 여성의 소설읽기, 특히 선정소설 즐기기에 대해 당시 대중들의 새로운 인식을 유도하였다.

브래던의 경력은 세기를 걸쳐서 진행되었고 브래던 작품의 대상이 되는 독자나 자신의 문체, 작가의 정체성의 면에서 경계선을 넘어서는 방향으로 진전되었다. 대출도서관이 중산계급 도덕의 중재자역할을 하던 때 브래던의 선정소설은 중산계급 독자들에게도 읽히게 되었다. 선정소설로 성공한 이후 선정소설과 다른 문체, 즉 자신이 예술성이 있다고 생각했던 방식으로 소설을 집필하기도 했다.

1915년 브래던의 사망 전에 브래던은 영화가 서서히 부상하는 것을 보게 되었고 1913년 자신의 소설 『오로라 플로이드』가 무성영화로 제작된 것을 보기도 하였다. 사망 이후 브래던의 인기는 줄었지만 브래던의 작품은 여전히 대출도서관에서 인기 있는 작품 목록에 올랐다. 더구나 1990년대와 2000년대 대중문화와 문학에 대한 관심과 더불어 브래던의 명성도 부활하였다. 브래던을 새로이 조명하는 저서들과 논문들이 쏟아져 나오고 있으며 브래던 텍스트의 젠더, 성, 광기의 문제에 대한 새로운 해석들이 선정소설을 읽는 현대 독자들에게 유용한 지표를 제공하고 있다.

조지 엘리어트 역시 저널리스트로서의 활동이 경력형성에 주요한 비중을 차지했던 작가로서 1850년대 저널리즘 영역의 글쓰기가 그 이후 나온 소설적 성과에 직접적인 연관을 지니고 있다. 즉 저널리즘 영역의 글쓰기와 소설들은 지성이나 예술 면에서 서로 상응하고 있다. 특히 여성작가에 지면을 할애했던 개혁적 성격의 정기간행물은 여성의 저술활동의 확장이나 여성작가의 성장과 연관되지 않을 수 없다. 중산계급 문화 향상과 문학 취향 개선을 위해 엘리어트의 저널리스트로서의 역할은 문화비평의 수립에 중요한 역할을 한다. 『웨스트민스터 리뷰』의 부편집장 역할을 통해 엘리어트는 문화와 문학 비평의 기준에 대해 고심했으며 1850년대의 기고글들을 중심으로 저널리스트로서의 활동이 여성작가로서의 정체성 형성과 어떠한 역학관계에 있는지 짚어볼 수 있다.

엘리어트는 젠더와 글쓰기 관계를 상투적으로 규정하던 관습에 저항하기 위해 빅토리아 시대 중반의 출판 미디어와 연관된 익명적 출판이나 가명의 출판 장치에 의존했다. 이러한 관습은 대부분 1860년대 후반에는 이제 구식으로 포기되던 것이었지만 엘리어트는 출판계에서 문화비평과 관련된 소설가로 자신의 경력을 쌓아갔으며 이는 당시 출판문화와 여성작가의 또 다른 국면을 제시해준다.

엘리어트는 자신과 대중 사이의 경계를 만들기 위해서 '조지 엘리어트'라는 필명을 만들었으며 이러한 책략은 자신의 사생활을 방어하기 위한 것이자 저널리즘 영역에서 여성의 글쓰기를 비판하던 관행에서 자신을 보호하기 위한 것이었다. 그러나 엘리어트가 가명을 사용한 것은 단지 방어차원의 것은 아니었다고 볼 수 있다. 이러한 남성 필명은 다중적 정체성을 취하게 해주었으며 이러한 다중 정체성은 작가성의 구축이라는 관점에서 볼 때 앞선 여성작가들보다 더 복합적인 문학 경력과 연관되어 있다. 남성 필명을 취함으로써 작가로서의 정체성과 젠더의 관계가 모호해지도록 한 것이다. 또한 저널리스트로서 소설가로서 활동하는 동안 엘리어트는 이러한 장치를 통해 자신의 작품에 거리를 두었다.

엘리어트의 문학적 페르소나와 자신이 제공했던 작가의 젠더와 정체성에 대한 정기간행물 담론 사이의 관계는 이전의 여성작가의 정체성에 또 다른 모형을 제공했다고 볼 수 있다. 엘리어트는 박애주의적 혹은 급진주의적 여성작가의 이미지를 문화와 관련된 교화된 작가, 모호한 젠더 정체성의 작가 이미지로 대치시키고 있다. 자신의 필명을 지속적으로 사용함으로써 엘리어트는 자신의 소설작품 속에서 젠더의 복합성을 구축하고 있다.

1860년대에 엘리어트는 대중 출판문화의 두 가지 주된 논쟁과 연루되는데 정기간행물에서 서명의 문제와 여성의 참정권에 대한 담론을 들 수 있다. 엘리어트는 사회소설과 익명적 저널리즘이라는 1840년대의 관습을 차용했지만 이제 이 장치들이 1840년대 여성작가들의 경우처럼 효율적이지 못함을 보인다. 엘리어트는 계급 관계에 대한 논의나 여성참정권 논의에 끼어드는 대신 여성작가에게 필요한 것이 문화비평과 연관된 '자기 교화'라는 인식을 주장함으로써 남성중심 문학정전 속에서 자신의 위상을 정립하였다.

이처럼 여성 저널리스트 및 작가로서의 활동과 문학적 권위, 작가성과의 관련성은 여러 작가들의 예에서 보다시피 빅토리아 시대 문화에서 작가의 역할이 남성작가 중심의 절대적 권위 개념에서 복합적인 개념으로 변화하는 과정을 잘 보여준다. 또한 여성작가들이 자신들의 글쓰기를 통해서 젠더 상투형에 저항하고 자신들의 정체성을 구축하는 과정은 통합된 일관성을 보이지 않는다. 이들의 글쓰기에서 볼 수 있는 특성들은 당시 출판시장에서 이들이 겪는 갈등을 반영하고 있으며 이들이 익명적 장치를 사용하였음에도 불구하고 자신의 정체성을 제대로 수립하려는 욕망과 당시 지배담론에 순응해야 하는 현실 사이에서 고통을 겪었던 것을 알 수 있다.

여성작가들이 본격적으로 진입하기 어려웠던 출판시장에도 불구하고 이 영역에 여성이 참여하게 되는 과정은 당시 출판문화의 형성에 여성작가의 글들이 주요한 영향을 미쳤던 것으로 평가할 수 있다. 즉 서로 대립되는 영역들이 논쟁과 대화를 통해 조화를 향해 진전되는 과정, 노동계급 문화와 중산계급 문화가 뒤섞여가는 과정에 여성작가들의 저널리스트로서의 활동은 주요한 요소가 되었던 것이다. 이러한 과정에서 여성작가들은 남성작가들과 차별화된 다양한 서술책략을 통해 여성담론을 형성하고 정치 · 사회 · 문화에 대한 담론을 형성함으로써 출판문화의 방향 정립에 주요한 맥을 제공했다고 볼 수 있다.

저자 **장정희**

장정희는 부산대학교 문리대 영어영문학과를 졸업하고 서울대학교 대학원 영어영문학과에서 석사 및 박사학위를 받았다. 1987년부터 광운대학교에서 영문학을 가르쳤으며 현재 광운대학교 동북아문화산업학부 교수로 재직중이다.

19세기 영어권 문학회 회장을 역임했으며 빅토리아 시대 선정소설과 여성작가의 저널리즘 활동에 관한 논문 및 과학기술 시대의 페미니즘에 관한 논문을 다수 집필하였다.

저서로는『프랑켄슈타인』,『선정소설과 여성』,『토머스 하디와 여성론 비평』등이 있으며, 역서로는『더버빌 가의 테스』,『무명의 주드』등이 있다.

빅토리아 시대 출판문화와 여성작가

초판 발행일 2011년 9월 30일

지은이 장정희
발행인 이성모
발행처 도서출판 동인 / 주소 • 서울시 종로구 명륜동2가 237 아남주상복합아파트 118호 / 등록 • 제1-1599호
TEL (02) 765-7145 / FAX: (02) 765-7165
E-mail dongin60@chol.com / Homepage: donginbook.co.kr
ISBN 978-89-5506-480-3
정가 20,000원